◉ “基加利的星星奔山谷而来”

◉ 基加利大屠杀纪念馆

◉ 穆桑泽职业技术学校里，师生学做中国花卷

◉ 海岸角奴隶堡

◉ 海岸角奴隶堡的地牢

◉ 在黑星门上眺望黑星广场，可以看到整齐排列的东风卡车

◉ 恩克鲁玛陵园里，头身分离的恩克鲁玛像

◉“上帝的孩子”学校的孩子们

◉ 一对埃塞新人手扶《圣经》宣读誓言

◉ 十字教堂

◉ 埃塞咖啡女郎

◉ 亚的斯亚贝巴机场免税店

◉ 厄特马萨瓦港老城的一个“船屋”

◉ 马萨瓦被炸毁的建筑，意大利银行旧址

◉ 厄立特里亚首都阿斯马拉，市政府门前

马萨瓦老城内的孩子们

◉ 肯尼亚内罗毕，基贝拉贫民窟一角

◉ 基贝拉贫民窟内有一条铁道穿过

东非大裂谷

凯伦故居内景

在武装警卫陪同下于恩贡山徒步

◉ CCCC 建造的乌干达国门第一路

◉ 修缮中的卡苏比王陵

◉ 区块链免费午餐

◉ 在尼罗河源头合影的印度人和巴基斯坦人

朱巴的棚屋

南苏丹石油部用水泥糊上弹坑庆祝独立日

◉ 和时任利比里亚总统维阿合影

◉ 利比里亚前总统、非洲第一位女总统、诺贝尔和平奖获得者瑟利夫

◉ 非洲最西角的日落

◉ 中塞友谊园中运动的人们

◉ 乡村打井工程

◉ 猴面包树

◉ 非洲复兴纪念碑

一步万里阔

尼罗河流淌 开始

A 1123-DAY JOURNEY TO AFRICA

吕强 著

中国工人出版社

推荐序一

陈鲁豫

给吕强写序，一半因为我爸。

从我记事起，家里就到处都是非洲的痕迹：书柜里一排排的斯瓦希里语图书，书桌上摆着硕大的鸵鸟蛋、一小块圆润碧绿的孔雀石、非洲乌木雕成的大象，还有厨房里一罐罐我爸跨越千山万水从内罗毕背回来的咖啡。高中时，我老背着个硕大的红色帆布书包，那是埃塞俄比亚航空发的纪念品。我爸是斯瓦希里语专家，一生从事面向非洲的新闻报道和文化交流工作。他真心爱非洲，晚年记忆力退化，很多东西都忘记了，可只要谈起遥远的非洲大陆，双眼依然闪亮。小时候，我对非洲无感，也不大明白像我爸这样语言天赋如此之好的人为什么不选择受众更广泛的语言作为专业呢？在我高中三年期间，我爸被中国国际广播电台派驻东非记者站，我这个留守“大儿童”其实挺孤独的。那时长途电话太贵了，根本不敢想，我俩只能写信，但信也写得不多，一来功课负担重，二来邮费也不便宜。我爸的信上，邮戳地址不是达累斯萨拉姆，就是亚的斯亚贝巴、蒙巴萨、内罗毕，以至于这些无比遥远的地名对我而言，远比纽约、伦敦、巴黎更熟悉、亲切。

电影《狮子王》爆火后，大家都知道了“Hakuna Matata”，我爸很开心。他眼中的非洲一定是多彩而雄浑的，他一定怀念那片土地，渴望再回到那里吧，因为那是他的青春和事业啊。可惜，我意识到这一点时已经太晚了。

如果我爸认识吕强，一定会认下这个忘年交，和他聊聊乞力马扎罗、东非大裂谷，还有长颈鹿、斑马、深夜公路上神出鬼没的野兔和很多外来者会得的“打摆子”。我爸一定会羡慕吕强，他那么年轻就几乎走遍非洲，并且将记忆变成了文字，他做了我爸想做但没做的事。我爸的遗憾，也是我的遗憾。

吕强的文字，多少弥补了我内心的遗憾。

认识吕强，源于多年前我做的一档节目《我是演说家》，他是那个舞台上表现亮眼的选手。在一篇传播极广的讲演中，他描述了凌晨 4 点的北京和那些在城市中辛苦打拼的年轻人，引发了我极强的共鸣。

身为记者，他渴望去前线报道，说起罗伯特·卡帕、方大曾、冯雪松……他的眼里会闪烁光芒。那时他已被报社派驻非洲并即将启程，我始终记得他结束讲演前意气风发的样子：“不知你我归来是否少年，但此间少年当出发，一无所有，但一往无前。”

本书是他出发去远方 1123 天的记录，书中对于非洲充满情感的真挚描述令我动容。他的书中有坦赞铁路，有凯伦·布里克森笔下的农场，有非洲壮阔的海岸线、维多利亚瀑布和或赤着脚奔跑或随时起舞的孩子。在他真诚的笔触下，我看到了非洲的“希望、坚韧与可爱”。他是一个愿意用双脚丈量远方土地的人，总是满怀善意、平等与欣赏地看待世界，所以，多年后，我在他的视频和文字里依然看到了那个干净、阳光、充满朝气的青年，他的双眼明亮如初。

能够不断地出发、归来，是我心中理想的生活状态。有足够的勇气、能力和好奇心去探寻远方，有家和寻常日子可以回去，这样的人生，就很美好。不知已然三十而立的吕强如何规划未来，我希望他永远拥有赤诚微笑，可以一往无前。

（作者系知名主持人，资深媒体人）

推荐序二

刘海方

在自己主场的大型国际论坛期间，我收到了出版社寄来的试读本，虽然论坛日程满满、晚间也需要思量准备第二天的活动，但一打开翻看就立刻爱不释手。对于一个每学期要看几十、上百本非洲研究专业书籍，来更新诸多课程并且挤时间研究写作的书虫来说，这本让我快速产生阅读黏性的书，不仅仅意味着一般读者同样要求的可读性强、意味隽永，同时还具有鲜明的现实和研究价值。而且因为很多内容涉及新冠疫情之下的非洲，本书为隔膜 3 年多的中国读者打开了一扇回望这一段特殊岁月的窗，如时光机一般让我们接续上对于那片熟悉又陌生的大陆的理解。

例如在“疫情下的‘卡布奇诺’”一文中，作者以日记体的形式生动记录了封锁（lockdown）令下南非的“骨感现实”：贫民窟民众住在自种族隔离时期延续至今的没有窗户的房屋里，如何应对“国家灾难状态”令人难以想象，大量“无家可归者”的安置更是令南非政府捉襟见肘，甚至不惜效尤特朗普，在与津巴布韦的边境建墙。种种中国读者眼中可能的“奇观”，凸显的是南非“卡布奇诺”一般的社会构成，同时镜像了全球同此凉热的新冠疫情大流行下多少土地上上演的类似阶级、族群，甚至种族、性别和宗教分野加剧的人类分隔和不同境遇。

作者非常谦逊地称自己这本书“类似于游记”，实际上是基于 3 年连续在非洲 30 个国家和地区的穿行、观察、走访，领悟历史启示或是叩问尖锐的现实，在每一国的驻足和对每一事的追问解锁，都宛如一道光，照进历史的进深，有力道的文字和精妙的图片相映成辉，更使得全书“火花四射”，展示出当代优秀中国青年人独特的锐利、敏感和厚实的人文关怀。对于我这样一个多年以“魅力大非洲”为研究对象的教书匠而言，我非常期待学生们阅读此书，因为可以充分动用直觉和感性的力量，获得老师们通常开列的正襟危坐、板着面孔的“理论书”很难给予的感悟，特别是那些超越一国、超越非洲大陆、人类世界共同的很多主题。比如文中用灵动的文字所连缀在一起的那些非洲人物形象（例如乌干达总统穆塞韦尼不仅和雷鬼歌手出身的青年政治对手角逐，此前自己就灌录过“单曲”；“让女人来试试”制止战争、祈愿“用奶糖代替子弹”的非洲第一位女总统瑟利夫），那些在世界不同地区呼应非洲大陆上的历史主题或现实回响（例如美国的黑人民权运动领袖的话语被镌刻在南非反种族隔离的小英雄的墓碑上，而两人都是被枪杀，近半个世纪后弗洛伊德“我无法呼吸”的呻吟仍然在美国和美国以外传播扩散）。

有关南非的内容，是我认为最为精彩的部分，显然得之于新冠疫情以来的管制举措下作者不得不固守在南非、从而有更深度的思考和观察。中文媒介并不缺乏有关于南非的叙事，不管是其种族隔离政权时代还是曼德拉领导的新南非的诞生，近年来主导的话题是南非的“沦落”。这本书的新奇之处在于，在生动有趣地刻画南非的“巴别塔”、索韦托和曼德拉如何通过支持橄榄球来赢得白人民众的信任、实验性地建设现实的“彩虹之国”的同时，以一位调查记者敏锐的视角，用在地的深入观察，去重新探访形成荷兰裔白人、英裔白人和黑人大三角关系的历史演进，剖析今天三方各自的历史叙述如何搁置并不久远的血腥记忆。在不以胜利一方暴力抹杀对手及其历史痕迹和刻意为之的纪念陈设的同时，如何在“天佑非洲”的南非土地上逐渐实现了彼此的共存，“通过增加内容把曾经的主流叙事稀释”，实现“历史辩证的存在”。当代人如何以和解和朝向未来的态度面对历史，不仅仅是曾经过登峰造极的种族隔离制度的南非要做的功课，环顾今天动荡的世界和多个热点冲突地区下生灵持续的呻吟悲歌，作者这本书足以给中国读者和全世界以启发，启发社交媒体时代下不断强化身份差异性的人类，学习南非人共存与和平的态度，并共同守卫和建设相互依存的栖居之地。

如果说这是南非向世界作出的最大贡献，感谢吕强用其极为耐心、细致的感受力，向中文世界呈现了这样理解和审视南非的机会。其实对于广阔非洲大陆的理解，何尝不是如此需要深入其中，倾听非洲的声音——那甚至是多声部的、彼此不无矛盾的多元声音——呢？当西方媒体和学人经常纠缠于很多非洲国家对于社交媒体的管制，且有意无意地把舆论的枪口指向为这些国家的数字化基础设施提供资金技术的中国时，吕强对于正在非洲迅速发生的信息革命给予了多面的观察，看到领导人等不及“远景”到 2040 年才实现的急切，也看到数字化对各国经济的推进没有预期中那样理想和迅速，而且还伴随着 e 时代的发展和管制之间的拉扯。

感谢作者，用 3 年时间，“停留在非洲时间里，看云卷云舒，斗转星移”。

（作者系北京大学非洲研究中心主任、

北京大学国际关系学院副教授）

序：你好，“新”大陆

2018年4月29日，经过22个小时的航班加中转，我在南半球的城市降落，它叫约翰内斯堡。这里和北京有6个小时时差，即使飞了一天，抵达时还是黄昏，柔和的霞光勾勒着这座南非最大的城市，泛着金黄，从面相上匹配了“黄金之城”。

行前几个月，我打了6种疫苗，黄热、流脑等；奔波且快速地考取了驾照，拿到了国际认证；啃了好几本关于非洲的书籍；在出发前见了师长、同学、挚友，他们反复叮嘱的是：注意安全。即使到机场出站，也被告知要小心谨慎，别被海关的审查“找碴”刁难。

过关的时候，隔壁窗口是个黑人海关人员，遇到两个中国游客，兴致盎然地讨教护照和机票的中文怎么说。到我了，接待我的是一个白人，用蹩脚的汉语“你好”跟我打招呼，他没有问那些我预先准备过的刁难问题，反而也有样学样地问护照和机票的中文怎么说，还拿笔在纸上记下读音，然后和旁边的黑人同事交流心得。在给我办手续的过程中，他一直在大笑。

黑人和白人、想学汉语、爽朗的谈笑，这片土地一开始就给我可爱的印象，行前一大串的担忧在这里被全部打消。

在机场，我抬头看到大幅红底招商标语“不要错失一个机会”；低头则看到行李等候大厅地板上有一道彩虹。

我那时迫不及待在朋友圈定了位，写下：

你好，新大陆。

这里是世界舞台的“新”大陆。都说非洲是最古老的大陆，世界的目光似乎总停留在它的古老和蛮荒之上。纵使我在《非洲简史》里读到，“非洲一直处于世界文化的中心”，并可用大量事实加以佐证，但此前的认识依然让我带着疑惑：在“欧洲中心论”观点的引导下，非洲一直被人视作世界的边缘。而怎么去突破这样的边缘？只有踏上这片土地，才有可能站在真相的中心。而在世界经济疲软的情况下，这个被偏见笼罩的大洲也在暗自野蛮生长，这里正在诞生人类财富增长新的引擎。在我们的意识里，非洲也意味着遥远，美国枪杀几个人就可以是爆炸性新闻，而非洲霍乱几十人丧生却少有人问津，冷漠的舆论也要重新审视这里。一切的一切，何尝不是新的，告诉我们这些古板的人类，应该看看当初学会直立行走然后走出去的这个地方，正在发生什么新的变化。

这里是非洲自己的“新”大陆。这里是拥有过无数苦难的地方啊，甚至可以说人类把最恐怖的罪恶留给了自己的祖先之地。16 世纪至 20 世纪欧洲的殖民统治和奴隶贸易，让整个非洲的人口增长率几乎为零。非洲人的肤色会被附上利用《圣经》造谣的诅咒，因此他们被无理由地奴役与压迫。算算他们真正站立起来的日子，从被称为“非洲独立年”的 1960 年起，不过 60 多年。他们可以做自己的主人并且重新审视自己民族、文化、发展、未来的“年龄”，放在大陆的远古面前太过幼小。这里总被当作文明的起点，却好像总被现代文明遗忘，此刻来到这里，我们也应该摒弃自以为被文明娇惯过的孤傲，好好和非洲自己的新文明面貌深切交谈。

这里是我的“新”大陆。“我太爱玩了”，这是我给反复被问及的“你为什么要驻外”最直截了当的回答。研究生毕业后的两年里，我跑了十几个国家，那些小众之地会被我称为富有冲突感的地方。但是，当我认真思考并选择来非洲的时候，我才知道这里才是诸多冲突的真实原因所在。或许我总有一点情怀，想当一名战地记者去经历战争与人性，可能中东是首选之地，但比较一下，非洲或许暗涌着人类更多的欲望与放纵，荣与罪都可以在这里上演，还有太多未被发掘的认知和情感等待着我。之于我，是绝对的“新”大陆，地理之拓、不羁之快、精神之达。总而言之，这里“好玩”。

就这么一个我，大学先是工科生然后转学电视新闻，毕业后却当了主持人。没专攻过任何外语和国际关系专业，又“不安分”地跑到非洲当了 3 年驻外记者，没有了聚光灯，大多时候是一个人出差、采访、写稿、拍照，完成报纸上的铅字版面。

我在约翰内斯堡北郊一个叫“四条路”的地方租了一个公寓，小区四周是高耸的围墙、刀片铁丝网、电围栏，门口有安保公司重型皮卡保卫，有牌子上写着“24 小时武装反应”“你处在监控之下”。我的房间朝东，百叶窗老是关不严实，每天早上会被阳光照醒。

在开始的近 2 年时间里，我每个月要去两三个非洲国家出差采访，经常是在非洲大陆上“画三角”一样飞行。也是借采访工作的机会，解锁一个个我之前都没听说过的陌生国度，顺带满足我“爱玩”的游客心态。后来新冠疫情袭来，出差任务不再频繁，我就在南非全国各地探索，观大山大海和自由生灵，也记历史启示和现实尖锐。

飞越非常，非洲。我一直是坐飞机往返于非洲各国，也喜欢飞起无人机拍摄。也正是这种在空中的视角，让我可以见到富有冲击力的自然景观、人文遗产和现实对比乃至对立，进而引发思考。

旅者，拍者，记者。书中大体是类似游记的表达，我也更偏好用旅行者的身份去看世界，这更能让人轻装前行。与此同时，我又是狂热的摄影爱好者，也庆幸我“扫荡”式地在按快门，让我在很久之后的写作过程中有可以唤起记忆的画面。而这些让我稍感得意的照片也是本书的一大部分，让非洲更直观地被“看见”。最后才是记者，这是我能在非洲不断出发的缘由，也是我一生敬畏的职业。

非洲首位职业女飞行员、由东向西独自飞越大西洋第一人柏瑞尔·马卡姆，在《夜航西飞》回忆了她在非洲生活的30年的岁月片段。她在书的第一章中写道：

“故事可以从上百个地方开始，因为存在着上百个名字：姆万扎、塞伦盖蒂、南格威、科摩罗、纳库鲁……要找出成百个地名再容易不过。……在记忆中故地重游，这些地名就是钥匙，开启一条条通道，这些通道已在脑海中被尘封，而在我内心却依旧熟稔。”

马卡姆在书中用平静的语气讲述一个遥远的、已逝的非洲，她曾经的乐园。译者也说：“这本书或许只是短暂的逃离，让你去往一个不复存在的非洲。合上书的时候，什么都没有改变。但你知道，曾有过那样的生活、那样的世界、那样的信念、那样的人。”

当要重新浸润并展平业已皱巴巴的非洲记忆时，我怀揣着同样的心境。本书是在驻外3年结束后，又过了2年多才写就的。我也怀疑，在日新月异的世界风云变幻之下，我的这些记录还是不是当下的非洲？但我还是会说服自己，抵达和记录本身就是意义。套用鲁迅先生的话：无穷的远方，无数的人们，都和你我有关。

目录

第一章

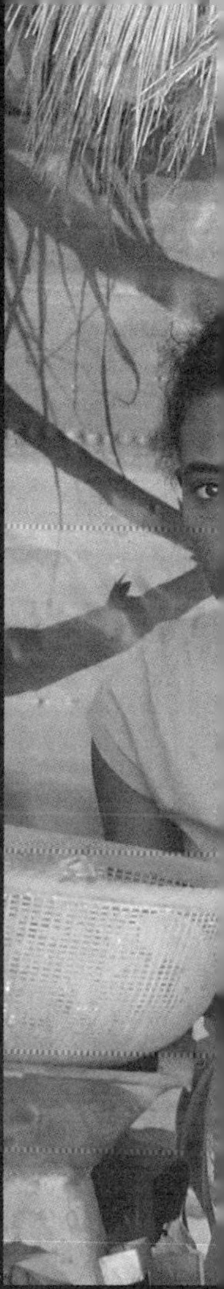

卢旺达：地上有条“人性的银河”

“这是一片颠倒了的星空，繁星在山间开遍，基加利的星星奔山谷而来。”

我在一篇旅游推荐中看到这句话。在2018年圣诞节的凌晨1点，我在卢旺达首都基加利的酒店顶层试图将无人机升到最大高度，俯视这座经历过深重苦难的城市，为了验证这个关于“星星”的事实：这里每家每户晚上都会为1994年大屠杀中的遇难者留一盏灯。

空中看到的图景，夜色的黑仿佛吞噬了一切，远近山脉与房屋失了轮廓，只有点点灯盏，却能璨若星河。论夜景，肯定无法媲美大都市的霓虹辉映，但在电力供应紧张的黑非洲，深夜的灯火清辉织成大地上柔软的网，是会让人内心澎湃的。

非洲的天空总是无比清澈，可以轻而易举让你举目看到满天繁星，但此时在这地上“人性的银河”面前，星斗会自觉暗淡。

1 “我们希望通知您，我们不知道的事”

墙上一排灯箱，是17张1994年美国《新闻周刊》杂志封面，标题诸如“比维生素更好的神奇药片研究”、美洲杯、一代神话等，而每一张封面下面都有一段小字，是卢旺达大屠杀的进程和死亡数字，犹如两个平行时空：

4 月 11 日的封面在关注“如何在熊市中生存”，种族屠杀已经进行了 4 天。

5 月 8 日的封面是曼德拉的头像，标题为“黑人力量”，此时大屠杀已经导致 20 万人死亡。同一年，新南非诞生；同一片非洲大陆上，一个新生国家摆脱了种族隔离，一个国家正在遭遇种族清洗。

7 月 21 日，标题“去火星行走”，此时联合国才达成协议向卢旺达派遣国际部队。

直到 8 月 1 日，才把封面交给卢旺达，标题是“人间炼狱”。

——这是我在南非开普敦的非洲当代艺术博物馆里看到的一个装置艺术，来自一名智利艺术家的展览，名叫《卢旺达项目》。展览中没有血腥的画面，而是用具体又陌生的情景设置倾诉一些万里之外的事实：

有一组照片，是 1994 年空荡荡的联合国会场。还有一个黑色大厅，灯束下放置着一个个黑色盒子，里面放着艺术家 1994 年在卢旺达拍下的照片，但是不让观众打开盒子，只能阅读介绍文字，意味着“当时我们所有人的缺席”。还有一双孩子仇恨的眼睛，被复制 100 万次，隐喻当年 100 万人被屠杀，照片被堆成一座沉默的山。这个男孩当年目睹了父母被杀害，他当时不敢发出一声呼喊。最后一个房间滚动着影像，作品题为“我们希望通知您，我们不知道的事”。这句话取自时任美国总统克林顿抵达卢旺达时的演讲。

这已经是 2021 年我即将驻外离任的前夕，再次通过一个展览让我了解这场灾难如此多不为人知的细节，就像灾难本身曾被纵容、被漠视、被忽略一样。

距离我第一次去卢旺达已经是两年多的时间。那是 2018 年底，我刚到非洲赴任不久。到了卢旺达，“参观灾难”是大多数外来者开始认识这个国家的方式。

我在基加利的大屠杀纪念馆入口处领了一朵黄玫瑰，走进这处超过 25 万遇难者的安息之地。可以看出这个纪念馆是极度克制的，实物资料非常之少，基本是以展板和图片的形式在冷静陈述，但在幸存者的口述影像前，很多人在擦拭眼泪。

1994 年 4 月 7 日之后的 100 天里，卢旺达 50 万—100 万人被屠杀，约占当时国家人口的 20%，具体数字至今只是概数。其中绝大部分是图西族人，也包括温和派胡图族人和其他族裔的平民。这是 20 世纪最后一次、也是离我们最近的一次种族灭绝灾难。

展览中的两张图片让我印象很深：一把尺子和一把砍刀，制造割裂与完成杀戮。

一把正在测量鼻子的标尺，试图用来区分图西族和胡图族，类似纳粹区分犹太人。实际上，卢旺达一开始并没有种族概念，比利时殖民者用“是否拥有 10 头以上的牛”划分两个族群，通过扶持某一方来制造对立，刻意将阶级矛盾上升至种族仇恨。

那把半米长的砍刀，是当年屠杀号召者发给胡图族人的工具。高喊的口号“砍掉高树木”（“高树木”指更高大的图西族人），让他们可以充满“正义感”、毫无忌惮地将砍刀挥向自己“异族”的亲人、朋友、邻居。克林顿当年的演讲中说，砍刀的“行凶速度是纳粹使用的机械化毒气室的五倍”。满目疮痍，尸横遍野，卡盖拉河被尸体填满，甚至导致下游维多利亚湖畔的乌干达暴发瘟疫。

一个黑暗的房间里，遇难者的遗物和头骨被放在一起陈列。中央展厅里，挂满了逝者和他们家庭的照片，讲解员说："这里是供幸存者思念他们家人的'家'。"后花园的纪念墙上是密密麻麻的遇难者名字，还在一直更新当中。

这个纪念馆是这场灾难的众多纪念场所中最大及被参观得最多的，除此之外，还有五座国家级的种族灭绝纪念馆。有的本身是当年集体屠杀的现场和乱葬场，至今还原地保留着未被亲人认领的白色尸骨，"展品"甚至还在腐烂当中。这种极具争议、令人毛骨悚然的"展览"方式被解释为为"防止种族屠杀被否认"留下存证。穆兰比、尼亚马塔及基加利的纪念馆被列入"黑暗旅游目的地"前二十，排在波兰奥斯威辛集中营、乌克兰切尔诺贝利、日本广岛和长崎、德国柏林之后。

其实，供亲人悼念的场所遍布卢旺达的各个角落，有的是一个安静的花园，有的就是路旁一栋普通的红色砖房，游客会被提醒不要在附近停留。

知晓悲剧中还有救赎，往往会被当作苦痛过后阴沉心情的慰藉。

2004 年的电影《卢旺达饭店》，入围了奥斯卡三大奖项，讲述基加利一家酒店的经理利用酒店作为庇护所，拯救了 1000 多名大屠杀难民的故事。这部闪烁人道主义光芒的影片获得成功，无疑让世界目光瞥见了这个东非小国，并留下了重新审视灾难的机会。

一部电影的名字用了一个地点，让人惯性地去寻找现实所在。电影确是有原型的，在现在基加利的千山酒店（Hôtel des Mille Collines）真实发生过。可是实际拍摄地是在南非，来此想复原电影中的某个场景是不可能的，要进入这个四星级酒店已有消费门槛，贴合人民的苦难有点困难。

我到此处时，正是圣诞节，管弦乐队的欢快节拍回荡在整个酒店，乐手们都戴着红色圣诞帽、身着一袭白衣，还有一个男孩主动过来凑向话筒，唱了首英文的圣诞歌。周围是棕榈树和热带花卉，非洲式的茅草亭子下人们正在享受派对时间，泳池里窜动着结实矫健的黑人身体。

“这个泳池让当时被困于酒店的人们有了水源活下来。”“现实没有电影那么伟大，当时被收留是要收费的，他们强迫难民支付了房间和所有食物的费用，并驱逐无力支付的人，还向当局提供了难民名单。”同行的在卢华人跟我讲了这两个说法，才让眼前与历史有了链接。

银幕造就“英雄”。电影上映后，故事原型、那位酒店经理保罗·鲁塞萨巴吉纳被邀请到世界各地演讲，拿到各种人道奖项，包括美国总统自由勋章。

英雄却成了罪犯。他在大屠杀后就离开了卢旺达，拥有比利时国籍和美国绿卡，直言不讳自己是现在卢旺达总统卡加梅的反对者，甚至有参选总统的野心。一直被卢旺达政府指控，他支持了参与恐怖主义的反叛组织。2020 年 8 月，他在迪拜上了一架他以为飞往布隆迪的私人飞机，飞行员却将他带回了基加利。2021 年 9 月，他被卢旺达法院判处 25 年徒刑，涉嫌恐怖主义、纵火、绑架、谋杀和伤害无辜平民。

2 弹坑和残骸

网上搜索“卢旺达反种族灭绝运动博物馆”，或者翻阅宣传册，都以一张民兵们持枪前赴后继的雕塑图片作为标注。当我找到这里时，才知道博物馆竟是一栋遍布弹坑的大楼。曾经的议会大厦，当年卡加梅指挥的起义军和胡图族政府部队在这里激战。小的弹坑被钉上了玻璃，里面的钢筋可见，大的则被填上了水泥，周围墙面发散状地剥落。

这幢建筑就在基加利市中心附近，但藏在一个很深的大院里，从远处看只是一座普通的办公大楼而已。只要留了神，就会发现战争留下的伤痕如此清晰，还深深烙在城市角落。

当我将头探出窗户，想仔细看看外墙上的弹坑，抬头一看，楼顶居然伸出一把枪，着实把我吓了一跳。上了天台，才知道原来是一座雕塑：两名士兵在操作一挺机关枪。资料里说，这把口径 12.7 毫米的武器是击退敌军的关键。从旁边的地形沙盘可以看到，这里处于一个山头上，是个制高点。

视野的确开阔，基加利全景一览无余。雕塑的那管枪口所指方向是卢旺达现代化的地标——基加利会展中心，一个螺旋状外观的穹顶，晚上会点亮卢旺达国旗的蓝、黄、绿三色。卢旺达正努力将自己打造成“开会目的地”，承接大型会议和活动以吸引投资和旅游。基加利举办的会议数量在新冠疫情前跃居非洲第二，仅次于南非开普敦。就在此文行文的 2022 年 3 月，在卢的华人酒店女老板告诉我，卢旺达已开始放宽疫情管控，各种国际会议从 6 月排到了 10 月，酒店的预订爆满。当年的机枪射击屠杀者的方向，已是国家繁荣和希望的方位。

大楼里 600 名士兵顽强抵抗以及拯救平民的故事在这个博物馆里被还原并歌颂着，卡加梅和现在的执政党卢旺达爱国阵线当年从乌干达攻回国的路线和斗争也被讲述和纪念着。因为卓越的领导力及后来的国家治理政绩，中文互联网里的网民早已将卡加梅捧成“天降猛男”。

基加利还有一面满是弹坑的墙可以供人“瞻仰”，在“比利时基加利营纪念馆”内。我需要经过一排排红白相间的水泥墩、在白色大棚内接受安检后才能进入这里。

一幢普通的平房因为弹坑密布的外墙显得像一面仪式感强烈的纪念碑，可以想象，当时所有子弹没有瞄准地朝着一个方向猛烈扑来。

这里是为了纪念10名在此牺牲的比利时籍联合国维和士兵，他们为了守卫卢旺达女总理阿加特被留了下来。这位胡图族的女总理最终被暗杀了，当局也用10名维和士兵的死“吓退”了所有维和人员——那群本应该保护卢旺达平民的人。

这10名士兵的名字被反复提及：在嵌入外墙的石碑上、屋内的铜匾上、门外的10根石柱的底部。这10根石柱上用一道道刻缝对应每名士兵牺牲时的年纪，他们大多20来岁。几朵鲜花被插在刻缝里，比利时和卢旺达两国国旗飘扬在旗杆上，并摆放在铜匾两侧。这里由比利时政府出资建设和保护，纪念文字里写“他们战斗到了最后一刻”，特别说明，还为了纪念那次种族灭绝中被杀害的另外12名比利时人。

我曾问过一个当地人知不知道这里，他回答“那只是死了几个人的地方”。和那些更偏僻的、堆积着无数无名骸骨的纪念场所相比，这里显得瞩目太多。此地和千山酒店分别处于一条主干道的两头。

窗边有一张桌子和两把椅子，游客可以借着天光在留言簿上书写。日期、姓名、国籍、感想，本子上的留言不约而同地格式整齐。一条写在圣诞节的留言：“世界一次又一次被破坏，我们的灵魂却无法知晓。这个地方把我们带到现实，谢谢你们。”特意写了两个国籍：美国和加纳。

“你至今还可以找到当年坠毁的飞机残骸”，我已记不清是在和谁的交谈中获取到这个信息，我反复用谷歌搜索与这个残骸有关的地址，总是链接到一张别墅照片，我以为那是遗址附近的某个住宅区而已。当我用这张照片向当地人问路的时候，他们却告诉我，这是前总统官邸。我又想确认一下：“我不是找总统住在哪儿，我要找总统飞机坠毁的地方。”但我得到的答案是：“也是这。”

我将信将疑地找到了这里，却在门口看到新漆上的蓝色文字：卢旺达艺术博物馆。我径直走了进去，一个戴着眼镜的斯文小哥迎接我，我直截了当地问：“飞机是在这吗？”他没回答我，只是要收我门票，然后把我交给了一名女导览。她领我先去参观那幢三层别墅，要求我脱鞋进入参观，并反复叮嘱不能拍照。

这是一个平平无奇的艺术展，偶尔有几幅反映大屠杀和灾后重生主题的作品，更多的只是非洲大同小异的色彩涂鸦和在街头小摊也能看到的工艺品。我很快浏览完，走出别墅，对这个宅子没有更多停留之意，一心想找到飞机残骸。

事后很怨恨自己没做好功课就来参观。查资料才得知，这套房子大有玄机。作为卢旺达前总统哈比亚里马纳的住宅，里面曾经布满了各种传感器和安全机关，有密道、军械库、审讯室和一个和巫师会面的神秘房间，还有大象皮做的沙发和餐桌。但我在参观的时候，完全没有留意到这些，房子的那些功用已经被那年 5 月份才开放的艺术展掩盖掉。

在 10 年前的报道里，当时的卢旺达文化和体育部长告诉路透社记者：“这座拥有 8 间卧室的总统府陈设与 1994 年的那一天一样，大真皮沙发、镀金的法式吊灯和厚厚的地毯仍然存在。”保持原样是为了显示当年那位“独裁者”的奢靡生活，并且有房间专门展示 1994 年的流血事件。“我们的孩子长大后应该知道发生的事情非常糟糕，永远不应该重复……让房子变成一个博物馆，以展示整个卢旺达的文化，并促进团结与和解。”

而在 10 年后，那些企图让后人铭刻的印记几乎被抹除，并停止解释总统生前的生活，变成了以“艺术换和平”为主题的当代艺术博物馆。

“这个池子养过一条蟒蛇。”我跟着女导览走过一个花园，她轻描淡写地指了指一棵大树脚下装饰了假山的干涸水池。这条蟒蛇是哈比亚里马纳当年的宠物，是扎伊尔[1]总统蒙博托送的礼物。

终于看到了，一片绿草坪被一圈红砖墙围着，发动机外壳、机翼、起降架等飞机部件散落在地上。它们虽然锈迹斑斑，但是部件外形都能清晰辨认。旁边还有一群灰冠鹤在游走和飞翔，这些鸟儿头顶金羽冠、喉坠红色气囊、身披灰白褐三色的羽装，修长的颈部让它们的姿态显得优雅高贵。这是卢旺达的国鸟。

飞机残骸和绿树翠草相映，让这里更像是一个露天雕塑展。华丽的飞鸟点缀，头上还有不远处机场起降的飞机低空掠过，这种场景和“灾难导火索”事发地的想象大相径庭，反而透露出某种人类工业文明遗存与自然共生的后现代艺术表达。

1994 年 4 月 6 日，一架载着哈比亚里马纳和布隆迪总统的飞机被导弹击落，胡图族政府以图西族人谋杀了他们的两位本族总统为由发

1　刚果（金）于 1971 年至 1997 年使用过的国名。

起了种族屠杀。被击落的地点竟然就在总统自家后院，残骸被原地保留下来，巧合般又有宿命感。

女导览准许我拍那些可爱的灰冠鹤，她自己也来了兴致，让我也拍拍她。我的镜头里，这位标致的黑人女孩歪头露齿微笑，身着黑色吊带、斜披一大块红布，颜色和红墙绿地搭配得宜，与国鸟的样貌有某种对应，那些原本不让拍摄的飞机残骸也被默许进入构图。

花园里传来嬉闹声，是一对新人在亲朋簇拥下举行婚礼，男士们西装笔挺，女士们礼服艳丽，摄像机围着他们转。曾经高度机密森严、彰显首领权势之地，石雕摆设歪斜残缺，泳池塌陷干涸，但还有园丁悉心修剪草木，乃至供人游览、消遣、借来举办美好的仪式。

关于灾难缘由的描述是悲惨的，眼前却呈现出反差之景。当权者故宅被改造成艺术陈列，空难发生地展露着新喜欢颜，历史总有新鲜的叙事。

3　孩子的房间

孩子，总是被放在纪念灾难的情感出口处，天真可以反衬残暴、笑脸可以治愈创伤、童颜可以象征希望，反正无论如何解读都是为了卸下过往的沉重，让后人轻装前行。以色列耶路撒冷大屠杀纪念馆就有一个点缀着闪烁烛光的儿童馆，基加利大屠杀纪念馆类似，将三个永久展览中的一个设置为“孩子的房间”，里面满是孩子笑脸的照片。

“孩子的房间”里一张孩子的照片边上写着：“大屠杀开始时我只有 10 岁，那天我听见我父亲被杀害，我们全家都在哭泣。我妈妈让我祈祷，我祈求上苍能帮助我报仇。但母亲却告诉我不能延续仇恨，她说：‘即使我死了，你们也不能去报仇，这样是不好的。’”

铭记历史，停止仇恨，珍爱和平，或许是如今卢旺达人的共同心态。

“我很难说完全不恨他们，但我必须原谅，为了现在来之不易的和平。是的，现在我仍和这些杀死我妹妹的人做邻居。”一位亲历惨剧的当地人说。从历史的教训中，卢旺达人学着宽容与和解。把反对部落主义、反对分裂主义写入宪法，身份证登记中取消“民族”选项，给大屠杀幸存者提供土地等经济补偿，上门给民众做心理工作……一个破碎的国家在努力弥合历史伤痕。

发自内心的彼此宽恕，才能从真正意义上换取和解。为实现和解，卢旺达启用传统的加查查法庭，把大屠杀施害者和受害者召集到一起，让罪犯表达忏悔，鼓励受害者宽恕，推动双方达成和解。这种依靠非洲部落传统解决问题的方法充满人情味，让彼此的善意直抵对方内心。从 2002 年至 2012 年，1.2 万个加查查法庭审理了近 200 万起案件，帮助卢旺达人克服了殖民统治长期遗留的民族问题，走出大屠杀的阴影。

这种促进宽恕与和解的精神在卢旺达语里概括为一个词：“Ubumuntu”，意思大概为人性或者“成为人类”，而在南非，为了消弭种族隔离矛盾、缓和黑白之争，也依托于一种来自古老传统的精神“Ubuntu”，意为“我的存在，因为大家的存在”。两个词太像，就如所有语言的“母亲”发音都近似一般，那些同源于非洲灵魂深处的自愈能量，在这片大陆的各处流淌。

如今，卢旺达人自我介绍时不再提及自己的民族，而会说“我是卢旺达人”。

那位华人酒店女老板在卢旺达给一所学校做公益，我特意去拜访过。学校门口写着校名“上帝的孩子”，只有法文，说明学校有一定年头了。[1] 此前被告知是孤儿院，其实不确切，这里是专门收留街头流浪儿童的，叫收容所也不太合适，反而以校名做注解很恰当：无论有没有父母、因何流落街头，他们都一样是“上帝的孩子”。

这是个男校，收留了 120 多个男孩，学校会保障他们生活以及教授他们技能，直到他们能升入高中或者谋得工作机会。学校得到包括卢旺达政府及美国、英国等慈善机构的资助，校园中心专门建了个亭子，墙上列上这些资助方的名字，还用 5 幅漫画演示了孩子们从街头进入学校后可以得到的改变。

男孩们精力确实旺盛，屋顶、窗台、楼梯栏杆都能有几个人爬上去，足球场、排球场的泥地上满是他们的大喊大笑。有个男孩特意拿出吉他坐在门口给我表演，屋里的黑板上乱糟糟的字迹里可以辨认出“开始准备，重返社会”的语句，一个老师也抱着一把吉他照着电脑上的教学视频练习和弦，看我进屋来，特意对我说：“还需要你们捐点新乐器，我想给孩子们组个乐队。”孩子们看到我的相机格外兴奋，毫无羞怯地在镜头前秀出各种表情和动作，知道我来自中国后，有人还会挥拳、抬腿、扎马步，有模有样地摆起各种武功招式。

学校官方的介绍里写了几个男孩的故事：姆博尼特盖卡在 1994 年屠杀中失去了母亲，当时只有 3 岁，后来去公交车上乞讨、吸毒、抢劫、偷窃，之后被学校救助，2014 年成为一名小学老师；穆塔巴齐在

1　1999 年，因为和法国交恶，卢旺达政府将官方语言由法语改为英语，现在部分民众会讲英语，上层人士仍讲法语。

大屠杀中失去了父亲和孪生兄弟，母亲的家人无力照顾他，后来他混迹街头、进过监狱，在“上帝的孩子”接受教育后，成为电视导演和摄影师，可以回去照顾他的母亲了，在乌干达、坦桑尼亚、英国和美国的观众面前分享他的经历……

而我眼前的这群活泼的男孩，已经和那场灾难隔了一代人，他们的身份认同里不再在意民族，灾难记忆只会来自长者的讲述。这里还有一些残疾孩子，偶然问起家人，他们会说“听说，父母不要我了”。他们也曾经流浪、无家可归，同样需要努力来改变自己的人生。

学校会和一些美术机构合作，展出或者售卖孩子们的绘画作品来筹集资金。一次，我去布隆迪要中途在基加利转机，利用转机的时间我去找了两家画廊。

一家把自己叫作“伊内马艺术中心”（Inema Arts Center），被《纽约时报》、英国广播公司（BBC）《美国国家地理》报道过的“用艺术抚慰心灵”的地方，展出了很多变废为宝的艺术品，包括玻璃瓶摆成的字母墙、电子垃圾拼成的大猩猩、泼满颜料的甲壳虫汽车、写着“你需要的全部是爱”的天线锅。还有一整面墙画了卡加梅的头像，配有他的语录：“我们想取得一种进展：即建立一个让那些以我们悲惨历史来定义我们的人也无法分辨的卢旺达，我们正在建设的未来是卢旺达人民理所应得的。”

另一家叫“伊乌卡艺术工作室”（Ivuka Arts Studio），藏在一个高尔夫球场边的巷陌里，门口摆着一个用五彩塑料瓶扎成的大罐子，里面是个私人画坊。我推门进入，里面却空无一人，很多画被摆在地上，正待买主。这里的每一级台阶、柱子上的每一块砖都是不同颜色的，一块小黑板上贴满艺术家参加过的各国各类展览宣传单。

在前一家艺术中心，遇到一个扎着非洲小辫、戴着蓝色覆耳式耳机、身穿绿色衬衫的男孩，他很自信地在涂鸦墙面前摆出各种嘻哈造型让我拍照，时不时指着自己的耳机，显示自己的时尚。去后一家艺术工作室的路上，也有一个男孩，背着绿书包、穿着宽松的破旧衣裳和拖鞋、抱着一捆树叶，他欣然接受了我的拍照邀请，不过不同的是，拍完后，他向我伸出了右手，说“给我钱和食物”。

艺术和孩子，被赋予太多意义，以及试图被用来解释过去、现在和未来。

4 “卢旺达，不一样”

“在世界银行发布的《2019 年营商环境报告》中，有一个东非小国被反复提及，并被冠以‘头号改革国家’的称号，这个国家就是卢旺达，它成为非洲营商环境排名第二的国家。联合国《人类发展报告》显示，1990 年以来，卢旺达一直被评为全球人类发展方面进步最大的国家。”“涅槃、干净、安全、朝气……成为它的新标签。”

在走过十多个非洲国家之后，我下了一个结论：卢旺达，不一样。当时我说，最直观的感受是：干净、安全，“两个基本而普通的需求，但对于非洲国家来说实在太难得了”。

首先便是干净。无论是繁忙的城市街道，还是偏远的乡村小路，整洁的面貌会给来客留下很深的第一印象。这就不得不说全民的义务劳动“乌姆干达”，这个词源于卢旺达的传统文化，2007 年起被政府纳入法规中，在每月的最后一个星期六上午 8 点至 11 点，商家停业、车辆停驶，城市和乡村的居民走上街头，清扫垃圾，修补道路，疏通渠道，植树造林。公务员、军人、总统都不例外。

“乌姆干达”曾在大屠杀时期被扭曲和滥用，成为召集屠杀种族“敌人”的暗语。卢政府找回了“乌姆干达”的本意，甚至成为化解分歧、争取共识的平台。可以通过冲突仲裁促进社区成员之间团结与和解，劳动之后的聚会为社区居民提供表达意见的机会，所有参加者都能表达他们对各种问题的需求和看法。一场集体劳动，不仅让市容与环境得到净化，人心与恩怨也在协作与沟通中得以弥合。基加利是非洲首个获得“联合国人居奖”的城市。

其次是安全。这一点对于每个有意“闯荡非洲”的人太重要了，在一些非洲国家，安全提示里常常会出现“不宜到人群聚集区”“夜间切勿出行”等警告，但来到卢旺达，朋友们都是一句话：放心走。凌晨出门，能看到街上站岗的士兵，还会热情地在十字路口指挥车辆，让行人先行过马路。

另一份内心的“安全”则来源于这个国家的廉洁。没有入境时被签证官索要小费、在机场被强行检查行李试图敲诈、在路上开车被交警拦下寻求贿赂的担忧。卢旺达政府力图打造廉洁高效的行政机构，对腐败官员惩罚十分严厉，口号是“零腐败”。这样的廉政氛围可以让投资者卸下很大的心理和财政包袱。中国企业家告诉我，他们在中国驻卢旺达使馆开会的时候，被特别提醒：“卢旺达的法律是很严的，不要想着拿钱买通关系。”“贿赂 1 美元，都是要坐牢的。”那位酒店女老板在肯尼亚经商了 10 年，因为觉得那边“治安不太好”，转战到了卢旺达创业。

世界银行《2019 年营商环境报告》这样评价：“卢旺达今年再次成为头号改革国家，在卢旺达，在种族灭绝和内战之后的几年里达成一种共识，认为私营部门必须成为经济转型的关键驱动力。”

卢旺达发展委员会一位负责人说："卢旺达采取了非常大胆和雄心勃勃的方法来改善营商环境。我们将自己与世界上表现最好的经济体进行比较，把眼光放远一点。"

5 在非洲做主播

卢旺达地形多为山地，雅称"千丘之国"，首都基加利就是由十几个山头组成，从航拍看，贫富差距就在高低之间，山头高楼林立，山脚却是连片的瓦房。俯视那些深褐色的低矮屋顶，会想起一句听来的感叹，"你看，连贫民窟都那么干净"。

马路多为两车道，有的主路会升级为四车道，能看到满街的二手丰田车。要想在这种上坡下坡的大街小巷穿行自如，最方便的出行方式是打一辆摩托车"的士"，非常便宜且可以讲价，大概每公里200卢旺达法郎。

虽然有时车速迅猛让人感到些许惶恐，必须抓紧摩托后杠，但车手们都被要求穿上红色的制服"马甲"，背后有编号，可以知道他们由政府统一管理，又可以稍微把心放一放。基加利有2万—3万的"摩的"，一名车手平均一天能赚1.8美元，可以基本温饱。卢旺达人平均每天的生活费也就1.73美元，每年不到700美元。但和这些车手聊起来，他们还是很乐观地看待自己的生活，常常笑脸相迎，还希望外国游客多宣传卢旺达，"更多人来旅游，我们的生意就会好的"。

一天晚上，我打了辆"摩的"去找一位刚认识的中国背包客康康，他要带我去当地的酒吧。我对酒吧并无兴趣，只是对在非洲国家深夜逛街的经历有些好奇，顺带看看人们的夜生活。康康跟我说："这是我去过的唯一晚上出行毫无心理负担的非洲国家，我每天晚上都想出门。”

酒吧挤满了人，虽然只是周四。舞台上一位臃肿的银发女郎握着立麦哼唱、摇摆，身后的乐队卖力演出。康康说，这算“清吧”了，人们不会疯狂喝酒，只是享受有音乐的晚上。他给我看了一段手机录制的酒吧表演视频，也只是一个穿着运动短衣短裤的女孩在快节拍下跳着类似广播操的动作，没有更“劲爆”的内容。

倒是一次在伊内马艺术中心的深夜舞会让他难忘，就是那个我去过的冷清的、堆放着“破烂改造艺术”的小院，在他给我看的视频里变成了灯光和音乐一起迷离、人群和酒杯一起扭动的舞池。“一瓶啤酒喝一宿……”“我在里面，越看越像有上顿没下顿的纨绔子弟呢！”“满足了我上学时候看美剧时对 Party 的向往。”听着康康的形容，我要努力拼凑着想象：美剧营造的奢逸骄纵，竟可以在东非角落形成幻象。

我俩见人太多，就没有进入这个“清吧”。康康带我去认识了另一位朋友，周周，“知名直播主播”。

我们三个找了一家露天的餐厅喝啤酒。周周新扎了一头扭博辫，提高她目前人在非洲的辨识度。她正陷入一场极度的悲伤中，她在直播间认识了一个给她打赏过的“小弟弟”，还知道他患了脑瘤，没有见过面，却想嫁给他。她哭诉，“小弟弟”失联了，好担心他是不是去世了。反正那天晚上，我们的聊天话题就“困”在了如何开导她的气氛之中。

那时抖音还没火，中国网络直播刚刚兴起，周周是平台上追随者众多的“非洲博主”之一。他们和平台签订协议，每天下午播 4 个小时。周周也不算“职业主播”，凭着之前在印度直播卖过“神油”的经验，来卢旺达“重操旧业”赚点零花钱。她来卢旺达3个月了，直播时就吃着东西，顺带介绍一下身后老百姓的生活现状，偶尔带一两个小孩入镜，就足以满足一次直播上万网友对非洲的好奇。他们主播之间有个不成文的默契，不能显示互相认识，更不能互相进入彼此的镜头，“要让人觉得博主们分布在非洲的各个角落，不要扎堆在一起”。但康康告诉我，他个人感觉那时100个“直播非洲”的人里，80个都在卢旺达，因为卢旺达安全，拿出手机在大街上直播，不用担心会被抢，“只要说自己在非洲就行”。

后来，卢旺达政府专门实施了一个行动，要驱逐“清理”这些直播的中国人，不满于他们老是反映当地人的穷苦生活，有些人甚至被抓进监狱，周周们也就离开了。

康康要求我，如果要写他，就要写“惊为天人、雄壮伟岸、才华横溢、横空出世”，要“让人看了就想去搜出来粉的那种”。他给我看了他和德国志愿者去看望福利院残疾儿童的照片，问“这样是不是显得我人美心善一点”。还强调“把我写得酷一点”。他确实挺酷的，24岁决定要“环游世界”，第一站就要来非洲，从广州飞到肯尼亚，“只是觉得非洲很特别，了解也只是40到50分，而肯尼亚是相对好去的国家”。住过青旅、去陌生人家里当“沙发客”、被臭虫咬到全身不适、和各国驴友搭伴出行，肯尼亚、乌干达、卢旺达、坦桑尼亚、摩洛哥、西撒哈拉、土耳其，一路下来有4个月的时间，不喜欢去著名景点打卡，只想看看自己没见过的景色。共花了4万多的积蓄，最后觉得“没劲儿了”就回国了。

让他印象深刻的是，旅途中遇到了一位独自去过120多个国家、70多岁的日本老太太，她的家人并不知道她在环游世界，以为她还在医院里住院。康康回国后，总被人说“你太厉害了”，他自己觉得“做了就做了，没有那么厉害，对世界的印象更多元和丰富了一些而已”，只是选择了“千万种不同活法当中的一种”。

他在卢旺达待了有一个月，没有参观大屠杀纪念馆。

6 凤凰与远景

“向右看，一！二！”一段卢旺达军人排着中国式队列、喊着中文口号的视频在中国国内的网站火了，来自中国人民解放军的教练员全程为卢旺达阅兵做了培训，进而引发网友们对于卢旺达在“抄中国作业”才得以快速发展的联想。

卢旺达是第一个加入阿里巴巴首倡的世界电子贸易平台（eWTP）的非洲国家。2020 年 5 月，卢旺达咖啡因为疫情滞销，而来自中国的一场“带货直播”让 3000 包卢旺达咖啡被中国网友“秒杀”，相当于该品牌咖啡一年的销量。卢旺达农民在屏幕前为遥远国度的购买力惊叹、欢呼。

卢旺达大学的孔子学院从 2010 年开始在当地推广武术，收获了众多痴迷者，出过多个非洲锦标赛冠军。我采访过一个叫马森盖舍的武术学员，他父亲在大屠杀中遇难。母亲希望通过武术让儿子接触中国文化，能有机会去中国深造。他的教练说，像马森盖舍这样的家庭很多，“学习武术可以让他们培养兴趣，同时保持乐观的心态，心中有正能量”。

我又飞起无人机，在位于卢旺达、乌干达、刚果（金）三国交界的穆桑泽看到 8 座火山云雾缭绕，群山环抱中有个红色的建筑群，是我要去采访的穆桑泽职业技术学校，由中国政府援建，浙江金华职业技术学院为他们提供师资培训和专业建设。当时第一批中国老师去到那里，三个人分别教当地人中式烹饪、食品加工和信息技术。

以上是我在记忆中搜寻到的、我接触过的卢旺达和中国关联的些许碎片。和在卢旺达的中国企业家们聊天，他们总会时不时谈起要在卢旺达购房置业，说很看好这个宜居之地。这里有很多中国企业承建的房地产项目，有叫“凤凰城”的，取这里过去的涅槃之意吧；有叫“远景城”的，则取卢旺达“远景 2020”规划的未来之愿。

2018 年，联合国把 4 月 7 日这一天此前定的“反思卢旺达大屠杀国际日”名称，改为“反思 1994 年针对图西族的卢旺达大屠杀国际日”，以求更准确地表述，不给任何历史的曲解留下空间。

2019 年卢旺达大屠杀 25 周年纪念日之时，卡加梅和非盟主席法基、欧盟主席容克站在一起，共同在基加利大屠杀纪念馆的广场上点燃了寓意“希望之火”的火炬。埃塞俄比亚、乍得、吉布提、尼日尔、比利时等国的元首都来了，为了一场不只属于卢旺达，不只属于非洲的纪念。

“远景 2020”终究没有让卢旺达在 2020 年成为中等收入国家，后来又有了“远景 2035”“远景 2050”。国家还在世界上最不发达国家行列徘徊，过半人口生活水平还在国际贫困线以下。从当地民众口中，还能听到“有上顿顾不了下顿”“也能看到偷窃，街上有乞丐”“底层民众没有积蓄”这样的抱怨。

2020 年，因为及时且严格的“封锁”措施和配套方案，率先控制住了新冠疫情，卢旺达又被标榜为非洲抗疫“模范生”，世卫组织称赞“卢旺达的进步要归功于强有力的领导、实行全民健康覆盖、卫生工作者获得良好支持和公共卫生信息得到清晰传达”。几台中国制造的智能移动机器人被运用于卢旺达的一家医院中，被媒体频繁引述为中非合作或者非洲“花式抗疫”的新鲜案例。

2021 年 5 月，法国总统马克龙参观了基加利的纪念馆，随后发表声明：法国忽视了卢旺达即将发生屠杀的警告，并实际上站在了种族灭绝政权一边。在大屠杀发生之后，法国政府对事件的真相保持了长时间的沉默。这一行为被视作法国“隐身”多年之后，终于承认对 1994 年卢旺达大屠杀负有责任，却未对遇难者及家属道歉。

周周和康康都回国了。周周在我们见面后不久，就差不多把那个脑癌“小弟弟”给忘了，另有“新欢”，回国不直播了，学法律的她参加了法考，然后找了家广州的律师事务所，可以持证上岗了。康康回到武汉，回归到正常的生活节奏中，卖过电脑，“我们的台式主机在天猫销量第一哦”，后来又不卖了。偶尔会和人聊起“环球旅行”的孤勇，他会说：“雪山沙漠，大海峡谷，我都见过了。”“我追求的‘来过’，应该是人生中我来过。”后来他去了趟北京，在北京语言大学和在卢旺达认识的留学生见了一面。

那晚无人机升空看到的夜景已经印刻在我的脑海深处，每当别人要我说说关于非洲的故事时，我都会先描绘那黑夜里每家每户留一盏灯的光亮——“基加利的星星奔山谷而来”。

加纳：400 年，一场归来

我在“回归门”外飞起无人机，然后让它向海洋飞去，尽可能迫近海面。镜头回头所见：大西洋海浪汹涌，重重拍打着近岸黑色礁石，浪花的白慢慢散开，更映衬海岸角奴隶堡的累累锈迹。那城堡也是白色，在浪声滚滚中，建筑魁梧而坚实，其无声的矗立所在，曾名“黄金海岸”。

1 天堂旅店

2018 年 8 月，我在 10 天内第三次抵达加纳首都阿克拉，前两次是去利比里亚来回途中经停此处。几内亚湾内的国家都爱把首都或者最大城市设在海边，可以连成一串。前往西非的航班为增加载客量，总会在中途选一两个异国城市停一停，就像“空中巴士”。

这次“巴士”是把我从乌干达送到加纳的。正值在北京举办的中非合作论坛前夕，我们几个驻非记者分别去各国采访即将赴华的非洲总统们，让他们谈谈期待。我的任务里，利比里亚、乌干达两国总统的采访都已完成，就剩加纳了。

其实每次采访都是临时接到总统可采的信息，才能计划前往，属于来回“突飞”。我这一个月的行程：南非飞肯尼亚，然后回南非，休息几天后又中转肯尼亚去利比里亚，接到新任务又中转肯尼亚去乌干达，这次又去埃塞俄比亚中转才到加纳。反复从南非经东非去西非，又类似原路返回，这样的“7”字形路线非常好地让来非洲才4个月的我，感知非洲之大，并能快速摸清东西南北地理区域划分，以及记住更多陌生国家的国名。

至于阿克拉，着实过于匆忙，完全没来得及了解就来了。只想着，这是非洲前十的大都会之一，临海。我憧憬地想肯定有很多海景怡人的海边酒店，随手在Booking上订了个评分不错、性价比挺高的旅馆，名字是“La Paradise Inn”（天堂旅店），评价里写着“接近市中心”“步行5分钟到海边”“早餐有物超所值的鲜榨果汁”“非常好客的老板”……

我从机场打了Uber向这个住处寻去，司机跟我反复确认终点，在他的理解里中国人不应该住那里。手机地图上显示，我们是朝着大海开去，但周围房屋未能如我想象精致起来，最后在一个居民区的尽头停下。我才知道这是一家由私人庭院改造而成的旅店。

从朴素的大门进去，庭院的确别有洞天，墙内三角梅开得娇艳，高大棕榈拉高视野，不大的院子还挤下了一个小游泳池和一个咖啡吧，狭长的空地腾挪出够大概4辆车停放的停车场，其余缝隙都被各式花草和艺术摆设塞满。女主人唐娜极为热情地招呼我，把我引上二楼，跟我说我订了这里最好的房间，能眺望见海。

房间设施陈旧，但总体干净清爽，可是没有热水洗澡。唐娜开导说：“夏天啊，这是夏天！冰凉的水和舒服的床就是馈赠。欢迎你下楼游泳。”我又寻求吹风机未果，想着自己是要去见总统的人，还是需要精心捯饬一下的，只能让我租车的中国老板借我一个吹风机。

至于海景，确是能望到，但中间隔着残破的棚屋。所谓“步行5分钟到海边”，这5分钟需要穿过几个土包、几摊垃圾堆、一个羊圈和一个马厩，“厕所”字样标牌立着，旁边只是一个土坳。没有蓝天碧海，一切都蒙着灰黄之色。恰有一个赤着上身的少年牵着一匹马在沙滩上走过，身后黄昏遗落几抹灿金，才让眼前景色恢复一点儿海的诗情。

这就是阿克拉的海岸线，欧洲典籍里显赫的“黄金海岸”留给我的第一印象。从航拍看，远处一栋突兀的大楼截断了沿线的蜿蜒，其余低矮的房子紧密拥挤着，穿插的陌径是统一的土色，所有人家仿佛抱成团，要尽可能占领海滩，与潮汐形成默契般保持距离，恰好是停泊一艘船的宽窄。我问路人，这算贫民窟吗？他说，不算，各个阶层都混居于此，无法区分。我想，高低平均一下，是平民之地吧。

阿克拉之名，当地阿坎语里的“蚂蚁”之意，形容第一批踏海外来者所乘的独木舟像蚂蚁一样。而此刻，蚂蚁群像复生在了陆地之上，密密麻麻，蝼穴层布。

后来的殖民者粗暴地用索取的“货物”命名西非沿海，曰黄金海岸、象牙海岸、胡椒海岸、奴隶海岸等。土壤里的黄金矿藏让此地有了“黄金海岸”之名，这名字如今会被赋予美国或者澳洲的度假胜地，蒙眼想此名应是摩登椰风，眼前此处却是混沌颓败，倒是地表颜色焦黄接近黄金。矿宝开采早已深入内陆，被权贵寡头垄断，海岸残留都还是古往今来的蝼蚁熙攘。

国名“加纳”，就很本土，源自3世纪至9世纪曾统治撒哈拉沙漠以南广大西非地区的古加纳王国，算是非洲古文明里尤为显赫的一脉。阿拉伯人当时就把古加纳称为“黄金之国”，财富鼎盛，商贸繁荣。今天的加纳位置离古加纳王国还有好几百公里的距离，只是借个名，可能也是意图遥远的兴旺能在这片土地“回归”。

晚上我打了辆车，去市中心找一家叫“顶呱呱”（Tip Top）的中餐馆，一路大堵车。我点了一道水煮牛肉和一碗白米饭，这是我独自漂泊时思乡寻味的“标准套餐”，应该也是外国中餐馆里味道不会出错的经典，我在约翰内斯堡、内罗毕、坎帕拉、开罗都如此大快朵颐过。

饭罢出门，看到街道漆黑、灯光寥寥。问同胞，城里都这样没有路灯吗？她说，这已经算有路灯的了，没路灯的你还没看见，这可是阿克拉的“黄金地段”！

噢，这里又是“黄金”。

2　黑星广场停了 100 辆东风环卫车

第二天，总统采访时间依然没有确定。利用空闲时间，我决定去黑星广场逛逛。找中国老板租的车到了，一辆亮眼的橘黄色现代飞思，当地司机格洛里把吹风机给我捎来了。

我们直奔那颗黑色五角星。它在酷似简约版巴黎凯旋门的黑星门之上，这是加纳的地标之一。黑星门上写着加纳独立的时间“公元1957”以及“自由和公平”字样。加纳国旗中央正是一颗黑星，配以自上而下的红、黄、绿三色。此三色被很多非洲国家国旗采用，是泛非团结的颜色，来自埃塞俄比亚的所罗门王朝旗帜配色。加纳国旗设计者特意将埃塞国旗颜色顺序颠倒，再把象征非洲的黑星加上，既呼应非洲唯一未被外来者殖民的国度，又彰显自己是第一个从殖民者手中实现独立的撒哈拉以南非洲国家。

花了10塞地，我登上了黑星门顶部。站在巨大的四面黑星之下，旁边的阿克拉体育场和黑星广场一览无余。事实上，黑星广场也很像一个体育场，专门设置了可容纳3万人的看台，被当作纪念碑的弧形独立拱门则处于主席台的位置。独立拱门背靠几内湾碧蓝的海，面对着无名战士纪念碑，高耸的塔柱上站着一个士兵雕像。

黑星广场建成于1961年，有着“规模仅次于天安门广场”的雄心，但显然未能如愿，广场大小顶多跻身全球前三十，貌似能拿个非洲第一。其落成时刻就迎来了英国女王伊丽莎白二世的访问，让全世界看到了加纳国父恩克鲁玛和前殖民国君主并肩接受万民拥戴的场面。而此前5天，阿克拉发生了一系列爆炸事件，恩克鲁玛的反对者们推倒了他的雕像，这个国家正处于反对总统独裁的声浪中。35岁的年轻女王在这样的“危险时刻”一意孤行地来了，让日不落帝国前属地的子民兴奋、欢呼、沸腾。加纳留在了英联邦。

近60年前的盛大人海，在我眼前却被100辆整齐排列的蓝色东风卡车替代。远眺视角，让我能把数目数得清楚，确切地说是整整100辆垃圾车，车的方阵和独立拱门、广场、国旗阵一样对称，等待着某种检阅。一问得知，这里过两天会举行一场环卫车辆的交付仪式。一家中国企业向阿克拉环卫部门捐赠了500辆垃圾车，支援当地政府整治环境的决心。

后来的新闻里，有媒体质疑：现场只看到了150辆（可能后来又运来了50辆），500辆是个谎言。然后又有媒体主动回应：协议里指的是未来10年的计划，而这家企业在2016年就捐过400辆垃圾车和

5000 辆机动三轮车，创造了超过 1 万个工作岗位，力图证明中国企业还是很靠谱的。

黑星广场理应有士兵守卫，不得随意进入和拍照，但可能是这里要举办中国企业活动的缘故，我的黄皮肤面孔成了“通行证”。从中间一个用石头压着的小铁门进入，从东风卡车的队列中穿过，径直通过独立拱门，看到绵延海边的围墙，又通过一道铁门来到博拉海滩。实际上，几辆翻土车和拉土卡车、坑洼的地面让此地更像工地，还有一群山羊吃着墙根所剩无几的草。而大海就近在咫尺，格洛里也兴奋了起来，让我给他和海拍合影，他今天穿的暗纹花衬衫、人字拖鞋仿佛就是为来海边准备的。

博拉海滩一头连着城市最古老的街区詹姆斯敦，红白相间的标志性灯塔隐约可见，是众多电影的取景地，拥有 20 多家拳击俱乐部，走出过几个世界级拳击手，旅行指南里写：“这里藏着阿克拉更深的秘密。”“拳击对于这里的年轻人更像一种宗教。”另一头则是白色的奥苏城堡，丹麦人在 17 世纪建造时起名为“基督徒的城堡”，后在葡萄牙人、荷兰人、英国人和阿克瓦穆王国（当地阿坎人建立的一个王国）商人间几经易手，曾作为加纳总统的官邸，如今是军事要塞，偶尔接待一下外宾。

夹在两座显要建筑间的漫长海岸成了“人间乐园”：情侣牵手漫步，兄弟们分享着雪糕，孩童迫不及待换上泳装去浪里嬉戏，几根木条撑起整块帆布成了海边冷饮铺，妇女头顶盖上透明膜的食物盘子、手挎塑料凳来回招揽食客，无所事事者也会席地而坐……如果没有遍布海滩的垃圾，这因海而生的所有热闹都是理所当然的。但这令人遮鼻的脏臭，竟还能让那么多人流连欢笑着，实在不可思议。

我说，这海滩也太脏了！格洛里说："脏，也是给人民的。干净的海滩是给五星级酒店的。"

人口、工业和城市化的急速扩张让阿克拉承受着巨大的垃圾困扰。世界最大的电子垃圾场就在城内叫阿格博格布洛谢（Agbogbloshie）的地方，当地爱将这个人满为患、铅污染严重的贫民窟比作"索多玛与蛾摩拉"——《圣经》记载的两座罪恶之城。那里是穷人的"富矿"，1 吨电路板包含的黄金可达 1 吨金矿石的 40—800 倍，加纳人太懂黄金的分量了，更知道矿石不属于普通人；那里又是发达国家电子废物的"倾倒场"，因为将未经处理的电子废物批量运往非洲比回收成本低，"聪明"的美国、日本和欧洲企业把非法行为美化成"捐赠"，来"弥合发达国家和发展中国家间的数字鸿沟"。魔又比魔高了一丈，阿格博格布洛谢里的犯罪团伙学会了从废弃的电子产品里恢复信用卡信息及富人们的资料来牟利，甚至获取了美国政府的机密文件，价值数百万美元。

而我的那日所见：独立拱门内整洁的广场上停放着崭新的垃圾车，是当地政府立志要与城市垃圾"决战"的新装备，而独立拱门外众人与垃圾共处的一整条海滩展现着他们要对抗的狼狈现状。总统阿库福 - 阿多 2017 年竞选时，发誓要在 2021 年前完成"使阿克拉成为非洲最干净的城市"的目标，2021 年他成功连任了，但目标好像依旧停留在目标阶段。

3　恩克鲁玛陵园里降半旗

"这是一把倒置的剑，在阿坎人眼里，代表着和平"，格洛里给我介绍恩克鲁玛纪念公园里纪念碑的含义。照他一说，这座灰色大理石建筑的确像将剑刃插入地下，而留在地上的剑柄，意思应该和中国人的“止戈息武”差不多。我还看到过更夸张的描述：“上端酷似埃菲尔铁塔，中部寓意金字塔，下方形似泰姬陵”，象征着恩克鲁玛“为了国家和人民而足迹遍五洲，奋斗一生”。其实这是恩克鲁玛的“墓碑”，底部安放着存有他和妻子遗体的两座棺椁，顶上留了缝隙，阳光正好透进来照亮内部的肃穆。

恩克鲁玛的铜雕像屹立在纪念碑的正前方，他左手握拳，右手指向前方，身体呈向前迈步的动作，呼应他组建的人民大会党的口号“永远向前，从不落后”（Forward Ever, Backward Never）。据说当年他正是站在这里，宣布了加纳的独立，喊出“加纳将永远自由”。这块场地的选择就颇有寓意，此地曾是老议会大厦对面的英国旧马球场，只有欧洲人能使用。此时的雕像前则是穆斯林一家三口模仿着恩克鲁玛向前指的姿势，格洛里很热心地帮他们拍了合影。

公园左右两侧的喷泉池都没了水，空留下一侧各 7 尊半蹲在台子上的角号手雕塑。这种侧吹、牛角形的角号是当地的一种传统木质乐器，多是部落里吹响号召乡民们来朝觐酋长。还有两座分别演奏非洲鼓和西非科拉琴的乐手雕塑，形成一个葬礼乐队，以示对国家领导人的郑重哀悼。

虽被尊为加纳“国父”，但恩克鲁玛实际领导国家不到 10 年。成为总统的第 6 年，他访问越南时，加纳国内发生军事政变，他之后长期流亡海外。最后是几内亚总统收留了他，甚至将他任命为该国的“名誉联合总统”。1972 年 4 月，恩克鲁玛病逝于罗马尼亚，灵柩被运回加纳，葬在了他的家乡。1992 年这座陵园建成后，他的遗体被转移了进来。

一个白色的半地下式建筑用作恩克鲁玛生平事迹陈列室，他生前使用过的办公桌、书柜、钢笔、眼镜、手杖等以及各种阐释他思想的著作都有展出，墙上挂着他生命中的重要时刻及和重要人物的合影，与伊丽莎白二世、肯尼迪的会见会被重点介绍，而有一个角落会“让中国游客在此驻足很久”。那是几张 1961 年恩克鲁玛访华及 1964 年周恩来、陈毅出访加纳的照片，有北京机场列队欢迎、毛主席亲切接见等珍贵画面。

1964 年的照片里，恩克鲁玛特意穿上了中山装携妻子和周、陈二人合影。这是中非关系里极具象征意义的历史瞬间，“患难与共”的情谊在此可见一斑。1963 年底至 1964 年初，周恩来一行出访非洲十国，原定抵达加纳前不到 10 天，恩克鲁玛遇刺并受轻伤，加纳形势突增变数。周总理在派人考察加纳情况后，不顾安危依然按原计划到访，让恩克鲁玛非常感动。由陈毅做裁判，周、恩两人还在一座城堡里打了一场乒乓球赛，这也被传为一段佳话。

周总理也是在加纳之行中宣布了著名的《中国对外经济技术援助的八项原则》，成为在特定历史条件下，中国向第三世界国家提供援助的纲领。原则中明确了平等互利、尊重主权、不搞特权，条款包括“中国政府以无息或者低息贷款的方式提供经济援助，在需要的时候延长还款期限，以尽量减少受援国的负担”“中国政府对外提供援助的目的，不是造成受援国对中国的依赖，而是帮助受援国逐步走上自力更生、经济上独立发展的道路”等。坦赞铁路正是在这一文件指导下酝酿的项目。

而陈列室的档案影像里隐去了 1966 年这个特殊年份。这年 2 月，恩克鲁玛在访问越南时遭遇政变，随后访问中国的行程未变。尽管加纳驻中国使馆都已表示效忠新政府，但中国政府仍然以高级别礼遇款待了这位“流亡总统”。

走出陈列室，两座青铜像就在一侧，它们原本一体，如今头身分离。身体部分向前迈步招手的姿势还可辨认，恩克鲁玛的头颅雕像被单独放在一个方墩上。原身在加纳独立的第二年就被立于老议会大厦前，用于彰显“伟人风范”。1966 年军事政变后，狂欢的民众将雕像“斩首”然后推倒，头部后来丢失了。一直到 2009 年，恩克鲁玛诞辰 100 周年时，一名妇女将这枚“头颅”归还。

某种意义上，当年雕像被推倒，是一种“民心所向”。恩克鲁玛掌权后，就以非洲“救世主”自居，成为终身领袖，大搞个人崇拜，独裁、集权、专断，脱离了人民，然后将个人雕像建造到全国各地去；经济上好大喜功，腐败之风横行，拥有丰富资源的国家经济被拖到崩溃边缘，他此前积累下来的民望和威信都被掏空。甚至为了打造“国际级政治家”人设，他自不量力地“长臂”调解越南战争，却在第三次赴越途中丢失自家政权。加纳军人发动政变时，在国内几乎没有遇到强烈抵抗，民众甚至欢迎易帜。

恩克鲁玛是领导非洲国家独立的先驱，纵观非洲各国摆脱殖民的历史，很多“独立之父”的故事何尝不是和他相似？如今，倒下的雕像又在恩克鲁玛长眠之地被立了起来，分离的头身却没有被拼合复原，残损痕迹都被保留，也是某种警醒和启示。国家的几番政权颠覆与更迭后，他“加纳国父”的地位被恢复，功过又被重新“结算”，“领袖”终究要成为人们为民族独立斗争的历史记忆和自豪感的一部分，如陵园中央金铜色、新立的、供人瞻仰留影的完身雕像一样，指向前方。

所指方向，一个玻璃房子里停着恩克鲁玛坐过的蓝色凯迪拉克轿车，后面放着一幅恩克鲁玛伏案书写的油画，他笔下写着“非洲必须团结”。作为泛非主义的倡导者、非洲联盟的发起者，恩克鲁玛对于非洲力量联合与崛起的功勋意义，是要被记下浓重一笔的。

看到陵园里的国旗都降了半旗，我才意识到来此 11 天前去世的前联合国秘书长安南正是加纳人。加纳举国降半旗一周，哀悼这位联合国第一位黑人领导人。此时悼念期应该已过，这里还没来得及恢复旗帜。

2001 年，因“其为实现一个更加有序与和平的世界所进行的工作”，安南与联合国被授予诺贝尔和平奖，他还被称为“非洲杰出的儿子”“引导善良的力量”。两个时代的黑人英雄，一个为非洲团结奔走，一个为世界和平呼喊，在旗杆中间泛非意义的红黄绿三色旗迎风招展时，有了跨时空呼应，也是非洲力量的一种“归来”。

在奥苏城堡附近的一个鸟类公园里，我还注意到了另一处总统陵墓，左右对称的两面加纳国旗样式的立碑、中间镶上加纳国徽，前方摆着一具黑色石棺，周围歪斜地立着几块照片拼合而成的展板，展示着葬礼那天的盛况及人们哀痛的神情。

这座陵墓属于在任内去世的总统米尔斯，他 2009 年宣誓就职，2012 年因病过世。他执政的短短 3 年里取得了不少积极成果：通货膨胀率持续下降，2011 年加纳成为世界上增长最快的经济体、西非最佳营商地。

这一天下来，我参观了两位加纳前总统的陵墓，对现任总统的采访依旧遥遥无期。

4 漫漫“回归”路

从阿克拉开车沿着海岸线向西，我们的橘黄色小车很是拉风。路过一个热闹的巴扎市场，妇女们可以把几乎所有货物都往头上顶；市场旁边，摩托车头改装的卡车拉来一车车小孩，这里在举行跆拳道比赛，穿着白色道服的选手们正在列队入场；一面满是地区竞选广告和招聘信息的张贴墙，上面有张手写的“把你的旗帜带给马库斯·加维——雷鬼之夜”海报；还有一个棺材铺，停着几口飞机大炮形状的定制款棺材，不由想到曾火遍中国网络的加纳“黑人抬棺舞”很是搭配。

经过大约 3 个小时，海岸角奴隶堡到了。这里可以说是一批批来自其他大洲的非洲黑人后裔的“寻根”之处。回归，成为加纳 2019 年一整年的主题词。

1619 年 8 月，有记载的第一批非洲黑奴被运抵当时还是英国殖民地的美国境内。自那时起的 3 个多世纪里，欧洲人利用船坚炮利去换取非洲大陆西海岸的奴隶，将他们捆绑着运往加勒比和美洲沿岸，从事繁重的劳动，得到的原材料作物被商人们运回欧洲。这臭名昭著的“三角贸易”，让超过 1500 万非洲男女远离家园，客死异乡。正是奴隶贸易及欧洲残酷的殖民统治，16 世纪至 20 世纪，整个非洲的人口增长率几乎为零，是这 400 年内世界上唯一没有人口增长的地区。可以说，这里埋藏着西方现代文明的“原罪”。

加纳政府将 400 年后的 2019 年定为“回归年”，鼓励全世界有非洲血统的同胞回到祖辈的土地，有约 50 万人来参加各种寻根活动。其中，参观奴隶城堡是一项重要内容。

海岸角城堡是当年欧洲殖民者修建的近40座“奴隶城堡”中最著名的一座。由瑞典非洲公司于1653年建起了这座城堡，然后转移于丹麦人、荷兰人和瑞典人的权力交接间。直到1664年英国舰队突然闯入，这里成为英国侵略“黄金海岸”的基地。起初只是为了贩卖木材和黄金，之后逐渐成为跨大西洋奴隶贸易的重要据点。

狭小的入口门楣上挂着《女人的本能》电影海报，我经此进入这座固若金汤的白色堡垒。四角的高大碉堡由厚实的城墙连通，可以隔绝外界的闹市繁杂；碉堡、城墙上都架着铁铳火炮，墙根备着几堆黑色炮弹，或是要抵御海上潜在的来犯；建筑上层是殖民统治者们华饰的官邸，下层则是兵营和深邃的地牢，可以通过低矮的通道彼此连接。讲解员说，天堂与地狱就是这一层之隔。在关押男性奴隶的地牢上方，是一座教堂。

走进海岸角城堡里那一个个长长的黑洞，沿着斜坡而下，抵达坑洼的泥地，等眼睛适应黑暗后，才察觉只有一个极小的透气窗射入一点日光。直径像碗口粗细的沟槽，成为饮水槽和排除粪尿共用的下水道。一个150平方米左右的地窖里，可以关押400到600个奴隶，他们在这暗无天日的地牢里吃喝拉撒，等待船只押送他们前往“新大陆”。有时一等就是三四个月，可能等来的是瘟疫成灾，往往奴隶船未到，已有一半的人死去。

更让人不寒而栗的是完全漆黑的“死牢”，用来关押想反抗的奴隶。石墙上可以触摸到道道“抓痕”，难以想象手指狠狠刮下时，是怎样的挣扎和绝望？黑洞里十分压抑，有游客待了不到20分钟就已大汗淋漓，想赶紧逃离。

有一个牢房一角堆满了新旧花圈，借着原本用于监视奴隶的窗口透下的光，三级白色台阶搭成的简易祭台被打亮，可能是奴隶后人们的祭奠。那个小窗之外，小广场上存有几块镶嵌在地板方砖里的墓碑，或许是奴隶商贩、英国殖民者的墓地，他们何尝不是客死他乡的人，会有人前来吊唁吗？不得而知。一方方孤坟，相伴的只有海的哭啸。

海岸角城堡的博物馆里，详细介绍着黄金掠夺、奴隶买卖、殖民统治，是一段段血迹斑斑的历史以及非洲人民反抗的历程。一面写着“阿朗佐·怀特今天 2 点钟拍卖”的竖旗，让人口交易显得明目张胆、招摇过市；一张奴隶船的横截面描述图，600 多名被奴役的男人、女人和小孩被用镣铐并排拴在一起，他们拥挤地躺着去填满船舱的每个角落，每层只有 10 英寸高。狭窄的空间里，天花、麻疹、坏血病和痢疾等疾病此消彼长，又是一次性命的筛选。

临岸的风浪巨大，远洋的轮船只能在深海等候，黑奴们要被一艘艘木舟运到大船上。他们走出地牢，终于感受到长久未见的阳光和大海，却开始了一场注定永无归途的苦难远行，他们踏出城堡的那扇门叫“不归门”。

无归的奴隶贸易已被废止，回归的漫漫长路却在召唤。1998 年，两具分别来自美国和牙买加的黑奴遗骸被运回了加纳，从那以后，“不归门”改为了“回归门”。包括美国前总统奥巴马在内的众多黑人领袖回到这里参观，增加了这座城堡的知名度。奥巴马的夫人米歇尔的曾曾祖父说过，他们在被运往美国弗吉尼亚州成为奴隶之前到达的最后一站，正是海岸角城堡。

越来越多的黑人远涉重洋前来拜访，更多的人根本无法得知自己的祖先来自哪个非洲国家、从哪里被奴役远走他乡，但“归来”是一份来自血液里的毕生夙愿，踏上这片大陆，为了确切的答案：“我来自非洲！”

联合国将每年3月25日定为奴隶制和跨大西洋贩卖奴隶行为受害者国际纪念日，纽约总部有一座永久纪念碑“回归之舟”。现在加纳每两年会举行一次“泛非节”，纪念让非洲裔人民团结起来的泛非主义，以满足散居在外的非洲人重建与非洲大陆联系的需要。2001年，加纳通过了《居住权法》，允许所有在美洲有非洲血统的人可以无限期留在加纳。

博物馆展览中我特意记下了一段话：“没有人知道非洲的救赎时刻何时到来。它就在风中，即将到来。那一天会像风暴一样降临这里。当这一天到来时，所有非洲人将站在一起。”

说这段话的人正是马库斯·加维，100多年前他创立的黑星航运公司发起了黑人重返非洲的运动，激发了非洲同胞的自豪感，被视作黑人民族主义的开创者。加纳国旗上那颗黑色的五角星，正是向黑星航运公司的致敬，恩克鲁玛所倡导的“非洲统一组织”是今天非洲联盟的前身。

如果说“回归”是与过往苦难深刻抗争的征途，而“团结”则是今日之非洲崭新的征程；“回归”强化着非洲人对自己种族的认同，“团结”则是他们能真正主宰自己命运的前提。2019年5月30日，非洲大陆自由贸易区协议正式生效，将促进非洲国家间贸易往来，非洲一体化进程迈出一大步。团结的非洲，还有多远？

回归之门打开，回归之舟航来，可以有一份期待。

我在海岸角奴隶堡四处观望，看到白人游客在锈迹斑斑的炮台旁徜徉和分神，黑皮肤的后人们自由进出着那扇“不归门”。门外不远处的渔民在织着渔网，他们的木质小船扎堆在海边休整，仍会挂着曾经欧洲殖民国家的各色旗帜，旁边小镇的喧嚣远未停歇。

就那海岸角的浪涛一如既往地汹涌，无论归与来，所有的船儿宿命般要冲向大海。

到了第三天，联系人告诉我，总统登上了经转阿联酋的航班去了北京，直到他上飞机的前一刻都未确认我的采访请求。我只能把任务转交给国内的同事继续联系。

临别前，我最后在“天堂旅店”享用了有着“物超所值鲜榨果汁”的美味早餐，唐娜依旧用饱满的热情招呼着早起的宾客。她告诉我，旅店门外被铁皮板围起来的地方要准备建海边公寓了，我下次再光临时，应该就能在海边看到一个“完美的度假胜地”。

格洛里开车来接我去机场，我把吹风机还给了他。路上经过了一个广告牌，写着“帝国住宅，7套城镇住宅，终极奢华”；又路过一家假日连锁酒店，外边有一排还降着半旗的旗杆，挂着日本、尼日利亚、多哥、肯尼亚、中国、英国、美国等国国旗。

埃塞俄比亚："新耶路撒冷"在狂欢

"在埃塞俄比亚，似乎除了信仰，其他的都是稀缺品……纯洁信仰和困苦生活的双重重担，一同塑造着埃塞人的性格。"我曾在案头记下一位埃塞学者的话。在埃塞俄比亚，我听到了很多故事，觉察着"故事的力量"，游历了三座曾经和现在的都城。

目之所及好像都裹着神话的旧衣裳，它们的孤傲总会蒙上一层忧伤。

1　角落里的"伟大"

我终究是和"人类祖母"露西无缘相见，实为我在非洲的一大遗憾。

2018 年驻外没多久，借着"行走一带一路"之行第一次到埃塞，去其国家博物馆"看看露西"被当作抽个空就能完成的行程，"就一个躺在玻璃柜里的'散装骨架'，还是复制品，看一眼便罢"。最终因为安排过满，未能成行。

2020 年 1 月 6 日，我要去埃塞感受当地独特的圣诞节，航班下午约 3 点到首都亚的斯亚贝巴，也是想着一下飞机就去看露西应该来得及，谁料取行李时出现问题，耽误了很久，赶在关门时间到了博物馆，想让门卫通融让我进去看一眼。人家说，今晚要过节，早就关门了。

我读到过，此地有堪比机场的严格安检，持枪警卫高度戒备地“保护一个女人”。那具 350 万岁的南方古猿化石拥有人类开始直立行走的证据，更会让人联想到“非洲夏娃”子孙们走出非洲、孕育世界。在此参观，能看到一行文字：露西欢迎你回家。

少了和露西的这一面，总让我觉得说起“非洲是人类起源地”时缺了点什么，但就像露西只留有 40% 的骨架一样，即使残缺也可以把所谓伟大的意义补全。

后来匆匆去了趟亚的斯亚贝巴大学，它的校园原是埃塞末代皇帝海尔·塞拉西的花园，曾是塞拉西宫殿的民族研究院也已关门，只能从大门两侧的金色女性人形灯饰猜想内部的奢华。门前是著名的“墨索里尼阶梯”，是意大利短暂占领埃塞时建造的，13 级台阶代表墨索里尼统治意大利的 13 年，而现在阶梯最高层立着一只小石狮。在花园里，狮子造型像图腾一样反复出现，可理解为代表非洲或者埃塞，但也可视作人们对塞拉西复杂情感的注脚。

趁着夜色前残留的黄昏余晖，我来到市中心东北部的圣三一教堂，以期能见到和节日相关的庆祝场景，但又被阻拦在门外，还好这次花了点小费，门卫愿意带我进教堂转一圈。

这座教堂由海尔·塞拉西奠基，后在意大利入侵期间，因皇帝流亡海外而停止修建，直至塞拉西归国光复埃塞，工程才得以恢复，于 1944 年建成，进而成了埃塞对意大利 5 年抗战的纪念之物。“唯一成功抵御欧洲殖民势力的非洲国家”，如此光环让这座教堂被赋予的民族自豪感不言而喻。

教堂外饰称不上华丽，周围有 13 座圣人雕像，建筑前体是高高的柱廊，后方是一幢钟楼和一个铜制圆顶。能见到教堂外，披着白色沙马[1]的母亲在孩子的注视下跪在毯子上匍匐礼拜，还有几位妇女全身紧贴在大门上轻磕额头祷告。穿着黑袍的白胡子司祭为我们打开了教堂的大门。

进入空无一人的教堂内部，需要脱鞋，门卫指着地上的凯贝罗鼓[2]、桌上的鲜花告诉我今晚这里将会有一场隆重的仪式。两侧的彩色玻璃拼绘着《圣经》故事，夕阳试图穿过玻璃挥洒光芒，却又被高大立柱遮挡回去。教堂内部的宏伟和欧洲的大教堂不相上下，有着精美彩绘的中央穹顶挂着巨大吊灯，唯独一幅壁画显得有所区别，画中间穿军装的塞拉西皇帝在军队的簇拥下升起了埃塞国旗。一块铜匾镶在墙上，烙印着圣乔治杀死龙的图案，下面刻有铭文，表达皇帝对英国人帮助埃塞免受意大利统治的感谢。

塞拉西和他妻子的安息之地就在教堂的一个角落，用木质屏风隔出了一个耳堂存放两具石棺，石棺上方有一幅壁画，画着塞拉西接受意大利侵略者投降的历史一幕。门卫讲解着棺材造型的深意：上部的设计取自阿克苏姆方尖碑顶端，棺体模仿拉利贝拉的岩石教堂，基座形似狮子的四只脚。这三个意象基本代表着埃塞人对自己灿烂文明的诠释，前两个是引以为傲的文化遗产。而“犹太之狮”自古是埃塞王朝强盛的象征，也是塞拉西获得的称号，塞拉西被民众“唾弃”的导

1 一种类似于纱制披肩的埃塞妇女传统服饰，用来包裹头部，露出面部，一般会垂至腰部。

2 Kebero，埃塞东正教的礼乐器，空心木桶两面蒙上动物皮制成。

火索也源于他豢养的狮子。

1970 年，埃塞爆发大饥荒，一张塞拉西给狮子喂生肉的照片被传播开来，皇帝的奢靡生活与民间饿殍遍野形成的反差极大刺激着大众，引发政治暴动，之后便是一系列反独裁的人民运动。直到 1974 年，埃塞持续 2000 多年的君主专制制度被推翻，次年塞拉西“被宣布”病逝。塞拉西的尸体在很长一段时间里下落不明，直到 1992 年门格斯图政权崩溃后，遗骸才在旧宫殿的地下被挖出，被暂存于埋葬另一位埃塞皇帝孟尼利克二世的教堂里，2000 年被挪至此处。

门卫描述塞拉西时，用了“伟大的皇帝”等溢美之词，提到塞拉西颁布了首部宪法、实行了改革、打退了意大利人而让埃塞蜚声国际，听得出他对这位皇帝的高度爱戴，成为我听过的对其众说纷纭、褒贬不一的传奇版本之一。我眼前的这方墓室，墙角堆放着杂物，在渐弱的光线中显得暗淡而拥挤，置于繁复的教堂装饰里更是不甚起眼。信徒们会无数次涌进教堂，高声祈祷，那回荡于堂宇的祈祷应该有些许会分给角落里被仰慕过的“伟大”吧？

走出教堂，满是大小雕塑的陵园不得不让人注意。在埃塞的朋友也提醒过我，这里安葬着许多对他们国家有贡献的人，有医生、教育者、慈善家，还有埃塞“旅游业之父”。但各种花式的墓碑上几乎全是阿姆哈拉文字，我无法破译，只能走马观花地看看能解读出来的塑像，比如拿着权杖的是主教、拿着话筒的是歌手、戴着军帽的是军官等。有一个奔跑的运动员形象，配着五环标志，是某位奥运冠军的墓地。长跑项目世界排名前列常年被埃塞和肯尼亚选手占据，赛场上的王者无可争议地被葬入国家光荣的墓园。

这里还葬有一个英国人，叫潘克赫斯特（Estelle Sylvia Pankhurs），20

世纪初女权运动先驱、反法西斯和殖民主义政治活动家，后来成为塞拉西支持者并被雇为他的顾问，晚年在埃塞度过，1960 年去世时埃塞为其举行了国葬，授予她“名誉埃塞俄比亚人”称号。之前她是唯一葬于圣三一教堂的外国人，后来她的儿子也与她一起在此合葬。

可能是因为过节，原本应有人看守、不让人拍照的德尔格早期受害者纪念碑前空无一人。此地用于纪念 1974 年反对门格斯图的德尔格政府牺牲的政府官员，门格斯图推翻了封建帝制，建立起社会主义政权，却制造了骇人听闻的“红色恐怖”。可以说他在非洲开始了第一次完全计划经济的试验，却将国家拉入万劫不复的深渊。

而推翻门格斯图政权的人、埃塞前总理梅莱斯（Meles Zenawi）同样葬在这里，国际上对他杰出的领导力有极高评价，埃塞官方也将他描绘成“当代民族英雄”，2012 年他在比利时突然去世。梅莱斯是提格雷人，认识的几个埃塞朋友对他却有微词，“他可能有为提格雷人贡献许多吧，对其他族群就未必了”。

那是个我匆匆而来的黄昏，柔和的阳光不慌不忙洒下，圣三一教堂未彰显太多神圣，反而让角落里的名字和故事显露。这里更像一个埃塞近现代史的熔炉，荣耀、争议、光彩、落寞都有所雕刻，却又被时间残蚀、被纷纭埋没。黑夜降临了，等圣诞的时刻。

2　平安夜的“加冕”

埃塞拥有悠久的基督教传统，可以追溯到 4 世纪，那时的阿克苏姆帝国比古罗马更早将基督教设为“国教”，一度坚守为非洲的基督教“孤岛”。如今，超过六成埃塞人信仰基督教，其中主要信仰埃塞正教。

埃塞正教从传承上可认为是东正教科普特分支，主教曾由埃及的亚历山大牧首任命，教徒人数仅次于俄罗斯的东正教信徒。但即使是天主教或新教教徒，在埃塞也都不例外地在每年 1 月 7 日（闰年为 8 日）庆祝圣诞节。在埃塞，圣诞节有自己的名字：Lidet，更多时候又叫 Genna。它源自 Gennana，字面意思是“即将到来的”，进一步解释是“上帝即将到来，凡人的原罪将得到释放”。

晚上 11 点左右，当我再次来到圣三一教堂，在门外就能听见厚实悠长的诵经声，从门帘间透出的光亮割破了黑夜的沉默。教堂里挤满了穿着白色棉质长袍的人，男女座位分居两侧。他们齐声哼唱圣歌，有时拍掌打着整齐节奏，两侧过道是供舞蹈、奏乐、表演以及主教巡礼的场所，夹道欢迎的人包着头巾，左手扶着 T 字形长棍，右手上下摇着叉铃。这长棍是祈祷棒，结合摩西牧羊手杖和耶稣十字架的造型；这叉铃叫西斯铃（Sistrum），据说上面有 5 片铁片，象征基督的 5 道伤口，而在古埃及的壁画中也可寻得踪迹。凯贝罗鼓鼓手们穿行其间，或来回蹦跳、或席地而坐地两手拍鼓。一众神职人员在两顶巨大的绣花伞下接受众人的掌声、歌声、尖叫声，开路的人金袍加身，举着细长的火把制造出缭绕烟雾，几个系着白丝巾的金色大十字架被高高举起。

主教阿布恩·马蒂亚斯（Abune Mathias）是埃塞人尽皆知的人物，人群中的他一身最为华丽：头戴金边圆顶帽、身着紫金花纹长袍、手握黑金权杖，留着一大把灰白胡须，面露威严。他是埃塞第六任主教，同时兼任阿克苏姆大主教等其他教会头衔，也是天主教徒。一生也是传奇，他是第一位谴责德尔格政权的宗教领袖，曾因此流亡海外 30 多年，在美国组织流亡者成立教会声援国内的反德尔格运动。

马蒂亚斯巡礼完毕，回到教堂的主殿，要给一对新人主持婚礼。

新郎、新娘均是一袭白衣，坐在扶手刻有狮头的宝座上。司仪用话筒带着新人诵读阿姆哈拉语誓言，新人跪在桌前，同时将手放在金纹皮面的《圣经》之上，也接过话筒重复着这些可能是来自上帝的应许，或者是对彼此的承诺。马蒂亚斯将戒指分给新人互相佩戴，用一个小瓶中倒出的圣水画十字状，涂在二人的脸上和手上，并为他们要披上的金边披风施十字礼。两顶红顶雕金的皇冠放在桌子上格外显眼，当它们被戴在新人头上时，我觉得这两位能在平安夜加冕成婚的人物一定非富即贵。但无论我当场询问还是过后查询都不知道他们是谁。

这对新人携手在宝座上如国王王后一样端坐，接受各类手机和相机拍照，整个教堂的诵经声也越发嘹亮，人们并未完全认识今天要祝福的人是谁，我也无从得知他们念诵的异国语言，只觉置身于一幅活了的中世纪画卷之中。从我踏入教堂的那一刻起，根本没人理会我这个唯一亚洲面孔的闯入，任由我拍照、自拍、录像。

这是一个几乎全员白衣的信仰时空，可以寻找各种关于虔诚的证据：人手一本《圣经》小声哼唱，有人全身匍匐在地，过道里众人投入地弹跳与舞蹈，手部动作好似怀抱一个婴儿。细究起来，人们的表情却近乎慵懒，缺少属于节日的欢乐，有的两眼失神，有的哈欠连天，有的昏昏睡去，唯有孩童最为兴奋，随意在地上打滚欢闹。与此同时，探照灯高高亮起，黄色光线把人与物都勾勒出金边，还有手机、相机的闪光灯频频闪烁，巨大音响放大着话筒那头的绵绵经语，俨然一个大型片场，所有人在与上帝的传情达意里卖力“表演”。不知不觉过了零点，仪式稳定持续，但没有零点倒计时，甚至虚化了时间的概念。宗教氛围笼罩，耳边是遥远并被反复念诵的古老经文，仿佛人们并未真诚希望进入新的纪年。

当我离开教堂，有钟声响起，它和深沉的祝祷声此起彼伏，淹没于起名“平安”的夜里。还有很多信徒就站在教堂外的马路中央祷告，车辆都因此停了下来，等待他们做完所有的礼拜。从此日开始，东正教徒要进行 40 天的斋戒，据说是为了纪念耶稣在荒野中被诱惑的 40 天。每天早上到下午 3 点，不能食用任何动物产品，牛奶、鸡蛋和猪肉也不能被出售，鲜花要严格地与蔬菜和谷物放在一起。

后来几经问询，我终于了解到关于这场“被加冕的婚礼”的些许信息：在圣三一教堂举办婚礼是对公众免费开放的，所以这对新人未必是什么显赫人物，或许只是一对普通夫妇。但从他们的服饰及礼遇得知，他们是因为“First Love”而被隆重加冕，必须满足彼此是第一次爱的人、保有第一次性爱、第一次也是最后一次婚姻的条件。这是一个极其重大和罕见的承诺，如果他们中间有人出了意外或者过早离世，活着的人将永不再婚。

在被命名“上帝即将到来”的时刻，教堂、宗教、仪式，于无信神明的我终是陌生疏离，但在重温这些影像时，得到了一个关于忠贞的解释，是令我意外和感到亲近许多的。那是所有凡俗皆能企及的爱之本能和信仰，不等上帝，也能到来。

3 “非洲奇迹”

圣诞节一大早，我赶着最早的航班前往拉利贝拉。我乘坐了一架 78 座的窄体小飞机，飞机两翼上有巨大的黑色螺旋桨。登机前，着盛装、戴墨镜的人们在机舱前兴奋地合影。不到 50 分钟，飞机降临在海拔约 2000 米的拉利贝拉机场。这个机场只有一条跑道，行李会被堆放在一个拖车上，乘客直接在空旷的停机坪上认领行李。

只有连接机场的一小段马路由沥青铺就，之后便是曲折的泥沙路通往城镇。我打了车，路过背着婴孩徒步的母亲、装满朝圣者的卡车和低矮的红瓦平房，朴身素面夹杂仆仆风尘，都作见识伟迹与盛大之前的酝酿。

拉利贝拉之所以令人心驰神往，全拜那 11 座岩石教堂所赐。传说中，800 多年前，遥远的圣城耶路撒冷被穆斯林所占领，扎格维王朝国王拉利贝拉在梦中收到神谕："再造一个耶路撒冷，教堂要用整块岩石建造。"因此，在海拔 2600 多米的埃塞高原上，人们历时 24 年凿出了 11 座岩石教堂。每座教堂都由一块巨大的石块雕刻而成，没有砖，没有灰浆，没有混凝土，没有木材。这种令人难以置信的工艺至今还让圣徒们相信：这是天使建造的。外来者则无不惊叹，这是"非洲奇迹"。

12 世纪初建立的扎格维王朝只存续了 100 多年，在埃塞历史上只是弹指一挥，夹杂在鼎盛的阿克苏姆帝国和漫长的所罗门王朝之间，更显身单力薄。扎格维人似乎只同埃及和耶路撒冷拥有联系，当时的地中海列强都不甚知道他们的存在，加上之后被所罗门王朝的创立者阿姆拉克一世覆灭，几乎销毁了扎格维王朝的所有记载，连君主的数量和在位时间至今仍是谜。但他们遗留下堪称神迹的岩石教堂，让"遗失的文明"保有坚硬的佐证。

当我抵达时，通往教堂群的街道早已是人头攒动，翩翩白衣汇成节日的涌流，沿街地摊贩卖着《圣经》、圣衣、《圣经》画、祈祷棍。很多人是从 100 多公里外徒步前来，甚至是一路空腹，只为向神明证明自己经历磨难后无比纯粹的诚心。数百年来，这个小镇一直经营着宗教产业，其十分之一的人口从事着牧师工作。定期的游行和盛典、广泛的禁食活动和热闹的歌舞祭祀在此周而复始。

由于教堂都是从山体中凿出，串联不同教堂的路都是窄小的沟道，人们摩肩接踵地排着队从仅供一人通行的门洞进入各个教堂，几乎每个教堂里都有长老守候，接受信徒膜拜、进贡。最虔诚的信徒会弯腰亲吻长老的手、手上的十字架、靠在墙上的画像、石壁、地板以及他们认为神圣的一切。

“世界救世主之家”（Bet Medhane Alem）是其中最大的教堂，据说算是世界最大的凿岩教堂，占地 800 多平方米，高度超过 11 米，外部被 30 多根矩形柱子环绕，说是模仿阿克苏姆锡安圣母玛利亚教堂，原型已于 16 世纪被毁，但眼前的建筑更多时候被形容酷似古希腊神庙，大多数石柱已是后来的复制品。教堂屋顶倾斜，可见是遵循了所在山丘的地形，是它完全脱胎于顽石的痕迹，也能让人从中体会古代设计者对地质构造的熟稔和顺势而为的匠心。教堂一次次被修复，工匠们好心地为其涂上了深粉色涂层，石柱上深深刻着“1954”字样，那是完成大修的年份。每个周日，礼拜者都期待来此得到拉利贝拉十字架的祝福——十字架由拉利贝拉国王最初拥有的 7 公斤黄金制成。

最受朝圣者欢迎的是圣玛利亚教堂（Bet Maryam）。这是这里唯一有门廊延伸的教堂，也被认为可能是拉利贝拉建造的第一座教堂。教堂外有一方漂满绿藻的洗礼池，内部尚存早期的精美壁画，以及罕见的圣乔治斗龙浮雕。一根柱子上刻有吉兹[1]、希伯来和希腊语三种语言的铭文，但被永久包裹于布料当中，不再示人。石窗上惊现佛教的卍字符，可料想当年拉利贝拉国王接受了很多异教的元素，有着包容的

1 Ge’ez，古埃塞语，现在只作宗教用途。

信仰。

上述两座教堂都是四周带庭院的独栋建筑，上方被一顶巨型大棚遮挡。拉利贝拉教堂群于 1978 年被列入世界文化遗产，保护这些脆弱的古迹迫在眉睫，加盖的大棚可以防止大雨和暴晒的损坏。不得不说，这些现代钢筋“大伞”着实煞了风景，在古之圣迹之中实在违和，但必须被理解，这是人类为了保留文明残存和自然、和岁月的必要抗争。

“戈尔戈塔之家”（Bet Golgotha）和“迈克尔之家”（Bet Mikael）是两座连通的孪生教堂，拥有教堂群中仅有的十字形柱子，相传是拉利贝拉国王本人的墓葬所在，不允许女性进入。内部壁龛内雕刻有耶稣十二使徒真人大小的彩绘浮雕，堪称教堂群里最精美的雕刻了，其中 4 个可供人瞻仰，另外 8 个藏于帘子背后的禁区。两扇精心设计的悬窗透进笔直的光线，照亮石室之内格外拥挤的人群，他们扑向浮雕，探头品观。我见有人给了旁边的长老小费，被批准全身贴在墙面上，深情亲吻雕像的右手。这一幕在我眼前定格许久，雕像面部五官深刻清晰，头顶环状圣光，表情慈祥，它身前的白衣信徒刚好沐在洒漏的阳光里，纹丝不动地默念祝语，此景如画，可谓圣洁。

几乎每座教堂都有值得品味的独特构造，一墙一柱，甚至一窗一石，但在圣乔治教堂（Bet Giyorgis）面前，之前的修饰与形容都会黯然失色。这是拉利贝拉国王下令建造的最后一座教堂，传说正是圣乔治向他发出建教堂的指示，因此把岩石教堂中最雄伟者取名圣乔治。

这里没有了大棚遮挡，是一片远离其他教堂的开阔地带，暗红色火山凝灰岩体中被凿出一个 25 米见方的大坑，中央一座十字柱状、15 米高的教堂拔地而起。顶部是完美比例的三重十字架图案，合三位一体之意，上层有 12 扇半棕榈叶形状的开窗，下层有 9 扇方形“盲窗”

和 3 扇朝西的石门，1.5 米高的底座作为阶梯。用现场的一整块山体岩石直接雕琢、掏空而饰，光想象这一点就足够令人叹为观止，正是这神迹一般的建造，成了拉利贝拉的封面，也有了被列入“世界第八大奇迹”的底气。

当我到来时，巨坑的崖边站满了人，像镶了一道白边，他们向中心的圣乔治教堂张望、祷告。盛阳之下，众人簇拥，规则对称的教堂本身就像一个祭祀的圣物。它墙面粉红，因潮湿结下的黄色苔藓成了岁月的锈迹，庄重而神秘，沧桑却不朽。而崖壁上凿出了一个个小洞穴，安置过早已腐朽的木乃伊，是古代朝圣者的安息之所，他们从非洲各地来此，然后决定至死也要守护在圣乔治教堂旁边。

凌晨 4 点多，我寻得一个不远的小山包，以求能拍下星空下的十字教堂。可是周围路灯刺眼，光污染严重，长曝光后效果并不好，但星斗依然清晰可见，漫天星点与被灯光打亮的教堂辉映，地上巨大的“十字”闪亮，仿佛特意标示的某种暗语，向宇宙传达人类来过的意义。

沿着一条 50 多米长的狭窄甬道通向大坑底部，我循着朝圣者的秉烛光亮前行，走出门洞，站在坑底仰望，幽暗中有一盏探照灯刺眼。教堂西面十分明亮，一侧摆着圣乔治骑白马、持长矛、战恶龙的画像，其上打着一红一绿绣花伞，人们拾级而上去亲吻中间的石门。5 时许，左侧小门被打开，一批批信男信女涌入教堂内，一个不大的空间里凌乱地摆放着烛台、镜子、《圣经》画，大概可以挤下 20 多人。把守的牧师用手中的十字架去贴每个人的脸，他们摇头晃脑地诵经，向一块从屋顶挂下的巨大帘布祈祷。

大布隔着的是不容他人僭越的圣殿禁地，藏着众多宝藏，据说有一个拉利贝拉国王自己雕刻的木箱，还有埃塞人引以为傲的圣约柜复制品“塔博特”（Tabot）——这一词汇来自古吉兹语，也被翻译成“禁忌”。后来知道，几乎每座教堂里都有一个这样的圣所，“藏”着不愿告人并自诩神圣的秘密。这或许也是独属埃塞的礼拜场景了，人们不向神像、神父、牌位跪拜，而是朝着一帘神秘之幕合十，幕布之后的未知用于承载他们自古的想象和现世的愿景。

就这样，我在这里目睹了一次次一知半解的宗教狂欢。黑夜里，教堂关闭，打亮教堂的灯光反射在巨大的钢铁大棚上，借着这点光亮，人们挥着埃塞国旗载歌载舞。黎明前，圣玛利亚教堂周围再度挤满了人，阵势比圣三一教堂平安夜的更为盛大隆重，连高墙之上都坐着各种肤色的围观人群。长老们的华服耀眼，倚着祈祷棒，摇着西斯铃，凯贝罗鼓隆隆响起，话筒为悠长的颂道声扩音，夹杂着信徒们的啜泣与呼鸣，一直重复环绕，直到天明。

我在这里看到了或苍老或年轻的面孔，或兴致高昂或愁眉低沉的神情，白衣之下的他们会戴着墨镜，头上绑着写有阿姆哈拉励志标语的头带，穿着国旗颜色红黄绿条纹的衬衫、印有嘻哈图案的 T 恤、绣上精致装饰的裙子。他们同样生活在现代，披上白衣后会去信仰古老，亲吻石头，去接近上帝，祈愿人间。

4 阿克苏姆的故事

“世界上有四个伟大的文明：巴比伦－波斯、罗马、中国和阿克苏姆”，就像中国会持“四大文明古国”之说引以为傲，埃塞人总会用一位 3 世纪波斯先知的话为阿克苏姆的历史荣耀正名。

阿克苏姆帝国有多强大？其疆域囊括今天的埃塞北部、厄立特里亚、吉布提北部和苏丹东部，鼎盛时跨过红海，直抵也门，延伸至现代阿拉伯南部的大片地区。为古罗马至印度商路上的重要站点，以西是东非腹地，以东与阿拉伯、印度通商，以南承黑非洲往来，以北顺尼罗河而下，埃及托勒密王朝成为其最大贸易伙伴。想象一下，埃及艳后会穿上阿克苏姆的珍奇兽皮，在神殿里点上阿克苏姆的异域熏香。6 世纪，阿克苏姆达到辉煌顶峰，彼时隋朝统一了中国。在印度和中国都发现了阿克苏姆钱币，钱币上能看到新月圆盘和十字架两种图案共存，这是世界上首批带有基督符号的货币。

统治了 900 多年的阿克苏姆帝国就像埃塞供奉在中世纪的伟大的梦，素有后来者希望与之建立联系，不惜“编故事”宣示正统。阿姆拉克一世宣称自己是阿克苏姆王朝后裔，并为祖先加持神的授意。

《圣经》记载，以色列所罗门王拥有非凡智慧和财富的消息得到了广泛传播，令来自东非某个王国的示巴女王仰慕，她带着黄金与奇珍前来拜见，所罗门王收下了女王的礼物，并满足了她的所有愿望。情节仅是为了渲染所罗门王声名远扬，篇幅很小且不可考证，但埃塞人对号入座，认为那个非洲王国就是阿克苏姆，进而认为他们是所罗门王和示巴女王的后代。

阿姆拉克一世决定将这个传说继续加工，下令编撰《列王荣耀记》（*Kebra Nagast Glory of King*）。其中写道，示巴女王在返程途中生下所罗门王之子孟尼利克，并带回埃塞抚养，孩子长大后去耶路撒冷见了父亲，所罗门王想让孟尼利克留下来统治以色列，孟尼利克却坚持要回到母亲身边。父亲决定派一队以色列人护送儿子回家，这群人认为这是一次流放而不满，偷走了用于存放上帝与以色列人所立契约的圣物约柜，后遭到所罗门王追捕。但约柜拥有神秘力量，带着孟尼利克及随行者一起瞬移，“飞”回了埃塞。孟尼利克后来加冕为埃塞国王，约柜也一直藏于埃塞。

在埃塞人眼里，《列王荣耀记》是世界巨著，地位仅次于《圣经》。这个后来统治者绘声绘色去“追溯”的故事意义非凡。一是让阿姆拉克建立的所罗门王朝有了“名正言顺”的法理，而且与《圣经》人物联系起来，如要推翻王朝等同于宗教犯罪；二是确认“上帝选民的家乡”和以色列的继承者是埃塞，而非耶路撒冷或者罗马，可以塑造国家认同感；三是将埃塞东正教与国家正统绑定，皇帝在世俗界和宗教界均掌握大权。

“故事的力量”就是如此空前强大，奠定了一个国家的民族性，乃至可以塑造埃塞人民的性格。

“我是地道的提格雷人，最懂阿克苏姆的故事了。”穿着牛仔外套、戴着墨镜的塔克斯特在阿克苏姆机场大厅里试图说服我，让我跟着他游览阿克苏姆。这里的“阿克苏姆”已经从一个王朝浓缩成一个城镇的名字，属于埃塞最北部的提格雷州，接近与厄立特里亚的边境。

我从拉利贝拉飞到阿克苏姆，终于拿到了因被埃塞航空误认是联程、直接从亚的斯送到这里的行李。阿克苏姆机场不大，门口立着一尊约翰尼斯四世的铜像，他手持尖矛、盾牌，笔挺地坐着。这位埃塞皇帝是提格雷人的骄傲，击退过埃及的入侵，战死于与苏丹马赫迪作战的战场，阿克苏姆机场以他的名字命名。铜像旁，有着黄色三角和五星的提格雷州红旗，与埃塞国旗一起高高飘扬。

因为我只剩一天时间待在阿克苏姆，有个导游带着到景点走走，效率更高。我和塔克斯特谈拢了价格，把我手上剩下的2000多埃塞比尔几乎都给了他，但他温馨地提示我留点零钱。他说，看在我是记者能帮他宣传的分上，给了我其他导游绝不可能给的低价。“请你保证一定要把阿克苏姆的故事告诉更多人！”他同意开车带我尽可能地把阿克苏姆最经典的地方走遍。

塔克斯特首先把我带到西边城外的一座废墟，有砖砌的墙根、台阶和地板残留，大约有50多个房间的轮廓，厨房、客厅等可辨。他说，这是“示巴女王的宫殿”，借此介绍起女王和所罗门王的逸事。实际上，经考古学家考证，这只是一座7世纪的贵族豪宅而已，比示巴女王所在年代晚了至少1500年。遗址入口处有一棵茂盛的火殃簕，塔克斯特划开树干、手掌沾上一点白色汁液，说：“这可是女王种下的乳汁树，会流出母乳一样的汁水。示巴女王就是我们埃塞人的母亲。”废墟对面是古迪特碑田，用简易的铁丝网围了起来，几块不规则的长石立着，门牌空无一字，一群放牛娃聚在门口，他们的牛在石碑间吃草。塔克斯特说，那还没建好，也并不值得看。据考古初步推测，这个地方很可能也只是某个小贵族的墓地而已。相比示巴女王的传说色彩，古迪特则是真实存在过的女君主。但示巴女王是阿克苏姆的光辉化身，古迪特则是结束阿克苏姆王朝的异教徒，她把教堂和纪念碑都烧毁了，“古迪特”在阿姆哈拉语中引申为“火”。她杀死皇帝、试图消灭前朝王室成员等暴行至今在埃塞北方农民中口耳相传。

当地人太爱示巴女王了，不惜把城北一个15世纪人工挖掘的池塘传说成示巴女王的浴场，每年1月主显节时众人会在此隆重洗礼。示巴女王在世人眼中不全然是美好的，欧洲中世纪和文艺复兴时期的宗教艺术中，她会以丑陋女巫的形象出现。在非基督教的叙述里，她基本会被丑化：犹太教将其描绘成有着毛茸茸双脚的恶魔形象，并把她比喻为古代亚述和巴比伦神话中诱人堕落的淫妇；伊斯兰教将其贬斥为妖怪，说她所行之事对人类来说大都意味着灾难。但这些绝对不能在骄傲的埃塞人面前提及。

阿克苏姆的传奇不容分说，还需仰仗文字记载。在“示巴女王泳池”不远处，一个狭小的圆筒石房中央，埃扎那石碑被罩在玻璃箱里。类似于古埃及的罗塞塔石碑[1]，埃扎那石碑用吉兹文字、南阿拉伯的萨巴文字和希腊文字记述了埃扎那皈依基督教，赞扬上帝帮助他赢得战争，征服广袤土地。

三种语言暗合着阿克苏姆文化兼容并蓄的历程。其早期受到南阿拉伯及闪米特民族影响，吉兹语就属于闪米特语族，于4世纪开始被埃扎那宣布为教会语言使用，是今日阿姆哈拉语、提格雷语、提格里尼亚语的祖先。随着王国成为罗马和印度之间贸易路线的要塞，他们选择投入希腊罗马文化的怀抱，希腊语也随即成为通用语言。“埃塞俄比亚”一词就来自希腊语，意为“晒黑的面部”。

埃扎那石碑是被三个农民发现的，他们的名字用英语和阿姆哈拉语手写在旁边的牌子上。石屋入口处摆放着无人问津的黑木雕和手工编织品，一群躺在地上晒太阳的孩子成了这里的看守者。

埃扎那可以说是阿克苏姆王朝鼎盛时期的代名词，就是他改宗基督教为“国教”，有“埃塞的君士坦丁大帝”之誉，自称“万王之王”。塔克斯特又告诉我埃扎那的另一个称谓——“善良之王”，因为他不会在征服的土地上压迫或奴役百姓，而是希望他们繁荣和富有，“这是大多数君王无法做到的”。埃扎那的“墓碑”至今依然高高耸立，但需要脚手架加以固定。这些被称作方尖碑的巨石顶部并不尖，而是半圆形。

1 有古埃及象形文字、通俗体和希腊文，成为破解古埃及文字的“钥匙”。

埃扎那方尖碑上雕刻着一扇门和九层窗户，被认为代表埃扎那统治时期建造的九座宫殿。

在方尖碑公园内，与埃扎那方尖碑造型相似、并列矗立的是“罗马石碑”，它颜色泛青，露出了花岗岩的本色。这座方尖碑在1937年曾被墨索里尼运往罗马，作为阿克苏姆王权象征的方尖碑在当时成了意大利人炫耀战绩的战利品。它在1000年前就已断成5块，后来意大利人把它复原，将之竖立在罗马的卡佩纳门广场。意大利人在战败后答应归还文物，然而直到1997年，意方才和埃塞方面协商归还方尖碑的方案。经过数年的方案设计、讨论和测试，方尖碑最终被分成3段，于2005年空运抵达埃塞，而后又历时3年才完成了组装。

这里最高的方尖碑却倒下了，在3世纪刚被竖起不久就轰然坍塌，33米高、500多吨的碑体断成几节卧在草地上，也让今天的人能走近、平视、触摸碑上的精致花纹。塔克斯特反复问我“是不是难以置信”，一次次替我惊叹，如此庞大的石头，那么复杂的雕刻，近2000年前怎么开凿、制作、运输的呢？

答案其实可以在旁边的阿克苏姆博物馆里查阅到。人们在阿克苏姆城西边的戈博杜拉山上发现了至少5个古代采石场，可以考究到工匠们利用木制楔子遇水膨胀来切割岩石的过程，图示中能看到大象和众人利用杠杆竖起石碑。这个博物馆虽然不大，却收藏着方尖碑下方和周边地区墓葬中发现的大量文物，并且不断用模型、图表向游客解释他们正在看到的遗迹，以及阿克苏姆对于现代埃塞俄比亚的重要性。

我能走进一座方尖碑下方的墓葬，除了入口处刻画的石头假门值得一看，地下的一间间墓室空空如也，未留下任何装饰。地上还有很多没有任何装饰的石碑，从2米到30多米不等，或挺立或倒下，有的是未完成的石料，有的已被青苔覆盖，它们以无名群像的方式诉说阿克苏姆曾经的传承和兴衰。天空中总有老鹰围着高耸的方尖碑盘旋，它们飞翔在让人仰望的高度。公园外的地砖上画有各个国家的国旗，最大的一面却是提格雷州旗，大过了埃塞国旗。

塔克斯特告诉我，阿克苏姆仅有 2% 的历史区域被挖掘或者被勘探。这些遗迹散落四处，但都距离不远，年代难考，景点都是一副建设中的样了，总存在修修补补的痕迹，能感受到政府很努力地在加以修饰和保护，让千年圣城能体面地迎接八方来客。但是这些明明确凿的地点，往往被添上后人的臆想，试图往神话里倾斜，令所谓的高贵与悠久显得亦真亦假。

而“一粒豆子改变世界”的故事确实是从埃塞开始的。

中午吃过饭，塔克斯特说天气太热了，要中断一下旅程，带我去乘凉、喝饮料、见美女。走在城市主干道上，两旁有凤凰花盛开，路上私家车不多，多的是五颜六色的巴士及规制统一的三轮“突突车”，埃塞人叫“巴加吉”（Bajaji）。可能是巴加吉蓝白相间的车体上不让绘画，车主们便在车头和车窗上“做足文章”，贴上各色彩条和宗教符号，只要不遮挡视线就行。有个车头还贴了“Nike”标志，不知是全球化品牌广告渗透到了这里，还是车主自己想显示潮流。路边小卖部会留半个门面做玻璃橱窗，塞满香蕉、干果、大桶番茄酱等，以向路人展示。

我们来到巷口的一个咖啡摊。几根细木棍架起瓦片搭成棚子遮阳，挂上几束茅草点缀。一位标致的埃塞姑娘坐在角落，身前的青草垫上摆着白色台子，漏斗形状的木炭炉子燃着火，一个塑料菜篮里装着款式不一的杯子，一旁还有盛水的汽油桶和装着待洗杯具的盆。埃塞人拥有棕褐色的皮肤、明晰的五官和清瘦的身材，这些特征也让埃塞美女的“黑珍珠”美名在外。这位咖啡姑娘描了双眉，盘着高发髻，脖子上戴着十字挂坠，皮制背包挂在墙边，是朴素装扮下倔强的时髦。

她先是用小锅在火炉上烘烤咖啡豆，一边用扇子扇火，一边晃动铁锅反复翻炒，直至豆子脱掉银皮，变成肉桂色，然后金褐色，最终黑而不焦，被散放在垫子上冷却；接着用研杵磨粉，需要将豆子磨到颗粒均匀，颗粒太大容易让咖啡淡而无味，太细会造成萃取过度而味道焦苦；最后煮咖啡，直至香气弥漫。她会把烘焙中的豆子凑到我鼻子前，用手扇动几下，这香气也是一种祝福。

一张塑料凳子就是我的餐桌，上面摆有一个小炭炉，冒着白烟，熏香混杂着咖啡香让空气芬芳且能够提神。姑娘用特制的圆体宽颈陶壶给我倒咖啡，壶口有些黄色的丝状物，可能是过滤网。杯中的咖啡醇厚酸苦，可以添加白糖饮用，表面依旧会悬浮一些粉末，但大部分残渣会沉在杯底。她一般只给客人喝第一泡，如果客人还想喝第二泡，她会向壶里添水，再倒一杯。姑娘不太会说英文，表情冷酷，无论客人说什么，她都会以“Thank you”回应。

周边环境再简陋不过，塔克斯特却想借此向我展示一杯正宗埃塞咖啡诞生的全过程。只是一张低矮的四脚凳，却在上面仪式感满满地燃火焚香、温杯慢品。这“陶罐煮咖啡”是不管上层阶级还是平民百姓都能享有的仪式，甚至有些人离开埃塞，没了陶罐，觉得外面的咖啡味道都变了。咖啡摊对面大树下，几个农闲的小伙子也摆上一张凳子，坐在墙根石阶上喝咖啡聊天，展示着这种苦味饮品为劳苦大众解乏的日常。

塔克斯特说：“我们是全世界咖啡的祖宗，现在咖啡已经征服了世界。”又是相传，一个埃塞牧羊人放羊时发现，羊群在吃了山上一种红色浆果后变得兴奋跳跃，后来牧羊人也尝了一下，与山羊共舞起来，自此一种“令人快乐”的果实被发现。故事无法验证，但可以确定的是，野生咖啡起源于埃塞西南部的卡法省。高山雨林中生长着叫阿拉比卡的常绿灌木，结樱桃模样的果子，剥开果荚，可以得到两颗咖啡种子。6 世纪，大约就是阿克苏姆统治也门一带的时候，这些种子跨过狭窄的曼德海峡，被植入阿拉伯半岛的土壤，阿拉伯人进而将咖啡豆煮制饮用，开垦种植园，开始咖啡贸易。麦加开起了咖啡馆，然后是在开罗、伊斯坦布尔、威尼斯、巴黎、纽约……咖啡一度是世界上除石油外的第二大贸易商品，成为最有价值的四大农产品之一。如今更是不必多言这杯“世界饮料”如何占据都市白领的早晨，成为“市民社会的血液”。

我在阿克苏姆城的街头喝的平民咖啡，不过类似加浓美式的味道。黑色浆液登堂入室后有了西洋的代号，再因气味、醇度、酸度、风味分出了三六九等。阿克苏姆王朝播撒出种子，绕了地球一圈，回馈到非洲土地，让埃塞、乌干达、卢旺达、肯尼亚的山上种满咖啡树，微薄的生豆收益能让农民果腹，也让漫长产业链条的另一端创造商业帝国，“大都会的消费者们通常花第三世界普通民众一天的工资购买一杯卡布奇诺”。依照尤瓦尔·赫拉利《人类简史》“小麦驯化了人类”的说法，咖啡无疑也左右着无数人的生计与嗜好。可以说咖啡征服了世界，非洲人也想用“咖啡的故事”征服世界，来源于强盛过的远梦和耕耘着的土地。

埃塞产咖啡，也产非洲最美的姑娘，大概就是塔克斯特在炎热的午后带我来这个小铺子的“噱头”，故事有了贴合常俗的锚点。

5 圣约柜在否

“应该没有人见过约柜吧？”我说。

“但并不代表它不存在！”塔克斯特义正词严地回应。

在方尖碑公园就能看到对面锡安圣母玛利亚教堂（Church of Our Lady Mary of Zion）的圆顶。确切地说，这是一座新教堂，是海尔·塞拉西在20世纪50年代下令建造的，内部是巨大的半球形空间。其背后还有一座旧教堂，是16世纪的重建物，外形四方规整，有模仿约柜样子之嫌。同样名字的教堂在历史上被摧毁过两次，第一次传言是古迪特干的，第二次毁于阿达尔苏丹国异教的入侵。

新旧教堂间的一座小教堂就是传说存放约柜的地方，被围栏围起来，旁边还有一个尚在建设、略大一些的教堂。官方说法是，约柜被一名牧师看守着，他被关在小教堂中度过余生，每日在约柜前祈祷祭香。至今，小教堂大门紧锁，无外人见过约柜真身，“塔博特”复制品被分发到各地教堂，却都是掩于帘幕之后。神秘可以带来神圣。反而是也叫塔博特、形似中国皇帝冕旒的头饰被用于宗教庆典中，以示象征。在埃塞人心中，约柜是否真实或许并不重要，但它必须“存在”，那是一整座信仰大厦的基石。

美国1981年的动作电影《夺宝奇兵》（*Raiders of the Lost Ark*）里，探险家印第安纳·琼斯要在纳粹之前找到约柜，以防止纳粹利用约柜的力量统治世界。“失落的方舟”为全世界提供无尽想象。

我走进旧教堂，塔克斯特小声提醒我，这里的牧师很清贫，别忘给他们一些小费。我刚走进教堂时，一位白衣白帽的黑长须牧师在门后打着电话，看有游客来，便收起手机过来迎接。教堂里布满斑斓的

《圣经》壁画，大多会用金色图案的红帘布遮住。牧师用祈祷棒为我将帘布高高顶开，供我拍照。墙壁和柱子上被分成大小不一的方格，图画保有鲜艳的色彩，看起来像一系列连环画，甚至还有人物注释和事件梗概。牧师又揭开摆在入口处的一块大布，里面放着一大本彩绘《圣经》。《圣经》封皮厚重，画风和壁画一致，每张页面也有一块如挂帘的红布盖着，纸张已泛黑黄，边缘破损，应已流传数百年。他不言不语地一页页翻动，掀开每块红布停留片刻供游客欣赏彩绘，直至最后一页，示意这是“收费项目”。

后来我才知道，这座旧教堂不允许女性进入，那些画中的圣母玛利亚是里面的“唯一女性”。而新教堂则会向男女开放，我在里面遇到了几个头披长沙马的小女孩，她们从教堂里一直跟着我走到室外，想要拍照，在我镜头前或腼腆或爽朗地笑着。那时，阳光明媚，童声回荡，还有一树蓝花楹盛开。

不曾想，这道美好光景不久后就被打破。我离开埃塞后不久，新冠疫情席卷该国，10 个月后，提格雷战争爆发。战起不到一个月，埃塞政府及盟军攻克阿克苏姆，躲进锡安圣母玛利亚教堂避难的人们惨遭涂炭。

如果正常，成千上万的人会在 11 月下旬聚集在这个教堂，庆祝他们认为约柜在耶路撒冷消失后被带到这里的那一天。然而这一天却陷入战火，人们躲进了自己的信仰所系之所。或许是在寻求圣约柜的庇佑吧？千年前有神秘力量让祖先带着约柜躲过以色列人的追捕，当日他们也相信这股力量会再次闪现吧？电影中的纳粹没来，现实嗜血的行径终抵。人们一定无比虔诚，上苍却没有阻止杀戮，任由人性之恶“狂欢”。

身为提格雷人的主教马蒂亚斯直呼，这场战争旨在从埃塞消灭提格雷族群。他在历史超过 1600 年的“十字架节”上说：“对于所有耶稣基督的追随者来说，如果我们忽视宽恕与和解，那么就抛弃了‘十字架’，屈服于罪恶。”

这些人物、地点我都见过，当时还笼罩于圣诞的欢喜，后来和平恍然已逝。

我离开埃塞时，乘坐埃塞航空的波音 777-200LR 客机，这可担当最长航程的国际航班上有赫然大字“CONGRATULATIONS！”和现任总理阿比的笑脸照片，祝贺他获得诺贝尔和平奖。这个奖项在当时无疑是值得埃塞举国乃至全非洲为之沸腾的，埃塞又一次为非洲赢得世界瞩目的荣耀。谁能想到，和平奖获得者竟然在第二年参与了内战。

长达 2 年的战争打打停停，直到 2022 年 11 月 2 日，埃塞政府和提格雷军双方终于达成永久停火协议。但同样参与战争的厄立特里亚方却并未派代表参加停战谈判。世卫组织总干事谭德塞也是提格雷人，战后他透露，他的叔叔在战争中被厄立特里亚部队“谋杀”。

我在回国后，整理埃塞见闻时得到提格雷战争结束的消息。我用许久不用的 WhatsApp 再次联系上塔克斯特。在我离开阿克苏姆后很长一段时间我们都有联系，他一次次催促我在旅游网站上给他的导游业务打五星、写好评。后来，埃塞国内一度断网，便断了音讯。

“你知道，战争就是战争。”塔克斯特不愿提及他家乡的事情，爱说故事的他已不再多言。2020 年新冠疫情在埃塞蔓延后，阿克苏姆旅游业惨淡，塔克斯特就换了工作。战争爆发，他又逃离了提格雷州，他现在连在阿克苏姆的家人的安全健康与否都不知道。当我问及战争对他的影响时，他只是淡淡地说：“你不能工作，不能过正常的生活，一切都是消极的。”当我又问关于“阿克苏姆屠杀”及提格雷人现状的时候，他条件反射性地拒绝回答：“我不可能给你任何关于这些的消息……我现在不在一个正确的立场去谈论这些。”我们的交谈匆匆结束，以他的一句“让我们保持联系”客套收场。

塔克斯特和阿克苏姆的故事戛然而止，不知在他带我见到的一切变得满目疮痍、遍体鳞伤后能否再续？

6 “东非小中国”

总是要回到亚的斯亚贝巴，我要从这里乘机离开埃塞。此地也是很多人来到非洲的第一站，中转之后再飞向别处。我在非洲出差，在这里转机过 12 次。这里的机场异常繁忙，中国企业刚帮他们建成一座在非洲数一数二的候机楼，有显示北京时间、贴着春联的中文服务台，有售卖茅台、汾酒、五粮液和国窖 1573 的免税店。候机时，我爱去吃上一碗 59 元人民币的牛肉面，藏在候机厅角落的面馆只为前往中国的航班每天营业 3 个多小时，但面馆门口会 24 小时提供“中国人懂得”的热水。这个面馆在新冠疫情暴发后关门了。

记得第一次来，我是从吉布提坐了近 12 个小时亚吉铁路的火车到的这里，到达时已是晚上 8 点多了，上车时还是红海滨的闷热难耐，下车要转换到高原之上的阵阵寒意，还是要适应许久，呼吸也会显得有些急促。埃塞总被称作“非洲屋脊”，或许能在这里站于高处眺望非洲的远景；亚的斯亚贝巴意为“鲜花”，这里也好像荟萃着非洲从古至今的繁锦。

这座城市毫不掩盖其正深陷于加速城市化的巨流，随处可见的工地和塔吊，并且大多数会标上中国建筑企业的标识，有人说，“中国几乎援建了整座城市”。但高楼之下，还留有贫民区的成片瓦棚；新修的公路旁，布满坑洼不平、拥挤不堪的土路。大街上随意停车揽客的小巴，连车外都能扒几个人，年轻人聚集在天桥下的橱窗前细读招聘告示，穿着来自世界各地的二手衣服。新与旧交织，有追赶世界的急切，也有困苦负重的现实。

媒体常把埃塞比作“东非小中国”。埃塞有悠久的文明史，又经受过深重的苦难，顽强地抵御过外敌；是“一带一路”倡议的重要站点，借鉴了中国的工业发展模式，会制订经济发展五年计划，众多中国企业驻扎于此，中国人现在是埃塞人数最多的外国群体；是非洲增长最快的经济体之一，实现过10%以上的GDP增长……在这里能找到很多微妙的与中国的相近之处。

初来埃塞，被中企的朋友款待，去了一家叫Yod Abyssinia的“文化餐厅”。Abyssinia即阿比西尼亚，是埃塞帝国古名，有“混合”之意；Yod则意为“见证或发声”，是餐厅老板所属族群古拉格的语言，这个族群是阿克苏姆王朝南征时留下的后裔。

餐厅舞台上穿民族服饰的演员们非常卖力地载歌载舞，有疯狂甩头舞、情景剧、男女斗舞等，一位金发碧眼的女性也上台参与其中，歌手还特意为中国客人唱了首《康定情歌》。身后的乐队里有非洲鼓和长笛，还有五弦里拉琴克拉尔（Krar），被视为受魔鬼启发的乐器，也有十弦的贝格纳（Begena），却是用来赞美上帝的。

丰盛的自助餐里少不了英吉拉（Injera），这是埃塞最著名的“国民主食”，一种苔麸发酵而成、布满小孔、口感略酸的软面饼。这如抹布的质感，我吃着不甚习惯，但英吉拉是很有营养价值的食物，在一些西方国家被视作“时尚健康餐”。其原料作物有个浪漫的名字——埃塞画眉草，只能生长在海拔 3000 米且雨量充足的地区，产量很低，埃塞为了保证粮食安全，禁止出口苔麸。但苔麸对于一般埃塞家庭是昂贵的，他们会用小麦或者玉米面代替。餐盘里还有另一种不太出名的食物科科（Kocho），用生长在雨林里的“假香蕉”制成，是原始部落人家里都会吃的食物。餐厅为这两种朴素的主食安排了眼花缭乱的配菜，炖鹰嘴豆、黄豆、扁豆，炖羊肉、牛肉、鸡肉等，还会分辣与不辣的。那些主食来自最普通的埃塞餐桌，但这盛宴是大多数埃塞百姓一辈子品尝不到的。“见证阿比西尼亚”餐厅的种种意象，混合着埃塞的过往与现实、质朴与多情。那是我初识埃塞时扑面而来的热烈印象，却也多了许多应照，将其置于结尾。

埃塞之于非洲，无论是文明、宗教、战争，都显得有些特立独行。连一年有 13 个月、比公历大概晚 8 年的古老儒略历唯独还在这里通行。在“13 个月的阳光”下，埃塞人是那么骄傲啊。他们骄傲地想让外人多知道他们的历史，骄傲于葬送过殖民者的野心，甚至有时会执拗地不肯认错。我在街上问路，埃塞人即使意识到指错了，也要固执地带我走错误的路。

一个从乌干达去到埃塞工作的朋友和我分享过，“刚到这里，我就发现埃塞人特别不一样，很正经，骄傲又内敛。说起没有被意大利征服过的事情，他们很较真”。她和一位亚的斯亚贝巴大学的教授很无意地提起“意大利是短暂占领过埃塞全境的”，立即遭到教授回击。去埃塞人家里做客，他们会提前准备很久，“一定要干干净净，家里要精心布置，直到拿得出手为止，觉得不能把不好的一面展示给你”。很多埃塞人不觉得自己是非洲人，也有“晒黑了的以色列人”的说法，“他们会开玩笑地说，除了美国和中国，埃塞是世界第三”。他们觉得，上帝把他们创造得“什么都是中间的，肤色不黑不白，鼻子不大不小、不挺也不尖，鼻孔不窄不宽”。提格雷战争期间，海外埃塞人会自发地发起“NoMore”运动，呼喊外国停止干预埃塞内政，“埃塞人有着天生的反骨和倔强”。

但他们又经历了太多苦难。历史上的大饥荒无数，饱受独裁与极权的蹂躏，刚刚度过民族分裂与内战的煎熬。但和平回来，他们仍然坚韧地生活。

我很遗憾我未能再深入更贫瘠、更真实的埃塞土地，总还是匆匆而别。听说，在南部有保留各种“身体奇观”的原始部落，有在嘴唇镶上圆盘的，有让女人以伤痕为美的，有脸上纹满斑点、下唇穿孔插上鲜花的，这些极度的落后被当成景点展示给猎奇的人们，络绎不绝的游客让他们变得懒惰和贪婪，不愿丢弃早该丢弃的习俗。还有在悬崖上凿出的上百座岩石教堂，只能攀岩抵达，牧师们拄着长杖在门洞守护，一步以外就是万丈深渊。我在埃塞三个城市的所见，加点道听途说，这样的埃塞能更立体一点吧。

厄立特里亚：红海之滨有风拂过

奥斯曼帝国留下一颗“红海明珠”，法西斯意大利想在此建个“罗马”。战罢的坦克成了纪念碑，搁浅的船和飞机住进了人家。他们也吃着英吉拉，却斗争了半个世纪。后来“和平”终于来了，这座“孤岛”也想通向海洋与大陆。

1 “是阿比让你去厄特的路不再遥远”

厄立特里亚原为埃塞的屯垦区，后成为意大利的殖民地，“二战”后在联合国同意之下，与埃塞组成联邦。1962 年，厄特并入埃塞成为第 14 省，厄立特里亚解放阵线也在 60 年代开始了武力争取独立的斗争。1993 年，厄特举行公民投票，以 99.8% 赞成通过脱离埃塞的决议，并于同年 5 月 24 日宣布独立。1998 年至 2000 年，两国由于边界问题爆发战争，近 10 万人死亡，100 多万人流离失所，即使于 2000 年签署了和平协议，边境冲突仍持续不断。2009 年，厄特又因向索马里极端组织“青年党”提供武器，并拒绝解决与邻国吉布提边界争端而遭到联合国安理会制裁。

偏于东非一隅的厄立特里亚，一直以“神秘”示人。关于它的“遗世独立”，我驻外期间的两条新闻可见一斑：它是非洲联盟 55 个成员中唯一没有签署“非洲大陆自贸区协议”的国家；新冠疫情刚暴发时，它是非洲除岛国的大陆上第一个实现病例“清零”的国家。

2019 年，诺贝尔和平奖被颁给了埃塞俄比亚总理阿比，表彰他和平解决埃塞和厄特之间的边界争端，这个时候世界的目光才稍微投向这里。

是年 12 月，我在埃塞首都亚的斯亚贝巴博莱机场转机时，刚好看到埃塞总理阿比在和平奖颁奖现场发表的演讲《在非洲之角缔造持久和平》，他说：

> 建设和平是一门协同的艺术，需要改变人们的心灵、思想、信仰和态度，永不停息。
>
> ……
>
> 我坚信，将（埃塞和厄特）两国分隔太久的假想墙需要拆除。取而代之的是，友谊、合作和善意的桥梁，我希望这座桥梁建立并且永恒。

而我要转机前往的国度就是厄立特里亚，2018 年之前 20 年里要进入这个国家只能绕道迪拜，如果有埃塞入境记录，更是会被拒之门外。有个朋友调侃说：“是阿比让你去厄特的路不再遥远。”

不到 1 个小时，飞机抵达厄特首都阿斯马拉（Asmara），机场设施在非洲国家里算不错的。据说埃厄两国直航刚恢复时，无数阔别数十年的亲人在此相见并拥抱痛哭。

入境过程比想象中宽松和顺利。但我并未高兴太久，等了快 1 个小时没等到行李，后来被告知我的行李没上飞机。接机的朋友安慰道："很正常，第二天就能到。"出站大厅一角堆满了行李箱，应该都是曾被"滞留"上一站，正在等候主人认领。

这背后的原因很"厄特"。因为这里物资短缺、物价奇高，当地人即使愿意付高昂的行李超重费也要把外来的货物带入厄特，那可是一笔笔有赚头的"生意"，所以因飞机超载而导致行李滞留是常事。

当埃塞与厄特刚恢复通航时，两国人民终于可以自由往来，但结果却是，数十万计的厄特人选择"逃离"祖国，最后政府只能又开始限制出境条件。

大厅里专门设置了一排人工检查行李的柜台，几乎每一个包裹都被要求打开接受翻查。这样的"翻箱"体验在其他非洲国家倒是非常普遍，偶尔被查到需要申报的物品，正是检查人员索要小费和"礼物"的机会。而我没领到行李，此时倒是省了不少麻烦，可以"一身轻松"地走出机场。

顺带说下厄特特色的签证政策：本国人出自己国家是需要"离境签证"的。申请程序十分烦琐，需要到移民局进行各类备案。可见这个国家对国民的管控力度。国内城市间的交通同样需要申请通行证，从首都到不同城市的申请要求和难易程度还不一样，还得看经过多少个检查关卡和往返次数进行签注。中国大使馆帮我申请了从阿斯马拉到马萨瓦的通行许可证，有提格雷尼亚语和英语，上面需要标注来回时间。

2 "失联"的惶恐

这是一个尚未普及移动网络的国度。之前觉得自己也走过很多穷乡僻壤，“失联”几天没事，但我被打脸了，真切体会到了一个现代人处于“信息黑洞”中是多么的焦虑和惶恐。

我住进了号称阿斯马拉最好的酒店，建于2000年的皇宫酒店。前台有着世界各地的时钟，却没有指针。从接送机的时间表可以看出，只有5个航空公司与厄特通航，每天都有的是埃塞航空。能够隐约察觉，与埃塞的和平来往正在逐步打开这个国家。酒店是为数不多有网络的地方，要输入前台提供的账号和密码，每个密码只能使用1个小时，并且需要VPN的帮助。而网络对安卓系统适配度最高，对于苹果手机，基本是宣判“断网”。

我抵达厄特的当晚，在当地中国人家里吃了一顿火锅，是家乡的味道。更让我感动的是，他们家里有卫星网络，听说“厄特网速20M，这里就有5M”。后来又有朋友跟我略显炫耀地纠正道：“厄特网络可不止20M，我们公司就有50M。”看来之后又“升级”了，抑或这片土地的隐秘角落大有可以接入互联世界的神通之法。

对于普通民众来说，上网是“奢侈品”。当地人只有去街上打着大大“Wi-Fi”灯牌的“网吧”（名曰“国际互联网咖啡馆”），才能花钱买个上网密码。“网吧”里没有电脑，只是提供沙发、插板和饮料，让你舒适地躺着玩手机，15厄特纳克上网1小时，网络的开放时间是早上6∶30到晚上11∶59。在此买到的账号大概能断断续续登录，用上一两星期。

其实，如果这里完全没有网络，便可以失了念想。怕的就是，会给你一点希望，让你心里痒痒。一天晚上，我要传一篇稿子回国，急需用网，只能向使馆求助。又打不到车，只好从酒店步行10分钟到中国使馆（能够夜间放心在街上行走，在非洲也着实难得）。在使馆的门卫室专门有个会客厅，用于“接待”想上网的中国人。看来像我这样的网络依赖症患者大有人在。而使馆的网络确实是更给力，应该有“20M 里的 10M”。

晚上路边一个写着“GAME”的门店通亮，是个游戏厅，也是个“影视点播厅”。门边贴的电影海报都是当年新上的，很与时俱进，包括布拉德·皮特主演的《星际探索》、法国电影《睡梦医生》、巴西和法国合拍片《巴克劳》等。打开柜台上几摞影本，还会给每部电影评分，有 7.0 分《朱迪》、7.2 分《罗马尼亚末代皇后》、4.9 分《1941 年的圣诞》等。还有电视剧菜单，没了海报，直接用文字代替，写有：《十三个原因》3 季全、《最重要的小事》更新到第 2 季第 9 集、《无依无靠》更新到第 16 季第 1 集……走进播放厅，墙面上挂着几台电视，电视前摆着几张办公椅，有孩子正在用游戏手柄玩着《实况足球》，那些可供点播的电影、电视剧应该也是在这些电视上观看。

游戏厅隔壁是家服装店，见我是中国人，老板把我拉进去帮他们调试设备。他的兄弟从中国带回一台彩电，里面全是中文，让我帮他们调到英文页面。最后我发现电视需要连接网络，努力都是徒劳。

我到厄特第一天就得先去厄特新闻部“报到”，要获取采访许可。我在等候的过程中，发现他们的官员可以在办公室里收看 CNN、BBC 等国外频道。说明他们只对国内的新闻报道管制，却不太限制接收国外的信息。可能是因为我这次来是报道中国友好援助项目的，没有大费周章，我很轻松就拿到了许可。

厄特新闻部在一个山头上，可以远眺首都全景。在新闻部办公楼门口看到了 2019 年国庆 28 周年的海报：几只手握紧一条橄榄枝，写着标语“争取更大进步的韧性”。

3 “城市乌托邦”

阿斯马拉海拔约2300米，“冬无严寒、夏无酷暑”，因为气候宜人被称作“高原春城”“云端上的城市”。这里的历史可以远溯至12世纪，相传当时阿斯马拉周围生活着四个彼此长期敌对的部落。后来，在女人们的努力下，各部落头领决心化剑为犁，逐渐融合为一个新部落，取名为“Asmara”，在当地提格雷尼亚语的意思是“和谐”。

但现在的阿斯马拉和印象中的非洲城市大相径庭，街头建筑会让人以为来到了意大利。20世纪30年代，意大利殖民者着意要将此打造成“小罗马”，整个城市规划完全以意大利都市为模板，展现着墨索里尼想在非洲建立一个“新罗马帝国”的野心。

“阿斯马拉就像一张白纸，意大利设计师在这里实现他们的现代主义理想”，这里成为各种前卫装饰艺术风格的实验室，新古典主义、意大利风、新巴洛克、理性主义……有些建筑风格在当时的世界上绝无仅有。其中被提及最多的是一座加油站，像飞机的加油站。

菲亚特·泰格里奥（Fiat Tagliero）加油站被视作阿斯马拉未来主义风格建筑的代表，两层楼上高耸混凝土碑体，两侧展开修长的18米“机翼”，“机翼”下没有任何支撑。据说，1938年揭牌仪式时，建造工人们很担心“机翼”坍塌，不愿拆掉用于支撑的木架，建筑师朱塞佩·佩塔齐突然拔枪，威胁工人们把木架拆掉；还有另一个说法是，他是站在“机翼”上将枪指向了自己，扬言如果拆掉支架长板折断，他就自杀。最终事实为他狂傲的信心证明：纵使后来“二战”时英国人轰炸阿斯马拉和经历多次战争冲突，也未能让这座杰作折翼。

这双“骄傲的翅膀”成了这个意大利设计师一生的代表作，浇筑其中的激情让建筑有了“可能是世界上最美的加油站，也是世界上最具未来主义的案例之一”这样模糊的赞誉。

我去的时候这个建筑已被围起来，可能政府有设置成景点的打算。加油站旁边的 IRGA 车库，建于 1961 年，也被视作最早的装饰艺术风格建筑之一。

除了飞机造型，阿斯马拉的建筑还可以像火车、火箭、轮船、收音机。市中心的塞格内蒂大街所在原是一条名为“麦·伯拉”的河流，1936 年被填埋，建筑师巧妙地利用河流被填埋后形成的弯曲和带有坡度的地形，设计了火车头形状的居民楼及对面的船形酒吧。一个叫“巴尔·齐利”的餐厅识别度也很高，弯曲的立面，角落混合了中央垂直窗户和硬朗水平线条，酷似老式收音机，圆窗像调音旋钮。

外墙写着“ROMA”字样的罗马电影院是意大利风格建筑代表，一层外侧的大理石半柱廊可见其高贵出身。大厅是一家咖啡厅，扬言可以喝到“世界上最好又最便宜的玛奇朵”，摆放着退役了的 35 毫米电影放映机等古董珍藏，墙上有黑白的电影明星照片墙。虽说是电影院，但大多数时候是用来观看英超联赛，门口贴着球赛预告。

在阿斯马拉主大街上，有这座城市最大的电影院，名字“帝国”是墨索里尼自认已经征服埃塞时取的。外墙立面 45 盏圆形灯分三组整齐排列，“CINEMA IMPERO”几个字母几乎还牢牢镶嵌在墙上，除了“O”稍有脱落，而剧院内饰 1937 年至今都没变过。

典型的法西斯风格体现在纪念碑式的市政厅大楼上，位于解放大道，建筑左右对称，中间凸出“品”字形绿色钟楼。大楼的路对面是一个伊斯兰风格的菜市场，穹顶、拱门、洞窗，货物充足，人声鼎沸。

意大利国家法西斯党当年的驻非洲总部大楼也在解放大道上，现在给了厄特教育部使用，红黄相间的建筑不对称，第一眼并不出奇，但细看红色部分，是个躺着的“F”字母，单词法西斯的首字母。

知晓了这座城市是个多元的建筑宝库，我在其间的漫步不自觉地变成“探索发现之旅”，建筑物上某个设计巧思都感觉拥有意涵。意大利学校旧址、现为阿斯马拉大学的培训中心有着鲜艳的粉与黄，扇形阶梯、曲线栏杆、柱廊门檐透露着文艺复兴的韵味。绿色外墙的百年邮局里，古董的邮筒邮箱仍在使用，彩色玻璃天窗与大理石柜台相得益彰，有个小伙子在圆圈造型的桌子上认真写信；早已废弃的厄特商业银行总部大楼，位于老城区边缘的小广场，墙体虽已斑驳，拱形窗楣、木制窗页、古典阳台还在挽回落魄贵族的气质。

阿斯马拉大兴土木大多集中在1935年至1941年这6年间，那是意大利曾经短暂占领埃塞的时间，他们需要将阿斯马拉铸造成席卷非洲的军事前哨，遗留下400多栋风格化楼房。厄特人会打趣说：“意大利人觉得他们会在这里待数百年，所以建了又建，给我们留下了非凡的遗产。”“为了快速建设，当时的殖民政府允许激进的建筑实验，而这种实验在更保守的欧洲环境中不会受到青睐。”

2017年，阿斯马拉整座城市被列入世界文化遗产，是第一个被列入世界遗产的现代城市。2010年，孤独星球网站将它评为“世界十大旅游城市”之一。

意大利人的“城市乌托邦”之梦快速实验又停止，之后长期的战争状态导致了经济停滞，又意外地将这笔建筑艺术财富保存完好，“成全了忧郁之中不乏美丽的阿斯马拉”。

这种相对静止的造就，让人想到了1959年古巴革命后的哈瓦那。甚至有人还说这是“非洲的迈阿密”，时尚的几何形状、大胆的曲线勾勒、柔和的色彩混沌，有引领现代美学的潮流之势。然而，当初一再标注“未来感”的设计时过境迁，早已暗淡陈旧，甚至观感上会令见过眼花缭乱世界的人觉得平平无奇，岁月貌似没有与未来接轨，类比其他知名城市的名号，可以尚且借来夸耀。

4 “三教合一”与矛盾的“自由”

阿斯马拉各色建筑交相辉映，有文化交融之感。会令人感叹，是不是因为“与世隔绝”，才让这些文化的棱角尖锐未被钢筋水泥的世界打磨？

三个宗教地标造型漂亮瞩目，宣示各自信仰的存在。

玫瑰圣母天主教堂（Church of Our Lady of the Rosary）地处城市最核心地段，其狭窄的哥特式钟楼是阿斯马拉最高的建筑，几乎在城市任何角落都能看到它。1923 年建成，堪称意大利以外最优秀的伦巴地—罗马风格的教堂之一，内部红白相间的墙壁装饰让教堂的典雅变得别具一格。绕到教堂后院，能看到滑梯，这里藏着一所小学，以及男、女修道院各一座。

从天主教堂往东北方向走，穿过自行车和黄色计程车乱窜的街道，周边摆小摊的穆斯林也多了起来。来到阿斯马拉大清真寺（Khulafa al-Rashidun Mosque），门前有一广场匹配其“大”的气派。清真寺是墨索里尼倡议下在 1938 年建造的，名字是阿拉伯语“正确道路追随者”的意思。建筑设计格外讲究，糅合了理性主义、古典、伊斯兰风格，还有罗马风格的宣礼塔、晚期巴洛克风格的阳台。其内部只向穆斯林开放，但欢迎所有信仰的人通过大门向里面观望。

同样方向继续走，可以见到恩达·玛利亚姆（Enda Mariam）东正教堂，乍一看更像一个四方堡垒，却是意大利及本土风格的有趣结合。教堂以前用木头建造，意大利人来了就全改成了永久的砖石材料。两扇红框大门上方有 7 幅并列的圣母玛利亚彩色壁画，是令人过目不忘的建筑亮点，顶上还有 7 颗八芒星，两侧独立的方形塔和入口门楼的造型呼应，格局庄重大气。能见到披着白色沙马的信徒或在泥地上匍匐跪拜，或贴着教堂大门亲吻。

厄特人口中信仰东正教和伊斯兰教的人数约各占 4 成，少数人信奉天主教。站在东正教院落里，能寻得一个角度，拍下天主教堂的哥特式钟楼、清真寺的绿顶崇礼塔及东正教堂门楼同时出现的画面，被人称为“三教合一”的场景。

在阿斯马拉解放大道上，能看到厄特国旗图案下配着标语：欢迎来到自由的厄立特里亚。关于“自由”的真相如何？由于在厄时间太短，无法亲自考证。这些建筑不会徒有美丽，人们不会无故虔诚，信仰不会自道疑义，事实暂且飘在空中。

5　战争来过

厄特的旅游宣传语是“两个小时三个季节”，主要指的是从首都往北走，前往 120 公里外红海之滨的马萨瓦（Massawa）港，山路崎岖，海拔落差 3000 米，气温从 10℃左右上升到近 40℃，从满山绿丛变成黄沙戈壁。我包了一辆车前往马萨瓦，意大利人修建的公路看起来被后来的政府维护得不错，毕竟是经济要道。这一路有多个关卡，但根本没人查看我的通行许可材料，可能因为首都与港口往来频繁，就疏于管理了。抵达时，热带气候扑面而来，这里是“世界上最热的海洋沿海地区之一”，年平均气温有 30℃。

进入马萨瓦的标志是三辆坦克组成的“战争记忆广场”，提醒来访的所有人这里是当年与埃塞军队殊死搏斗的地方。

厄特独立战争从1961年一直持续到1991年，30年的跨度让它成为非洲近代史上持续时间最长的战争之一。而这三辆曾经叱咤战场的坦克都来自1990年的“马萨瓦战役”，埃塞军队被厄特人民解放战线击退，这里也成为埃塞第一个放弃防守的城市，但马萨瓦城仍然被埃塞空军持续轰炸。1990年和1998—2000年的两次轰炸让老城的建筑满目疮痍。马萨瓦“三辆坦克纪念广场”背后是东正教教堂，背着书包的孩子在路旁炫耀自行车车技。

说到坦克，不得不说阿斯马拉附近还有一个“坦克墓地”，成千上万辆军用坦克堆放在那里，那些锈迹斑斑的躯壳成了战争残酷无声的纪念。在那里，孩子们会把废弃的坦克当作“玩具”。

老城在一个临岛上，有桥路直通。未进入老城就能看到一条铁轨，这应该是1888年完工的铁路，是意大利政府在新殖民地启动的第一个大型基础设施项目，铁轨一直延伸到远处还在运营的港口。

当走向老城，破败不堪的街道和楼房被夕阳光线照得温柔许多，犹存着风格强烈的沧桑线条，第一眼会被废墟之美惊艳到。纵使颓废，仍可辨认曾经的不可一世。

阿克苏姆、葡萄牙、奥斯曼、埃及、意大利、埃塞俄比亚，一连串帝国的铁蹄踏足。奥斯曼人颇为用心，要将此地打造成红海要塞，用干珊瑚建起地基、墙壁和屋顶，用进口木材修造横梁、阳台和百叶窗，虽然经历过地震和轰炸，小城的精美还能保持到今天所见。后来意大利人来了，野心更盛，要把马萨瓦建造成非洲东海岸最大和最安全的港口、红海最大的深水港。“二战”期间，这里一度是意大利皇家海军红海舰队的母港。

一座摧残殆尽的二层海边别墅在港口对岸，网上图片都还有残存的半个穹顶，但我到来时，穹顶业已坍塌，空留几根尚且支撑的廊柱和仍流露贵气的拱门轮廓。这确切说是一座宫殿，最初是由奥斯曼帝国长官在16世纪修建，目前的建筑由一位瑞士探险家建造，后成为埃塞末代皇帝海尔·塞拉西的行宫，名为“冬宫”。门口的狮子是这位埃塞皇帝爱好的证明。当地人说，这是“野心的废墟”，塞拉西被埃塞人民视作反殖民侵略的英雄，却因骄奢的生活被诟病，留下太多争议纷说。

在港口大门附近的一幢建筑更为显眼，算是老城标志性“废墟”。奢华印记还有留存，正门脸中央的圆形框架、两侧挑高的哥特式塔顶显示它具有独特设计，两层连排的优雅立柱和拱顶依然气派。这里是曾经的意大利银行，埃塞占领后叫海尔·塞拉西银行，又被埃塞军方征用为军方指挥部。在建筑前方还曾有一座海尔·塞拉西的雕像，如今只剩下一个底座。据说一家黎巴嫩公司对建筑全面评估过，准备翻新成一家拥有8间套房的豪华酒店，设计图都已公之于众，但如今看来是遥遥无期了。

城口一块斑驳的指示牌用提格雷尼亚语、阿拉伯语和英文列举了老城的名胜遗迹，历史年份标在1872—1875，还留有6位数的咨询电话和Gmail邮箱，可以猜测曾有人有意将这里打造成旅行者慕名之地。

指示牌第一条写着“世界上第一座伊斯兰神社”，这着实吊起了我的胃口。

老城中确有几座清真寺，宣礼塔尖耸，塔顶的新月标志歪斜。我一度以为找到的某个穹顶就是这“第一座”。兜兜转转后得知，这个小小的神社在港口里面，混在办公场所中，外人不得入内。“世界第一”或许有夸张，但“非洲第一座清真寺”应是确切的。其名为同伴清真寺（Sahaba Mosque），可以追溯到公元7世纪初，传说是先知穆罕默德同伴建造的，他们为了逃避在麦加遭遇的迫害而来到非洲。

我入住的达拉克酒店（Dahlak Hotel），自称是马萨瓦最大的酒店，就在“冬宫”遗址的对面，地理位置优越，和老城有着类似的风格设计，规划是打造一个度假村，拥有200多个房间，还有一个临海的大泳池。但是此时这里游客稀少，泳池鲜有人问津，里面的设施十分陈旧，已不提供洗澡的热水。

和老板聊了聊，感觉他像厄特的名流，据说拥有厄特唯一的一辆奔驰。旅游业惨淡，他“全凭兴趣”依然维持着这个酒店。酒店内很多装饰是他从世界各地带回来的，有些得意地跟我说，“我去过广州”。

纷繁的古迹、绵长的海滨、文明的交汇……马萨瓦满足成为一个“旅游胜地”的诸多条件，却因封闭与战乱变成远离喧嚣之地。

这附近的达拉克群岛（Dahlak Archipelago）拥有120个小岛，只有一个叫玛多勒（Madole）的岛上有座古老的灯塔，是岛屿中唯一的人类遗迹。听说附近海里的珊瑚礁和鱼群颇为壮观，是潜水的绝佳目的地。看到有评论说这里是“非洲七大奇迹”之一，没有亲自出海体验。暂且相信介绍里写的：拥有未经雕琢的自然之美和尚待开发的无尽潜能。

老城中始终游人寥寥。白天天气太热，只能在清晨或黄昏凉爽的时候在外走走，但不得不承认，我迷恋这些残破又美好的房子，一步一景，“杀”了我太多的快门。这里和被列入世界文化遗产的桑给巴尔“石头城”有点像。

分岔路口的曲面阁楼是都灵酒店，门窗紧闭，建筑装饰是威尼斯商人曾在此纵横行商时遗留的手笔。黄色小巴在空荡的街道穿行，会在写“TAXI”的路牌边停下。宽的道路两边都是骑楼，几家店铺还开着，其中一家门口挂着写“国泰民安”汉字的红灯笼，说是一位中国游客给餐厅留下的。老人们坐在塑料椅子上围着喝茶，灰鸽子成群停在马路和电线上，画面倒也有生趣。发廊开着，烫发机搁在一边。二楼修补过的百叶窗半开，少女探出头，几件花衣裳搭在窗框，窗台上的木桶盆栽已经枯萎。坍塌的砖石堆旁，女人还是煞有介事地铺着青草和红花，在炉子上煮着陶罐咖啡。有的门上打满各色方块补丁，很像蒙德里安的格子名画，调皮的孩子在前面做出搞怪表情，安静的孩子骑在平躺的枯树干上。

靠海的空地堆满集装箱，成排卡车也是等候多时，近岸有锈迹满身的沉船骨架，远海有鸣笛嘹亮的钢铁巨轮。老城背后就是塔吊林立，机器成色看着很新。港口的拱门外，清晨有人拿着扫帚清扫，叫 CITY BUS 的大巴前挡风玻璃已经裂开，运送港口工人来上班。

尽管城池寥落，但生活气息依然，港口还会繁忙起来，终是毗邻红海要道，仍可有繁荣的希冀。

一艘徒有桅杆、没了风帆的大船尾部翘起，立在老城堤岸上，在落日后的紫色天色中好似艺术雕塑，让我观察许久。周围是凌乱的船舶配件、包上帆布的小船和几只慵懒的狗，船尾两盏暗黄的挂灯亮起，显示船里还住着人家。

马萨瓦车站附近停着一架废弃飞机，下部已用水泥架托住，被人用木桩和铁网围了起来，但庞大的机尾和横出的机翼还是突破树丛、越过屋顶引来注意。依照机体上的编号 CCCP-11815 可以查得它的身世，原来是一架苏联制安东诺夫 AN-12 货机，有“黑郁金香”之称，该型号于 1957 年至 1973 年在乌克兰制造。这架飞机可能是坠毁而遭废弃，但具体时间不详，存放位置在 1994 年 4 月才被首次记录。它的后尾部已经装上木门和梯架，旁边摆着桌椅，被用来做过餐厅。

一船一机，均已搁浅，却也自有功用，成了人之居所，应该记得它们也曾在大海或天空有过痕迹。

受副热带高压和信风带控制，红海一带形成热带沙漠气候，兼有季风气候。红海是盐度最高的海域，会因为季节性藻类泛滥而呈鲜红色，而我在马萨瓦看到的海依然蔚蓝。我在此逗留的傍晚并不炎热，偶有小风，带来凉意。

6　寻找“圣水”

这是一次计划外的行程。跟随一位中企老板从首都往南部的门德费拉（Mendefera）走，去寻找一种能够包治百病的“圣水”。最邪乎的传说是，把发疯的病人扔进水中就能得到治愈。我就这样半信半疑地出发了。从平整的大路开进村庄，道路变得坑洼，颠簸着绕了好久，问了好几次路才终于找到这个地方。入口处是看不懂的文字和一辆大巴，看来寻水者众。

走近一看，这里建了一排平房，像是一个因这神圣泉水而专设的定居点。要采水需先和长老打声招呼，亲吻他手上的十字架。屋里坐着穿着白袍的“圣徒”们，打扮和埃塞东正教的朝圣者并无二致。女性都在屋外，披着沙马，叉着腰，冷漠地看着我们这些异域面孔。

我们脱了鞋，赤着脚走进山里，拾级而上，要淌过溪流，穿过树丛，拨开一层层用五颜六色床单设置的帘幕。那“圣水”之源不止一处，甚至有从塑料管里倾斜而下的。领着我们来的老总备好了储水设备，但因瓶口过小，难以灌入。身披白巾的向导，踏入池中协助，先用桶盛，后灌入瓶中。桶中所剩，被老总一饮而尽。见这甘泉未浪费一滴，两位向导喜笑颜开。

问起那个治愈发疯病人的传说，向导亲自示范：坐在一棵树旁，演示发疯病人被捆绑在那儿。另外，男女是需要分开的，这可能就是这些帘子的功用，也可以作传染病隔离之用。而病人会被扔入一潭深水中，再用绳子将其拉起，便可治愈陈疾。站在潭边，我有点怀疑，这病是不是被“吓”好的？！

至于这水是否能治愈疾病，全无科学的验证，或许这泉水里真有什么矿物质对身体有益。对于缺医少药的非洲，一种信仰，几分虔诚，遇到一处大自然的馈赠作为健康的寄托，也算是百姓的小小确幸吧。

归途中在厄特南部区的首府门德费拉停留逛了一阵，再往南一点，就可以到埃塞了。这里曾是阿克苏姆帝国的重要城邦，清真寺和教堂也是在此交相辉映。这里的东正教堂颇具设计感，正面是马蹄铁一样的造型，反面则像一顶皇冠，意在为这座山丘加冕。教堂旁的孩子们已经养成了向外国人伸手要钱的习惯，一直朝我喊着“Money！Money！”

7　和平的红利与“孤岛”的未来

回到阿斯马拉，我又在城里干净、安全的街道上流连。

街边的厄特国家博物馆不起眼，有一些文物来自埃塞，摆放混乱，少人问津。我在博物馆边上遇上放学的孩子们，他们脖子上系着红领巾，一见到相机就天真爽朗地笑。不远处宣传独立战争的壁画墙已经掉色，咖啡店外人们爱朝着大街并排坐着聊闲天，照相馆会挂出美女写真招览生意，连眼镜店的橱窗里也摆放着大量柯达胶卷。解放大道的厄特银行里井然有序，见我是外国人，把我赶了出来。商业街门面墙上会贴着很多讣告。走进一家很受欢迎的意大利高端时装店，一看标签都是“中国制造”。跟我在埃塞阿克苏姆城看到的一样，小卖部喜欢把水果和其他商品整齐地摆在橱窗里，展示给街上的人看。里面的物价水平是一包咖啡豆 120 纳克法，1 千克橘子 36 纳克法。

拿到厄特的纳克法货币，我发现上面女性形象居多，面值为 100、50、20 的纸币上全是穿着民族服饰的年轻女性，5 纳克法纸币上是老中青三个男性形象，1 纳克法纸币上是三个孩子。厄特政府希望在货币上提醒，独立战争中妇女起到了“无与伦比的作用”，战争中 30% 的自由战士是女性。纸币的背面则有港口、铁路、农耕、大树和学校。

城市乡村随处可见戴着头盔骑行的自行车大小赛车手。自行车之于厄特，就像乒乓球之于中国。沙漠、山地、高原等多样的环境，让环厄特自行车赛赛段丰富。厄特出过不少世界冠军，有一位著名运动员说过：他是看着环厄特自行车赛长大的，当时他一天只能吃一餐饭，而自行车就是他的“水和面包”。

我来厄特的任务是采访中国援助当地的工程师和渔业与水产品加工技术培训班。中国在金融、卫生、工程、农业等多个领域为当地培训了很多高级人才。“去菜市场上走走，就能看到合作的成果。现在市场上已经有菌类蔬菜销售，这是以前从未有过的。当地农民已经掌握了技能，形成了产业”，大使馆的经济商务参赞这样跟我说。

在厄特，来自中国的援助印记太多，从阿斯马拉夜里一排排明亮的太阳能路灯，到马萨瓦电厂为当地生产生活源源不断地输送电能；

从公路上随处可见的中国援助的金龙大巴车，再到援厄奥罗特医院改变了当地没有大型医院的历史……中国已成为厄第一大贸易伙伴、第一大投资来源国和第一大工程承包方。

在皇宫酒店门口旗杆阵上已经有埃塞的国旗飘扬，在餐厅我喝着地道的阿斯马拉啤酒配着英吉拉，在楼顶能看到成片在建的住宅。联合国办公室就在附近，门口有可持续发展目标的彩环标志。

我在厄特停留了 5 天，我见到的所有事物似乎都有时光的延迟，人的淳朴未太被信息时代打磨。问这里的很多人，都说几十年了没啥变化，一位旅厄 20 多年的中企员工对我说，要说变化肯定有的，毕竟小孩也会长大，大人也会变老。

时起时休的战争给厄特留下的创伤是巨大的。1991 年获得独立时，约 70% 的人口处于贫穷状态。公路和街道都被战争机器破坏了，曾经兴旺的制造业部门年久失修。交通、卫生、教育几乎不存在。电力设施、电话服务、清洁水十分短缺。仅有约 15% 的人口可获得清洁水。这个抗争过的民族，有自己的倔强，必须秉持独立自主，“目的是避免陷入诱人却有害的依赖文化的陷阱”。

终究是可以看到变化和希望的。厄特近几年的经济增长率可以进入世界各国的前列。独立 25 周年的一份报告里写道：“在人口预期寿命、艾滋病感染率、青少年识字率等方面，厄特的表现要好于大多数撒哈拉以南非洲国家。厄特在卫生领域表现突出：到 2013 年，厄特是在 2015 年目标年前唯一实现了联合国千年发展目标中卫生领域三个目标的非洲国家。”

阿比在诺贝尔和平奖演讲里说：“我们知道我们两个国家不是敌人。相反，我们是被称为贫穷的共同敌人的受害者……今天，我们正在收获和平的红利，20 多年来失散的家庭现在已经团结起来。”

阿比还说：“没有一个国家是一座孤岛。”

这两个同样吃着英吉拉的国家握手言和，是这座“孤岛”打开自己的开始吗？不得而知。但神秘总会褪去，封闭终将打破。

肯尼亚：“东非十字架”

“我从前在非洲有个农场，就在恩贡山脚下，农场海拔 1800 米，从它向北 160 千米处，赤道横穿高原。白日里，你会觉得身在极高处，太阳触手可及。拂晓与傍晚却闲适、清澈。晚上很冷。它的地理位置以及海拔共同绘制出一幅世界上独一无二的画卷。土地并不肥沃，哪里都不流蜜与奶油；这是被 1800 米海拔净化过的非洲，是这片大地质朴且微妙的精华所在。色调总是干枯灼黑，像陶器上的色彩。”这是《走出非洲》著名的开头。

因为横着有赤道穿过，竖着是东非大裂谷纵贯南北，所以，肯尼亚有个地理别称：东非十字架。

作为如今非洲最具发展前景的经济体之一，肯尼亚似乎也站在自己的十字路口。他们习惯于前殖民者的体制与思维，在白人农场主妙笔生花的文学表述里，还是那个原始的大草原和欧洲的“后花园”；与此同时，这里又是“一带一路”在非洲的前哨，基础设施建设大部分投资来自中国，中国已是肯尼亚最大的贸易伙伴。蓬勃的城市发展让首都内罗毕可比肩国际都会，有了“大城市病”，可大片的棚户区又是挥之不去的疤痕。

这个十字路口，向西，向东，向前，向后。

1 在恩贡山下

不知道有多少人因《走出非洲》而走进非洲？有人是因为 1985 年的电影，跟随男女主人公携手驾驶一架“舞毒蛾”式飞机俯瞰火烈鸟成群，非洲草原的壮阔成了很多人对肯尼亚的向往；有人则因为 1937 年的小说，通过作者细腻的笔触，爱上她所热爱的万千生灵和土著人的坚毅与果敢。

丹麦女作家凯伦·布里克森（Karen Blixen）在这本自传体小说里描写的农场还在恩贡山下，这套建于 1912 年的一层别墅几经转手，后来被丹麦政府买下，并作为肯尼亚独立的礼物赠予当地政府。以凯伦生平改编的电影获得巨大成功，狂揽 11 项奥斯卡提名，拿下最佳影片等 7 项大奖。电影公映第二年，凯伦故居成为博物馆向公众开放，随之成为内罗毕的热门景点，可是此地并非电影取景地。

故居内是典型的欧洲贵族家庭的陈设。阳光透过白纱窗帘照在檀木家具和木地板上，气氛温馨，室内被打扫得一尘不染，花瓶里插的都是新摘的鲜花，好似女主人还在用心迎客。墙上挂了几幅凯伦给当地男女所作的油画，惟妙惟肖。据说，在丹麦，她的绘画比其小说名气大得多。

最吸引游客注意的是一整张狮子皮做的地毯，狮头面目凶恶，獠牙锋利，以及一张半截象腿做的床头桌。老式唱片机和衣柜里的骑马套装，透露了凯伦的情趣和洒脱。客厅中央的餐桌被围了起来，桌上摆着中国的青花瓷器，一块牌子上写着 1928 年招待当时还是威尔士亲王的爱德华八世的晚宴菜谱，此人就是后来“不爱江山爱美人”的温莎公爵。凯伦的情人丹尼斯（Denys Finch Hatton）在他生命的最后5年在这栋房子里居住，期间带着很多王公贵族狩猎，爱德华八世是他最显赫的客户之一。

看得出博物馆很想蹭电影的热度。一个柜台里摆满了《走出非洲》各国语言的小说译本，大多封面上却都印着电影剧照。屋内放着多张凯伦的黑白照片，唯独凯伦和丹尼斯的合照被放大展示。照片中，他俩十指紧握，丹尼斯自信地看向镜头，凯伦低眉浅笑。

电影《走出非洲》并非同名小说的改编，其只是以非洲的原始和唯美为背景，意图歌颂一位白人女性洗尽铅华的爱与自由。男主人公丹尼斯的加入，无疑让影片又成了男性视角下的女性成长史，将凯伦的一生放进爱情的壳子里满足观众的期待。正是这场爱恋的轰轰烈烈、痛彻心扉才让大多数人愿意走进这间屋子，寻找他们爱的痕迹。

可是凯伦在小说里只有两处提到了丹尼斯，描写得平和冷静，更像是一位普通朋友。事实上，丹尼斯是个花花公子，一生情人众多，凯伦更非其挚爱。另一部几乎与《走出非洲》拥有同等文坛地位的著作《夜航西飞》（*West with the night*）记录了丹尼斯的最后一次飞行，该书作者柏瑞尔·马卡姆（Beryl Markham）是非洲首位职业女飞行员、由东向西独自飞越大西洋第一人，也是丹尼斯生命中最后的情人。反观马卡姆在书中对丹尼斯的描写，感觉她对这个男人的崇拜和爱慕更为浓烈：“最优秀的白人猎手”“智慧与力量并存的魅力”“他会向世界末日抛媚眼”“散发着能启发人心的力量和对生之庄严的确信”。

慕名而来的参观者到底可以在凯伦的人生和见识里阅读到什么？

有很多人会提到她给非洲土著疗伤治病、开办学校，为军队运送物资，为了给农场上的吉库尤人找居住地不惜当众下跪。可是树立一个女性主义觉醒之形象并非凯伦的本意，她在字里行间希望展现的是五彩斑斓的非洲画卷，还有土著人民真实的生存状态和坚韧品格。相比看见女性，看见爱情，更应该看见非洲，更何况是那个百年前被侵略压迫又野性质朴的非洲。

《走出非洲》和《夜航西飞》，两位女性作者的文字非常隽永，她们会去写一头狮子的悲伤、一个马赛族战士的衰老、一个酋长的智慧、一阵风的使命……非洲草原上的每样真切事物都美得让人眼含热泪。

她们生活和描写过的恩贡山如今依然青翠屹立，并且是内罗毕市郊一条“友好的”徒步线路。“友好”是指攀爬难度不大，7 座连绵的山丘，最高处海拔 2400 多米，坡度都很平缓，步道清晰地印在山脊的平坦草地上和低矮灌木间，走完全程需四五个小时。但对外国游客“不友好”之处是，偶有抢劫发生，园区建议雇用肯尼亚林业局的武装警卫陪同，单程费用 1500 肯先令，来回需要 2000 肯先令。

身后跟着一位背着步枪、穿着迷彩的士兵完成登山徒步，也算是我在非洲独特的体验了。站在山上所见的景色是怡人的，天朗地绿，牛儿食野，山风轻柔，却也有被凛冽经年的风压制长出的歪脖子树。有人大胆地骑摩托上山，大伙儿到山顶就席地而坐，挥起马赛图案的披肩在风中飞扬。周日会有信徒来此举行弥撒。

东边是世界上唯一位于国家首都的野生动物园——内罗毕国家公园，不免让人联想到《走出非洲》里马赛人狩猎的场景。“恩贡”在马赛语里的意思是“犀牛的泉水”，可是犀牛在今天的肯尼亚近乎绝迹；

丹尼斯最后一次飞行是想用飞机侦查象群，如今索取象牙的偷猎让大象数目锐减，马赛人也从狩猎者变成现在家园的保卫者。丹尼斯因飞机坠毁丧命，他被埋在恩贡山东坡上，墓前立了一座方尖碑。那里原是凯伦给自己选的墓葬地，她指给丹尼斯看，丹尼斯说他也想葬于此。后来凯伦的咖啡园连年歉收，工厂遭遇大火，她的婚姻破裂，情人罹难。她最后离开了非洲。

在西侧的斜坡上能俯瞰世界上最大的断裂带——东非大裂谷，陡然落差超过 1000 米。虽名“裂谷”，却不见山谷狭长，所望是一马平川，层层叠叠的白云投影在大地上，云和影、天和地都在流动，穿透云层的丁达尔之光展露世间祥瑞。全长 6000 多公里的大裂谷贯穿 14 个非洲国家，“人类起源之地”阿法尔三角区、非洲最高峰乞力马扎罗山、“火烈鸟家园”纳特龙湖都位于裂谷带上。裂谷所在的陆地板块断裂在时刻发生，“第八大陆”或在千万年后诞生。名为“地球伤疤”，却满眼是生机盎然。

配合着眼前山色美好、大地旷达，去读那些镶嵌有恩贡山的文字：

凯伦写：“我想，如果我知道一首非洲之歌，它歌唱长颈鹿，歌唱一弯斜倚的非洲新月，歌唱田野里的犁铧和采咖啡挂满汗珠的脸，非洲又是否记得关于我的歌？平原上的风会因为我穿过的颜色而颤动吗？孩童们会否发明以我的名字命名的游戏？满月会不会在沙砾路上投下一个像我的影子？恩贡山的鹰又是否仍在留意我？”

马卡姆写：“我高高地飞着：西南偏南，越过恩贡山脉……出现在我面前的是一片不被其余世界了解的土地，即便非洲人自己也是懵懵懂懂：它奇怪地组合起草原与灌木，沙漠就像南方的海洋扬着悠长的波浪。这里的树林、静止的水塘和古老的山峦，像月球上的山脉一样荒凉、恐怖。这里有盐湖和没有水的河流，还有沼泽与荒野。既是没有生命的土地，又是充溢着生命的土地：所有风尘仆仆的过去以及所有的明天。”

这些都是100多年前的意象，是对一个已经不存在的非洲的满怀抒情，但相似的情愫还是可以绵延至今。

凯伦的庄园里，在我去的那个8月都还是繁花盛开，生锈的农具和巨型咖啡烘干机荒废在草坪上成了展品，当年在恩贡山上水土不服的咖啡品种在肯尼亚平原之地丰收。附近的高档住宅区以凯伦命名，深藏着几个内罗毕市民周末爱去的休闲酒庄。恩贡山上建有肯尼亚第一座风电厂，大风鼓动一排白色大风车旋转，肯尼亚近九成电力来自可再生能源；恩贡山下挖了一条东非最长的铁路隧道，施工团队攻克了因裂谷地质断裂带而带来的空前技术难题，标轨铁路经此向大陆腹地延伸。

2 参观贫穷

2019年10月，我第五次到内罗毕出差，住进了都喜酒店。这里刚装潢一新，是金碧辉煌的东南亚风格，一进门，服务员用“萨瓦迪卡”欢迎我。预定时我还窃喜捡到了实惠，以很便宜的价格住了超豪华的酒店。入住前的安检极其严格，我这才反应过来，这里是年初遭到索马里“青年党”恐怖袭击的地方，有5名恐怖分子和22名平民丧生。酒店所在的韦斯特兰兹是内罗毕的中央商务区，乃肯尼亚最富裕、地价最昂贵的社区，今日繁华恢复，光鲜遮蔽伤痕，很快就从恐怖阴霾里振作起来，展现非洲也能拥有的奢侈、时尚、前卫。

这一趟我报名了基贝拉（Kibera）“参观贫民窟之旅”。虽然我之前已深入马萨雷[1]采访过，对贫民窟有了“祛魅”的过程，但基贝拉有着“最大”的头衔，依旧让我有“打卡式”的好奇。

对于贫民窟等治安堪忧之地，当地旅行社会专门定制行程，这是我在南非约翰内斯堡参观庞特公寓时知道的，后来去埃及开罗的“死人城”“垃圾城”也参照此法。

“贫民窟旅游”早已有之。1884 年的《纽约时报》考究过，其起源于伦敦富人前往东区观察穷人的生活，“我们听说过他们，却对他们一无所知，就像陌生国家的居民”，后来这种观光方式流传到纽约、旧金山。如今在很多第三世界国家形成常态，大众媒体影像也在推波助澜，人们想去《贫民窟里的百万富翁》里的孟买、《上帝之城》里的里约热内卢、《第九区》里的约翰内斯堡一探究竟。“参观贫穷”成了外人窥探城市边缘与落差、施舍怜悯和感慨的猎奇卖点，甚至是冒险体验。

驻扎肯尼亚的外媒热衷于将基贝拉称为“非洲最大贫民窟”，仅次于巴西里约热内卢贫民区。但更多资料显示，“非洲第一”属于南非的索韦托，基贝拉屈居第二，若是定义为“城市贫民窟”或范围缩小到东非，“最”字又可成立。反正要让基贝拉更吸睛，总有方法制造新闻性的独特。

西方人则更喜欢提到电影《不朽的园丁》（*The Constant Gardener*），“这片街区因电影闯进西方人的视野，激发了他们的想象”。片中怀孕的女主人公来到沿铁路而建的贫民区，得知医药公司在这进行龌龊的

1 肯尼亚第二大贫民窟，在本书第三章“贫民窟里的‘造梦计划’”里会有提及。

人体实验，后来被枪杀了。她的丈夫是个喜欢种花的外交官，冒险前来调查，揭露了阴谋。如电影《走出非洲》一样，黑皮肤的群像做了背景，白人的勇敢与救赎得到标榜。

导游凯文和我约在一个购物中心见面，我原以为还要等其他人组成团队，凯文却说："游客们都在马赛马拉看动物呢，只有你还来基贝拉看人。"凯文从小在基贝拉长大，做导游算是兼职，"会去城里的工厂打工，最近又失业了，幸好还有你们来'救济'我"。他见我拿着一台大单反，特意提醒："你这东西很贵吧？拿好了！我说可以拍照的地方再拍。"但也补充说，倒也不用担心被抢，居民们已经习以为常，加上跟着他很安全。

凯文带着我沿着一条正在施工的马路走，眼前的房屋从楼房慢慢过渡到棚屋。路边有几棵紫色的蓝花楹盛开，树下则是垃圾堆和臭水沟，臭味虽难闻，但一段时间后鼻子也能适应。作为基贝拉的"地标"，那条米轨从隧洞中钻出，这是英国人在20世纪初修建的连接蒙巴萨港和乌干达的干道，至今还有破旧火车缓慢通过。每天早晚两班列车通往城里，在基贝拉从未有过专门站点，只作短暂停留，供这里的居民攀上车厢，花35肯先令买票可到内罗毕市中心。

铁轨两侧突兀地建起成排的四层高楼，形成两堵高墙，硬生生区隔出铁道的空间。空间内是抱着孩子的妇女、羊群和放羊娃、卖可口可乐的青年、打伞的摊贩和自行车。有个简陋的棚子里挂满了各种类型手机的充电器。基贝拉只有20%的住户能用电，但几乎所有的成年居民都拥有手机，在"数字世界"里他们不甘落后。

凯文带我从墙上挖开的门洞进入居住区，铁皮房之间不知是沟渠还是道路，行人深一脚浅一脚地经过。肮脏瓦片边上挂着一排排五颜六色的衣服，这里住着城市里的保姆和帮佣，她们揽下成批洗衣的活儿。街道中央拉起选举横幅，他们也有自己的利益代言人。墙壁上是斑驳掉色的防艾滋宣传画，基贝拉约有 12% 的人感染艾滋病毒。虽然基贝拉没有政府医院，却有多个无国界医生组织和教会在此提供医疗服务。他们鼓励所有人免费进行艾滋病毒检测，若呈阳性，可以免费领取相关药物。路过一个诊所，牌子上写的业务范围挺广，可以进行 X 光检查、慢性病管理、营养咨询等。

基贝拉峡谷高处有一段更“亲民”的铁轨，路人直接坐在铁轨上休息。两侧的商铺向中间迫近，有加铁网的小卖部，供打工人转账回家的“手机银行”亭子，玉米、红薯、鸡爪皆可烤的烧烤摊子，卖 50 肯先令一桶的木炭铺，贴上十字架的二层棚房就是教堂……这里的人们好像很爱美，发廊、服装店、化妆品店尤其多，男士剃头剃须，女士接上编织的假发，名字也很直白，叫“美人商店”。

途中遇到一个旅行团，团员戴着墨镜，穿着时髦，站在山包上和身后密密麻麻的铁锈屋顶合影。他们是内罗毕人，对马赛马拉已不感兴趣。“平时不敢来这，现在组团敢来，没传说中那么糟。”“我有朋友以前住这，说在这儿的时光都很快乐，现在我感觉到了。”基贝拉最早的定居者来自肯尼亚和苏丹边境的努比亚士兵，英国人雇用他们服完役后，把内罗毕郊区的一片森林分配给了他们，“他们就在通往凯伦农场的路上建起了泥房子”。努比亚人大多是穆斯林，现在基本是基贝拉的房东了。凯文告诉我，基贝拉在努比亚语中即“森林”之意。

当城市因冷酷被比作“钢铁森林”时，于高处眺望所及的基贝拉仿佛“铁皮森林”。介绍里的数字镶嵌进一户户咫尺见方的棚屋里：内罗毕 6% 的土地上有 200 个非正式居民定居点，约 2/3 的城市人口住在这样的社区里，一半的贫民窟居民在基贝拉，每日收入不足 2 美元，每间房月租金 700 肯先令，一间最多可容 8 个人……

拥挤的“森林”之下生长着污染、犯罪、疾病等种种污名。所以“贫民窟之旅”总带着要扭转人们刻板印象的使命，凯文就把我领到几个“希望之地”。

比如一所学校，是完成“基贝拉的微笑”这一常态命题的地方。一间屋顶破漏的教室里，统一穿着灰色毛衣校服的学前班学生借着天光在上课。对于我这个不速之客的到来，他们貌似并不感到奇怪，看到相机就大笑，向我展示他们手上的作业本。胖胖的女老师染了红发，戴着红围巾，她是城里的老师，义务来此上课。这里没有一个孩子伸手要钱或者糖果。

还有“权力妇女小组”（Power Women Group），旨在帮助感染艾滋病的女性，墙上的标语“上帝保佑我们双手的劳作”（God Bless the Work of Our Hands）和斯瓦希里语单词“Karibuni”表达“欢迎大家加入”。屋里有几台缝纫机和琳琅满目的珠串首饰。这里会举办防艾沙龙，分发计生用品、给失业女性培训美容美发技能等，还经营珠宝店和裁缝店，为妇女们筹措资金。挺着大肚子的老板娘跟我说：“基贝拉的女人不容易。”这里一半的女孩会意外怀孕，然后堕胎；平均每个女性有五到六个孩子。

还有“胜利手工坊”（Victorious Craft Group），说是由三个年轻人为了“寻求贫民窟青年就业解决方案”而创立的，要“给失业青年带来胜利”。在堆满轮胎等杂物的作坊里，几个工人将收集来的动物骨头、废铜、木材打磨成小饰品和生活用品，并广招学徒。《经济学人》2012 年刊载过一篇题为“在非洲最大棚户区生活一天”的文章，写道："基贝拉可能是地球上最具创业精神的地方。""基贝拉是中国繁荣小镇的非洲版本，是人类雄心壮志的广告。与广州和厦门一样，它吸引着来自农村地区的人才，吸引了最庞大的年轻农民。将贫民窟等同于懒惰和痛苦，是在误解他们。"

凯文带我去看居民是怎么打水的：几个大黑桶边上排着十几个小黄桶，一小桶 20 升，价格 3 肯先令。水来自两根分别归属市政府和世界银行的主水管，"你看，我们喝的水不脏"。还看了一间规范的厕所和浴室，还有进行堆肥和沼气再利用的试点。但基贝拉的一个厕所会有约 50 户居民共用，厕所或许只是一个地上的洞而已。

行程末尾来到一个市场，这里繁忙且有序，货物充足，看得出有人管理，街道显得很干净。商贩们从美国、东南亚或者中国，以大概 25 美元 40 公斤的价格购来二手衣服或鞋子，像开盲盒一样打开货物，又精心挑选，甚至熨烫、擦拭过后陈列售卖。他们也在追求体面的生活。

内罗毕市政府曾希望改造基贝拉，建造公寓安置这些贫困人口，但规划和行动一拖再拖，一位政府官员曾调侃道，"以目前的速度继续进行，需要 1178 年就能完成"。BBC 拍了一个真人秀节目，请四个名人或富豪住进四个基贝拉的平民家里，他们与单亲母亲、孤儿、艾滋病人、失业者共同生活，基贝拉再度被世界深度围观、仔细打量。

两个小时的徒步游览结束，我安全地走完了既定路线，给了凯文一些小费。凯文说："再穿过两个街区，就很危险了，但也是更真实的基贝拉，但我不能带你去。"我问凯文，你的邻居们支持这样的游览项目吗？他说，基本支持，我们会将营业收入捐助一部分给社区，也激励了一些游客游览完后来此做慈善。但具体帮助了多少，我没敢细问。我在基贝拉里行走、拍照并未遭到如很多攻略里说的抗拒和抵制，反而是从路人的眼神里读出些许妥协、习惯和麻木。

对于“贫民窟旅游”的争论一直喋喋不休。

“我们必须持着公正的态度来看待贫民窟旅游的初衷，很多外国人去贫民窟是希望理解贫穷，冥冥之中他们被期待着可以在经历之后做些什么……然而，除去那些零星的评论，观光者和我们并没有任何对话，贫民窟旅游就像是一条单向行驶的车道：他们拍下照片，而我们失去一些尊严。”一位在基贝拉长大的 NGO 负责人如是说。还有更愤恨的人说：“我们如同马赛马拉的动物。”

有人也会拿出孟买达拉维贫民窟（Dharavi Slum）的例子反驳。那里因电影《贫民窟里的百万富翁》大热，慕名来访者众多，旅游业解决了很多贫民窟居民的就业问题。开展“贫民窟旅游”的公司将 80% 的利润返还给社区，进而回馈到医疗、教育等实质措施上。

凯伦在《走出非洲》里也写道：“在文明的国度，所有人对贫民窟抱有一种惯常的内疚心理：一想到贫民窟，就感到浑身不舒服。在非洲，你见到耕牛的时候，一种内疚感也油然而生，心中隐隐作痛。”100 年后，我们的文明更文明了，我们的内疚是否尚存？我们的痛应该如何安放？

包括我，很多来到非洲的中国记者都把“探访贫民窟”作为必要履历，贫穷之地或许是仅次于战地的能够展现世界之复杂、记者之情怀、人性之道义的地方。尤其是在内罗毕的驻站记者众多，基贝拉、马萨雷被就近地、方便地反复曝光，乃至成了中国人眼里非洲贫富拉锯的刻板代名词。一不小心，又会陷入“贫困浪漫化”，于穷人所居的泥沼和黑暗中歌颂乐观、坚强和光明。但细想，除此之外，我们好像也无能为力，问题终归是交给经济发展、社会变革来解决。

当这个世界还有极端的贫穷上演，就不缺乏观众，与其远远旁观、道听途说，不如亲自接近、眼见为实。贫穷应该被展示、被参观、被凝视吗？答案不置可否。但可以相信，“看见”是一切印证、批判、反思的开始。

乌干达：尼罗河开始流淌

在维多利亚湖北部的金贾，湖水进入河道的地方立了一块圆形牌子，上面写着“世界最长河流尼罗河的源头”。

至于这个“最长”的名号，就目前的共识，归属尼罗河无可争议，但这个“源头”的定位却只停留在了19世纪中叶英国探险家的发现。如果以此为起点计算尼罗河的长度，会缩短至少400公里，“最长河流”的桂冠会让给亚马孙河。

我独自乘船抵达这个水中小岛，看到圆形牌子两侧站着两位大胡子大叔在合影。左边是印度人，右边是巴基斯坦人。他们跟我说：“我们的国家在打仗，但一条边界的两边，我们是一样的人。”这是2019年的3月，湖水波澜，河流激荡。

从这里开始，白尼罗河一直向北流去，到苏丹首都喀土穆与青尼罗河汇流，河床落差陡增，河水更加浩荡，形成6个瀑布，带去过洪水泛滥和泥沙沉积。大河的馈赠，被视作人类文明的土壤。

1 “欢迎来到非洲明珠”

我来过乌干达三次，分别在 2018 年 8 月、2019 年 3 月和 7 月。每次降落到恩德培国际机场，总感觉心旷神怡。这个东非国家气候宜人，舒适得可以忽略四季。

恩德培在当地语言中是“座位”的意思，象征这里曾是酋长坐着裁决判案的地方，总统办公室和府邸、国际机场都设在这里，但曾经权力的所在现在交给了首都坎帕拉。谷歌搜索“恩德培”，更多是指向以色列的“恩德培行动”。

1976 年 6 月的一天，10 名巴勒斯坦解放组织的恐怖分子劫持法国航空航班，降落到恩德培机场，以 105 名犹太乘客为人质要求以色列释放巴勒斯坦嫌犯。这一恐怖行动得到扬言“灭绝以色列民族”的乌干达时任总统阿明的支持。以色列派出 280 名特种兵、飞越 4000 公里突袭乌干达，击毙劫机者、炸毁机场战斗机、救出人质，一系列匪夷所思的“虽远必诛”动作被媒体渲染为“惊人表演”，次年就被拍成了电影，起名《霹雳行动》。但以色列的指挥官也在行动中被击毙，他是以色列前总理内塔尼亚胡的哥哥。因为肯尼亚线人提供了帮助，阿明下令屠杀了数量两倍于人质的在乌肯尼亚人，以示报复。

巴以对峙是国际新闻“永恒的头条”，世界风云“光顾”过维多利亚湖畔的东非城市。当我走出航站楼，能看到的“对峙”却是全球化带来的商业对垒：一个巨大的可口可乐瓶子造型的冷饮铺立在到达出口，对面则是百事可乐的蓝色广告牌，写着“欢迎来到非洲明珠”，每一个字母 O 都换成了可乐商标。

从机场出来，接我的车开上了连接恩德培和坎帕拉的高速公路。

公路平坦开阔，护栏崭新，路旁的“CCCC”（中国交建简称）标识反复提醒着这是中国企业承建的道路，中交员工会很自豪地跟我说：“这可是乌干达‘国门第一路’，看路的质量，有没有回到中国的感觉？”

快到坎帕拉，沥青路面过渡到了土路，路段因施工造成了拥堵。我们缓慢跟着前面的皮卡，能和车斗里坐着的三个哥们交换眼神，路旁有临时搭起的甘蔗摊、席地而坐“观赏车流”的妇人孩童，一辆摩托车载着一个高耸的梳妆台从大车间隙自如穿过。通畅的收费高速路延缓了来客与当地熙攘人群的第一照面。当我们一下高速出口，首都的繁华，或市井的热闹，再或是杂乱无章的烟火气扑面而来。

坎帕拉所有的道路都通向“卡扎菲清真寺”。这是刚进入 21 世纪时，卡扎菲送给乌干达的礼物，但随着非洲“一代枭雄”的陨落，利比亚续任政府却拒绝以有前领导人名字的建筑名号来修复清真寺，因此乌政府为了继续得到资助，将其更名为“乌干达国家清真寺”。

虽然八成以上乌干达人信仰天主教或基督教新教，仅约一成是穆斯林，但乌干达却拥有这座东非最大的清真寺，落成时甚至号称过非洲第二大、撒哈拉以南非洲第一大清真寺。

清真寺建筑外观未有“之最”的奢华，着实很朴素：淡黄色的外墙、五个暗粉色的穹顶，倒是半圆形的大拱门和挺拔的宣礼尖塔让人印象深刻。一个戴着天蓝色头巾、身着深红色长裙的胖姑娘领我走进空无一人的大厅，指着花纹华丽细腻的穹顶内饰、中央那盏巨大的埃及枝形吊灯、写满《古兰经》经文的墙面、来自利比亚的地毯和来自意大利的彩色玻璃兴奋地介绍着，这里可以容纳 1.5 万人同时祷告。她说：“你远道而来，应该了解得更多一些。”让我爬上宣礼塔俯瞰坎帕拉全景是她留给我的惊喜，但是她并不想或是懒得跟我一起爬上去继续讲解。这座高 50 多米、逊尼派建制的高塔被当地人视为“摩天大楼”一般的存在，在坎帕拉的各处都能目及，内部则是水泥墙面、旋转水泥楼梯和铁栏杆，阳光透过窗户上的一个个圆形小孔照进来，被打亮的螺旋中空阶梯造型有了后现代工业风的摩登感。我攀着 304 级台阶气喘吁吁地到达顶层，此处有个天台，装着扩音的喇叭，可以俯瞰一个非洲都市繁忙的样子，密密麻麻的房屋、摊贩、车辆和人。

坎帕拉地貌是一个个大大小小的山丘，大的山头有 7 个，清真寺所在的坎帕拉山就是七分之一的制高点。记得有人跟我说过，“坎帕拉是只能看‘上半身’的姑娘”，因为山腰之上会被富人区、政府部门、使团驻地、高档酒店占据，建筑、绿化、风景都好看，而山下则都是混杂、粗糙的贫民区或者平民区。

清真寺前的广场上，两个男孩分别顶着一盆玉米在叫卖，旁边的纪念品商店里挂着好几幅非洲地图，不过略显过时，地图里的南北苏丹还没分开。

坎帕拉另一个山头上坐落着非洲唯一的巴哈伊教寺庙。这个 19 世纪起源于伊朗的新宗教，信仰“上帝唯一”“宗教同源”“人类一体”，要在地球的每个大陆都至少建立一个精神中心，先驱者选择了乌干达来代表非洲。寺庙的主体礼拜堂虽然不大，却曾是东非最高的建筑。翡翠绿色的釉面屋顶显得独特而典雅，它有个波斯语名字叫“赞美上帝的黎明之地”。周围是一个美丽花园，三角梅的红点缀着大片绿地，笼络着城市难得的静谧。

卡苏比王陵是存放乌干达人精神信仰和自我骄傲的地方，却在 2010 年被一场蹊跷的大火几近烧毁。这里是非洲古王国布干达四位国王的葬身之所。王国前身诞生于 14 世纪晚期，至 18 世纪更名为“布干达”，到19世纪成为首屈一指的区域强国，乌干达的名字就源于这个旧国名。布干达王国今天依然形式上存在于乌干达现代国家体制中，仍有国王的存续。

当我遵循导览找到这里，画有两头狮子的铁栏大门紧闭，我给了一些小费，被准许进去参观。如果不是有人告诉我这是世界文化遗产，我可能更愿意相信这里是一个落魄的非洲民俗村。稻草棚子围了一周，简陋的牌子介绍着各自的职能：守卫室里的职位是由同一氏族世袭的，皇家鼓屋里保存着国王登基、迎来送往、宣告皇室成员死亡三种用途的大鼓，国王妻子房间的守护者也要来自同一血统。据说，每个去世的布干达国王都需要有一个“活着的妻子”守护。

这座陵墓也被视作布干达人用于祭祖和祈福的神社。这些棚屋十分幽暗，摆设杂乱，能见到盖上棕布的棺材。中央的主体锥形建筑曾号称全世界最大的茅草屋，在我眼前却被蓝色布块拼图式地覆盖着，有一块布剥落漏出里层木条编制的纹理，围了一圈绿色瓦片隔板阻拦游客参观。

虽然王陵呈现出亟待整修的场景，却未见任何要施工的迹象。大火让此处成了濒危世界遗产，但当局并不着急调查原因和抓住纵火犯，至今原因不详，修复工作也是缓慢异常。布干达王室给出的理由是：王陵极为神圣，只接受外界的捐赠，但绝不使用布干达人以外的工匠修建王陵。他们征集了80位有志重建王陵的布干达青年工匠，在年长工匠的指导下慢慢学习传统建筑的修复技术，然后再着手修缮。旁边那些已经搭好的草棚子就是学徒们练手的“习作”。

这是个对血统十分执拗的非洲古王国余脉，多元世界接纳他们成为人类遗产，他们则恪守自家信条“任性而为”。直到2022年3月，我才从新闻里得知，在日本的捐助下，王陵修复第一阶段完成，那个大锥体终于重新覆盖上了厚厚的茅草。

就这样，我初到乌干达，在坎帕拉的山丘间穿行，速览了三个关于信仰的地标，知道世界、非洲、历史的经纬曾在这里汇聚。

在一个街口拐角，我看到了一块中国使馆专门为中非合作论坛北京峰会设置的广告牌，一半的版面是两位分别来自中国和乌干达的女孩比肩拥抱、挥舞着自己国家国旗的照片。

2 “我等不及 2040 年了”

在中非合作论坛 2018 年北京峰会召开前，采访总统穆塞韦尼是我第一次来到乌干达的任务。我从坎帕拉驱车一个多小时前往恩德培的总统府。

穆塞韦尼在坎帕拉和恩德培都有官邸，乌干达全国上下也有多处总统“行宫”，但他偏爱恩德培临近机场的此处，可能是想远离首都的喧闹，又能方便会见和处理大小事务。

这座白墙红顶的气派建筑原先属于阿明。乌干达起义军在坦桑尼亚军队的协助下于 1979 年将阿明政权推翻，驱逐总统后，想把这栋大楼也给炸了，但见大势已定，就放弃了炸楼计划，还把一门加农炮留在了这里。

阿明是“非洲三大暴君”之一，因为他吃人等骇人听闻的事迹，他在三人里显得更臭名昭著一些。传言里，他把敌人、政治对手和异议人士处死后肢解、割肉、吃掉，将“不听话”的妻子分尸，暗恋英国女王，甚至写信让女王把旧内裤寄给他，下令杀掉和前总统同姓的人导致尸体堵塞尼罗河河道、水电站停转……据国际组织估算，在阿明政权下有约50万人被杀害。他被推翻后逃往利比亚，在卡扎菲的庇护下获得了一栋别墅和三辆豪车，直到2003年去世，从未被审判，也从未对自己的暴行做过忏悔。

在路过总统府对面花园时，我看到了那门赶走过阿明的加农炮，锈迹斑斑地被露天展示着，旁边多了两个士兵雕塑，一个给炮机输送弹药，一个蹲着举望远镜观望。穆塞韦尼是推翻阿明起义军中的指挥丁将，当年的大炮和战士的形象摆在总统府前，算是留存了他征战过沙场的证据。

这是一次面对中国多家媒体的联合采访，本是安排在前一天的，我们都出发到半路了，被告知采访取消，幸好次日能成行。

关于“非洲时间”，我听过对于他们懒散、无规矩的抱怨，但也有人探究过其来源于古老部落的生息习惯。新华社记者韩茜的《遇见非洲》中描述过，在古老的非洲社会里，时间标注不是数字，而是一桩桩具体事件。像乌干达的恩科勒游牧民族，时间轴围绕牛群作息展开，由第一次挤奶、牛群休息、取水喂牛、牛群回棚等事件组成；月份划分也很像中国的节气，如12月是水源短缺的旱季，因此月份名叫“给叔叔找水”，5月田里开始丰收，因此月份名叫“耳边听闻粮草声”。肯尼亚哲学家约翰·比蒂在著作《非洲宗教和哲学》中将非洲人的时间概念阐述为：在非洲人的传统生活中，时间是由发生过的事情和将要发生的事情构成的，那些尚未发生或不可能马上发生的事都归属于“无时间”一类。“时间是被创造和生产的”“重要的不是时间刻度，而是进程内发生的事情”。

我的理解，就是要干完一件事，再干下一件事，至于约定的时间，只是一个评估事情进度的参考而已。反正“慢有慢的道理”，着急时会听到非洲朋友用“Hakuna Matata”[1]安慰自己，甚至有人发出类似“不做时间的奴隶，做时间的创造者”“停留在‘非洲时间’里，看云卷云舒、斗转星移”的感想。

这次到了总统府，也没例外。我们在一个会议室里架好机位，端坐就绪，等待了近3个小时，才见到穆塞韦尼戴着他标志性的白色宽檐帽款款出现。这顶白帽子和南苏丹总统基尔爱在公共场合戴的黑帽子，总会被媒体玩味，两个邻国首脑“黑与白”的对应，两个东非国度的治与乱、传承与新生。

坐在我前面的是一位已经74岁的老人，执政超过30年，身穿朴素的白色衬衫，精神矍铄，状态不输壮年。我们采访的话题主要关于中非合作及“一带一路”，穆塞韦尼面对镜头不假思索地侃侃而谈。

他谈到了很多中国企业参与建设的道路、工业园、水电站、体育场，不时透露希望有贸易顺差，让中国多买一些非洲农产品的想法，“互相支持、互惠互利是至关重要的”。说到本国的“2040远景”[2]，这位领导人表现出只争朝夕的意气和斗志，“我等不及2040年了”。他说：“乌干达发展速度极快，我认为2040年之前就能达到我们的目标。到2040年太久了，现在乌干达的现代化程度有目共睹！……乌干达人民受教育水平稳步上升，而较为欠缺的是工作机会、工业设施以及农业发展。然而这些问题都将随着教育的普及迎刃而解，既然手上有了知识，就不需要等到2040年了。”谈及未来时，他总会说“Sky is the limit”（天高任鸟飞）。

1 斯瓦希里语，大意为不要担心、没问题、不必纠结。

2 乌干达《2040远景规划》，于2007年提出，计划在30年内将乌干达建成现代繁荣国家，达到中等偏上收入水平，人均收入达到9500美元，并将贫困率降到5%。

穆塞韦尼对中国的开放和欢迎也是明眼可见。中国企业在乌干达兴建的工业园如雨后春笋，他会在这些工业园奠基、落成或者任何节点前去视察，并且给予税收减免、水电等配套支持。我在乌干达各地走访过天唐工业园（名字有天津、唐山之意）、辽沈工业园、中国（广东）—乌干达国际产能合作工业园等，光看名字就知道承建企业要强调的归属区域已经下放到了中国各省市，乌干达国内有了中国各地方分立山头、内部竞争的格局，这些工业园无一没请过穆塞韦尼前来剪彩站台，为中乌友好吆喝。中国投资者也带来了乌干达第一家陶瓷厂、第一家玻璃厂，东非第一家化肥厂、第一家全流程钢铁厂等。

穆塞韦尼于2021年开始了他的第六个总统任期。他已进入全球最年长的在任国家领导人之列，国际社会对他的评价也是复杂、多面、耐人寻味的。他一举改变了乌干达先前几十年来政府无能、叛乱四起、内战频发的局面，将“非洲明珠”带上稳定、持续发展的轨道，人民教育、医疗、安全的进步显著，在艾滋病防治方面走在非洲前列，受到西方社会赞许。但另一方面，政府的官僚和腐败一直被外界诟病，在选举中压制对手更被视作其独裁的证据，将同性恋列为刑事罪行则经常受到指责。

2021年乌干达总统大选，引起国内媒体兴趣的是参选人里有一位流行歌手。38岁的波比·瓦恩是名雷鬼歌手，因出生在贫民窟而自视为“贫民窟总统”。乌干达40%的选民年龄在30岁以下，瓦恩卑微的出身和年轻的标签让他人气飙升，成为穆塞韦尼强劲的竞争对手。值得一提的是，穆塞韦尼也是出过“单曲”的人，他在2006年向竞选对手发起过音乐对垒，2010年打造了一首说唱歌曲来向年轻人示好。

2022年5月，中国外交部发布了《关于美国国家民主基金会的一些事实清单》，其中专门提到“扶植反对派领袖介入乌干达大选”：反对党总统候选人罗伯特·基亚古拉尼·森塔穆（瓦恩原名）得票率达34.83%，位列第二，“森塔穆之所以有如此强的号召力，与美国在背后支持密切相关”。“他在2018年应NED[1]邀请，以就医名义在美国接受颠覆政权的相关培训。此外，NED还向他提供资金并委派参谋，支持其参加乌干达大选。”

3 区块链免费午餐

在坎帕拉街头，随处可见红色或者黄色的、写着Mobile Money（手机钱包）的小亭子，这时常被视为信息革命已经席卷到非洲的景象。1米见方的铁皮箱，往往两面开窗，窗板向外打开作遮阳檐，有的会安上网格防盗，是通信运营商的“移动营业厅”。在这些亭子里，可以购买通话时间和流量、开通手机钱包、缴费购物乃至国际转账。

在东非地区，手机银行和移动支付已然发展起来。手机用户通过拨打用*和#区隔的一串数字，获取文字菜单界面，然后回复相应序号来完成各类操作。这种方式可以适用于更广大的非智能手机用户群体。

而在乌干达，民众还需要用手机缴纳一种特色税收：社交媒体税。2018年7月开始征收此税，我在8月来出差时就“体验”上了。我申请完电话卡、买完流量，就被营业员问道要不要使用WhatsApp，需要提前交OTT税。OTT是“Over the top”的简称，用户只有缴税，才能使用Facebook、Twitter、微信等60多个社交媒体平台，费用是每天

1 美国国家民主基金会英文简称。

200 乌干达先令，可以选择按一日、一星期或一月期限缴纳。

政府认为“这是一种再分配税”，觉得 200 先令对于民众来说微不足道。但实际上，这无疑会给低收入群体造成负担——乌干达约四分之一人口每天生活费不足 1 美元。而更让舆论担忧的是，政府很可能借此对网络言论进行限制。例如在大选期间，直接切断社交媒体联络也是政府的常规操作。

后来的报道引用乌干达通信委员会的数据，显示该政策实施 3 个月后，乌干达互联网用户累计减少 250 万，缴纳该税的人数减少 120 多万，全国仅有一半的互联网用户实际缴纳了社交媒体税，连手机钱包交易的金额都下降了 4.5 万亿先令。

这么一个跃入 e 时代却在发展和管制之间拉扯的国度，更超前的技术也在此寻找滋生的土壤，还是以善良的名义展现在我面前。

我第三次来到乌干达，遇到了燕雯，她是肯尼亚公益组织“造梦公益”的成员，此前我去拍摄马萨雷贫民窟嘉年华时认识的她，她当时还是志愿者，后来成了骨干分子，在乌干达负责“免费午餐”[1] 项目。而我这次出差想来了解一下，据说有穆塞韦尼主持的“非洲区块链大会”，而同样引起我好奇的是，燕雯正对接的“免费午餐”用到了区块链技术。

我跟着燕雯来到坎帕拉附近的一所小学，名为“Jolly Mercy 学习中心”。孩子们在礼堂里准备了几个节目，为了给中国某个电视台的“我爱国风”全球视频征集活动贡献几段非洲影像。见 A4 纸打印出来的字号太小，孩子们效仿着“画”出了放大版“我爱国风”四个汉字，

1　由邓飞发起的公益项目。

然后让几个孩子拿着字充当演出背景。男孩和女孩都穿着绿色裙子，听到敲起的非洲鼓点，挥动起纸板做的短矛和盾牌道具，列队模仿部落狩猎场景，欢快地跳着舞。孩子们并不知道那四个中国字是什么意思，征集者恐怕也解释不清非洲孩子“爱”的是什么“国风”。还有另一个表演阵容，来到画着非洲地图的教室外墙前，穿花长裙、戴头巾的女孩，穿白袍的男孩，也拿着“我爱国风”合唱歌曲。

到了午餐时间，孩子们在厨房的窗口前排队领午餐，窗台上是一个个盘子，装着米饭、豆子和一片西瓜。这一顿大概 0.3 美元，每周有一天会有肉。这顿午餐是很多孩子一天中最盼望的，能吃到白米饭在当地是奢侈的事情。穿着红黄绿三种颜色校服 T 恤的孩子们，捧着各种色彩的盘子，像一团团彩色的云朵簇拥在教室里或者就在草坪上铺块毯子盘腿而坐，用手抓着食物大快朵颐起来。看到我拍照的镜头，他们吃得更起劲了，还会张大嘴给我展示吃进嘴里的饭菜。他们的三色衣服上分别写着豹子、狮子和斑马的字样。

我们这些客人的午餐也是一样的，只不过我们是更“矜持”地用勺子吃。热腾腾的米饭配上煮烂的豆子是香的，不能说有多美味，但我们不敢有一点儿浪费。

厨房外墙贴着“免费午餐”的中英文标识，附着中国社会福利基金会、中国红十字基金会和“造梦公益”的标志。这里之前是“免费午餐”在乌干达唯一的受益学校，现在成了“区块链免费午餐”的试点。在另一个角落可以找到一家加密货币公司也装了一块牌子，有一只大手托起点状连成的爱心图案，说明这个项目资金来源于区块链加密平台。他们在乌干达有 10 个这样的“免费午餐”试点学校，覆盖约 4000 名儿童。

燕雯特意跟我强调，“区块链免费午餐”和之前的“免费午餐”是完全独立的两个项目，最大的区别在于前者在资金的管理上应用了区块链技术和数字货币，而且捐款不经过公益机构、学校等第三方组织，直接到达受益人的账户，并转至供应商的账户进行食材采购，大大提升了财务透明度，规避了中间方挪用资金的风险。由于区块链技术可追溯、可追踪，同时是共享的、不可篡改的数据，能更好地管理善款，感觉更安全可靠。每个孩子家长都会签订同意书，同意接受捐赠并且愿意让平台方作为代表，他们拥有密钥可以查看资金的来去。

我对区块链技术的使用还是一知半解，刚好这天晚上，这家加密货币公司在坎帕拉的某个酒店要开个宣讲会，我也跟着去瞧了眼。

去了才知道，这家公司是全球最大的加密货币交易所之一。几个中国面孔在讲台上滔滔不绝，向当地人介绍着加密货币在非洲的市场是多么广阔，切换着的 PPT 上写着：“开通只需三步：1. 创建账户；2. 链接你的手机钱包账户；3. 开始买卖。”“持有比特币让普通非洲民众有机会与全球金融市场高资本的个人和机构同场竞技。”台下就座的听众基本是衬衫装束，有人还捧着笔记本电脑，随时看着红红绿绿的大盘交易走势。

会后有一位政府官员被一群人围着，我们也见势问了他一些问题。他自称是总统 16 人区块链小组的成员之一，谈论着区块链在农业、教育、医疗等领域的应用。比如土地注册可以更加可靠，农产品采购会更加透明；医药委员会可以追查制药过程，避免假药；帮助免费教育系统下的老师身份认证，防止冒领工资形成腐败；等等。还说现在有了试点项目，在进一步推广，会抓紧推进相关法规和监管跟上，而这些将会在 1 年到 1 年半时间内去完成。反正乍一听，真是那么回事。

我努力去理解这些我先前未曾了解过的新技术，而且是在非洲，在我穿过遍地铁皮房、热情揽客的日本二手车改造的巴士、头顶各种货物的街边商贩来到的这个高级酒店里，有着难以自洽的陌生、唐突和魔幻。

燕雯告诉我，“免费午餐”在区块链的加持下，乌干达的项目要比在肯尼亚筹资更容易、更顺利。之所以区块链在乌干达要比在其他非洲国家显得更易推广，是因为得到了总统等高层的支持。但实际上，加密货币和手机钱包一样，只是解决非洲国家银行系统不完善问题的某种方式之一。“在偏远地区看不到邮局、银行和警察局，但能看到办理 Mobile Money 的地方”，并不是说非洲移动支付已经多么普及和强大，而是对于很多没有银行账户的民众来说，手机钱包显得更便捷一点，而加密货币又可能可以更进一步保障安全。

现实中，更多乌干达人还是习惯用纸币交易，很多人开通手机钱包只是为了方便交社交媒体税。而那些愿意加入区块链“免费午餐”项目的家长，更喜欢用笔和纸抄下那一长串没有任何规律的字母密钥，带回家保存。从心底里，他们可能依旧对突如其来的数字潮流保有畏惧。

至于乌干达主办的第二届非洲区块链大会，我没报上名去报道，而穆塞韦尼也并没有出席。3000 多人的会议，主题聚焦“非洲为第四次工业革命做准备”，人形智能机器人索菲亚反而在新闻里抢了不少风头。新冠疫情发生后，那家宣讲的加密货币公司关闭了在乌干达的交易所，把更多在非洲的注意力放到了金融体系更发达的南非。

我翻看我在乌干达随手拍的街头照片，发现不经意拍了很多红的、黄的 Mobile Money 亭子，虽然雷同，却总惹人注意。连同大口吃着“免费午餐”的孩子们，手里捧着的彩色碗，身上统一又多彩的衣服，一起进入我的回忆。那是一条标注 4.0 的信息革命浪潮里，鲜艳的点缀。

4　尼罗河开始流淌

从坎帕拉到金贾不过两小时的车程，我踩着一条土路来到维多利亚湖边。几排简易的棚屋成了一个湖畔村庄，小卖部播放着非洲动感音乐，黄色的水桶成扎地放在地上，几只鸡在人群中跳来跳去，两个妇女给坐在盆子里光溜溜的孩子当街洗澡。还有三个小朋友上前来和我套近乎，往我镜头前好奇探着头，最小的蓝裙子女孩一面护着自己的布娃娃，一面挥手打招呼。晾着救生衣的屋子应该就是游客中心，旁边两把椅子上，一个白人和他的黑人女友喝着啤酒，交谈甚欢，等待登船。

向导催促我穿上救生衣，上了条只有我一个乘客的尖头船。他说：“你看这水位很高，快要把土地淹没了。”马达声隆隆，我在碧波荡漾的维多利亚湖上驰骋。所有的游船都会去“尼罗河源头”打卡。实际上那只是个碎石堆起的小岛，建了两个出售纪念品的木屋。通过一座用废油桶搭起来的栈桥，可以抵达那块写着“世界最长河流尼罗河的源头”的蓝底白字圆形牌子。栈桥两侧围网上挂着“幸福的婚姻”“家庭规范”“家族祈祷”等条幅，希望游客们可以从这个水盛之地带回美好的誓词和祝福。

印度人和巴基斯坦人就是在圆形牌子两侧合影，我帮他们按了几张。印度人住在迪拜，巴基斯坦人则来到乌干达 21 年了。他们俩知道我是记者后，饶有兴味地介绍起自己的身份和国家。他们说，他们来自一条边界的两边，两个国家正在打仗，但是来自同一个种族，“我们是一样的人”。我大概能想起，就是那几天的手机新闻推送里说道，印巴近 50 年来首次飞越克什米尔停火线，空袭、冲突、对峙正酣。

在一条非洲河流的“源头”，两个戴着塔基亚帽的穆斯林，在为他们亚洲祖国的战争向我宣告“和解”。而一尊甘地的半身铜像就立在河边，这位印度圣雄死后，骨灰被分别撒入全球数条大河之中，包括乌干达境内的尼罗河，因此立像纪念。一旁介绍里写着“圣雄甘地因四大美德被世人铭记，分别是非暴力、真理、爱与博爱”。

一个更新一点的圆台用来纪念 2007 年在坎帕拉举行的英联邦政府首脑会议，上面一圈一圈地写着英联邦成员国的名字，这个会议讨论过巴基斯坦问题。这片世界第二、非洲最大的淡水湖正是以英国女王的名字命名的，归功于英国探险家斯皮克 1858 年的发现。他是第一个看到维多利亚湖的欧洲人，后来宣称他找到了尼罗河的源头。这里有一座方尖碑用来纪念他，他成了尼罗河源头之争的“殉道者”。

尼罗河流经非洲大陆近十分之一的土地，孕育了古埃及文明，为其溯源成了 19 世纪欧洲探险家乃至今人的执念。虽然大河是由白尼罗河与青尼罗河两大支流汇流，源于东非埃塞高原上的青尼罗河为下游提供了超过 80% 的水量和淤泥，但更长的白尼罗河才能匹配“追远溯源”的意义。在当时那些探险家的眼里，伟大的尼罗河上游消失在了未经探索的地理盲区，那是后来的殖民者无比好奇的“最黑暗的非洲”。

在金贾的尼罗河度假村大堂正中，并列挂着四个男人的头像，分别是塞缪尔·贝克、约翰·斯皮克、理查德·伯顿和戴维·利文斯通，这四个英国人串联起因尼罗河之源引发的“爱恨生死”。

贝克和他的妻子找到了非洲中部的艾伯特湖，以为那里是尼罗河源头，其实只是白尼罗河绕道流经的一个湖泊。斯皮克和伯顿则曾是出生入死的拍档，一起发现了非洲第二大湖坦噶尼喀湖，路程中伯顿染上疟疾，斯皮克的一只眼睛被毒蜂蜇致暂时失明。之后斯皮克重整旗鼓，另组队伍两次探索维多利亚湖，回到英国立即发论文称“终结了尼罗河源头的问题”，认为维多利亚湖就是尼罗河水的来源。这一成果引来昔日战友伯顿犀利的口诛笔伐。伯顿说斯皮克在吹牛，根本没有确凿证据。

伯顿和斯皮克之争，成了导游们为来金贾打卡尼罗河源头的游客必须绘声绘色讲述的故事。故事的结尾是，斯皮克在一次听证会后去打猎，死在了自己走火的猎枪下。伯顿趁机大肆宣扬，斯皮克知道自己在撒谎，羞愧地自杀了。

之后，远征过赞西比河、同样用维多利亚命名了他发现的非洲最大瀑布的利文斯通，继续走上了尼罗河溯源的求证之旅，却在途中失联了，英国甚至有媒体宣告了他的去世。6 年后，另一位探险家斯坦利在坦噶尼喀湖畔村庄找到了利文斯通。大堂内四个男人头像对面的油画，描绘着会面的“名场面”，斯坦利找到了方圆几百里内唯一的白人后说：“我想，你就是利文斯通博士？”维多利亚湖是尼罗河源头的论断保持了 150 多年，进入 21 世纪的地理学家们又继续向南求索，沿着维多利亚湖的最大水源卡盖拉河继续追溯，一直到布隆迪或者卢旺达的重重森林之中。如今的“尼罗河源头之争”远未结束。而让卡盖拉河闻名的事件是，1994 年卢旺达大屠杀中遇难者的尸体顺流而下，堵塞了河道，漂浮在维多利亚湖上，造成了乌干达的瘟疫。

严格意义上，现在游客“到此一游”打卡的尼罗河源头标识也不是当年斯皮克宣称的确切位置。斯皮克认为的尼罗河起点，在更北的狭窄水流豁口、名为里彭瀑布的地方，但 1954 年欧文瀑布大坝建成蓄水，让落差和瀑布不复存在。

看着那四个男人的头像，他们在标榜“尼罗河之源”的旅游胜地被当作英雄一样悬挂在最显要的位置，他们的探险向欧洲昭示了非洲神秘的魅力，某种意义上也绘制了殖民者们“开拓”非洲的蓝图。

尽管后来下游又有了几座发电大坝，使得河水没有以前湍急，但水势依然汹涌，明波暗浪让这里成为世界最壮观的激浪漂流地之一。金贾的尼罗河漂流是很多游客乌干达之行的最大亮点。

这里拥有一段很长的达到 4 级和 5 级白水漂流等级的激流水域。作为初学者，我选择了相对安全的 4 级模式。

免费班车从各个酒店接游客到漂流起点处，一手交钱，一手领头盔、救生衣、划桨等装备，半日漂流费用在 120 美元左右。我怀着忐忑的心登上了 11 人的充气艇，船尾坐着发号施令的教练，两侧各 5 人需要通力划行。

教练先会在平缓的水面，教我们划行、停止、抓紧绳子和准备翻船的口令和动作，讲解翻船如何逃生的要领，更要求每个人背入水中，事先和河水亲密接触，做好落水的心理准备。而在实际漂流的过程中，教练会预判急流袭来，乃至控制大家的“翻船体验”。他会先问大家是否准备好翻船，多数人自然是不愿意，但感觉他会“有意”将船领向水流落差最大处，一定要让大伙翻一次船。“至少要翻一次吧，要不航行多么无聊！”他会打趣道。

每一个大浪处，都会有划着单人皮划艇的救生员等待营救，以及帮助落水的我们重新上船。行至水波不兴处，所有人被要求跃入水中，随着河水漂上一段，还会有人在岸边用相机给大家留影。其中有一段最惊涛骇浪之处，我们被要求上岸行走，可能这里就是5级技术才能渡过的难关吧。

全程下来，浪遏飞舟、与水搏击的快感的确刺激，但也就有个三四回吧。七成以上时间其实是在不断地划桨前行，到后半段感觉体力已被消耗殆尽。上午10点登船，12点半步行休息一阵，下午近3点到达终点。近5个小时的过程，在尼罗河的急缓中尽情漂荡，急处玩的是心跳，缓处则真的挑战耐性。

人置身于一条伟大的河流里，划行、俯冲、翻覆、漂荡，在可控的沉浮里享受惊险。这条河流也置身在人类的时空里，奔涌、冲击、泛滥、滋养，用失控的波涛摧毁或者创造。

后来，我去过南苏丹，在朱巴看白尼罗河里的孩童嬉闹，岸上国家新生；去过埃及，尼罗河游轮带我去各处神庙，夕阳余晖下，古老文明的极致璀璨如梦似幻；站在阿斯旺大坝上，国家工程拦截河水去发电、灌溉，而后来埃塞俄比亚要建名为复兴的“非洲第一大坝”，却引发和河流下游苏丹、埃及之间关于河水流量的角力。

这是世上最长的江河，世人总在寻她的源，伴随多少艰险、误解、苦难和争夺，水流却也源源不断，滔滔不息。

南苏丹："独立日"无事

在去南苏丹之前，我已经写过两篇关于这个国家的报道：

2019 年 2 月，《南苏丹人道主义形势严峻》写道："鉴于南苏丹爆发新的军事冲突，导致逃往邻国刚果（金）的难民数量激增。"

2019 年 7 月，《南苏丹人道主义危机持续加剧》写道："最新粮食安全报告称，南苏丹国内严重缺乏食物的人数达到历史最高水平。估计到 7 月底，将有 696 万人陷入重度或最严重的粮食不安全状况，占到该国人口的 61%。"

是年，南苏丹第 8 个独立纪念日前两天，我飞到其首都朱巴，想一睹这个"世界上最年轻的国家"如何为自己纪念。

1　150 美元的照片

我于 7 月 7 日下午从乌干达恩德培飞抵朱巴。前一天因为控制塔通信设备故障，所有进出朱巴国际机场的航班都停飞了，幸好第二天就恢复了。我的航班晚点些许，终是平安抵达。这个机场不大但很新，它由中国企业历时 3 年改扩建而成，以前的机场据说是茅草屋，"80

年代那种小汽车站的感觉”。停机坪上停着一排世界粮食计划署的大飞机，安检处有世界卫生组织和英国援助提供的健康检查，贴着防范埃博拉的图解，每个游客都须测量体温。如果旅客21天内去过刚果（金），需要完成健康表格登记。

朝阳驱车来机场接我。我在朱巴的几天就住在他所在的一家中国基建企业的驻地里，由于担心在街上行走会很危险，我对这个城市的观察基本只能透过车窗完成。

住处就在机场附近，周围有几个外国使馆。庭院围墙上布着螺旋状的铁丝网，“我们有次被偷了发电机的电瓶，当时又加了一圈铁丝……算是当地特色的院子‘装饰’吧”。一个高耸的铁架子上放着两个大水桶，在没有自来水的城市里，这是生活用水的来源，会有水罐车将白尼罗河的水简单处理后运往各户，一立方5美元。一个桶能用水泵抽入3立方水左右，这两大桶够院子里的四口人用四五天。饮用水不从这桶里来，他们会从中国人在这开的蓝波（Blue wave）水厂买纯净水，价格和国内的矿泉水差不多。这里没有市电，只能靠柴油发电机自行发电。一根长杆立在铁架子顶部，杆子上绑着电视信号接收器。“信号一直不好，被隔壁美国使馆官邸干扰着，好烦人的。”朝阳说。

来到他们的办公室，墙上贴着“进一步提升合规性管理水平视频会”的会议纪要和记录每日天气的晴雨表，这里的雨季能持续半年以上。还有一张划分了10个州的南苏丹地图，显然版本并未与时更新。总统基尔在2015年10月发布行政命令，以“下放权力”和按民族划分地域为由，要把南苏丹划分为28个州，后来又扩大到了32个州。这一决定引发反对派的不满，也触发了当年8月刚签订的和平协议中关于权力分享的敏感神经。之后双方经历了一次次撕扯与冲突，直到2020年新的和平协议签署，又恢复到了10州版图。

朝阳在地图上给我指了指他们在建工程的所在地，位于南苏丹中部的伦贝克，距离朱巴300多公里。建造这座南苏丹中央银行分行的四层楼房对于中国企业来说，没有任何技术难度，但由于战争频频、政治动荡，工程被屡次中断。然后是漫长的索赔和复工过程，加上运输设备极其困难，雨季开车要半个月才能到达工地。2013年签约就遇上内战，2015年才正式开工，直到2022年最终完工。

就着地图，朝阳又指了一些地方："有中国人去这找金矿，后来被枪打死了。""南苏丹想摆脱苏丹，一直想打通和肯尼亚港口的道路，现在都还得从乌干达绕道，清多次关。"

第二天，朝阳带我坐上他们的皮卡去朱巴市区转了转。城市道路还算平整，"除了北部油区，南苏丹80%以上的柏油路都在这了"。路上跑着三人共骑的摩托车、翻斗上站满人的卡车、没有车窗玻璃的二手小巴，小巴上还留着"株式会社"的字样。遇到蓝色的大水罐车，车身上写着"干净饮用水"。据说运水这行被厄立特里亚人"垄断"了，因为他们更加吃苦耐劳。而这大水罐若被刷成黄色，就变成污水车了。这城市人家里的水入水出，都要依靠人力的车送车接。

门口的五环标志让人辨认出南苏丹奥委会的院子，奥运会难民代表团的很多运动员来自南苏丹。院子外停满了很多新车。朝阳说，朱巴街头是不缺好车的。像他们的业主中央银行有一年就拨了一大笔专款用来买车，"一下子就买好几百辆，他们喜欢日本陆巡兰德那样的大越野，从迪拜购货运到肯尼亚的港口，然后再运回国"。

迪拜是当地人很向往的一个地方。路口有一块卢旺达航空的广告牌，背景图是迪拜帆船酒店的照片，写着“放飞非洲的梦想”。

路边摆售一袋一袋捆好的黑木炭，垒了四层高，那是普通人家光和热的微薄来源。一面顶着防盗铁丝的墙壁上画了一个竖着的中指，写着“Take this”，没有所指，就理解成人们面对一切的态度吧。

大路旁的房屋基本都是平房或者棚屋，一座白绿相间的宣礼塔和上面的新月标志很容易被注意到，外墙用英语和阿拉伯语写着“朱巴海·马拉卡勒清真寺”，有两三个街边店铺大小。大概五分之三的南苏丹人信仰基督教，其余则是非洲土著宗教的信徒，仅有不到10%的人是穆斯林，但街头伊斯兰教的痕迹仍然惹眼。南苏丹将英语设为官方语言，有人提议过列斯瓦希里语为第二官方语言，想着能寻求到坦桑尼亚的帮助，老一辈的人还是会用阿拉伯语，那是北方苏丹人更常用的语言。

市中心一个转盘中央立着一个雕像，干瘦的形象，戴着帽子、一手拿弓一手肩上架着铁镐、背后还有箭筒、裤腿挽到膝盖，可能想反映他们祖辈在丛林中游猎、筚路蓝缕走出沼泽的历程。基座四面贴满大大小小的铭牌，感觉要纪念的东西很多。小牌上写着英国、意大利、荷兰等国探险家的名字，旁边年份都属于19世纪，该是这些“先行者”循着尼罗河，来到这片土地探秘、拓荒，将地理发现传播回欧洲的时间。查了查这些名字，不乏女探险家。这些对外来者的追溯或许能拉伸一下这个新生国度的历史。

基座上还标注了一些重要事件，比如1947年的“朱巴圆桌会议”，英国组织了这次会议，将种族、宗教、文化都差异巨大的苏丹北部和南部合并成了一个政治实体。英国人给当地腾出了800个行政职位，却只给南方人留了4个，苏丹南部省份基本被排除在政治进程之外，这种差异与区别对待一定程度上导致了两次苏丹内战。1972 年的“亚的斯亚贝巴协议”，这一被纳入苏丹宪法的条约是结束第一次苏丹内战的标志，但在 11 年后就被废止，第二次内战爆发，战争一直持续到 2005 年。还有 1922 年朱巴地方议会成立、2011 年朱巴城市议会成立和南苏丹独立等时间节点。雕塑周围是个小花坛，地上写着这个地标的修建赞助者：有“非洲手机之王”名号的中国传音集团。

某个小路口也有个弓箭手造型立于上的锥形路墩，黄色调倒是明快，基座贴着几张海报，包括一个 DJ 要开庆祝“第 9 个独立日”[1]的派对。

在路上，朝阳教我怎么辨认丁卡（Dinka）人和努尔（Nuer）人，“丁卡人额头上会有一道道横疤，这是他们作为‘战斗民族’的标志”。二者是南苏丹最主要的两个族群，丁卡人最多，以身高闻名，甚至有研究说他们是世界上平均身高最高的民族；努尔人主要是放牛的牧民，人数仅次于丁卡人。总统基尔和第一副总统马沙尔就分别是这两个族群的代表，他们所归属的势力常常成为敌对的双方和战火的来源。

路边一个漆成蓝色的小摊上摆满矿泉水瓶，里面装的却都是汽油。这是这个国家资源现状的缩影。石油是该国最重要的自然资源，南苏丹也成为最依赖石油收入和出口的国家，财政收入对石油依存度达到 97%，这难得的“黑色黄金”是他们经常“窝里大打出手”的重要因素。南苏丹虽然拥有油田，但配套的石油工业和运输设施却基本在北部的前属国苏丹，导致其虽然产油，却缺少成品油。朝阳告诉我，在加油站很多时候都加不到油，摊子上这些瓶瓶罐罐装的油则是商人用

1　应该是算上了 2011 年的那个。

大罐车从中东或肯尼亚运来后分装零售的，主要是卖给摩托车主。

这一趟有个朝阳特别介绍的目的地，白尼罗河边的绿洲餐厅，是他们为数不多闲暇时消遣的地方。点上不算名贵的咖啡和点心，与二三好友坐上一下午，看着著名的尼罗河平缓流淌，两岸的郁葱绿意，可算这座城市里最惬意的景致了。不远处，人们在河里洗澡、洗衣、嬉闹；另一侧，一座便携式的预制钢桁架桥上车来车往，应该是战时留下来的，却一直在使用，是朱巴跨河的唯一桥梁，在连接乌干达的必经要道上。这条河流也在连接人的生息和国的血脉。绿洲餐厅旁边是朱巴最高的建筑，10 层高的中国石油大楼，“总统府都没那么高的楼”。

我们路过了不少与中国人相关的地点，比如和平医院、中国医疗队驻扎的北京饭店、英文叫“Best home”中文却叫老板名字的文明家具城。专程去了朱巴最大的中国超市“Lily Supermarket”，门口停着有“UN”标记的车。这里商品应有尽有，来自中国的各种日用品、食品、调料，还有蔬菜、水果和鲜花……价格很亲民，显眼位置摆放着盒装蚊香，上面写着广告词：跟蚊子说 No，跟疟疾说 No，只要 330SSP[1]。收银台背墙挂钟两侧，挂着南苏丹国父加朗和基尔的头像。

超市旁边是一家很火爆的同名咖啡厅，墙上贴着带非洲元素的版画和一张毛主席的画像。里面坐满了各种肤色的宾客。物价在当地着实有点高，一盘饺子或盖饭要 10—12 美元，“对于那些联合国的人来说不算贵”。

行驶到政府部门扎堆的“部委路”上时，朝阳专门嘱咐我：这里

1 南苏丹镑。

路边士兵很多，拍照要小心。我只敢从车窗下沿偷偷露出手机镜头，然后狂拍，想着能多记录一点是一点。谁知到半路被一名持枪士兵拦了下来，说我们是不是拍了不该拍的东西。我心想应该没有拍到士兵，即使拍到当面删掉就行，我就非常大方地打开相册，让士兵检查。他滑动到一张大门的照片停下了，开始呵斥我们。我连忙说马上删掉，但他立马制止，想要“留存证据”。他召集了左右的几个同伴过来，翻来覆去地“审视”这张照片，终于暴露出“心思”：让我们要么交罚款要么就去警察局。我们和他们争执许久，最后他说：“你有多少钱？给点就完事了。”我乖乖打开钱包，他看到里面的美元眼睛发光，就指了指两张拿走了，把照片删了，随即给我们放行。

我在“最近删除”相册里找回了这张照片，其实只是歪歪斜斜地拍到了一排低矮的围墙及一个写着 SPLM HOUSE[1] 的大门。我被罚款 150 美元。

这是我在非洲拍的“最贵”的一张照片。

2 逃离朱巴

英国殖民苏丹时，更喜欢治理接近阿拉伯文化的北部，对南部的管理与发展不屑一顾，导致南部地区缺乏学校、医院、道路。半个多世纪以来，南方疆域好像一直是战场。南北分治遗留的种族和宗教矛盾引发内战，战火多集中在南部地区。第二次苏丹内战甚至被评价为第二次世界大战后平民死亡人数最多的一场战争，约有 190 万南苏丹平民死亡，超过 400 万人流离失所。2005 年有了《全面和平协定》，经协定，

1 SPLM 是南苏丹执政党苏丹人民解放运动的简称。

南苏丹实行了6年的自治，2011年举行的独立公投赞成票率超过98%。

2011年7月9日，南苏丹宣告独立。在独立庆典上，时任联合国秘书长潘基文和30多个非洲国家元首齐聚一堂，庆贺世界上最新一个国家的诞生，隆重庄严。但和平并未如期而至。

脱离了苏丹，反而失去了北方的制约，南方各派系矛盾显现激化。总统与副总统之间的政治角力最终酿成2013年的武装冲突。国家刚立，遂有内战，反反复复打打停停又近十载，又是数十万的死伤和数百万的难民。

总统府外墙就留有2016年的“伤痕”。

朱巴几乎没有景点，驱车路过匆匆一睹总统府外墙上的累累弹坑反而成了外来人的“必打卡”方式。我们坐的皮卡也如此飞驰掠过，我怯怯露出手机镜头快速拍摄，能看到哨楼被打碎的窗户还未补上玻璃。其实不只总统府，“部委路”上有很多面墙壁的弹孔密度更甚。

朝阳正是那场冲突爆发时的亲历者，他跟我聊起3年前的惊心动魄、生死逃亡，让我仍能有如亲见，耳畔仿佛还有子弹打在墙上的震响。

那是第5个独立纪念日的前两天，朝阳和同事正在院子里打羽毛球，突然听到外面枪声四起，但一开始他们并未在意，因为平常也能偶尔听到枪声。后来枪声持续了20分钟，他们感觉不太对劲，就躲回了屋里。枪声太近太密集，是从5分钟车程外的总统府传来的。基尔和马沙尔当时还在总统府里开着新闻发布会，马沙尔的卫队却和总统府守卫在门外展开了枪战，开始了惨烈对峙。那一天，从下午5点多一直到深夜，重机枪声不断，低空飞行的侦察机一直轰鸣。

那晚，朝阳值班，一夜未睡，以防止有人趁火打劫。“别看他们白天是士兵，晚上脱下军装就会去打劫。当时可能会乱到这种程度。”后面两天，情势愈加严重，“爆炸声很近，房子都在颤抖”。10个中国人躲在院子最里侧的办公室，靠压缩饼干度日，“独立日前，领导预感到了什么，让我提前买了些零食”。他们煎熬地度过了5天，枪声减弱了，但形势依旧不明朗，集团总部准备包机让他们撤离。

第6天，他们给了当地司机和保安一些钱，让他们照看好这个院子，“告诉他们，我们还会回来的”。10个人分乘一辆皮卡车和一辆越野车，要突围去机场。朝阳坐在越野车上，车一出门就遇到了兵车，“就像《战狼2》里的那种，士兵坐在卡车翻斗上，重机枪挂满子弹，枪口朝后，随时可以扫射的样子”。“当时司机想踩刹车，却错踩成油门，居然超了车，又停了下来”，这样贸然超过一辆荷枪实弹的兵车非常危险。士兵立即调转枪口指向他们，大喊“What’s up”。他们当时吓呆了，“幸好当地不让车窗贴膜，能看清车里坐的是中国人。士兵见没有敌意，就走了”。有惊无险，虚惊一场。

他们驶入机场主路，“平常能很快通过的路，那天走起来好漫长。路两边布满大兵，那也是我第一次看到火箭炮，全对着路中间”。政府军用重兵把守机场。他们每走几十米就被士兵拦下来询问一下，“以前见到士兵还能开个玩笑、给个小费什么的，那时不敢了。士兵们非常严肃，目光犀利，是那种‘下一秒就要牺牲’的眼神”。

原先15分钟的车程，他们开了有50分钟，终于在晚饭时间住进了机场的铁皮房营地。他们松了口气，吃上饭、洗了澡。朝阳刚洗完澡，营地外就热闹起来，他出去一看，满天烟花，点亮夜空。“红色的，好漂亮。但其实是曳光弹，又平又低地朝我飞过来。”“飞得特别低，布满了天空，感觉我们无处可藏。我看到了美丽，又看到了绝望。”他们马上跑进一个集装箱掩藏，“外面有烟花噼里啪啦掉落的声音，还混杂着几声枪声”。后来朝阳才知道，那是政府军正在庆祝短暂的胜利。

他们又在机场滞留了 2 天，各国飞机在眼前起落，车辆如美国大片般四处跑窜。他看到一辆挂着中国国旗的越野车把伤员运到这里，“有两名中国维和士兵在战场上牺牲了，当时应该就是在运送和抢救他们”。牺牲的两名战士是李磊和杨树朋。7 月 8 日作战双方交火时，李磊穿着 20 多公斤的防弹衣在执行任务，那天是他的生日。10 日，守卫难民营的一辆步战车被炮弹击中，他俩就在车里，后来因抢救无效牺牲。

到了第 8 天，他们终于登上了撤侨的飞机，时任中国驻南苏丹大使马强亲自给他们送行。“大使在悬梯前逐一和我们握手说‘保重’，那是非常有力量的握手。他还要留下来坚守，真的很感动！”

“离开朱巴的时候很害怕，都担心飞机被击落”，降落到苏丹首都喀土穆时，所有人都开始鼓掌。又去卡塔尔中转，才飞回祖国。不到一年，朝阳就又回到了南苏丹。

后来的几年，每至独立日，在朱巴的中国人都有提前储备食物的习惯。

3 又到独立日

我在朝阳的办公室看到 2019 年 7 月 8 日《朱巴箴言报》（*Juba Monitor*）头版标题：“向着第 8 个独立日的盛大游行”，配的却是 2015 年的照片，是那个独立日广场上众人簇拥国父加朗的雕像、挥舞国旗庆祝的场景。文章里说，南苏丹独立后经历了“巨大而强劲的经济繁荣”，但在2013年和2016年的冲突后，“乐观和希望逐渐减弱”。2018年“跨越政治分歧的领导人”再次签署了和平协议，设想在2019年5月截止日期前组建民族团结过渡政府。但过渡政府的成立日期却是一拖再拖。文章结尾说，“纪念第8个独立日的庆祝活动是独一无二的，因为它是在国家全神贯注执行《重振和平协议》时举行的”。还登了一幅漫画，三人举起“独立日快乐”的横幅，裤子的空口袋绑在了一起。

7月9日，我再次在首都街头转悠，却发现根本没有庆祝场面，街上的人甚至比前一天更少。曾经有过游行的加朗广场空空荡荡，门口有辆摩托车在把守着。疲于恢复和平和停止争端的政府已经很多年缺乏资金和气力去庆祝自己国家的诞生了。

倒是叫ZAIN的通信运营商有钱，立了一块广告牌，写着“我们是一体的，我们是独立的，我们是南苏丹——独立日快乐”。他们的手机支付nilePay广告在朱巴街头随处可见，广告语诸如“从现在起，汇款转账将变得简单、快速和便捷”，还有4G网络信息高速路的图片。不得不说，数字经济洪流汹涌，无孔不入，在落寞的节日还能帮忙振作出一点仪式感。

南苏丹石油部在用水泥糊上弹坑的墙上挂了牌子：独立8周年是恢复和平与和解的契机。其他的广告牌还有：联合国人口基金组织立的“共和国第一夫人和女学生携手终止南苏丹早婚早孕现象”公益广告；某条路的电灯杆上挂上一排基尔和马沙尔握手言和的照片，写着“伟大的南苏丹奔跑”“恢复和平、团结和爱的感恩赛跑”；5月举行的“南苏丹全国对话：大尼罗河区域会议”宣传牌，呼吁“南苏丹全体人民停止自相残杀并放弃拥有的所有武器，拥抱和平、治愈与和解”。

我在南苏丹的三日基本都在屋里和车内“窥探”一切，基本没能拿出相机拍照，尽是手机抓拍的掠影。枯燥的夜晚是和同胞们打斗地主度过的，可想而知长期坚守于此的他们如何艰难地打发漫漫长夜。再次看到总统府外墙的弹孔，浮现听来的战事与逃亡画面，想到当中有真实的死亡和侥幸，情起唏嘘与内心冲撞也会归于如夜的平静。

我在这里寻觅到的南苏丹人庆祝 8 年前独立的痕迹乏善可陈，甚至令我大失所望。但转念一想，往年的此日动荡危险，今时城市如此安宁平静，未尝不是一种特别的纪念。独立日无事发生，可能已是这个国家竭尽全力维持而来的幸事了。

2022 年尾，此篇回忆完成。行文将结，邮箱里刚好收到“联合国新闻”：“自上周日以来，南苏丹大皮博尔行政区的武装青年不断发起暴力袭击，目前已导致至少 57 人死亡。”“自 8 月以来，南苏丹上尼罗州地区不断升级的暴力冲突已导致至少 2 万人流离失所。”“到 2023 年，预计将有 940 万人需要人道主义援助和保护，将有 280 万人面临身体暴力，包括强奸和其他形式的性别暴力。”

利比里亚：国庆 172 年

我在 2019 年 7 月一头一尾，去到非洲最年轻和最古老的现代国家。月初在南苏丹，8 周年的独立日没有庆典，街上空荡，如无事发生；月末到利比里亚，非洲第一个独立的共和国，我在这里亲历他们建国 172 年的庆祝活动。

利比里亚独立日的阅兵和庆典在中国援建的体育场内举行，这里曾是救治埃博拉病人的场所，挂了一圈星条旗，恍惚如见美国国旗。现场有学校运动会入场式加户外音乐节的既视感，“世界足球先生”总统可能迷恋这种在体育场里被簇拥的感觉，纵使人群中有反对者的声音。青年人真的像球迷一样追捧总统，他们把维阿的头像印在 T 恤上，还有人穿成美国队长的样子为他站台。前总统瑟利夫也在，这位 81 岁的老人在如注的大雨中蹒跚走来。

这片土地总是不缺风雨。

1 “非洲雨都”

西非陆地的轮廓像个探向大西洋的龙头，利比里亚首都蒙罗维亚正好在龙嘴的位置，沿岸流过的海洋暖流带来水汽，内陆陡起的地势拦住了云团，泛滥的雨水仿佛被困在这里。

两次来这儿出差，给我留下的印象都是湿漉漉的，天天有雨，即使雨停，闷热天气也让我汗流浃背。当地俗话也这么说的，“下雨或者坐着，不管怎样，你都会变湿”。此地年平均降雨量达到 5000 毫米，有“非洲雨都”之称。城市命名源于美国第 5 任总统詹姆斯·门罗，他是美国殖民协会成员。

“国旗看着是不是和美国的星条旗很像”，介绍这个国家来由的开头基本都会是这样。

18 世纪末，西方国家解放黑奴声浪四起。他们在过去 300 多年从非洲不断运走黑人当奴隶，后来意识到黑奴太多会影响到白人的生活，他们想到了帮黑人返回家乡，开辟“黑人家园”。英国、美国、法国都兴起了“回到非洲”（Back-to-Africa）运动，分别将解放的黑奴运往今天的塞拉利昂、利比里亚、加蓬所在地区。最后只有美国人成功了，在持有“被解放的有色人种不能融入美国社会”观点的美国殖民协会支持下，从 1820 年开始的 40 多年间，超过 1.5 万黑人从美国返非。第一个移民定居点是他们拿枪顶着一位当地部落酋长的脑袋，花 300 美元强行买下的一块 100 平方公里的土地，其所在就是后来的蒙罗维亚。

1847 年 7 月 26 日，8 个定居点组成的联邦宣告独立，国名取“自由”和“解放”之意，国家宪法、政体、机构设置几乎和美国一模一样。非裔美国人摇身一变成了美裔利比里亚人，成为一个独立国家的统治者或者压迫者。而这个国家直到 1862 年才被美国承认。

利比里亚国徽上的风帆战船象征建国者是漂洋过海而来的，太阳代表希望，鸽子代表和平，耕犁代表农业，棕榈树代表土地丰饶，还写着国家格言“是自由之爱把我们带到这里”。

说来挺有意思，非洲唯二未被殖民过的国家，利比里亚因国体被称作“小美国”，埃塞俄比亚因发展进程被比作“小中国”，二者刚好在非洲大陆一西一东。

2018 年 8 月我第一次来此，下了飞机，只有一层的旧航站楼还是“二战”时遗留下来的，所有乘客围着仅有的一条简易且破损的输送带等待行李，大厅显得拥挤昏暗。

小雨淅沥，我打着车往 40 公里外的市区赶，窗外划过不同颜色瓦棚盖着的平房、高大的棕榈树和坑洼的水塘。司机告诉我，路被大水淹了，需要绕点路。还路过两块立得很近的牌子，一块是高大的广告牌，画着布鲁塞尔航空商务舱的温馨服务，写着“你的舒适，我们的首要任务”；另一块是简易的白板告示，一个叫“西非开放社会倡议”的组织打出标语：“公共信息是提供给公民的，而不是官方持有的。您有权知道公共资金的使用情况。”

进入市区，三轮突突车和摩托都多了起来，它们横行乱窜，虽然莽撞危险，反倒显得这座城市甚是热闹。三轮车大多被刷成出租车同款黄色，摩托车的车头都挡着把伞，算是“雨都特色”。车手们爱按喇叭，被烦扰的人直接叫他们“喷喷”（Pem-pems）。

我奔波而来的这条路是蒙罗维亚的主干道塔布曼大道，是首都难得的柏油路面，最宽处有双向四车道。大道以“现代利比里亚之父”威廉·塔布曼命名，他是利任期最长的一任总统，其任上吸引了大量外国投资来实现利比里亚经济和基础设施的现代化，国家经济增速在 20 世纪 50 年代一度跃居世界第二。他去世时，利比里亚拥有世界上最大的商船队、最大的橡胶工业，是世界第三大铁矿石出口国。国家繁荣一时的历史，或许成了今人的念想和梦想，被寄托在最宽阔的大道上。

如今，国家的主要机构和商业设施都集中在这条大道两侧，而我在利比里亚的活动范围基本沿着这条路来回，大道上适时释放着对外的友好与感恩。

大道旁有一排宣传画，画着利比里亚 16 个主要部落的图腾面具，还有稻米、土豆、甘蔗、香蕉等他们能种植的作物图案，像儿童学单词的图片对照表。有一面墙上画有瑟利夫的肖像，并写着“埃伦妈妈，感谢您对发展和和平作的贡献”，配着水电站、职业培训中心、大学校区及多条道路等在埃伦·约翰逊－瑟利夫领导下建设的项目图示。

另一面墙上写着“感谢我们的发展伙伴，你们是我们进步与和平的一部分”，列满了国际组织标志和各国国旗。当然，美国国旗和“美国援助”标志被放在了最显眼的位置。

中利友谊公园也在大道上。公园内一道彩虹形状的钢架跨过，中央是一座中式古典风格木亭子，边上有块“友”字碑。孩子们几乎占领了公园里的每个角落，攀上爬下，精力旺盛。听说，这里还是失业的摄影师通过给人拍照寻觅工作机会的地方。写有公园名字、刻有龙头的石碑上加了块木板补丁，标注这里还是“最古老的刚果镇”。

在利的朋友说，蒙罗维亚可游览之地乏善可陈，倒是有座废弃的酒店值得一去，能一览全城景色，“那是卡扎菲送的”。

我们驱车去找这座废弃大楼，遇上倾盆大雨，上了座小山，在一座纪念碑处停下。此碑纪念利比里亚首任总统罗伯茨，立着他的铜像，碑体一圈黑色浮雕展示着总统的生平场景。出生在美国弗吉尼亚州的罗伯茨，父亲是种植园主，母亲是奴隶，有人估算过，他有八分之七的欧洲血统。浮雕不忘刻画美洲获释奴隶的到来、原住民的袭击、原住民和外来定居者之间的战争以及这个国家的建立等场景。一众人像中，有举起旗帜的孩子、握手言和的西装者与长袍者、瘫倒在大炮下的青年、跪地举起双手的奴隶。纪念碑附近保留了当年用于打击原住民的大炮，还有倒下的生锈垃圾箱，垃圾散落遍地，让此地像少有人问津的偏僻公园。

美裔利比里亚人来了，带来了美国的制度，却依旧维持奴隶制。被解放的奴隶翻身成了主人，远渡重洋而来压迫土著黑人。直到 1904 年，利比里亚原住民仍在自己的土地上被排除在公民身份之外。美洲裔后代掌管国家达 133 年之久，不平等的歧视政策和残酷的奴役，引发了一系列流血政变和血腥报复。1980 年，多伊发动军事政变成功，原住民第一次掌握了这个国家的政权。

可屠龙者终变成恶龙。多伊暴政独裁，执政 10 年间，经济崩溃，民不聊生，经历大小政变近 40 次。查尔斯·泰勒又以屠龙者姿态出现，推翻了多伊政府。多伊被虐杀，处以宫刑，十指被砍，尸体还被吃掉，他遭受酷刑的录像被传播到世界各地。

泰勒却和多伊一样，也是魔鬼，上台后，向邻国塞拉利昂叛军出售武器换取钻石，甚至组织童兵参战，给儿童注射毒品以保持战斗力。他曾到利比亚跟卡扎菲学习游击战，那一套经验被运用到夺取政权及发动长达 14 年的内战中。内战几近摧毁利比里亚，造成了超过 20 万人死亡，上百万人成为难民。英国《卫报》评论："它不只是场像观察家们描述的战争，更像是场世界末日般的堕落。"

尼古拉斯·凯奇主演的电影《战争之王》中，和军火商进行交易的非洲军阀父子极其残暴，影射的正是泰勒。2003 年，泰勒辞职后逃亡，2012 年被海牙法庭审判，以谋杀、强奸及强迫儿童当兵、战争罪、反人类罪等 11 项罪名被判处 50 年徒刑，是自 1946 年以来首个被国际法庭判刑的前国家元首。他的儿子小泰勒因在利比里亚对他人施加酷刑和谋杀，在美国被判处 97 年徒刑。他的前妻后来成为利比里亚副总统。

因雨势过大，我们从纪念碑折回，没能上山去寻找废弃酒店。这家杜克酒店据说是非洲第一家五星级酒店，建于 1960 年，曾是多次国际会议的举办地。乌干达暴君阿明拿着枪在这儿的游泳池里畅游过，科特迪瓦国父博瓦尼对此印象深刻，在阿比让效仿着建了座豪华酒店。

酒店因内战爆发而关闭，后因年久失修而被遗弃，一度是流浪者和吸毒者的聚集地。后来有了保安把守，只要给他们 1 美元的小费就能放你进大楼里猎奇。爬上 8 楼顶层，可眺望大西洋，也能俯瞰车水马龙的市中心和人口稠密的西点贫民窟。2018 年我没去成，第二年我要再去时，听说酒店被围起来了，有黎巴嫩的商人想把大楼翻新，但至今都没有动工。

这一栋混凝土废墟被很多人用来代指这个国家的衰落与破败，盛极一时，毁于一旦，一蹶不振。可是杜克酒店所在的曼巴角本是富人区，不缺乏财富象征，高档酒店依然林立，美国大使馆也设置于此。

2　球星总统

我住进了大道皇宫酒店，一进去就看到大厅里挂满法国国旗，一块白板上贴满彩印的 A4 纸，略显简陋，但图片排版又透露出用心。酒店用这样的方式欢迎阿尔赛纳·温格率领的法国足球代表团入住，同时展示温格和时任总统乔治·维阿非同一般的渊源。维阿捧着金球奖的图片下引用了他的原话：“当我来到欧洲时，温格对我来说就像父亲一样……在种族主义最严重的时候，他向我传递善意。”温格作为主教练曾带领阿森纳俱乐部创纪录地7次捧起英国足总杯，在足坛举足轻重。他在执教摩纳哥俱乐部时引入维阿进队效力，并携手赢得法国杯。很大程度上，正是因为温格伯乐般的赏识，维阿才有了后面叱咤欧洲足坛的传奇。

温格这次到利比里亚是来领奖的，维阿授予他利比里亚国家最高荣誉勋章，以表彰他对非洲足球的贡献。这个决定曾引发争议，有人说，维阿因个人关系而授予恩人国家荣誉不太妥当。但政府新闻官解释说，温格给许多非洲人提供了机会，他在阿森纳曾经执教过16名非洲球员。

那块白板上写满温格对维阿的溢美之词，“他的人生值得拍一部了不起的电影”“我看着他从喀麦隆到摩纳哥，再成为今天的总统，这一切证明了‘没有事情是不可能的’”“我见过他因为利比里亚的战争而哭泣”“他始终坚信自己肩负使命，始终热爱自己的国家和人民”……

如此这般，“球星总统”的励志故事总会夹藏在蒙罗维亚的某个角落，等着向你诉说。

我是在乌克兰“演员总统”泽连斯基当选时，收到了编辑约稿，让我写一写维阿。他们想总结一批“从文体明星到总统”的世界政坛名人。维阿和泽连斯基、美国前总统里根、菲律宾前总统埃斯特拉达、意大利前总理贝卢斯科尼等一起被列为“逆袭”案例。

2017年维阿当选利比里亚总统时，中国媒体冠以标题：“从CCTV-5走到CCTV-1的男人”。这位前AC米兰和巴黎圣日耳曼名宿，出生在贫民窟，从小父母离异，由祖母带大，目睹祖国战乱不断，分崩离析。他 15 岁时成为一名足球运动员，凭着素质全面、速度惊人的表现，踢出非洲，驰骋欧洲赛场。1995 年一举拿下欧冠最佳射手，在一年内拿下世界足球先生、金球奖、非洲足球先生三大殊荣，成为首个也是目前唯一一个来自非洲的金球奖得主。“非洲最伟大的球员”中必须有维阿的名字。在很多球迷心中，那记从本方禁区长驱直入带球 80 米、摆脱多名防守球员、闯进对方禁区射门得分的进球，至今仍被奉为“神迹”。他更是凭一己财力和能力，训练本国国家队，以球员兼教练的身份让利比里亚历史性地杀进了世界杯资格赛。

曼德拉曾称赞维阿为“非洲骄傲”，并鼓励他从政。但昔日球场“乔治王”，踏入政坛却因为文化水平不高而屡屡失利。2005 年首次竞选总统，被人扒出本科学校为“野鸡大学”，败给了瑟利夫。维阿承认自己曾为了足球而放弃中学学业，这是导致他竞选落败的原因之一。痛定思痛，维阿此后赴美国求学，与小自己很多的学生一起上课，终于在 41 岁获得高中文凭，后来又攻读本科和硕士。51 岁时，维阿当选利比里亚总统。

我第一次到利比里亚就是来采访维阿的，他当时准备前往北京参加中非合作论坛。他在总统办公室接受几家中国央媒的联合采访，但办公室不在总统府，而是在外交部大楼里。2006 年，瑟利夫就任总统仅 6 个月，在庆祝国家独立 159 周年的日子，总统府因电路老化引发大火，行政大楼被烧毁。面对国家更紧迫的发展需求，瑟利夫政府将修复豪宅的资金列为“低优先事项”，从此她就把临时办公地点挪到了附近的外交部，回到自己家中居住。这一场国庆日的大火让她的两个任期 12 年都没能回到总统府办公，维阿上任后也只能沿用这样的安排。总统府的修缮工作直到2022年4月才完成。

进到维阿的临时总统办公室，感觉刚刚粉刷一新，据说装修风格也变了。此前瑟利夫喜欢非洲传统风格装饰，维阿则偏好富丽堂皇一些，办公桌、背景书柜、茶几、沙发都是雕花金边，窗帘也是统一的金色，维阿的肖像和各种合影相框都还摆在地上，没来得及挂上墙。

维阿身材高大，比运动员时期略显富态，戴上斯文眼镜让他有了政客风范。

他首先谈到了他坎坷的竞选之路，这一次能胜选最重要的是“为国家安全和人民和睦做出了担保”。他坦言2005年参选时，他和他的支持者都年轻气盛，多走上街头表达意愿，口号有些空泛。而在2017年总统竞选时，他更看重政见的落实，“我们的政治不能像电视上那样每天互掐，要发挥政府对人民的协助作用”。他的竞选政见强调国家安全，在担任瑟利夫政府的和平大使时，他在民众中博得了好感，“也许是我的百折不挠以及兢兢业业，让利比里亚人民看到了希望”。

他当球员的时候去过中国三次，惊叹中国的发达程度超乎想象：“我曾对朋友说，既然中国能实现这样的发展，利比里亚应该可以做得更好，因为利比里亚很小而中国很大。”有意思的是，他对嵩山少林寺念念不忘。“我曾从广州坐火车去河南，去了少林寺，旅程非常享受。”“我喜欢看他们练功，我也会加入。”维阿说再次到中国一定要再去一次少林寺，“少林寺住持是我的好朋友”。他在2017年被嵩山少林寺武僧团培训基地聘为总顾问。

后来心愿达成了。维阿2018年9月在北京参会完第二天就马不停蹄去到少林寺，他看了小武僧们的武术表演，穿着西装在绿茵场上和小球员“切磋球技”。当问到维阿是否去过中国大城市之外的一些偏远地区时，他说他去过一所爱心小学。“那个学校里都是穷人的孩子，不过我不喜欢说‘穷人’，我更喜欢说‘普通人’。”他不忘用自身经历告诉孩子们：“能上学是福气，不管你的梦想是什么，都要坚持做自己喜欢做的事。不要被任何人左右，要坚定信念，勇往直前。”

3 “一起，我们更强大”

我再次见到维阿是在2019年罗伯茨国际机场升级改建项目交接仪式上。“和平鸽”造型的崭新航站楼和平整的飞机跑道凝结了中国建设者的心血，在两年多的建设期里，他们不断和天气争取时间。“白天下雨就晚上干，天一放晴就赶紧干。”“机场附近道路被洪水淹没，大家就坐着大塑料盆，蹚过齐腰深的积水到达项目现场。”晚上航站楼被白色灯光打亮的一刻，一位中国港湾的员工向我感叹，“像女儿要披上婚纱出嫁一样美好”。值得一提的是，这个项目是中非十大合作计划的重点工程之一，是利比里亚首个“两优”贷款工程，也是中国进出口银行历史上融资最快的项目之一。

新航站楼外，非洲鼓和手摇沙锤发出的欢快节奏响起，穿着红色传统服饰的男女载歌载舞欢迎来宾。原始部落用于驱虫防晒的白色面膏，被涂在妇女的脸上和手臂上，图案像斑马条纹，成了节日的妆容。她们大方地在镜头前张开双臂，传递似火的热情。

“欢迎来到我们的新机场，现在已经不再是小机场了。”维阿在交接仪式上致辞。每逢有外国客人来，他们都会惊讶一个国家首都的机场竟如此落后，他时常感到一丝惭愧。仪式第二天就是独立日，庆祝活动请来了多个非洲国家元首，维阿说：“如今我们终于可以自信地迎接八方来客了。”与机场升级改建项目同一天交接的还有中国援利政府办公楼。这栋大楼十分气派，可以说是当地数一数二的现代建筑了，供利比里亚 5 个部委于此办公。大楼外的一片黄土上插满小国旗，一众维阿支持者拉着条幅、喊着口号。大楼里面摆满一圈油画，画贩子索性当众售卖。民众的衣服也是大杂烩：有胸前印维阿头像的 T 恤，有乔丹的 23 号球衣，也有写着“春言金融”“三巨头篮球训练”等汉字的衣服。还有行为艺术者将全身涂白，画上图案及文字，戴着墨镜，一脸冷酷。

这两个中国企业承建项目交接都被纳入利比里亚独立 172 周年系列庆祝活动中，除此之外，还包括印度商人持有的当地第一家钢铁厂及一家中国企业开办的木材加工厂的落成仪式。政府希望借着举国同庆集中展示一下对外合作的成果。这样的活动每年独立日都有，这一年的庆祝主题是“一起，我们更强大”，与 2019 年南非橄榄球队在世界杯夺冠的口号如出一辙。

独立日庆典在 SKD 体育场举行。该体育场在多伊统治时期建造，多伊用自己的名字为其命名。十余年的内战中，这座体育场成为近 6 万无家可归者的收容所。如今的新场馆由中国政府于 2005 年和 2015 年分两次援助翻新和改建而成。2014—2015 年埃博拉疫情期间，中国援利埃博拉诊疗中心也设置于此。

庆典开始前，体育场外的几公里道路早早就被堵得水泄不通，游行队伍和观礼人员车辆混杂在一起，几辆载着飞机模型的游行卡车很是显眼。道路旁经年不用的广告牌铁框挂上了新的喷绘海报，有维阿的照片、“独立日快乐”及“感谢你维持了和平”等标语。旁边一块老旧的宣传板上写着“对暴力说不”。

体育馆内看台被红、蓝、白三色布料装点，中央草坪上搭起了舞台和音响。每个人的座位上都有一本“扶贫议程”手册，册子里列举了维阿上任一年多来的政绩。跑道上还有积水，阴沉的天气让人担心又有风雨来袭，好在庆典一开始，阳光穿透云层，普照大地。

科特迪瓦、几内亚、尼日利亚、塞内加尔、塞拉利昂、布基纳法索等 6 个西非国家总统到现场观礼。从蒙罗维亚的欢迎阵势看，尼日利亚总统布哈里的人气更高一些。

阅兵式开始，利比里亚武装部队代表、来自 15 个州的方阵及学生队伍踏上体育场跑道，迈着整齐轻缓的步伐从主席台前走过，还有几辆军用卡车载着迫击炮和炮兵开过，几艘快艇也被拉出来作为检阅装备。这些武器完全无法与《战争之王》里嚣张跋扈的“杀人机器”同日而语。

维阿发表了讲话。他说要发挥最大限度的合作精神，维护地区的和平与安全，推动西非共同体国家的发展与繁荣；呼吁利比里亚国民不要被当前的挑战打倒，让大家一起努力建设一个和解、团结、繁荣的国家。维阿没忘记强调自己的“扶贫议程”纲领，重申承诺：增强包容、开放、可问责的高质量领导力，减少贫困和提高所有人的生活质量。

四周看台的观众涌向中心舞台，名为“和平与和解”的音乐会开始了。草坪上所有人都在跟着躁动的歌曲跳跃摇摆，人群中有人挥舞国旗，也有人拉起反对维阿的横幅。中途下起小雨，他们热情不减。台上突然有人向观众们撒了两把钞票，引发台下一阵骚动。

一上午的庆典结束，几十辆三轮车开进体育场招揽生意，接走观众。散去的人们让塔布曼大道变得异常拥堵，车辆行驶缓慢。我坐在车上观赏他们狂欢的余兴，歌声依然此起彼伏。坐在出租车后车厢、皮卡车斗里的人兴奋地向我展示胸前的维阿肖像，穿成美国队长和钢铁侠的乔装者背着维阿的展板在街上大摇大摆地走着。美式“超级英雄”的形象或许还能感召民众，他们内心应该也有独属于利比里亚的英雄吧。

4 “拯救一个国家，让女人试试”

独立日庆典请到了一位特别来宾，利比里亚妇女群众和平运动的领导者——莱伊曼·古博薇。她在庆典上发表了慷慨深情的演讲。古博薇去到不同的社区当中，和学生、老师、宗教领袖、小商贩、性工作者以及被当地称为“Zogos”的无家可归者交谈，为了思考“利比里亚人如何一起变得更强大”。她在演讲中质问道，当还有数百名妇女在分娩过程中死亡时、在妇女的身体因没有法律保障被侵害时、当选择性执法盛行时、当政治任命不是基于能力而是基于党派关系时、当个人利益凌驾于国家利益之上时，如何一起变得更强大？她呼吁透明、真相和平等。

古博薇是获得 2011 年诺贝尔和平奖的三名女性之一，颁奖理由是“她们采取非暴力形式为维护妇女的安全和权益努力，并致力于和平建设工作”。她在利比里亚内战中接受了创伤治疗培训，为了照顾受创伤的儿童兵；2002 年她组织了“妇女群众和平运动”，集结妇女们进行非暴力的抗议示威，向泰勒政府施压。这一运动是促使泰勒在 2003 年签署和平协议的重要因素之一。2005 年总统大选，她率先动员妇女给瑟利夫投票，为瑟利夫最后胜选起到关键作用。而瑟利夫也和古博薇一起获得了诺贝尔和平奖。

我在那两个中国项目的交接仪式上见到了瑟利夫。她一身紫色，头上包着标志性的头巾。见她入场，全场起立鼓掌。她就沉默地坐在维阿旁边，没有发言。

维阿在2005年大选中败给了瑟利夫，2017年卸任的瑟利夫却选择支持反对党的维阿，她也因此曾被开除所在的团结党党籍。那一年，瑟利夫与维阿之间实现了自1944年以来利比里亚首次和平民主的权力交接。

“她和朴槿惠一样遭遇过牢狱之灾，政治生涯跌宕起伏；

和希拉里一样接受过精英教育，同为常春藤制造；

和赖斯一样突破了种族与肤色的桎梏，赢得了极高的政坛声誉。

与她们三位都不同的是，她还是四个孩子的母亲，且在年轻人口占多数的利比里亚，她还被视为所有人的母亲。”

这是译者给瑟利夫自传《前途无量的孩子》写的推荐语。

非洲第一位女总统、“非洲铁娘子”、哈佛毕业生、四次流亡海外的阶下囚、遭遇家暴的保洁员……一个女人的传奇已是浓墨重彩，而一个国家的跌宕、涅槃都与她的命运交织，那便更能产生深扎于非洲土地和人民心中的坚韧希望。

1938年，瑟利夫出生在蒙罗维亚的一个中产之家，性格坚强的她受祖母影响很大。她曾在接受媒体采访时，卷起袖子，露出手腕上的伤疤，说：“小时候，我老是打架。我的祖母说她知道一种可以让我变强壮的方法。她拿了一把剃刀将这里切开，然后把木炭搓了进去。”

她在17岁时认识了自己日后的丈夫，并跟随他前往美国一起留学。迫于生计，瑟利夫勤工俭学，从事保洁工作来维持二人日常生活。丈夫却嫌弃她的工作，甚至来到她工作的场所，发疯式地将瑟利夫拖走。从此家暴成了常态，瑟利夫被迫辍学。离婚对于利比里亚女人来说是可耻的，她还是在5年后鼓起勇气选择离婚。22岁的瑟利夫带着4个孩子继续边打工边求学，最终拿到哈佛大学公共管理学院硕士学位。

瑟利夫学成回国，后成为利比里亚财政部部长，多伊的政变让她第一次流亡。4年后她被获准回国，当选国会议员，又因抨击多伊政府独裁，被判处10年监禁。迫于舆论压力，她在不久后被释放，但不得不又流亡海外。后来先后在世界银行、花旗银行等机构工作。1992年，瑟利夫被任命为联合国开发计划署非洲区域局局长，此时“非洲铁娘子”之称已闻名于世。在联合国工作期间，她是非洲统一组织（非盟前身）调查卢旺达种族灭绝的7名国际知名人士之一，也是西非开放社会倡议的首任主席。

1989年，利比里亚内战开始，瑟利夫支持泰勒对多伊的反抗，甚至帮其筹集资金，但后来她反对泰勒对战争的残暴处理，被迫三度流亡。在联合国监督下，1997年瑟利夫回国作为团结党候选人参与总统大选，却只获得了25%的选票。瑟利夫认为选举争议巨大，并被指控犯有叛国罪，不得不第四次流亡。

67岁的瑟利夫在2005年以微弱优势胜选成为总统，但此时她要接手的国家已被称为“被上帝抛弃的地方”和“非洲最黑暗的角落”，满目疮痍，生灵涂炭，国家债务是国内生产总值的7倍。

瑟利夫的愿望是“用奶糖代替子弹”，她的作为是“拯救一个国家，让女人试试”。

瑟利夫提出了“消除腐败、谋求发展”的纲领，并承诺当选后将在6个月内恢复蒙罗维亚的电力供应。面对文盲率高达75%的同胞，她提出重建学校、开办职业训练中心、免费义务教育等在内的一系列教育计划。她签署《信息自由法》，允许公众访问政府网站所有的数据，保证公众的知情权和监督权，这是西非首个该类立法。瑟利夫通过多年努力谈判，在 2010 年帮助利比里亚彻底清还了巨额外债，使之成为唯一一个不欠外债的非洲国家。2006 年后利比里亚 GDP 年增长率几乎都超过 7%，2007 年达到 9.4% 的峰值，2011 年成为世界上增长最快的 20 个经济体之一。一直到 2014 年埃博拉疫情再度重创这个国家，她又带领自己的人民与天灾搏斗。

瑟利夫曾被问到是否喜欢"铁娘子"这个称号，她说："在政府中任职时，我是'铁娘子'。当我在大街上遇到年轻的妇女和她们的家庭时，我就是'我的埃伦'。"现在在利比里亚街头的墙上，写的是"谢谢，埃伦妈妈"，在人民心中恐怕也是。

那天，在政府大楼的交接仪式现场又下起了大雨，瑟利夫在高大保镖的伞下走下长长的楼梯，一旁的警卫士兵站得笔直向她敬礼。81 岁的瑟利夫显得矮小、佝偻，在雨中步履蹒跚。岁月在她脸上刻痕，也让她的眼神依然坚毅。

我最后一次离开利比里亚，还是在旧航站楼值机，新航站楼未能调整过来应对所有航班。一大早，天蒙蒙亮，我拿着绿色的手写机票，穿过吱呀作响的老式安检门，拖着行李，走过湿漉漉的机场跑道，登上一架螺旋桨作动力的飞机。雨下了一夜，已经停了，我的航班按时起飞。

塞内加尔：最西角与“非洲复兴”

因为看惯了平面地图，有时我容易把“地球是圆的”这件事忘了。

2018 年 7 月，因为配合高访的采访报道，我从南非飞到非洲大陆最西边的国家——塞内加尔。当时还有驻站华盛顿的同事出差前来支援，我还觉得奇怪，美国离非洲很远吧，飞一趟应该很费周章。我特意看了看从国内带来的世界地图，美洲和非洲分居地图两侧，看起来遥不可及，但在地球仪上，这两大陆挨得很近。而这让我突然意识到，我们的世界地图习惯将太平洋放在中间，而非洲使用的世界地图的中心是非洲大陆。而我所乘坐的从约翰内斯堡飞到塞内加尔首都达喀尔的航班，下一程直接飞往华盛顿，两段航程的时间只差 2 个小时。

1 “旧世界”最西角

我想赶在太阳落山前，到达喀尔最西端的阿尔马蒂斯角，确保能欣赏到非洲大陆最晚的落日。出租车把我放到海边的一个熙攘街市，让我自己步行去找阿尔马蒂斯角。因为人生地不熟，摩肩接踵的人群让我担心安全，不敢拿出相机，只能怯怯地跟着手机导航一直往西，却被阻挡在一个酒店大门外。

我在网上找到的“最西角”标志是一块路牌，指向悉尼、巴黎、里斯本、约翰内斯堡、弗伦斯堡等地方，并标注距离。想必它应该是矗立在那个酒店的海滩上。我不是酒店住客，需要 8000 西法才能进去看那几块木牌，我选择不看也罢。

我穿过路旁的餐厅，来到海边，并不耽误看到落日。这里不是酒店专供的细软沙滩，全是粗砺的石头，但不妨碍人们尽情浸泡在大西洋里戏水，孩童的打闹声和小贩的叫卖声此起彼伏。天边稀薄的云和海上轻抚的浪收纳了最后的余晖，未能见到太阳完整的轮廓沉入地平线。此处偏离了最准确的西之端点，但日之光芒并未吝啬与众人分享。

返程路上我路过一面画有猴面包树的壁画，随手拍了照片，却被一名警卫上前制止，让我删掉照片。我才发觉墙内飘着美国国旗，这里是美国驻塞内加尔大使馆。我连忙向警卫解释我的无知，他让我登记了护照信息，然后放行。

维基百科对塞内加尔的介绍中有一句：它是旧世界最西边的国家。“旧世界”即在哥伦布发现美洲大陆之前，欧洲人认为由亚、欧、非大陆组成的全部世界。新大陆国家的大使馆如今占据了“旧世界”最西角最黄金的地段，新与旧微妙联结。

“达喀尔是一个充满对比极端的城市。”《孤独星球》里这样形容，“马车夫在漂亮的高速公路上策马扬鞭，光洁闪亮的运动型多用途汽车挤过狭窄的沙路；优雅的女士们踩着细高跟鞋走在尘土飞扬的人行道上，西装革履的商人跪在街道中央祈祷。达喀尔曾经是佛得角半岛南部的一个小定居点，现在几乎遍布整个三角洲，并在继续扩张。”

我确实能在达喀尔找到具有反差却又彼此联系的事物。比如，渔民们给出海的木船刷上鲜艳色彩，不同颜色能吸引不同鱼类，船身写上父辈的名字，以保平安；法国人把达喀尔最火的餐厅 Le Lagon 打造成船舱模样，建在市中心附近的码头上，里面用各种渔具作为装饰，老板父亲在此打捞的第一条巨型剑鱼被仿制成模型悬挂在餐厅中央。

再比如，街头劳动妇女们“顶上功夫”了得，再重的货物都能往头上放，但她们放下生活和工作的“重担”，可能就穿上飘逸的束腰大衣，变身时尚达人，多么夸张的色彩和饰品都敢穿在身上进行搭配，犹如城市流动的马赛克。夜幕下的躁动节拍响起，几乎每个达喀尔年轻人都能化身舞蹈精灵。达喀尔渐渐有了成为非洲艺术中心的底气，非洲最大的艺术双年展 Dak’Art 盛名在外，每年达喀尔时装周发布的潮流风尚，不逊于纽约、巴黎、米兰的品位。偶遇的一个爆炸头女孩跟我说：“我们每一周都是时装周。”路上的小巴车也被装扮得花枝招展，但车辆破旧，还有乘客挂在车厢外侧，超速超载让人心惊胆战，很难把它们当成风景。到了五星级酒店大堂里，这些巴士的缩小模型变成艺术品，是最具当地特色的迎宾摆设。

达喀尔老城区保留着大量百年前的法式建筑，独立后大部分作为政府机关和商业办公大楼使用，塞内加尔总统府曾是法属西非的总督府。独立广场附近，老牌法式餐厅、个性画廊及新潮酒吧藏在巷陌里，清晨这里最热闹的还得是移动咖啡摊，匆匆的上班族喜欢这种快捷方便的饮品。其实就是速溶咖啡用滚烫的开水冲泡，加足白糖，可加柠檬调味，50 西法一杯，一个摊位一天能卖出 100 多杯。法式的悠闲情调可能还遗留在咖啡馆里，但达喀尔人将其尽量简化，且作奔波生活的兴奋剂。

老城街道上，有马车驮着两个大水桶驰骋，也有骑着白马的警察在巡逻。总统红卫队骑兵团是塞内加尔的一张名片，但得在重大庆典和接待外国贵宾时才能见到。红衣骑兵是法兰西帝国的传统，在地中海沿岸的北非地区建立威望，随即传入法属西非。总统府大门前的守卫穿着同款红色制服，高挑的帽子、利落的披风、金色的修饰，戴白手套握着长剑，身材不算高大，一脸严肃，但并不介意行人朝他按下快门。

2 “非洲复兴”朝鲜造

要寻一个制高点眺望达喀尔全城，没有比 50 多米高的非洲复兴纪念碑顶端更合适的地方了。这个雕塑中，男人的塔基亚帽位置是个展厅，透过窗户可以望见密密麻麻的民居楼房，平原上缺少摩天大厦，天际线被半干旱气候染成暗淡的黄，幸好有海湾的蓝增添几分姿色。目之所及最显眼的是马梅勒斯灯塔，其在 100 多年时间里指引航船绕过非洲西端，被描述为“世界上最伟大的灯塔之一”。灯塔和纪念碑分处在半岛仅有的两处山丘上，山丘是百万年前火山造化后的遗存。

非洲复兴纪念碑有被当作“世界最高纪念碑建筑”一说，由 3 厘米厚青铜塑造，重 2.2 万吨，期许寿命为 1200 年。蓝图由塞内加尔前总统阿卜杜拉耶·瓦德亲自绘制，而雕塑的硬朗线条会让人联想到是承建方朝鲜万寿台的风格。朝鲜工匠的技艺还可见于埃塞俄比亚、纳米比亚、安哥拉等非洲国家。

纪念碑入口旁边一块金色铭牌上写着瓦德给年轻人的话：“来自非洲和散居国外的年轻人，如果有一天你踏上这座纪念碑，想想所有为非洲复兴牺牲自由或生命的人。”纪念碑内部是一个博物馆，在有限的空间内摆放展板回顾整个非洲的历史：三只大手撕扯一张非洲版图暗指列强瓜分非洲的残暴；讲述大西洋奴隶贸易时，写道“非洲的奴隶贸易无处不在，你不能仅在此阅读那段痛苦记忆，这过于简单了，非洲的每片土地都要铭记”；谈论“抗争持久性”时，写道“就像芦苇一样，可以弯曲，但不会折断，抵抗从未停止过，无论在精神、文化，还是武装斗争上”。曼德拉、肯雅塔、穆加贝等非洲各国领袖的名字被一一罗列。在最接近顶层的大厅内，真人大小的木雕还原原始部落里狩猎、摔跤、奏乐等场景，游客能近距离拍照合影。

也有一些现代艺术品。最大的一组油画由三块画板组成，黑色基调，左右两边是马丁·路德·金和奥巴马，中间和平鸽翅膀上分别写着两人的名言“我有一个梦想”和“是的，我们可以”。和平鸽下方是一个蜷缩的人和一扇通往大海的门，我猜应该是指加纳海岸角奴隶城堡的“不归门”。如今门已经打开，让漂泊的人得以归来。

纪念碑内部的陈列仿佛是给“非洲复兴”的前因后果做铺陈，尽可能集纳与非洲有关的进步元素，连大洋彼岸也要有所呼应，美国黑人的胜利也被视作非洲的胜利。

纪念碑的寓意自当如碑体一般厚重。纪念碑在塞内加尔独立 50 周年时落成，而该国的独立年份 1960 年亦被称为“非洲独立年”，这一年有 17 个非洲国家获得独立，而纪念碑揭幕仪式上有 19 位非洲国家元首出席，十分隆重。雕塑造型是一个从火山中走出的家庭，健硕的男性挽着曼妙的妻子，托举着赤裸的婴孩，孩子的手指向大西洋。瓦德诠释说：“一个从地球深处出现的非洲，正在离开蒙昧，走向光明。”

建造这座纪念碑时，瓦德已经 80 多岁高龄。他任总统 12 年，“因广泛的腐败和裙带关系”而声誉受损。从 2007 年第一次连任开始，瓦德主持了多个重大文化项目的启动，被诟病与民众更为急切需求的民生福祉相背离，但他总想“代表非洲”做点什么，铸造“非洲复兴”是其中之一。另一个工程是在他任内推动确认建设的黑人文明博物馆，而这座博物馆则是由中国援建的。

但黑人文明博物馆不是一时兴起的项目，而是来自半个多世纪前塞内加尔国父桑戈尔的夙愿。这位诗人总统对非洲古老传统及黑人文化有着深沉的眷恋，试图用诗歌大力歌颂，进而用行动捍卫。他曾写下：“把图腾珍藏在我血管的深处，它是我的祖先……我的护身符……”

1966 年，在桑戈尔的倡议下，塞内加尔国民议会立法厅迎来了 30 个非洲独立国家，以及来自美国、巴西、海地、英国和法国等拥有大量非裔国家的代表，共同讨论“黑人艺术在人们生活中的作用”，以及文化艺术在新兴的后帝国世界中的意义。与此同时，在“第一届世界黑人艺术节”上，2500 多名艺术家切磋技艺，欢腾地展示属于非洲的音乐、舞蹈、文学、戏剧。还有来自全球 50 个博物馆约 600 件非洲文物在“黑人艺术展”中展出，其中近 250 件来自欧洲和美国各大博物馆的借展，如此多非洲文物能够在故土重逢，盛况空前。根植非洲本土的人文主义与价值归属在这一系列活动中得以彰显，并有了蓬勃的畅想。

自此之后，桑戈尔希望能在塞内加尔建立专门展示和研究黑人文明的博物馆，这个计划得到联合国教科文组织的支持，后因国家经历了各种危机而搁置。最终在 2018 年，黑人文明博物馆才得以落成。今天在这个总面积 1.37 万平方米的博物馆里，我们能见到 700 万年前乍得人猿化石头颅骨，以及在肯尼亚发现的距今 150 多万年近乎完整的人类骨架——图尔卡纳男孩，还有尼日利亚及肩面罩、21 弦马里科拉琴、稀世《古兰经》抄本等。黑人文明博物馆在尝试完成非洲文化遗产的整合与黑人文明认同的塑造，但面对非洲文物超过 90% 散落在非洲大陆以外这一事实，它也在承担呼唤文物回归的使命。

非洲国家总希望将本国的追求上升到全非洲的梦想，例如在肯尼亚、加纳、南非、埃塞俄比亚等国都可感受到他们“代表非洲”的自告奋勇。塞内加尔能“代表非洲”吗？这个国家倒是有一个独特之处——它是西非地区唯一没有发生过军事政变的国家。作为少数在“冷战”结束前确立多党制的非洲国家之一，塞内加尔能够一次次平稳实现民主交接，对于“逢选易乱”的非洲国家来说实在难能可贵。稳定、持续、安全的国家政局无疑让文化保护和繁荣发展有了可靠保障。

有人说，在法国人心目中，塞内加尔和达喀尔永远是非洲的中心。如今，塞内加尔有了自己对于“非洲复兴”的见解，并铸成铜像高高矗立，指向大海的方向。

3　特兰加雄狮

我是在达喀尔一家酒店餐厅内看 2018 年俄罗斯足球世界杯决赛的。这里和莫斯科有 3 个小时时差，下午阳光还很强烈，餐厅内坐满了人，都盯着吧台后面的 32 寸电视。每当法国队进攻时，大家格外激动，最终法国击败克罗地亚夺冠，全场沸腾，有人从沙发上蹦跳起来，手舞足蹈。

“都说法国队就是‘非洲队’，这下是见识到非洲后援团的热情了。”有位同行在我耳边私语道。这次世界杯法国队 23 人阵容中，有 15 人来自 11 个不同的非洲国家，非洲裔球员占比达到 65%。当大部分高卢白人喜欢把花费和心思放在手球、击剑、自行车等运动上时，是“黑人力量”让法国足球雄风不减。

在达喀尔的海边，随处可见在沙滩上踢球的少年，他们架个铁筐就可当球门，不用画出边界和禁区，直接开球对垒。一旁的海浪拍打海岸激荡，为他们拼抢正酣喝彩。

塞内加尔国家足球队算是非洲劲旅，近些年表现不俗，2002 年首次打入世界杯决赛圈，就在揭幕战中战胜上届冠军法国队，“一群全部在法国淘金的杂牌军在揭幕战中怒斩自己的老师傅”。这场“不可思议的胜利”让很多达喀尔人记忆犹新：“汽车长鸣喇叭，我们打着鼓，向着总统府聚集，有人挥舞着国旗高呼‘我们战胜了法国’。大家一起狂欢到天明！”听到这些话语时，我能感到他们由衷地为自己球队自豪，甚至比夺冠更为高兴，而不是像 2018 年决赛时只能为法国加油，尽管这一届塞内加尔也在决赛圈，但止步小组赛。

塞内加尔队有个别称叫“特兰加雄狮”。比作狮子很好理解，这是代表非洲凶猛剽悍的形象，他们的队徽就是红、黄、绿国旗三色组成的狮头。而“特兰加”则独属塞内加尔，是当地最大民族沃洛夫人语言里“热情好客”的意思，后来演化成塞内加尔人的一套价值观。

“特兰加精神”归功于桑戈尔的“借用”。国家独立伊始，经受漫长殖民化和奴隶制的塞内加尔各民族在宗教、文化、语言上存在巨大差异，桑戈尔希望建立团结的民族认同，消弭隔阂，“特兰加”便成了这种价值来源。桑戈尔曾深情回忆自己的童年时光，那些日子是“秩序井然、富有美感及特兰加的”，而这些记忆也让他深信黑人文明是可以和古罗马及希腊文明一样“坚实、美丽和稳定的”，这样饱满的情感被他灌输到普通国民的生活当中。

在路边向过路司机或者流浪旅客分享一杯甜薄荷茶，不遗余力地向陌生人提供帮助；邀请不同宗教信仰的朋友或邻居参加自家的洗礼、婚礼和葬礼……这些都被当地人认为是“特兰加”的表现。宗教矛盾往往是西北非国家冲突的催化剂，但极端主义在塞内加尔却相对较少，来自“特兰加”的包容与融合或许正是其中重要的调和剂，“塞内加尔是处于动荡地区的稳定、多元文化的绿洲”。

彼此尊重、团结友爱、乐于分享的“特兰加精神”被冠在国家足球队名字里，是期待凝聚队魂，更是希望向世人展示塞内加尔人的热忱和大爱。

还有一个能感受当地人对体育无比热爱的地方——中塞友谊园。在达喀尔市中心绵延数百公里的海岸线上，有中国使馆和中资企业2016年捐赠的几十组健身器材，就和我们在中国小区里看到的便民活动设施差不多。这个园区每天都聚满了人，器材利用率极高，有时还会出现排队现象。很多专业运动员也会专程来此训练。从塞内加尔人修长的身材和健美的体魄可以看出，他们痴迷运动，却缺少现代化的健身设施和场地，几架完好的单杠、转轮或坐蹬器便是他们增强技能、塑造肌肉的可靠工具了。在中方的援助下，塞内加尔7个内地省会城市都有这样的健身园。

我在傍晚时分经过中塞友谊园，西斜的阳光只能让我看到健身人群的剪影，成排的横梯杠架仿佛五线谱，雀跃的矫健身影成了音符，活力的海岸奏着火热的生命之歌。

4 猴面包树成林

黑人文明博物馆大厅中庭有一座猴面包树造型的金属雕塑，有三层楼高，这是他们在展示非洲文明前为观众树立的庞然印象。都说这棵树像倒栽的根，粗糙的枝干张牙舞爪有些吓人，但当地人会把这些枝丫比喻成无数展开的手臂，表达“热烈欢迎”。

猴面包树是“生命之树”，在非洲是图腾般的存在。在干燥的不毛之地上，它们能有超过千年的寿命，并为人类提供水分、食物、药材和绳索，粗壮的中空树干甚至可以住人。塞内加尔有一款叫布耶（Bouye）的猴面包树果实制冰沙，是解暑佳品，有人形容，“尝起来像阳光、鲜花和夏季水果的味道”。

出了达喀尔不远，我在高速公路旁见到成片的猴面包树从窗外掠过。它们的模样并未如之前耳闻的奇异，不是马达加斯加猴面包树的出奇高大，也不是我在南非见到的古老大树枝繁叶茂、独木成林，反倒给人稀疏寥落之感。明明树与树之间保有距离，不能互相交织，无法遮天成荫，但这些路旁的树木就已经被称为猴面包树森林了。它们可能还很年轻，树干显得干瘦，与树下嶙峋的牛羊倒是和谐，雨季的第一场雨刚过，树上长出了嫩芽。幸好我们在一块有围墙的空地上找到一棵上了年岁的大树，十多米高，绿叶渐丰，树干需要众人环抱，这才让我们确认猴面包树无惧风沙恶劣、时间煎熬的名声不假。

见到猴面包树，可感叹生命顽强，反之亦可觉察土地贫瘠、条件艰苦。

因为要采访中国援助塞内加尔的乡村打井工程，我离开了繁华首都，驱车 180 多公里去到位于内陆的久姆比村。上千名居民都住在简易的茅草土房里，房屋多傍着一棵大树。我们被请入一户人家，他们一家人正围着地上的一个大盆吃饭。有个妇女没有穿上衣，含羞地转过身去。但男人们并不见外，赶紧递上勺子，邀请我们共进午餐。

在沙漠的地质环境中打井非常不易，有些村庄选择打井点都要耗上一个星期，找到位置了还会遇到塌孔、漏浆等情况。在钻井机器旁边，放着格子状的样料槽。井下每进 1 米就会取一次泥浆样料放在格子里，10 米、20 米、200 米、500 米等处都会记有标记。打井的阶段不同，出来的泥浆会有不同的颜色，刚开始会有从红土层出来的红色，打到白岩层是灰白色，然后会出细沙，当等到有粗沙出来，就达到成井条件。

在前往钻井工地的路上，可以看到三道清晰的印痕，旁边两道是车轮碾成的，中间一道是马蹄踏出来的。“这是我们当初用马车拉水、水泵和发电机进到工地的痕迹。”打井人员跟我说起初来时的艰辛。“在这里打井第一大困难就是没水没电，因为打井时泥浆要循环，必须大量用水，只能从几十公里外拉水进来。”这里的路是打井队运输物资过程中压出来的。尽管如此，很多时候车会陷进沙窝，只能用防滑板一米一米往前挪。这里最高气温可以达到 45 摄氏度，昼夜温差达 20 多摄氏度。“风都是热风，汗都出不来。”在这个新井建成之前，久姆比村的村民只能赶着马车到离村约 3 公里外的老井打水，用一个个小水桶提上水装上车运回村里，一天中大半时间都在运水的路上，有时甚至还要排队打水。除了要满足人的饮用，还要给他们畜养的牛羊供水。“这边的重点收入来源是牧区，我们的牛羊一到了旱季，缺水缺得厉害，很多地方的牲口经常是渴死的。”有些村民图就近方便，会在自家院里打一口小井，但水质非常混浊，喝了易致人腹泻。而地里庄稼的灌溉“只能靠天”，雨季一过，地里就很难再种上农作物了。

“等出水了，我会带着村民们宰羊，妇女们在水里跳舞，还会请尊敬的长者在井边诵经。”久姆比村村长向我描述新井完工后举村庆祝的场景。每一次打完井，当地的村民们看到干净的水从井里出来，都会载歌载舞、杀鸡宰羊，“最多的一次，有个村子宰了 8 只羊”。

我在打井施工现场旁边举起相机，一群孩子随即在镜头前格外兴奋。小男孩将一个水桶翻过来当作鼓，欢快地敲打，旁边的妹妹和没穿裤子的小弟弟默契地跟着鼓点，双脚快速踢踏，其他孩子坐在旁边五颜六色的塑料水罐上大笑。我对这一场景记忆犹新，全因孩子们骨子里的舞蹈灵性，即使在再偏远的角落，一旦触发，感染力十足，如大地脉搏跳动。

有马路穿过的村庄搭起很多水果摊，当季主打是有脑袋大的杧果。只要路过车辆稍作停留，小贩们会迅速挤在车窗前，捧着用脸盆装的杧果向司机和乘客推销。这些大杧果开始褪去青色，透露成熟的红和黄，食客带回家时能赶上最可口脆甜的时刻。果实的殷实饱满，让人可以相信这片土地上的人们可以用勤劳收获丰饶。

说到达喀尔，最出名的可能是“勇敢者的游戏”——达喀尔拉力赛。其以“最严酷、最富有冒险精神的赛车运动”为世人知晓，起初只是因为创始人在沙漠中迷了路，无意中发现了适合拉力赛的地方，之后便有了从巴黎出发、跨过地中海、驰骋于西非无人区的路线，达喀尔只是这个赛事终点的名字。可是因为沙漠中的恐怖活动频发，赛事被挪到了南美洲和亚洲，却保留了“达喀尔拉力赛”的名字。

我在达喀尔之外看到的荒凉或许才是这个拉力赛希望征服的境遇，越野车远离公路、冲上沙丘、跋涉草地、蹚过河流，勇敢者需要这样的恶劣和阻碍来证明自己。如今赛事已经不在非洲，车手们不再有偶遇猴面包树的旅程，但名字的保留或许还是一种象征，关于勇敢、征服、坚持的意义里，有那次迷途的启示和属于非洲的精神。

马里：滞留巴马科 17 小时

萨赫勒（Sahel），意为“边缘”。

萨赫勒地带，是撒哈拉沙漠以南、苏丹草原以北的半干旱带状“走廊”，横跨塞内加尔、毛里塔尼亚、马里、布基纳法索、尼日尔等国。这一地区政局不稳，极端贫困，部落矛盾交织，边境管理薄弱，加上干旱、饥荒、失业，促使宗教极端主义非常容易在人群中蔓延。我难以去到那里，却频繁地在撰写的报道里提到它。我驻外期间，只要一缺国际新闻选题，“非洲反恐”就会是立马能填上的硬话题，国内编辑几乎每隔两个月就会约稿。粗略统计，3 年间我写过的涉及反恐及相关维和任务、人道主义话题的见报长篇文章多达 14 篇，经手转发维和部队通讯员发回的消息更是不计其数。我无须到达这些地方，也去不了这些现场。我只需安逸地连上网，敲打键盘就描绘了“边缘之地”正在进行的罪恶与悲凉。

我在 2020 年 1 月前往毛里塔尼亚出差，要在马里首都巴马科转机，那是我最接近那些萨赫勒地名的时候。彼时的巴马科是安全的、热闹的，我能自如畅行，一瞥鼎盛文明的模型，偶遇平日里的肃然起敬，遭遇最严重的航班延误，躺在空荡的候机厅里待到酒醒。我算是去了这个国度，意义是我去不到的沙漠深处赋予的。

1　去不了的“黄金帝国”

出发之前，我得知在巴马科有 6 个小时转机时间，纠结要不要出机场去市区转转，又担心时间紧迫。登机前突然被通知下一程航班推迟 5 个小时登机，延至第二天凌晨 1:40，如此严重的延误却让我着实兴奋，我能有充裕的时间去城里“打个卡”。

我下午 2 点多到巴马科。莫迪博 – 凯塔总统国家机场由中国企业扩建过，设施崭新，我一下飞机能很快连上机场 Wi-Fi。我用最快的速度兑换货币、办了张电话卡，联系之前找好的包车司机。听说机场有人会搭讪攀谈，寻理由索贿，特别是会借行李开箱检查找碴。好在我的行李因为联程机票不用取出，我一路说着“No money”突出机场重围。

我在机场外等候，碰到个接机的同胞，问他在马里怕不怕。他说，出了巴马科真危险，只能“真主保佑”了。在巴马科还行，除了大选前后的日子乱一点，其他时间很太平，但他对 2015 年、2017 年的两次恐袭仍心有余悸。[1] 巴马科一名源自当地班巴拉语，意为“鳄鱼之河”。巴马科曾在城市化浪潮中风光一时，2006 年成为经济发展最快的非洲城市，增速世界排名第六。那时马里是非洲最稳定的国家之一，2012 年政变之后，动荡与不安纷至沓来。

1　2015 年 11 月，巴马科丽笙酒店发生人质劫持事件，造成包括 3 名中国公民在内的 21 人死亡；2017 年 6 月，巴马科郊区度假村发生恐怖袭击，造成包括 1 名中国公民在内的多人死亡。

司机接上我，驶上机场路，开过尼日尔河。道路平整宽阔，堵上了一段，妇女和小孩拿着透明袋装好的水果、饼干在车流间售卖，路旁能看到2002年举办非洲杯时留下的已经发黄的纪念碑。广告牌林立，都是鲜艳的精美喷绘，最多的是手机钱包的广告语“不用现金就能购物”；还有一张张用马里国旗三色绿、黄、红染上的笑脸标牌，写着“包容性全国对话”“我有话要说”“对话是一种美德”。在两个多月前，马里政府期望和中部、北部的反叛军对话谈判，但应者寥寥，成果惨淡。

尼日尔河畔最宏伟的一座摩天大楼属于西非国家中央银行马里总部，是西非地区最高的建筑之一，顶上有两个犄角，乍一看某个侧面像穿着披风的蝙蝠侠。作为西非经济货币联盟成员，包括马里在内的8个西非国家以该银行发行的西非法郎作为货币，这些国家储备金的50%都放在法国国库里，可以维持低通胀，货币币值最初与法国法郎挂钩，后改为与欧元挂钩。尽管这8个国家的金融系统很想摆脱法国控制，实现货币国有化，甚至宣布2020年起要使用新统一货币，可是又延期至2027年。前殖民宗主国的阴影总是令他们身不由己又难舍难弃。

我们直奔马里国家博物馆，就在总统府所在的山脚下。门票2500西法，有三个常设展览：千年马里、礼仪艺术杰作和马里的纺织品展。没有特别让人眼前一亮的文物，但木雕、陶俑、面具、铁器、织布、袖珍《古兰经》都十分精美，打量细微之处，仍然可察人类智慧的高度凝结，足以证明非洲曾有过造物绝伦和文明璀璨。

罩着一尊小雕像的玻璃柜底座上写着：1997年法兰西共和国总统雅克·希拉克先生的礼物。雕像是希拉克生日时收到的礼物，经查是马里流失文物，希拉克决定将其再作为“礼物”捐赠给马里国家博物馆。明明是殖民者曾经的掠夺，却成为今日之慷慨。所以也不怪此博物馆欠缺镇馆瑰宝，奇珍都遗落在海外，“回家”艰难。

资料显示，法国公共博物馆藏有 9 万件来自撒哈拉以南非洲的文物，这些藏品受到法国《遗产法典》中“所有权不可转让”条款的保护，必须逐一上诉通过后才能将文物归还。在非洲国家共同达成《瓦加杜古宣言》的 5 年内，7 个非洲国家递交了要求法国归还掠夺文物的司法申请，但截至 2022 年，只有贝宁和塞内加尔获得胜诉。

马里国家博物馆主馆马路对面是史前馆，一个巨型恐龙塑像矗立，展馆设在装了铁门的洞穴里。这里应该鲜有人至，我拿着门票请门卫开了锁。我在没有照明的洞中勉强识别出考古工具展柜、几块展板以及几颗存于玻璃柜中的头骨化石，向来者介绍“什么是考古学”“大裂谷与人类起源”“人类如何从 4 条腿变成 2 条腿走路”“现代人的诞生：从智人到我们”……图表都挺直观，只不过都已蒙上灰尘。

反倒是在临时展厅里，我能碰到聚精会神看展的游客。这里有个现实题材的摄影展，有张黑白照片上写着马丁·路德·金的话——“直到正义如水流淌，直到正义如滔滔洪流”；还有一面贴满世界各地风景明信片的墙，每一张都用火烧出一道黑印，如战火降临燃起了黑烟。现实在此获得隐喻、影射和写照。

博物馆和国家公园连通，公园清幽，可看之物是几座世界文化遗产建筑模型：杰内大清真寺、廷巴克图桑科尔雷清真寺、加奥阿斯基亚王陵等，这些藏于撒哈拉沙漠之中的古代遗存由土坯所制，外观灰黄，谓之苏丹－萨赫勒风格。它们多在使馆反复建议不要前往的地方，反政府武装和极端组织在那里盘踞着。这几个模型算是慰藉一下游客

“虽不能至”的心情，毕竟有太多人“心向往之”，比如廷巴克图，曾经被非洲人称为“宇宙中心”。

10 至 15 世纪，跨撒哈拉长途贸易的繁荣缔造了不可一世的马里帝国，其鼎盛时期领土包括今天的马里、几内亚、塞内加尔、布基纳法索、尼日尔、科特迪瓦等国。中古时代，进入北非和欧洲市场的黄金有约四分之三出自马里帝国。若没有非洲黄金，采取金本位的欧洲货币体系荡然无存，与今日西非国家货币挂钩欧元可谓是反向对照。最被反复提及的例子是，国王曼萨·穆萨在去麦加朝圣的路上，无比慷慨地向沿路的人施舍黄金，由于分发过多，甚至使得整个开罗的金价一落千丈，多年后才恢复。曼萨·穆萨的阔绰被大量西方文献记载下来，“黑人国王”名字如雷贯耳，廷巴克图也成了欧洲人认为遍布黄金的传说之城。有媒体曾列出世界上最富有的十个人，曼萨·穆萨几乎总是第一。

廷巴克图真正的荣耀并不来源于财富，而是因它曾是文化、学术、教育中心。有先贤云：“盐来自北方，金子来自南方，银子来自白人的国度，但上帝的语汇和智慧的宝藏只能在廷巴克图找到。”当时非洲的伊斯兰学者努力学习，梦想有朝一日能去廷巴克图深造，如同去读博士，桑科雷清真寺可类比西非地区穆斯林的最高等学府。廷巴克图曾是容纳大量手写卷本的图书馆，拥有浩如烟海的著作和潜心钻研的学者。

随着驼铃息止，商队远去，廷巴克图业已落寞，不断被黄沙侵蚀。郭建龙在《穿越非洲两百年》一开篇就写了他试图乘船沿着尼日尔河前往廷巴克图，途中他患上疟疾，并被告知因“将成为廷巴克图唯一的外国人”而有成为人质的危险，很多西方游客到这里被绑架或遭死亡威胁。最终他没有下船登岸。

廷巴克图，乃黄金之都、文明之光、中世纪版图“世界边缘的天堂”、探险家眼中“撒哈拉最神秘之地”，在马里国家博物馆里微缩成模型，在非洲史册里简洁成符号，成了恐惧之源，成了遥不可及。

2　去不了的“最危险任务区”

马里国家博物馆的院子里放着一件“露天艺术品”：一辆破烂生锈的绿色面包车，缺了车窗玻璃和右侧后车门，鼓囊的编织袋、轮胎、行李箱等货物在车顶堆得老高，被一块蓝色雨布盖着，车里用造型诡异的人偶作为司机和乘客。它几乎一比一还原了巴马科最常见的公交小巴。

这些叫作索塔拉玛（Sotramas）的二手巴士维系着首都普通人的公共交通。它们窗合不上、门关不严，经常超载、飙车、横冲直撞，车里拥挤、邋遢，车尾都能挂上乘客享受打折的“全挂票”，集客车、城乡巴士、货车等众多角色于一身。看似危险无序，却是他们日常的忙碌有序。只要索塔拉玛高声鸣笛揽客，说明人们的生活在平静中得以继续。博物馆的那件艺术品源于街头，是这个国家期待安宁的寄托。

我们来到独立纪念碑前，索塔拉玛们就混杂在摩托车流中绕进圆形转盘，下班晚高峰的拥堵不会放过任何一个发展中的城市。

纪念碑通体大理石，四角是如清真寺壁龛的米哈拉布风格，塔顶金色。底部是已经熄灭的火炬台，有“1960 年 9 月 22 日”“独立”字样。纪念碑前旗杆上国旗飘扬，还有块“国民健康保险基金”圆形标牌。彩灯如帘从纪念碑腰间拉开，周围路灯杆上也搭配灯饰，晚上探照灯打在碑体上，展现流光溢彩。这不是广场，只是个路口，但庆典、集会、仪式依然选择在此，游行、示威、政变也会占领这处地标。

还有个环形交叉路口花园立着加纳前总统恩克鲁玛的青铜坐像。怀揣“非洲合众国”梦想的恩克鲁玛曾将加纳、几内亚、马里结成联盟，象征性地迈出泛非主义第一步。马里或企图用这尊雕塑重申“团结非洲”的坚定价值，保有非洲诸国同仇敌忾、争取独立的集体记忆。铜像下的空地，两个高瘦男孩在做身体拉伸，他们在恩克鲁玛的注视下练习跳远。马路上有联合国装甲车载着蓝盔士兵经过，轮滑爱好者在勇猛滑行，路边插满待售卖的马里国旗，好像这里随时需要为某种主义或者号召摇旗呐喊。

日暮月升，我们挤进中央市场，人们用头顶着各种货物是特别的风景。巴马科大清真寺藏在这闹市之中，以沙特阿拉伯国王费萨尔·本·阿卜杜勒·阿齐兹的名字命名，是在殖民前泥砖清真寺的遗址上建造的，由沙特政府出资，建成了中东风格，两座宣礼塔笔挺。非穆斯林不得进入，我在外面听到他们的礼拜声隆重悠扬。

天黑了，我找到一家叫兰花雨的中餐厅吃饭。餐厅老板叫月姐，是我之前联系的维和部队通讯员给我介绍的，“她很热情，有问题多问她，我们去巴马科也都是她全程参谋的”。我就是找月姐租的车，也想在离开马里前去她那吃顿地道的中餐，一碗白米饭加水煮牛肉就足够。

我一进餐厅刚坐下，月姐过来招待，跟我说：“很巧，今天维和部队的战士们也来巴马科了。”她把我领到一间包厢，是十几张素未相识的面孔，我却有见到亲人般的亲切。他们是那个通讯员的战友，我一次次在发回的照片和稿件里见到他们的模样和名字。新闻稿件里，有他们的训练、出勤、演习、爱心捐赠、春节联欢、受联合国嘉奖，还有烈士纪念日那天，他们纪念在马里任务区牺牲的申亮亮烈士。犹记得，有一次加奥超级营地的法国营遭遇恐怖袭击，维和战士们面临危险重重，基站受损，通讯员发回紧急稿件，他说："信号特别差，趁着还有信号我可以多发点信息。"

加奥是马里东部的最大城镇，联合国马里多层面综合稳定团的前线大本营设立在此，这里被认为是"世界上最危险的维和任务区"。自2013年部署以来，稳定团已有270多名维和人员牺牲。中国在加奥派出了警卫、工兵、医疗三支分队。

我坐下和战士们一起吃饭，不断表达着对他们的崇敬之情，甚至有些失态。我细数着我给他们写过的报道和了解到的他们的不易。我和他们说，当看到维和部队方队首次亮相国庆阅兵时，我捧着看直播的手机热泪盈眶。他们是阅兵式上唯一在战场上的部队、徒步方阵里唯一战斗着装的方队。我当时在朋友圈写下："中国无战事，军人有牺牲。蓝色贝雷帽，荒漠迷彩服，无上敬意！"说着说着，我又激动得含着热泪，一杯杯地向他们敬酒，然后一饮而尽。

我不止一次申请去加奥采访，但去加奥没有民航航班，只有联合国的飞机，需要经过层层审批，手续极其复杂，后来又因为新冠疫情暴发，加奥之行最终搁浅。中国赴马里维和部队一般在加奥执行任务，只会在参加使馆活动或者购置补给时才会派人来巴马科，我能在一次转机过程中碰到他们是十足的幸运。

不胜酒力的我几乎忘了还要赶飞机。晚上11点多，司机把我送到机场，我醉醺醺地办完值机，瘫倒在候机大厅的座椅上，用尚留的一丝意识提醒自己留意登机广播。然而机场航班信息屏上一直没有登机时间，甚至连延误的字样都没有。我一遍遍去询问工作人员，但没人知道飞机何时起飞，也解释不了延误原因。我又不敢出机场，只能等着。就这样，我在空荡荡的候机大厅等了一宿，醉意都消耗没了，到第二天早上 7 点半才登上飞机，比最初定的时间延误了近 11 个小时，我也在巴马科经历了意想不到的 17 小时滞留时光。

大概半年多后，马里发生军人哗变，总统和总理被扣在军营，政府被解散。巴马科再度陷入骚乱，发生多起打砸抢烧事件，叛军占据独立纪念碑，持枪耀武扬威。我从月姐那询问情况，知道了首都形势还算稳定，没有华人伤亡，哗变第二天事态就趋于缓和。

月姐转发了一名中国亲历者在 2020 年 8 月 18 日的记录：

“2012 年，我在中国从和大姨的通话里听闻几句关于哗变的事儿，但不知概念，不知险情，那年我 10 岁……时隔 8 年，马里再一次发生哗变，这一次我在马里亲身体验。

“周围小店一瞬间全部关闭，听到奔跑的脚步声和摩托的轰鸣声……大家互相分享位置：‘哎！我家在独立大道旁边，这里好多军人、市民……听到了吗！枪声！’

“下午总统被捕，当地群众纷纷跑进他家，嬉戏、游泳，宛如获得了一张免费的游乐场门票。马路上市民高举旗帜欢呼着，列队迎接着军人，仿佛这一战他们真的胜利了。

“总统被拿下后，暴乱依旧持续着。我家对面有两个常去的加油站，我在距离不到 500 米的地方眼睁睁地看着它们被一抢而空。

“20 多个小混混骑着摩托到我们家门前高喊欢呼着，准备打砸抢，但万幸我们的保安刚好是这一片区的‘混霸’之一。给了他们 200 美元，便把他们打发走了……伴着枪声、嘈杂声、瓢泼大雨声惶恐地度过了一晚。

“枪声就在耳边，危险就在身边，逃生的方法想了一套又一套，可是又感觉没那么害怕。后来越来越发觉我的坦然，好像是因为周围有亲人继续像平常那样和我聊天打闹，好像是来自（微信）群里有人因是中国人而受到了当地人的保护，好像是中国大使馆发布了紧急提醒和领保电话。好像一切都是因为我身边有足够爱我的家人，和身后有足够强大的国家，是他们告诉我天塌下来会有人替我顶着。

“在18岁的年纪经历一场历史性的哗变，让我看到了权力有多大的诱惑，看到了贫穷会让一个国家变得失去自我，看到了教育对于一个国家的意义，看到了落后会让整个国家变得不堪一击……”

后来，我在月姐的朋友圈里得知她又在巴马科开了蛋糕店，办了家安保公司，可以给当地华人提供住家、商店、野外持枪一对一安保等服务；偶尔会发中国超市被当地人抢劫的视频，呼吁中国同胞组建一个应急处置小组；兰花雨餐厅义务给在当地染上新冠的华人送餐。她也迎接和送别着一批批的中国维和官兵。

埃及：穆卡塔姆山下的生死家园

曾登美国亚马逊地理类 / 旅游类畅销书榜首的《秘境》一书，以“探寻全球仙境、废墟与乌托邦”作为副标题，内容是关于寻找“比梦境更离奇的全球隐秘之地”。书中的埃及部分没有描绘任何一座金字塔、法老墓葬或神庙，而是大篇幅介绍了开罗的两座“城”：“死人城”和“垃圾城”，配上的图片注释分别是“‘死人城’是逝者与生者共同的家园”和“数以万计的扎巴林，即自由拾荒者，捡起了开罗的垃圾”。

这两个地方着实让我无比好奇，我特地询问驻站埃及的同事，她说：“我一直想去但没敢去……疫情期间那里可能很危险啊！”她说的“危险”，一是指治安乱，那一带在人们印象里即城市边缘的贫民窟，聚集了庞大的无业游民和潜在犯罪分子；二是指卫生差，垃圾遍地、恶臭熏天，加上人口稠密，无疑是病毒迅速传播的温床。

我正是在新冠疫情依然肆虐的 2020 年底去的埃及，在那度过了驻外期间仅剩的一个月假期。行前我最先确定的行程就是这“双城之旅”，在 Viator 网上预定了路线，有司机和导游“护航”，费用 100

美元。

导游穆萨穿着笔挺的灰色西装、内搭紫衬衫，戴着墨镜。他面庞清瘦，短发和胡子都打理得很利落，还戴着口罩。那时开罗街上戴口罩的人寥寥无几，全然没有疫情下的防备，这般情形反倒让我时刻不忘捂好口鼻，随身携带消毒喷雾，不时喷几下周身以求心安。穆萨就显得很职业，很好地遵守疫情下的国际旅行规范，但打扮如此体面的他要带我前往的却是臭名昭著的脏乱差之地，连他自己介绍时都觉得别扭。

穆萨着重说了要去几座教堂和清真寺，顺带说会经过“垃圾城”和“死人城”。我说，我很想在那些会路过的城镇和人家多停留，最好能近距离观察老百姓的生活。他连忙回应，“最好别太久吧！”拍了拍西装说，“很脏的！”

1　西蒙移山

“如果你的信仰如一粒芥菜种子，你就能移动大山。”

《马太福音》中的这句话被理解为，做伟大的事需要的信心，其实是非常小的。芥菜种子是在中东地区最小的种子之一，据说在巴勒斯坦一带芥菜能长成参天大树的样子。

这句话也出现在10世纪开罗的一场关于宗教的辩论里。当时一位犹太教徒向基督教分支科普特教教皇亚伯拉罕发难，让他验证移动大山是可能的，否则《圣经》所说不可信。此言一出，组织这场辩论的法蒂玛王朝哈里发莫兹也提起了兴趣，要求亚伯拉罕完成移山举动，否则所有科普特族人都会被杀死。

亚伯拉罕召集他的教徒们在开罗的悬空教堂忏悔了三天，圣母玛利亚显灵了。她说，有一位叫西蒙的皮匠能帮助他们搬动大山。亚伯拉罕找到了西蒙，并通知莫兹哈里发前来见证。在众人的祈祷声中，原本在尼罗河畔的一座大山慢慢移动起来。“神迹”的出现让所有科普特教徒逃过一劫，此后在每年圣诞节斋戒前，他们会额外遵守三天禁食。之后历代哈里发也因此对科普特教徒实行怀柔政策。

这座“被移动”的大山现在位于开罗市区东部，名为穆卡塔姆（Mokattam），在阿拉伯语中是“残破”的意思。这座“破山”如今成了垃圾处理场，被当地人直接叫作“垃圾山”。

穆萨带着我经过了萨拉丁城堡。城堡最初乃抵御十字军的要塞，后来700年中一直是埃及统治者的居所。这里拥有三座截然不同的清真寺、几座宫殿和饱览开罗全城美景的露台。其中最引人瞩目的是阿里清真寺，完美融合了东方伊斯兰风格与欧洲建筑特点，来自希腊的设计师特意建造了拜占庭式的多层圆形大拱顶与细长的宣礼塔。而这流光溢彩的华丽杰作同时也说明，我们已走到了千座宣礼塔组成的开罗伊斯兰世界的边缘，尘土与嘈杂来袭，城市迅速切换另一副面孔。

车子快速地通过一个街区，沿途是正在用黑塑料袋分装废品的妇女，以及一个个鼓鼓的大编织袋，提醒我们已经进入“垃圾城”了。可能因为垃圾都是宝，一点不容残留，路面反而异常干净。

我们来到一个开阔地带，被高耸且平整的崖壁半包围，崖壁上雕刻着各种《圣经》人物形象，最醒目的部分用英语和阿拉伯语写着“将看见人之子带着巨大能力和荣耀，在云彩中降临”。还有多个带天使翅膀的雕像站在高处，做普度众生状。这些栩栩如生的雕刻虽被蒙上灰尘，但色彩依然可辨。阳光柔和洒下，眼前光景被营造成圣洁模样，却脱胎于有破败和垃圾之名的山体。

一座带穹顶双塔的建筑背后藏着一个半开放的巨大洞穴，下沉式地排列了近百排座椅，像一个露天剧场。这是堪称“中东地区最大教堂”的圣西蒙教堂，可容纳上万人一起礼拜。开凿洞穴教堂始建于20世纪70年代末，基督徒历时5年将山体一侧掏空，挖出的岩石重达250吨。这般劳苦的凿石之作，用以致敬有移山之功的西蒙，足够虔诚和感人。石匠心里是怀有如芥菜种一般的信仰了。

穆萨通过一幅彩绘壁画向我介绍西蒙移山的故事，还领我找到镶嵌在石壁中的西蒙形象。在教堂前端位置，他让我抬起头，看到在天花板凹陷处藏着圣母玛利亚怀抱耶稣的浮雕，笑着说，这是匠人们开凿教堂时特意留的一个“小彩蛋”。

这一带在石灰岩峭壁中凿出的教堂共有7座。我还参观了一座在山中完全中空的教堂，四周墙体上是耶稣诞生等故事的浮雕，最重头的还是对西蒙生平的刻画，提到他每日给穷人施水。还有一个场景：西蒙在给一位漂亮女人修鞋时看到了她的腿，他用针刺瞎了自己的一只眼睛，旁边写着“如果你的右眼致你犯罪，就把它挖出来扔掉。这样对你更好”。这个典故是西蒙形象的来由，他大多时候被描述成一个扛着水罐的“独眼龙”苦行僧。

“西蒙移山”是个被浪漫化了的口述神话，在科普特教会典籍及历史学家笔下都鲜有确切记载，但圣徒们却在穆卡塔姆山上摸寻到证据。他们发现，此“破山”岩石构成与周围环境明显不同，而且在石灰岩和黏土层中有霉菌及蜗牛的痕迹，说明千年前尼罗河在山边流过。而经地质学家和考古学家的考证，10世纪开罗曾发生多次地震，这才是让大山出现过位移的真正原因。

2 “开罗清道夫”

到了中午，穆萨领我去圣西蒙教堂对面一家有两圈旋转楼梯的餐厅解决午饭。餐厅虽然还算干净，但我还是勉强摘下口罩，简单应付了几口。接着他带我来到楼上的窗户前，说这里有个“大惊喜”。

掀起窗帘，拉开窗户，居高见到一片密密麻麻、高高低低的红砖楼房，颜色的意外统一，让人仿佛置身网络游戏《纪念碑谷》的某道关卡中。楼群中央 50 座房子墙上的涂鸦共同“拼”成了一幅大型壁画，是由一名法籍突尼斯艺术家于 2016 年创作的圆形阿拉伯语书法作品，名为《感知》，写的是一位科普特教区主教的名言：“若想看清阳光，须将双眼擦亮。”“这可是令全埃及乃至中东地区震惊的街头艺术。”穆萨兴奋地跟我说。

艺术家在解释作品时提到，有的人觉得这个地方很脏，甚至这里的居民也不干净，这个作品正是想提醒他们，这个群体正在做一项重要工作，他们清理着开罗街头的垃圾。作品“散装”在错落不一、前后有差的不同墙面，的确需要将视线挪到某个位置才能把图案刚好拼合上。这是一场“视觉游戏”，作者或许企图点悟观看者，应找到角度“正视”这座“垃圾城”。

实际上，才过了 4 年，涂鸦已经褪色，白色底色已泛黄，仅能从与红墙的反差中辨认出有绘画存在。铺张的窗帘、晾晒的衣物、楼顶的篷布都打破了整体美感，我也很难识得这是什么文字或者图案。但于碑谷之中，这作品依然是扎眼的，幻化成一方寓意更为复杂的错乱图腾。

起初打开这扇窗，“惊喜”即是这幅壁画，但耳边尖锐的电锯声、角落飘起的黑烟及口罩都掩盖不住的难闻气味提示我，此刻同步打开了一幅上帝视角下的“垃圾城”全景图。视野从壁画向四周散去，是一户户如盒子状的房屋，更似一个个未打开的潘多拉魔盒，那满屋的垃圾是待释放的生活枷锁和碌碌命运。

有些楼房还是半成品，修长的钢筋暴露出来，地板上白色垃圾铺开，垒着几个被撑满的编织袋，男人在控制电机给袋子装的垃圾称重。那么远看过去，也能看到苍蝇乱飞，鸡、狗、山羊在垃圾堆里埋头寻找食物。外挂的空调机、支起的天线锅显示这里亦是他们享受现代化生活便利的地方。砖房之上时不时架起 2—5 层不等的木架子，顶部是个绿色木屋，像是拥有某种宗教职能的瞭望塔。

眼前的这一区域更正式的名称是曼什亚特·纳赛尔（Manshiyat Naser）。从 20 世纪 50 年代开始，一批为摆脱贫困和饥饿的农民从埃及南部来到这里，发现拾荒和分拣废品可以换取可观的收入，他们有了专门的代号——扎巴林，意为“捡垃圾的人”。几十年来，他们一直用卡车和手推车将挨家挨户收来的垃圾运到曼什亚特·纳赛尔，在这里对垃圾进行分类、再利用和买卖。塑料和金属被小心地按颜色与成分分门别类，以废物形式卖出，有机垃圾则被当作猪饲料。

扎巴林们已经摸索出成熟的家庭分工乃至“产业链条”：家中男丁每天凌晨 3 点就出门去开罗各区收垃圾，并负责沉重的搬运工作，妇女和孩子在家里将废品分类，往往一户人家腾出一个房间给孩子整理塑料瓶，另一个房间供妇女处理其他废品。一些精明的扎巴林组建起垃圾回收公司，规模在 10 人左右，在政府注册，可以合法拓展业务。

大开罗地区的人口已爆炸式地超过 2000 万，却缺乏行之有效的市政垃圾收集系统。2003 年起，埃及政府试图引进跨国公司来收集城市垃圾，一时严重影响到 6 万多扎巴林的生存境况，但 10 年后政府计划宣告失败，市民们情愿给扎巴林小费让他们上门服务，也不愿意自己将垃圾送到街道的公共收集点。事实上，那些公司的垃圾收集效率及回收率远远不如扎巴林，扎巴林的回收方法已被公认为世界上最有效的垃圾处理方式之一，回收利用率可达 80%。他们靠着世代的勤劳和现代开罗人业已形成依赖的习惯，证明了自己是保证城市正常运转不可或缺的一部分。

如今，开罗每天产生的 40% 的废物、约 1.6 万吨垃圾都由扎巴林来收集。而他们每月的收入比埃及的最低工资还低 50%。他们徒手分类垃圾很容易被玻璃等硬物割破手指，通过血液感染传染病的风险奇高。在他们看来，“扎巴林”这个名字带着城市人的贬义，是个污浊的职业，但他们欣然接受自己的谋生方式，并且自认是干净而神圣的，“没有我们，这个国家会无比肮脏”。

回程路上，我们好像赶上了“垃圾城”最忙碌的时候，大小垃圾车将狭仄的街道堵得水泄不通，要有人指挥才能让来往车辆擦身错开。我想利用这个机会下车看看，被穆萨厉声制止。没有按计划时间从肮脏之地“脱身”，已经让他心情焦躁，大堵车更是考验他的耐性，我听到他小声嘟囔着有些后悔接下这个活儿。

短短的来时路愣是被堵上了近一个小时，我只能隔着车窗“检阅”一家家卷闸门后的废品站，墙面上还有竞选广告，堆得有一层楼高的垃圾包上就挂着耶稣彩绘，小卖部、红薯摊、三轮车掺杂其间，楼上的住户会吊下篮子和小贩交易货物。车窗隔掉了臭味，编织袋包住了垃圾，使得眼前的景象其实和闹市内的普通居民社区并无二致。

孩子们放学了，在车流间追逐、嬉笑、打闹。女孩们的书包和穿着都干净精致，头发梳理整齐，扎着鲜艳的头绳；男孩们十分顽皮，敢直接扒在卡车尾部，还有的喝着袋装汽水、啃着饼干、向过路车射弹弓。他们的无忧无虑与周遭反差强烈，却又可用生活的冷暖自知得以和洽。

倒是大人们愁眉紧锁，站在堆积如山的“废品货物”旁，他们有大老板的做派了。稍加留意，可以发现他们右手有十字架文身。扎巴林超过九成信奉科普特教，手上的文身乃科普特人区别于阿拉伯人的重要标志，或许也是作为古埃及人后裔的烙印。

历史上，亚述人对古埃及的称呼是“Ki-Ku-Phon”，意思为“神祇之地”或“灵魂之地”。希腊人占领埃及后，“Ki-Ku-Phon”被拼写为“Aegyptus”，后就演变成今日埃及名“Egypt”。7 世纪，阿拉伯人入住埃及，误以为“Egypt”词首“E”是冠词，所以把“gypt”读成“Qipt”，后来衍生出拉丁词根“Copt”。这就导致了在相当长一段历史时期中，“科普特”和“科普特人”被用于指代埃及及全体埃及人。

现代埃及人绝大多数已是阿拉伯人，被伊斯兰化后，国家文化也与游客们慕名瞻仰的古埃及文明疏远，“古的埃及”与“今的人”似乎已割裂开。但还有占一成人口的科普特基督徒坚信自己身体里有古埃及人的血统。他们中的很多人受教育水平更高，成为精英，可向外人展示祖先的高贵；其中还有一些人如蝼蚁般生存在首都边缘，困守着一座“垃圾城”。

3 死人城

我们从“垃圾城”出来，又能望到阿里清真寺尖耸的宣礼塔。虽然开罗的天空总是灰蒙蒙的压抑，但能从堵车、人群与楼房丛林中解脱而出，还是有豁然开朗之感。

车子在公路边停了下来，穆萨要给我介绍“死人城”了。路边又出现一大片密集的建筑群，但都是低矮房子，一格一格的方块规制，说是“房子”，实则为墓葬。从 7 世纪开始，这个叫 Al Qarafa 的地方被划为墓地和殡葬区，到了 10 世纪，统治阶级及富贵家族开始为自己及家人的身后地建造精美陵墓，让逝者依然可以“住”在有门有院的房子里。这些陵墓虽然装饰各有讲究，但都是四四方方的独门独栋，门楣处高出围墙一大截，成“凸”字形，上面写着墓主人的名字，里面还有房间是留给守墓人的。穆萨特意让我留意，每个墓葬都有男女各一边的区分。

这连绵数公里的墓葬群已饱经风霜，大多被打磨成沙漠的黄色，其间有几座巨型圆顶和宣礼塔，整体气氛变得肃穆。此壮观图景会一直延伸到穆卡塔姆山麓，远处背景竟是“垃圾城”的红色小楼，“两城”以色调和高度之别截然分开，但又彼此呼应。显然“死人城”不那么热闹，落寞安静许多。

穆萨要带我进“死人城”看看，其实是去参观一座雄伟的清真寺。清真寺是苏丹巴尔库克的陵墓，是他的儿子为他建造的，还附带了一个伊斯兰学校。这座类似城堡的建筑是马穆鲁克建筑风格的代表之一，有着高高耸立的外立面、宽敞的中央庭院和两座优雅的宣礼塔，天花板内还画着红黑相间的几何图案，据说它的石头圆顶是开罗最大的。这应该算是“死人城”墓葬的翘楚，奠定了几个世纪以来这一地界的等级非凡。

我只是在清真寺略略参观，希望留出一些时间去旁边那些普通墓

KWAME NKRUMAH
(1909 — 1972)
PREMIER PRESIDENT DE
LA REPUBLIQUE DU GHANA
Fofy passe

◉ 在恩克鲁玛注视下跳远

◉ 马里独立纪念碑

◉ 穆卡塔姆山洞穴教堂

◉ 埃及的“垃圾城”

◉ 在“死人城”生活的人们

◉ 壁画《感知》

◉ 三明治湾

◉ 纳米比亚，日出阳光下 45 号沙丘的脊线

◉ 在纳米布沙漠中长曝光拍下的银河

◉ 死亡谷盐黏土地边缘的根系状裂痕

◉ 纳米比亚死亡谷的大老爹沙丘

◉ 鲸湾港的火烈鸟群，远处是中国企业建造的码头

◉ 哈尔格萨机场卖卡片的少女

◉ 司机做出岩画上的动作

◉ 穿着不同传统服饰的吉布提女郎

◉ 利比里亚蒙多维亚，新机场落成仪式上的欢迎女郎

◉ 毛里塔尼亚，“蓝调时刻”下的撒哈拉沙漠

◉ 埃及开罗，金字塔

◉ 庞特公寓

◉《索科扎妇女招待所 A 座 2011》展览

◉ 南非“巴别塔”内部

◉ 具讽刺意味的选举广告牌——“让灯一直亮着”

◉ 疫情下，索韦托社区里排队领食品包的人们

◉ 雨中，索韦托亮起的高架灯

◉ 有人在那张著名的照片前面举起右手。问他手势的意思，他说“代表非洲”

◉ 种族隔离博物馆的门票是随机生成的“白人、非白人”身份“凭证”，模拟当年的隔离制度，从两个不同的入口进入

◉ 奥兰多塔，曾为“二战”时期建造的发电厂，为约翰内斯堡服务了 50 年

◉ 南非跳羚队夺冠，全场起舞庆祝

◉ 南非约翰内斯堡曼德拉广场，纪念曼德拉 100 周年诞辰活动现场

先民纪念馆弧顶射下的光和“空棺”

血河之战遗址——牛车阵雕塑群，远处是恩卡姆博物馆

◉ 自由公园的“永恒之火”

◉ 伊萨德尔瓦纳战场遗址

◉ 约翰内斯堡一街之隔的富人区和平民区

◉ 在开普角看到的冷暖洋流交汇

◉ “大西洋最美公路” 查普曼峰大道

◉ 好望角

◉ 非洲最南端厄加勒斯角

◉ 开普敦博卡普区

◉ 南非克鲁格国家公园，红嘴牛椋鸟在和跳羚“耳语”

◉ 南非最大的“犀牛孤儿院”内，被割掉角的犀牛

◉ 南非南部海岸的“墙洞”景观

◉ 南非萨瑟兰德，拍下人生第一张完整银河的照片

◉ 南非西海岸公园，酷似世界地图的湿地

◉ 埃航空难现场

◉ 祭奠埃航空难中的遇难者

◉ 彼得一家合影

◉ 贫民窟达人秀上，孩子们“盛装”打扮表演模特秀

◉ 贫民窟青少年足球赛一旁观赛的孩子们

◉ 马萨雷贫民窟边缘“一墙之隔”的两个世界

◉ 贫民窟青少青足球赛

室瞧瞧，听说那些古代死人墓里住进了现在的活人家。

“死人城”名字吓人，现实则是个小城镇罢了，有电线、邮局、商店、修车行。行在巷陌中，不说两边是墓葬，我完全会把它们认作普通住家。只不过从华丽的大门向内望，能看到墓碑、石棺和祭祀台，有的甚至有小花园和喷泉，大多空无一人。但还是能找到人烟痕迹，有几户门口堆着破旧家具、拉起绳子晾晒衣物，还有的在墓外摆上桌椅，穿着黑袍头巾的妇女抱着孩子纳凉，一旁猫狗作陪。

住在墓地里的人，有的是守墓人和他们的家人，他们可能还领着薪酬，世世代代住在这里；有的则是近些年才搬来的，尤其是1992年的一场地震让很多人无家可归，他们不想迁往低收入阶层聚集的荒凉郊区，选择直接住进这些坚实的墓地墙体里。“死人城”逐渐变成了贫民窟，从这里流出的新闻图片基本上是几个穆斯林妇女将衣冠冢当作桌子，墓碑之间是洗漱和做饭的地方，人们能不经意捡到几块人骨。他们的想法大体是：“我们不怕和死人睡在一起，我们吃不上饭、没有工作，与‘活死人’无异。”“与死者同住对老人是好事，他们不说话，可以享受城里没有的安静。”到底住在“死人城”的活人有多少？有说是50万人，也有说是5万人，难以确定。他们藏在围墙之内，或四处流浪，或暂且停驻，是实体的幽灵。整个开罗古城以“伊斯兰世界新中心”的名义被列入世界文化遗产名录，城池东缘的陵墓建筑自然也是遗产的一部分，政府会花大力气修复这些古迹，但里面住着的人却缺少特别的照顾。

说起埃及的景点和文物，金字塔、法老墓、木乃伊等都关乎死亡，古埃及人一生都在为来世做准备。“死人城”则另类演绎着这种古老观念：死亡不是终点，而是开始。逝者安息之所供落魄的生者安居，富人长眠之地供无家的穷人偷生，生死之间互动，贵贱之间循环。

“双城之旅”结束了，我们赶上了开罗的晚高峰，又是熬人的塞车。穆萨反倒变得兴奋起来，手舞足蹈唱起了歌，可能是庆祝这一程晦气的工作结束了。对他来说，带我这个猎奇游客闯入底层的世界是他富足生活的意外，他会更兴致勃勃地推销可以带我去逛埃及博物馆或者订尼罗河游船。他们也很好心，愿意驱车跨过开罗把我送到西边的吉萨，在那里我订了能看到金字塔的酒店。告别了穆卡塔姆山，符合我印象的埃及历史观光行程才正式开始。而古埃及建造金字塔的巨石据说就是在穆卡塔姆山开采的，盘山公路两侧还能见到当年采石的痕迹。

“垃圾城”和“死人城”所含意象是那么对立却纠葛：基督教徒有古埃及血统，却为大多数现代人做起“清道夫”；凿山开洞纪念移山的传说，也在将每日如山的废物运进自己的家园；伊斯兰贵族的墓穴住进了人家，因“死”而筑造的院落是“生”的收容所，这是和古埃及传承无关的脉络。

在埃及一个月，我一路又去了阿斯旺、卢克索、西奈山、亚历山大、锡瓦绿洲等，几乎将埃及上下有名的名胜古迹、山川河海踏遍。但与这两座“城”相比，那些仿佛都是另一个次元的故事，是古老的、遥远的、灿烂的，可以待以后整理，并深情讲述。此时，我先选择了现实的、矛盾的、冲突的一面，为“古的埃及，今的人”寻一个注脚。

纳米比亚：勇敢之地，看见不朽

“我真的求求你们了！我真的很想去你们的国家！”

在比勒陀利亚的纳米比亚驻南非大使馆里，我近乎哀求地恳请签证官批准我的纳米比亚签证。我向他描述着，海与沙相接多么壮观、南半球星空多么震撼、红色沙漠多么奇特……仿佛纳米比亚旅游宣传片在我脑海里放了一遍，我搜索着能用英语描述的画面，我在做被拒签后的最后“挣扎”。

“枕边没有风浪，怎么我们会跌宕摇晃 / 伸手不见月光，怎么繁星能闪耀光芒……”这首某档综艺的主题曲，成为我在非洲独行时常在耳畔响起的背景音乐。我偏执地认为：纳米比亚的狂野、孤寂、苍茫无论如何都要纳入我的非洲记忆里。

但一脸横肉的签证官依然面不改色，或许他已习惯了别人对他祖国的赞美，或许一名游客的“套路”已被识破。因为我的南非签证即将到期，签证官未能批准签证。

疫情期间，纳米比亚刚刚放开国际旅行不久，签证处狭小的等待厅只有我一个申请人，使得签证官很有耐心，未驱赶我离开，反而让我“僵持”了快一个小时。我反复强调，我的护照、邀请函、机票、酒店订单、行程表都没问题。最后是我无意的一句“你们之前批准过我的签证”，让他有所松动。我立即向他展示此前被批准了但未成行的签证，他觉得自己的决定有前人的背书了，竟然改口说：“我可以给你签证。”喜出望外！一个蓝色的表格印章印在我的护照页上，他手写了签证的编号、出入境日期和签名，再盖上一个圆章。是的，这是一个手写的签证，有着某种未被印刷机改造过的执拗与质朴。

1 “比德国还德国”

第一站，从约翰内斯堡飞两个半小时，我首先到了鲸湾港。这是一个在纳米比亚独立后还一度被南非托管的“飞地”，如今拥有了“国际机场”。虽然只是一个迷你如汽车站一样的航站楼，但就建在一片沙漠的荒凉之中，反而显得遗世独立而又与世界接轨。

来接我的司机叫伊萨克，头发短到可以忽略，正午的阳光让他的黑皮肤反光发亮。他留着胡茬儿，清瘦精神，看起来和我差不多大。但他已经 40 多岁了，是两个男孩的父亲。虽然他已经为我联系的这个在地中国旅行社工作了 8 年，但接待我这个“一个人的旅行团”还是着实兴奋。毕竟因为疫情，他们已经很久没成团了，我的到来是他们几个月以来难得的“开张”。

“抓紧时间，我带你去看海。”伊萨克带我把行李放到酒店，虽然酒店就在鲸湾港的海边，但他说的“海”显然不是这一片。

我们要奔赴“德国小镇”——旅行社向中国游客介绍时，最直接易懂的代称。斯瓦科普蒙德（Swakopmund）是座 20 世纪 50 年代被厌弃了的港口城市，译名着实拗口，而且也不甚重要。重点在于，这里毗邻大海，有德国样式的建筑，让人能在遥远的非洲找到“在热带波罗的海度假的错位感”。这个描述来自《纽约时报》，文章还感叹这里“比德国还德国”。

从鲸湾到斯瓦科普蒙德约30分钟车程，公路就夹在南大西洋和纳米布沙漠中间，左边是大海，几个海上油气井提醒我：这里不贫瘠，且富饶可以延续。纳米比亚的钻石产量在世界上也是数一数二，如今大部分来自海洋。右边是沙漠，起伏的沙丘纹理清晰、明暗交织，好几个冲沙营地散落其间。偶见路旁两排整齐的海枣树，可理解为沙漠里独有的迎宾大道。

这天正值周日，“德国小镇”基本无店开门，我提议下车看看建筑，但伊萨克婉言拒绝了。在他眼里，中国人应该逛个热闹的街，冷清的门市是对中国人钱包的不尊重。

终于看到了伊萨克说的海，大西洋的一角，是那个符合印象的波涛翻涌的样子，他自己也拿出手机拍起照来。这也是一个符合印象假日里的样子，沙滩、阳伞、冲浪、比基尼……还有一个小游乐场，基本都是黑人的孩子在游乐，看到我的镜头，孩子们会情不自禁地提升音量，振臂大笑。

伊萨克还执意要我去看看斯瓦科普蒙德的地标，一座红白相间的灯塔，但那也关门了。此日所有的景点就结束了，伊萨克也没想到我竟然不想下海湿湿脚或者到沙滩上躺一躺，像大多数他招待过的游客一样。为了打发这个在新鲜国度的周日下午，我决定逛逛灯塔旁边的博物馆。

2 德国牙医的馆藏

斯瓦科普蒙德博物馆，号称纳米最大的私人博物馆，其实占地并不大，但拥有大量的展品，标本、化石、陨石、矿石……五花八门。博物馆是由一个德国牙医在1951年捐赠筹建的，里面居然复原了这位牙医当年的药房。

可以说，这是一个德国外来者视角下典型的纳米比亚模样。

一进门就是大量的动植物标本，斑马、豹子、犀牛、鸵鸟等都如实制成模型，一个完整大象头骨向你证明这里的收藏很下功夫；紧接着是德国殖民时期留下的牛车、旗帜、制服、盾牌、采矿工具等；还有非洲原始部落的物件，图解布须曼人留下的岩画符号的含义。

博物馆在三个橱窗里用人偶模型展示了1486年葡萄牙探险家迪奥戈·康作为第一批欧洲人发现西南非洲的场景。当年探险家在那里举起的石十字架，现在放在德国历史博物馆里。曾经那条海岸线被叫作“地狱之门”，后又叫“骷髅海岸”，葬送过很多次扬帆远航的拓荒。登陆点现在被称作十字角，如今是全球最大的海豹聚集地。

关于土著部落的文化，博物馆也做了很详尽的展示。有两个部族会经常出现在各种纳米比亚相关的介绍里，辛巴人和赫雷罗人。

辛巴人保持着500多年前的生活方式，房屋都朝着祖先定下来的圣火方向，女性的成人礼是敲掉两颗下门牙，生了孩子就要改变发型。最吸引眼球的是，女人们赤裸的身体涂满红泥，所以辛巴人又被称作“红泥人”。红泥由红石碾碎，混合香料和牛油制成，为了抵御烈日暴晒和蚊虫叮咬。她们一旦将红泥涂上身体和头发，就意味着以后再也不洗澡。辛巴人认为数人数是不吉利的，所以部落人数总是难以得知，而官方统计目前有5万辛巴人。

赫雷罗人其实和辛巴人同宗同源，信仰和仪式都一样，但是这个部族的妇女却穿着德国殖民时期维多利亚式的长裙。有说法称，是因为赫雷罗人当年和德国人打仗获得了战利品，他们信仰“猎人套上猎物皮毛能让自己更强大”，所以穿上了敌人的服饰以示胜利和尊严；有另一种说法是，殖民者担心袒胸露乳的辛巴女子蛊惑德国男人，强迫她们舍弃红泥、穿上欧式长裙，从此世代传承。即使在40℃的高温天气，她们也会保持这一身束缚自己的衣装。

两个部族聚居的地方叫奥普沃（Opuwo），辛巴土语里的意思是“世界的尽头”。辛巴女人和赫雷罗女人走在一起，完全是两个季节，何尝不是两个纪元？最原始的和被外来侵扰改造的，都在所谓传统的习性里烙下印记，乃至成为这个国家的“特色”和招揽参观者的“图腾”。

她们也会到城市街头兜售手工艺术品，游客花点钱可以让她们兴奋地载歌载舞。评论者道：“现代化生活洗不去她们身上的红泥，她们保持着原始的快乐。”博物馆也在辛巴人的展板上把一句话凸显出来：“我们失去了孩子们，因为他们被送去了学校。”

世界的尽头，有人抗拒着前进的文明和变革，真的需要像活化石一样保护这些习俗吗？或许需要吧。她们真的能在工业浪潮里保持快乐吗？或许可以吧。正像这个私人博物馆期望展示的非洲面目一样，是野生的、原始的，是航海家们的目的地、殖民者们的新家园。但其实有些历史的狰狞，德国牙医的馆藏没有说，或许需要纳米比亚人自己讲。

我在博物馆前厅的千年兰标本面前驻足了很久。这种在纳米布沙漠里土生的巨大植物，是纳米比亚的国花，一生只长两片叶子，是目前地球上已知寿命最长的草本植物。图片上那株1500多岁的千年兰，叶子盘着摊在荒漠上，杂乱而慵懒。但眼前展出的应该是千年兰的根系，像块干裂的珊瑚，却是如此厚实、硬朗。

这是属于非洲千年的根。

3 一半海水一半火焰

驱车回到鲸湾港已近傍晚。海上渐弱的日光已经在酝酿一场礼赞，给一群优雅的粉色精灵，勾勒它们S形的婀娜。就在我住的酒店边上，是一片潟湖，“稀释”了大西洋的狂躁，却是留给火烈鸟栖息的天堂。

这里是南部非洲最大的大火烈鸟聚集地，最盛时会有超过5万只火烈鸟在此过冬，但那时应该是5月份左右。我到来时的3月，南半球的冬天尚未到来。我只看到零星的几只在享受黄昏，闲庭信步，如跳探戈。我可以非常近距离地观察它们，修长的腿、黑色的喙、淡粉的体态。可能察觉到被人注视着，它们会将头蜷在身体里，时而试探地向前迈几步。

第二天一大早就要出发，来接我的司机是个大胡子白人大哥，叫保罗。他先带着我去办理进入非洲最大的生态保护区——纳米布－诺克卢福国家公园（Namib-Naukluft National Park）的许可证，然后带我去看了看鹈鹕，它们巨大的黄色的喙及喉囊让人印象深刻。

穿过一片粉红色的盐池区，又见火烈鸟，但是这次它们是成群结队地在盐池里散步。“它们就是吃了粉色的盐颗粒，所以身上是粉红色的。”保罗说。虽然我将信将疑，但这个颜色置于荒凉的天地间是温暖而诱人的，粉色的鸟儿流连粉色的水面。接着路面变成了白色，我清楚可知那是遗落的盐，却认真地听保罗解说像梦幻的雪。下雪，无疑是这片土地千百万年来的奢侈，但一路的色调，仿佛童话的言语，只会让你相信，沧桑前面有别致的序曲，壮阔开篇有纯真的色泽。

我们要前往的是三明治湾，位于“地球上最古老的沙漠”的边缘。

但更令人向往的是，它紧贴大海，被无数游记描述为“一半海水一半火焰”的人生必至之地。

“我们要抓紧时间，在海水涨上来之前冲进去。”保罗猛踩油门在海滩上奔驰，惊起一群群海鸥。此时的天气阴沉，大海的呼啸也着实深沉，却不影响海水热烈地往上涌。我们的车就在隆起的沙层和海浪夹缝中快速穿梭，车轮好几次就轧在浪花之上，飞鸟就在眼前一跃而起。当车开至开阔处，保罗说：“冬天的时候，这里都会是海水。”那就意味着这是曾经的海底。海底两万里？此刻却在车轮下，滚出两排车辙，周遭曾是海水，如今却充满风和马达的轰鸣回响。

我们在和大海争分夺秒，让我非常兴奋，但大海又那么从容不迫，潮汐如常。

在一块“浪高时不容进入”的标牌前，车停下了，保罗要把四驱车的车胎放点气，准备要和柔软的沙地“搏斗”，避免车轮陷进去。旁边还看到有只沙漠狐狸从沙丘里探出头来，警觉地进入我的镜头，又毫无情感地离开。

我们还路过了一片像铺着红色沙砾的地方，有两间破旧的木房子被沙子淹没，有一座只露出屋顶，就在脚边。一棵枯树在海边，造型感十足。这是一个被荒废的鸟粪工厂，顽强地证明人迹曾至。如今国家公园里不再允许野营和海钓。保罗也会捡起被人遗弃的玻璃瓶，说这些东西很危险，会扎破车胎。

一侧的沙丘越来越高，保罗也把车冲了上去，让我能俯瞰海岸，找到供我飞起无人机的绝佳位置。

三明治湾之名来自 18 世纪到过这儿的一艘英国捕鲸船的名字，船长制作了这条海岸线的第一张地图；也可能是德语“sandfische”（鲨鱼）一词的演变，因这附近常有鲨鱼潜伏。而从空中俯瞰，一半沙漠一半大海，金黄与蔚蓝分明，雪白的浪花跳跃其间，也有点“三明治”的意味。

大海一侧，来自南极的本格拉寒流，在海洋上形成了低气压，阻碍海水蒸发，让空气流动减缓；陆地一侧，风还是源源不断地吹向海洋，大量水分被风带走，沙却越积越高，形成了海边百米高沙丘连绵的奇特景观。

保罗把车停在两处沙丘连接的豁口处，我们俩就坐在蜿蜒的脊线上静静看海。可以确定，整个三明治湾只有我一个游客。我可以纵情幻想，我“承包”了这绝美的沙海邂逅，沙是古老的，海却是新潮而来。境遇的开阔让我有了胆量把无人机飞远飞高，不到300米，飞行器就穿入了云层。

看那海，承接着来自南极的寒，企图撞击干燥炽热的陆地；看那云，朵朵分开又朦胧相连，快速游走，成不了滂沱；看那山，全是细沙堆叠，留不住雨水眷恋，婉拒时间的改变，孤傲成金色的地表一片。这海、天、地都是流动的，彼此抗拒、割离，又浑然一体。

我们的车动力十足，冲上滑下，我一直抓紧把手，享受着在高地起伏间冲浪般的刺激和快感。在空中可以看到，我们自以为动力十足的车，在茫茫中变得渺小，小到变成尘埃，化为漠中一粒。

我们全程都没用电子导航。我问保罗，眼前沙漠都是一样的，怎么辨别方向？他说，以前的确迷过路，但开得多了，会在脑海里画出个GPS地图来。大自然还是有规律的，会让痴迷它的人了然于心。

保罗也时不时给我介绍这里可能出现的生灵。跳羚出现了，在一片有些许植被的地方。因为一年多前南非第三次拿到了橄榄球世界杯冠军，而橄榄球曾是南非白人引以为傲的运动，我就兴致勃勃地跟保罗说“南非橄榄球队就是以跳羚为标志的”，想引起某些共鸣，他却没有明显附和。看来邻国的热闹没能进入这空旷的领地。跳羚们自在吃草、奔跑，也不在乎人类的角逐、嬉笑。

快到中午，云压了下来，我们置于雾气之中，视线变得模糊，保罗说要赶紧离开了。我们就这样匆匆赶着潮水上涌前来，又匆匆躲着迷雾恍惚离去。回去的路上，火烈鸟越来越多，我下车想拍它们飞起的照片。保罗不耐烦了，拍起手，一时声响惊扰，火烈鸟们带着黑边的羽翼展开，也是一朵粉色的云。

是挺着急的。保罗把我交接给伊萨克，伊萨克要带我去做核酸检测，要在鲸湾先做，两天后到温得和克才能有结果，才能保证能登上回程的飞机。找检测地，然后排队、填表、等待录入，又耽误了很多时间。

4　穿越南回归线

“Father……Father……Father……”伊萨克在沙漠公路入口处停下车开始祈祷，在长达 2 分钟无数句以“Father”结尾的默念后，一声“阿门”开启了我们的“征程”。他希望能赶在日落之前带我看到“最美沙丘”的最美时刻，需要踩紧油门把 4 个小时的路程跑下来。目的地在沙漠的腹地深处，路途枯燥、磕绊或有艰险，他祈求上帝保佑。

一路上，车载音乐都是圣歌哼唱，车外纵是尘土飞扬，还有小龙卷风问候，车内也仿佛净土。我们路过荒凉戈壁、石头山丘、灌木草原，路线曲直兼具，突兀的金合欢会在路旁留守，成群的鸵鸟、斑马、角马、跳羚在赛跑。行经之地会被叫作“无人区”，少了人类干涉，眼尽荒芜又满是生机，都是上帝花样的造物。

路途中，只有一处房屋出现，外观装饰利落。伊萨克特意放慢车速介绍，这是新盖的度假村，老板是中国人，等着疫情过去就开业。

公路有了名字：C14，我们在一块贴满各式标识的牌子处停车，伊萨克又兴奋起来，让我赶紧留影，自己也自拍起来。路牌上写着“Tropic of Capricorn”，南回归线，字面意思是“摩羯座的回归线”。这个名字在公元前一个世纪被定了下来，当时太阳在地球能够直射的最南点（即冬至点）位于黄道十二宫的摩羯座内，数个世纪斗转星移，这个点早落入射手座内，名字却未改。

这个路牌如今也不在准确的南回归线上，坐标业已北移。这丝毫不妨碍路人们“打卡”，贴上自己越野车队的车贴，刻上自己的姓名，向地球证明“我们来过”，并且还会向太阳直射不到的大地探秘。路牌角落贴着一张中文贴纸：越玩越野。

天色渐暗，日光倾斜，秋的昏黄让路旁的野草有着绒毛质感，几头剑羚流窜其间，甚至无所顾忌地横穿道路，我们只能停车观赏它们晃悠走秀。长着笔直、尖锐长角的动物出现，背景是深红、分割明暗的沙丘弧线，这是摄影师期盼的标准构图。

我们连忙奔波，终于是赶上了。幸亏这里足够靠南，黄昏可以撑到晚上 7 点多。45 号沙丘到了。它并不是第 45 座沙丘，是因距离景区大门 45 公里而得名。170 多米高的沙丘从平地拔起，在晨暮光影下，那道著名的 S 形线条足够清晰硬朗，配上旁边几株卧倒的死木，成为红沙漠最显要的标记。中国驴友们为了显示不虚此行，早已将此标榜为“地球最美沙丘”，反正地球和其他沙丘都沉默不语，不置可否。

沙子的红色是其年龄的标志，年岁要从至少500万年算起。沙砾中的铁元素被缓慢氧化，掺杂矿石晶体，颜色越鲜艳，意味着越古老。纳米布沙漠形成于约5500万至8000万年前，最大沙漠撒哈拉也不过250万年。

第二天早上我们又路过这里，等待一个日出。阳面光滑，阴面布满条纹，像沧桑的皮肤，无数的脚印沿着那条曲线攀升而上，众人在丘顶摆出征服者的姿态。延时快进的画面里，光影移动，赤色光泽闪变，树影打在沙坡上，逐渐缩小，大地恢复威严。空中俯视，曲线背后藏着一个环形的沙坑，漏斗状，装下一窝圆滑的暗影。

夜晚，我们住进一个“非洲村庄”茅草屋样式的野外酒店，宣传语写着“在纳米布沙漠的宁静与辉煌中放松身心，就在壮观的非洲星空下”。纳米比亚的星空是让我无比期待的，这里是黄金级国际黑暗天空保护区，光污染极少，天空压得很低，可以同时看到42个南天星座。

我向伊萨克请求，深夜带我去一个空旷之地，我要拍摄星空。他显然不愿意了，他的工作时间已然结束，而且赶路一天，“我很累了”。他在路上就一直用手机找信号提醒酒店，要给我们留晚餐：一片牛排、一坨土豆泥和一些蔬菜。这应该是雇主给他的奖赏——可以吃上和宾客一样的晚餐，住上同等级别的房间。对于他来说，星空不稀奇，舒服享受这一晚贵宾待遇才更重要。

我只能在连接独立房间的栈桥上规避人为光源翘首星空了。我在大厅花钱买了个Wi-Fi账号，艰难地上了网，查阅银河出现的方位。些许幸运，月亮落得早，凌晨1点银河的中心就已升起，星座定位App实时告诉我，我头顶着半人马座、南十字座、天燕座、船底座、飞鱼座、猎户座、大麦哲伦星系……很多星星，我第一次认真地认识它们，先人的想象天马行空，星斗在人间有了名。

知道为何叫苍穹吗？一览无余的星空真的就是弧形的，像在一个球状穹顶上镶了无数钻石。我架好相机，广角下栈桥延伸，举起手等待长曝光，虽仍有光亮干扰，但尽头的银河刚好微斜垂下，清晰入镜。漫天星辰，是城市文明的奢望，而在此处却可让仰望者贪婪，“手可摘星辰”有了现实模样。

不知名的虫子藏在房间各处，甚至就爬在我的蚊帐上，虫鸣交响。但此夜是那么静谧，可以心安入眠。

5 挺进死亡谷

索苏斯盐沼（Sossusvlei）是纳米布沙漠最原始的部分。名字前半部分 Sossus 来自本土纳马语，意为“不归路”，后半部分 vlei 则来自外来的南非荷兰语，意为“沼泽”，合在一起即“沼泽的尽头”。名字的混搭恰好对应此地两种时态的地貌，非季节性的降水导致绍查布河大概每 10 年发一次洪水，使这里变成沼泽，但大多数时候是万籁俱寂的干旱绝地。水泊样态或被外来者目睹过，但土生土长者深知这里无处逢生。

坑洼路上，颠得厉害。伊萨克说，这里前一阵刚发过洪水。但眼前的景象分明就是炙烤通红的荒漠，所有希望蒸发殆尽。而我要前往的地方，死亡谷，名字同样可怖。

我下车，要独自翻越沙漠进入，伊萨克不放心。我说，其他游客留下了脚印，我可以找到路。就这样，我背着摄影器材，深一脚浅一脚地在沙里蹚行，还经过决裂干涸的河床，踩上去会“咯吱”作响，清脆地想印证有水淌过、成旱不久。

大概一个多小时，我的鞋子里已经灌满沙子，再艰难越过一个沙丘，便是一眼开阔。一片白色的平地被高耸的红色围住，其中一座有“最高沙丘”的名号，高 320 多米，名字很亲民：大老爹沙丘。几十株干枯如炭、或立或躺的骆驼刺树应和着“死亡”之名的悲凉。约 900 多年前一场严重的旱灾，让沙丘移向砂岩，阻断河流进入，地下水被消耗一空，草木失去了维系生存的根本，它们生命最后的造型却被定格，供游人注目一场悲壮。

我在这待了很久，久到正午的暴晒已经送走了其他游客，只剩我一人在此处独自创作。刚刚有对情侣在甜蜜地互动拍照，着实让我羡慕，但此刻我却更享受天地唯我的孤独。

在谷底平视，镜头景深迫近，沙丘的红如同平面，地面的白与树枝的黑参与简洁构图，无数时尚大片曾这样生成。当我用无人机在空中俯瞰，发现有一条裂痕从边缘向中央渗入，同样铁锈赤红，如健壮根系。植物的根死了，大地却临摹了一副生长的形状，仿佛致敬一份不朽的向往。

走出死亡谷，伊萨克又带我去了塞斯里姆峡谷。一个沙漠中的石头峡谷，峭壁上镶着贝壳的化石，居然是一个常年有水的地方。有人在水边野餐，有人在狭长的谷道中游泳。和大漠图景格格不入，让人感叹自然造化的神奇。

往温得和克进发，植被慢慢多了起来，盘山小道折回蜿蜒后，开上平整公路，货车、村庄、路标悉数路过。穿越了蛮荒，终要驶向文明。我们已经从海边攀爬到了海拔 1600 米之上。在一个山头回望，那跋涉过的沙漠竟显粉红。

6　和我同龄的国家

往往走过大海、大山、大漠，游客只会把温得和克当作中转或者休整之地。在符合非洲印象的大景别面前，这座城市略显平平无奇，无法贡献同量级的视觉惊艳。但其依然拥有值得自傲的标签：非洲最干净的花园首都。限定词很多，干净、花园、首都，极力挽留过客粗浅的注意。

“温得和克就一个教堂值得看看。”行前被友人叮嘱过。我索性就让伊萨克把我放在市中心的基督教堂，我打算用一天时间走路逛逛这个城市。

小山头上的路德福音教堂历史超过百年，造型并不出众，新巴洛克式尖塔、红色屋顶、砂岩墙面，是温得和克难得拿得出手的地标。围绕教堂形成一个道路环岛，议会花园、国家博物馆、独立纪念馆就在周围。

纳米比亚第一任总统萨姆·努乔马的雕像在向我招手，他手上拿着一本宪法。这座雕像存在不到10年，2014年纳米比亚国庆时才被矗立起来。原址上曾是一个德国骑兵雕像，是德国为纪念他们在与土著居民战争中牺牲的士兵和平民而建，那可是德国第三帝国彰显在非洲统治的意识符号，出现在各种宣传资料里，后来接手西南非洲的南非种族隔离政府将其作为“国家纪念碑”。

努乔马雕像身后的建筑是纳米比亚独立纪念馆，设计者想用笔挺肃穆的造型与温得和克殖民时期的欧式风格区分，谓之“现实主义”，在城市天际线上独树一帜。这种“主义”来自东方，雕像和纪念馆都是由朝鲜万寿台公司设计，历时两年建造，非洲大陆最西端、号称世界最高纪念碑式建筑的塞内加尔非洲复兴纪念碑出自同一公司之手。非洲人民认同朝鲜建筑投射的“英雄式的反殖民美学”。

通过一个玻璃外壳的直梯升到纪念馆内部，在电梯里倒是有俯览城市全景的视野。转身走出电梯，可以从“殖民镇压”“解放战争”“独立之路”三个部分，去了解纳米比亚人民从他们自己的视角讲述的国家故事，是斯瓦科普蒙德博物馆不愿讲的故事。

这天，纪念馆里很空，没人收我门票，只有我一个人徜徉在这段遥远的历史中。我记住了三个日期：

“02.10.1904”，标刻在一个洞穴式的房间里，墙上有各种浮雕：被悬挂绞死的人、被铁链捆绑的骨瘦躯体、堆积如山的尸骨……有一个德国军官的头像被画在这个日期之下，他是洛萨·冯·特罗萨。他曾担任东亚远征军的旅长，在中国镇压过义和团起义，之后被任命为德属西南非洲总司令，负责镇压赫雷罗人的反抗。1904 年 10 月 2 日这一天，他下令军队三面包围赫雷罗河，用机枪无差别向民众扫射，逼他们向沙漠逃亡，甚至向水源下毒，目的很明确：要用种族灭绝终止一切抗争。

1904 年至 1908 年，德国殖民者在西南非洲的镇压和屠杀导致约 8 万赫雷罗人中有 6.5 万人丧生，2 万纳马人中至少 1 万人丧生。这是 20 世纪人类第一场种族灭绝行动。集中营、种族实验、纳粹优生学研究……这些在 30 多年后“二战”中臭名昭著的事物，在非洲西南一隅预演，很多理论启发了希特勒们，非洲为世界大战提供着法西斯的“试验场”。

1999 年，沙漠中的大型万人坑被发现，纳米比亚政府迫于与德国保持良好关系的需要，拒绝承认有此遗址。德国的一座人类学博物馆里甚至保留着 20 颗赫雷罗人和纳马人的头骨。这些头骨放在甲醛中，2011 年被送回纳米比亚。温得和克火车站之下是另一个万人坑。

这场被选择性遗忘的种族灭绝暴行，竟到 2021 年 5 月 28 日才被德国政府承认、道歉，并给予 11 亿欧元“捐助”，他们仍不愿使用“赔偿”一词。获知这条新闻时，我刚驻外结束回国，仅隔 2 天。回想到 3 月在独立纪念馆的参观，那天我一个人站在那个昏暗的房间许久，凝视浮雕上那些狰狞的面孔，我震惊于自己是第一次知道这场灾难，而这个世界居然对此也一无所知，100 多年来未曾真正正视过它。

第二个日期，1978 年 5 月 4 日，卡辛加大屠杀。纪念馆里用一整面墙描绘了战火中人们如在人间炼狱中的痛苦表情，画面中央是一位母亲抱着孩子拼命呼喊，还有一颗炸弹形状的雕塑里“藏着”受难的人群。这个日子，南非种族隔离政府的飞机袭击了一座难民营，不到 4 小时的轰炸里近千人丧生，几乎全部是妇女和儿童。

第三个日期，1990 年 3 月 21 日，纳米比亚独立日。纳米比亚成为非洲最后一个摆脱殖民统治的国家。馆里有很多联合国标识的展品，帮助纳米比亚实现独立被联合国当作其发挥维护国家秩序作用的突出典范。这个新生的国家，和我同龄。

三个日期串起这个国家百余年来的惨痛过往和自主独立。后来我得知，目前纳米比亚最大的两个旅游来源国就是德国和南非，曾经的两个殖民宗主国。不知道这两个国家游客的行程会不会将这个纪念馆纳入进去，然后在属国的历史罪过面前若有所思。

走出独立纪念馆，旁边还有一个曾经作为德军指挥部的老堡垒，是温得和克最古老的建筑，理应是国家博物馆的所在地。门前矗立着另一座雕塑：一男一女举起挣脱了铁镣的手，前后的浮雕画着被殖民者奴役的人民，名为“无尽的艰辛与苦难”。前有一行文字：他们的血浇灌我们的自由。

那座德国骑兵雕像想要纪念的就是德军与赫雷罗人斗争中的牺牲，以殖民者的骄傲姿态站在史实的对面，屹立了112年，在2010年被拆除后移至老堡垒的庭院内。如今老堡垒铁门紧闭，过道摆放几辆残破的马车，铁门上一张告示写着“老堡垒关闭，直到进一步通知”，“进一步”被手写画掉，改为“永远”。

到了一个整点，教堂的钟声响起，应该是三个来自德国的青铜钟被敲响了，钟上分别刻有德语“上帝无上的荣耀”“地球上的和平”和“对人的善意”。

我的午饭是在“温得和克最著名的餐厅”吃的，餐厅叫“乔的啤酒屋”。创始人乔是个蓝带大厨，30多年前从德国来纳米比亚参加婚礼，在一番自称为“伟大的逃生”的游历后决定留在这里开餐厅。他把在“逃生”中收集来的、被称为“垃圾”的东西装饰在餐厅各个角落，反而营造出独特的风格。餐厅几经易主，装修被保留下来，公放音乐却循环着非洲节拍。我按网上推荐点了一个德式大猪肘、一盘生蚝和一杯啤酒。因为这个国家缺水，有人调侃过，“纳米比亚人喝的德国啤酒比水还多”。

市中心商业区突兀地露天摆放着30多块陨石碎片，不了解的还以为是某种石头阵式的现代雕塑。陨石是在1836年被发现的，形成时间可能在1.9亿至4.1亿年前，推测是一场3万年前穿越大气层的“流星雨”坠落遗留。纳米比亚国家艺术馆在附近，实际上更像一个画廊，有个主题为“什么是你的故事？”的展览，防护服、口罩、病毒等元素反复出现，只不过色彩大胆，是根植非洲的斑斓，还有几幅“我不能呼吸”的讽刺作品。这是新冠疫情下非洲平民艺术家们的现代创作，特意引用了美国女作家丽贝卡·索尔尼特的话，“能够用文字或图像讲述自己的故事，已经是一种胜利，更是一种反抗”。

来自外星的石头和肆虐人间的病毒，亿年前和几年间，无比遥远和无比现实，都在这里发生着。

在离“乔的啤酒屋”不远的办公室，我拿到了我在鲸湾做的核酸报告，我可以放心地回南非了，旅程走入尾声。

暴走一天，我打车赶往城市的制高点等待日落。一个山头，名叫“三圈”，三圈水泥围栏上绘满涂鸦，酒瓶碎片被清扫到墙角。一对情侣早已占据最佳观赏点，在夕阳余晖中打情骂俏。这是个再平常不过的傍晚，落日沉下，最后的光沉入远山、楼宇、街道里。

夜幕降临，城市不大，我索性走路回酒店。晚上在大街上大摇大摆地走，让人相信这是个安全的城市，在非洲也是难得。

布须曼人有个说法，纳米比亚也许是上帝愤怒时创造的。千万年来气候的极度干旱，造就了绵延约 1600 多公里的“沙漠海岸线”，人们需要无比巨大的勇气才能在此生存、繁衍。这里是世界上人口密度最小的国家之一。纳米比亚国歌《纳米比亚，勇敢之地》歌颂着“我们赢得了自由斗争，荣耀归于他们的勇敢”。

临别非洲，纳米比亚是除南非外我抵达的最后一个非洲国度。在这里匆忙地游览了 5 日，很多惊奇，很多“之最”，大海迷恋沙丘，万物竞择自由，有 8000 万年的红色温柔，有死亡之名的绝地探险，有触手可及的星空苍穹。当我再次向别人描述这个国家时，依旧会和大多数导览一样，用航拍的奇观、猎奇的意象做成预告，但是只要再耐下心，往后听：挣脱苦难、寻求希望、拥抱生活，这片土地上的向往，和土地一样不朽。

索马里兰："亚丁湾没有海盗"

中国《明史》有记，郑和下西洋曾两次抵达非洲大陆东海岸的"木骨都束"，随行的翻译官费信在《星槎胜览》里描述此地："山连地广，黄赤土石，不生草木，田瘠少收。其富民附舶远通商货，贫民网捕海鱼，晒干为食，及喂驼马牛羊。地产乳香，金钱豹，龙涎香。""木骨都束"即今天的索马里首都摩加迪沙，如今以海盗、恐袭、争端闻名。

"摩加迪沙一般不建议去，因为去了只能在安全区内活动，甚至全在机场附近的酒店待着。"一位驻索马里的中企员工劝退了我想前往摩加迪沙的想法，说那里最近恐袭频繁，极不安全，"今天发生了3起爆炸，前天发生4起。"但他也给了另一个方案，"你可以去索马里兰，很稳定安全，那也是索马里。"两个一字之差的地方，有着截然不同的境况，一治一乱，着实激起我的兴趣。

虽然索马里兰（Somaliland）名字意为"索马里的土地"，但其在1991年宣称自己是个独立的"国家"。维基百科写道："索马里兰自称的独立没有得到任何国家或国际组织的正式承认。它是世界上实际控制领土面积最大的但未被承认的国家。”

1 “最后一块处女地”

2019 年 3 月，我在吉布提报道完中国在那建设的非洲第一家鲁班工坊[1]，乘机 40 分钟到达索马里兰“首都”哈尔格萨。

吉布提历史上其实也是“索马里”。索马里半岛扼守连接红海和亚丁湾的曼德海峡，位置十分重要，被欧洲列强分据，划分成 5 个板块。现在的索马里大部分之前属于意属索马里，吉布提以前叫法属索马里，索马里兰以前则是英属索马里，还有两块土地并入了肯尼亚和埃塞俄比亚。

中国企业修建的非洲第一条跨国电气化铁路亚吉铁路正是连接埃塞和吉布提，新闻报道里总会提到这是条连接内陆和“非洲之角”枢纽的铁路。实际上，“弹丸之国”吉布提位于“非洲之角”的北边末端，顶多算在“内角”上，真正尖锐的“外角”属于索马里。也因为一角凸出，索马里拥有非洲最长的海岸线。吉布提上下相邻的两国，要么是封闭的厄立特里亚，要么是动乱的索马里，使得天气闷热、自然条件恶劣的吉布提反而成了“后天独厚”的海港要塞，光是收取各国军事基地的租金就能赚取大量外汇。

我乘坐的飞往哈尔格萨的航班由一家丹麦私营公司 FlexFlight“包机”承运，不被国际承认的索马里兰总是这样“私下”与世界密切往来。

在飞机上看，吉布提的土地就像火星表面一样荒凉，到索马里兰

1 中国在海外设立的、以职业教育和技术培训为目的的在地机构，和孔子学院类似。

时，地面渐变为有些许植被的沙漠，偶见密密麻麻的村庄。

入境时，我心情着实忐忑。不久前索马里兰向中国允许了落地签，但是我被同胞告知“之前都要入境许可，目前新政策还没人试过”。果然海关拦住了我，幸好我存有相关文件截图，和工作人员理论了半天才给我办理签证，签证费60美元。

哈尔格萨机场只有一栋四层建筑，有红花枝条攀附其上，进出口都是办公室式的小门，到达口外是个花园，还有人借绿植合影留念。眼前蓝天绿树红花的景色，与飞机上的所见反差很大，虽然抵达时扑面而来的炎热天气依旧，但我会把这列入最平易近人的非洲机场。

哈尔格萨是由一个海陆之间的贸易补给站发展起来的城市，曾在20世纪90年代末的索马里内战中被疯狂轰炸，约90%的设施被摧毁，同时发生了针对伊萨克氏族的种族屠杀。这场轰炸致使哈尔格萨成为“非洲的德累斯顿”，这场屠杀被视为“被遗忘的种族灭绝”。

1991年开始的重建工作让哈尔格萨似乎得到了重生，城市面貌几乎没了战争残留。我住进了一家据说是“哈尔格萨首选”的曼苏尔酒店，名字是索马里语“一首诗”的意思。房间里摆放着《古兰经》，墙上贴着标注朝拜方向的箭头。几乎所有索马里兰人都是逊尼派穆斯林，他们恪守清规。

在酒店能尝到当地叫“啦喉赫”（La’hooh）的烤面包、小米粥以及肉酱意面（在意大利人统治“非洲之角”时留下的意面做法基础上稍作改良）。听人说，在索马里兰人家中做客吃饭时，在盘子中留下一点食物是种礼貌，意味着告诉主人已经吃饱了，如果吃光盘子里的食物则表示还是很饿。

我被带到了一个中国人开的修车行里做客，老板在中国已小有成就，想来索马里兰“再干一番事业”。修车行像个大仓库，钣喷车间等门类俱全，屋里挂满老板和达官显贵的合影，中国和索马里兰的旗帜在门口高高飘扬，此处也是自发组织“索马里兰—中国商会”所在。对面是一座清真寺，宣礼声响起，城市陷入宁静安详。索马里兰有百来号中国人，比索马里的其他地区及自治州都要多。他们大多想来此开矿，据说是可以采到类似和田玉的玉矿。能听到他们说，“这里是非洲最后一块处女地”。

对于想去索马里而不得的环球旅行者来说，到索马里兰以索马里之名打个卡是个普遍的选择。在一家就叫“中国饭店”的中国饭店里，我遇到一个因没有旅费而在此寻求帮助的“穷游”女孩，她说她要“感受当地风土人情”，总想着能跟上哪个顺路的当地人或背包客出去逛逛。像这样被形容为“痴狂”的旅行者在索马里兰不少，甚至有人扬言要见“青年党”和海盗，说什么“为世界和平祈福”。其实只是和当地人合了几张影放在互联网上吸引眼球，最后被当地警察局以“非法入境”之名逮捕。

与中国的联系还有，哈尔格萨的供水系统是中国在 20 世纪 80 年代援建的。我还碰到一位传音手机的业务员来“开拓市场”，他们只需要找到当地代理就行，进行简单培训和供应配件即可让来自中国的“非洲手机之王”渗透进任何一处偏远之地。

2 “现金即将绝迹的国度”

BBC 在 2017 年 9 月刊发了一篇题为“现金即将绝迹的奇特国度”的报道，让索马里兰一时成为“国际趣闻”的常客。媒体跟风的新闻标题变成：“无现金支付发展比中国还快，竟是因为穷又没人承认？”“这个非洲的小地方移动支付如此发达，将成就全球首个无现金社会？”

我在哈尔格萨街头的便利店、加油站、水果摊、小巴车上，都能见到或手写或打印的一串串 5—7 位数字，就和现在中国随处可见的付款二维码一样。也有如微信支付和支付宝的“分庭抗礼”，索马里兰的移动金融市场被 Zaad 和 e-Dahab 两家瓜分，两组数字经常同时出现。

“在没有受到国际承认的银行、也没有正式金融体系的索马里兰，自动取款机无异于天方夜谭。”这里开通手机支付的门店反而像银行柜台一样，贴满墙的图示让操作步骤一目了然。2016 年的研究显示，索马里兰年龄在 16 岁以上的人中，88% 拥有至少一张 SIM 卡，81% 的城市人口和 62% 的农村人口使用移动支付服务。

街头的另一个“奇观”是放在笼子里的一捆捆钞票，人们需要用手推车或者麻袋来运送这些“钱砖”，可见在索马里兰现金并未绝迹，只不过这些贬值严重的货币让人们使用起来负担过重，才让他们以期寻找替代方式。

以索马里先令为基础的货币体系在国家内战中灰飞烟灭，索马里兰自设央行发行“索马里兰先令”，最大的用途是购买武器以对抗武装势力。后来，官员们开始不断要求印刷这种纸币以期达成政治目的，导致其币值的长期贬值，兑美元的汇率一度飙至 9000∶1。“索马里兰先令”最大面值为 5000 先令，且市面上极其罕见，人们反而不敢使用，市面上铺天盖地的是 500 先令和 1000 先令的纸币。

使用手机支付虽然方便，但不免也有担心。有人抱怨，由于腐败和监管不足，两家在移动金融行业居于垄断地位的私营企业会威胁到本已十分脆弱的经济安全，“它们成了实际的货币发行者”；也有人意识到，由于人们对当地货币的不信任，更倾向于用美元支付，不用兑换即可在手机上使用美元，让经济系统会严重依赖外汇。

移动支付在肯尼亚、乌干达等东非国家早已相当普遍，我们更多地会将此看作数字革命的必然结果，觉得科技的进步正在改变无论贫富的所有人的生活方式。但落在索马里兰身上时，我们却不敢轻易下“进步”的结论，反而透露出一丝无奈与同情。越是提出“全球首个无现金社会”的疑惑与标榜，越体现旁观者的恶趣味与讽刺。

老百姓的生活和对生活方式的选择还在继续。我在哈尔格萨路过的街市都十分热闹，他们自如往来已是平常，看起来并无异样。

3 “可能是非洲保存最好的岩画”

在离哈尔格萨约 50 公里处的拉斯·吉尔有个史前岩画遗址，算是个远近闻名的“景点”，有专家认为“这可能是非洲保存最好的岩画”，绘画时间可追溯到公元前 9000 年至公元前 3000 年，在 2002 年才被一支法国的考古队发现。

遗址在两条季节性河流的交汇处，距离连接哈尔格萨和柏培拉的公路不远。荒漠中一圈栅栏把隆起的红褐色岩层围住，一栋新盖的红顶小屋就是“景区”入口，屋里墙上挂着岩画讲解展板。此地有一名背着 AK47 步枪的警卫把守，交了每人 25 美元的门票，他“护送”我们前往岩画所在。

在半开式的洞穴里，狗、牛、长颈鹿、羚羊、猴子等形象密集地出现在石壁上，红、白、赭、黄等色彩丰富且生动。在这里能找到“非洲之角”地区人类驯化狗和奶牛最早的证据。研究人员认为，奶牛对于史前人类来说具有神性。岩画中能看到母牛肚子里的小牛、人挤牛奶的场景、牛脖子上仪式性的条纹装饰及穿着白衫的人举起双手崇拜牛的图案。随行的司机也举起双手模仿，让我给他和岩画拍照留影。

相比于我在南部非洲看到的布须曼人留下的岩画，拉斯·吉尔的岩画更为写实，颜色也更加多样和艳丽。画作的鲜艳和清晰程度让人很难相信这竟是20多年前才被发现、在至少5000年时间里没有任何保护的遗存，甚至让人怀疑是不是当地旅游部门为了招揽游客，重新给岩画上了色。但这都是无知的猜想，我们更应该虔诚地相信新石器时代的非洲人民拥有杰出的创作技艺和艺术创造力。

去往岩画的小路上，路过两座用各种破布拼接包裹起来的房子，严格意义上只是草棚，周围堆满枯枝，可能是牧民的临时居所，算是我在非洲见到的最简陋的住所了。两个女孩向我们招手，司机专门给她们带来了食物，装在干净的透明保鲜盒里，女孩们展露无比天真的笑，露出洁白的牙齿，她们的弟弟羞涩地在后面观望。我看别人的游记里也提到过，雇用的司机同在这条参观路线上给沙漠中的家庭带去救济品，看来沿途的人们形成了某种默契的善良。

同行的朋友说，他们也有可能是埃塞的难民。我表达了疑惑："索马里自己不是也有难民吗？怎么还会接收外国的难民？"他说："这可能是门生意。"索马里难民会逃往周边国家，索马里也会接收像也门等国偷渡过来的难民，"政府救助难民就可以拿到一些国际机构的补助"。

4 "我们想和世界做生意"

从哈尔格萨到柏培拉有3个多小时的车程，道路年久失修，颇为颠簸，偶尔要停下来等等闲适的骆驼过马路。二手小巴车和卡车很多，外观还留有日文，我认出了汉字“便急王”。车主索性就直接在这些象形符号上面装点上属于非洲的五彩斑斓，车牌的底色是索马里兰“国旗”的绿、白、红三色。

今天的亚丁湾在中世纪时曾被称作柏培拉湾，柏培拉在当时的国际贸易中地位重要。19 世纪末的一本美国商业杂志将柏培拉描述为“世界上最自由的港口，也是整个阿拉伯湾最重要的贸易点”。英属索马里曾将“首都”设于此。

如今的柏培拉城市面貌用《星槎胜览》对“木骨都束”的描述来形容也不为过。这里是半干旱气候，拥有漫长而闷热的夏天，是“黄赤土石”和“田瘠少收”的样子；“其富民附舶远通商货，贫民网捕海鱼”可作远处货轮滚滚，近处渔船晃晃的写照。

港口和我去过的厄立特里亚城市马萨瓦很像，近海有搁浅废弃的沉船，岸上有古老的清真寺和破败的阿拉伯风格建筑，只不过能见到正在施工的楼房，有些百废待兴的奔头。我戴着安全帽、穿上反光衣走进柏培拉的货运码头，看着装卸塔吊林立，轮船上集装箱高企，一派忙碌景象让我可以说服自己，柏培拉正在振兴历史上的商贸繁荣。其实很多国家都在“觊觎”这里的战略位置和商机，只不过碍于国家间的政治关系惮于下手。

在柏培拉和吉布提我都听过他们要建成“非洲迪拜”的想法。目前柏培拉的港口的最大股东正是阿联酋 DP World 并由其负责运营，埃塞政府也有港口的股份。埃塞和索马里兰有个“柏培拉走廊”计划，希望能在亚吉铁路中途引一条支线到柏培拉，以缓解埃塞严重依赖从吉布提海运进出口的现状。但计划依然还在构想中。

我问当地的渔民，这里有海盗吗？怕他们听不懂，我还比画了一下。但从他们的神情中，感觉“索马里海盗”是一件很久远的事情。他们说：“我们的海湾没有海盗。你看，那么多外国船都来了，很安全，我们很想和世界做生意。”

柏培拉附近有个苏联军事基地旧址，是几栋连体的苏式小楼，有外接通向二层的楼梯、长长的走廊和低矮的房间，遍地是废弃的大小锅盖天线，随意拉起的绳子晾满了衣服。这些早已是危房的建筑如今还住着人家，可能是当地条件还不错的住所了。

见我们这样的生疏面孔到来，女人带着一众孩子出门观望，在空地踢球的男孩也停了下来，几个戴着米色头巾、拿着书本的女孩感觉是刚放学，隔着铁丝网朝我们腼腆地笑。孩子们一点不怕生，更不畏惧镜头，会和我们开心地合影。但只有妇女和儿童，未见到一个男丁。寄居于此的人们恐怕已经不甚了解，就在30多年前，这里曾是美苏争霸的前沿之地。

索马里1960年独立后，不承认英、法、意等国的边界划分，导致西方不愿帮助索马里发展军事，反而让苏联人得到了机会，以海岸驻军权作为对索马里的军事援助，同意协助将柏培拉建成现代化的军事港口。可是当时的索马里政府执意要与邻国埃塞作战，想收回被并入埃塞的索马里人居住地欧加登地区，但遭到苏联反对，苏联撤出对索马里的援助。索马里政府却立即投靠美国，将柏培拉交给美国使用，苏联则支持埃塞新生的门格斯图政权。

“欧加登之战”打响后，索马里用之前苏联援助的武器攻打苏联正在支持的埃塞，最后索马里战败。按和我同行的朋友的话说，“老师把学生收拾了一顿”。

也正是这场战争的失利促发了索马里的解体，之后便是军阀混战。当时的西亚德·巴雷政权于1991年倒台，索马里兰也进而宣布独立。西亚德·巴雷正是哈尔格萨轰炸和对伊萨克种族屠杀的发动者。

索马里兰是“散架的索马里”其中一块相对完好的部件，是被战乱动荡和恐怖组织包围下的“和平绿洲”。它神秘吗？有远古的遗迹和现代的奇闻，但此地并不难抵达，可供众多环球旅行家标记到此一游。它封闭吗？总是在被孤立的处境，却迫切想要拥抱世界和大海，拥抱贸易和生意。

离开索马里兰时，我在哈尔格萨机场的候机厅发现，天顶玻璃有非洲传统的彩色纹路，阳光透进来格外好看，这座简易的航站楼也藏有设计巧思。

柜台少女向我推销当地妇女手工染色纺织的披肩，说是可以帮助索马里兰妇女及家人的生计，我说我并不需要，而是买了一张叫“巴瓦戈”（Barwaago）的祝福卡片。少女微笑着说：“这也是善事。”这些卡片也是妇女们手工制作的，而且是用回收的废纸做成，对环境也有好处，她们还可以根据婚礼、派对、活动等内容定制个性化卡片。我的这张卡片上印着一个戴绿头巾的小女孩抱着一只羊羔的照片，上面写着“我谋生的地方，就是我的家”。

飞机又晚点了，而且无法得知准确的延误时间。我跟一旁的白胡子长者抱怨，为什么连这样小地方的航班也不准时。他笑道：“你要习惯，这是非洲时间。”

哦！这里可以不是索马里，但是非洲呀。

第二章

南非“巴别塔”

《创世记》里，人类想造一座巴别塔，塔顶通天，想为后世留名，上帝见此情形就将人类分成不同部落，人类因此溃散、错乱、产生分歧，此塔最终无法完成。

德国作家诺曼·欧勒写了一本书，将故事设定在一座高大的城市住宅楼，形容它是白色的庞然大物，带着具体的恐惧，而又有奇异的美丽，评价道，“它是巴别塔”。

这本书叫《黄金之城》，这名字是南非最大城市约翰内斯堡的别称；这座塔叫庞特公寓，“总结了这个城市中所有的希望、所有对于现代主义的错误观念、所有的衰败和所有的疯狂”。

173 米，54 层，即使在几十公里外的贫民窟也看得见，非洲最高的住宅大厦，楼顶是南半球最高、最大的广告牌，这样的高度也适合坠落，它曾被称为“自杀之城”。

圆柱形，密密麻麻的窗户，中间是巨型天井，被寄予厚望成为“非洲的纽约”市中心地标，宣扬“曼哈顿式”的中产阶级生活，而它现在屹立在治安最差的街区，人员混杂、案件频发。

建于 1975 年，南非种族隔离政策正盛之时，楼里的居民狂欢过、逃离过，然后“被劫持”过。近半个世纪里，经历繁华、衰败、迷乱、肮脏、修复，那起伏的节奏，这个城市和这个国家相同。

2019 年 5 月 8 日，刚纪念完第 25 个自由日的新南非，迎来第 6 次民主选举。这个曾盛传为“非洲唯一的发达国家”，却经历了“被劫持的 10 年”。彩虹之国，挣扎于风雨，期待见彩虹，还能否被当作“黑非洲的灯塔”？

南非也是塔。那就先说说，这座庞特塔的故事。

1　庞特传说

第一次开车路过这座建筑，我就感到了震惊。它在约堡高楼林立的内城中心拔地而起，四周是密集的窗户，就像一颗巨大的电池。那片区域治安极差，被看作外来游客的“禁地”，当时我未敢多作停留。

在约堡城市宣传的天际线上，它是标志性建筑之一。在网上能见到 2011 年和 2015 年的两篇中文报道，标题是“旧地标的底层生存”和“世界上最高最大的城市贫民区”。

一个偶然的机会，我在飞机的杂志上看到一则可以报名参观这个公寓的消息。这个网站叫“dlalanje.org”，是一个公益组织，每天都会接待两批参观庞特公寓的游客，“为了缓解人们对这座建筑的好奇，改变对其过去的偏见”。费用是一个人 270 兰特，连同参观周边区域的费用是 350 兰特，他们会将门票收入捐赠给周围儿童的教育。

参观者会先在一层的社区活动中心集合，然后经过带有门禁系统的旋转门，坐电梯至 51 层。透过被严密封死的玻璃窗户，可以看到围着天井的一圈圈的房间。这种凝重、拥挤、肃穆的混凝土线条，给人难以名状的压迫感。朝外看去，可以远眺城市景色，南非最大电信公司 Telkom 的通信塔尤为明显，目之所及有最大的黑人区索韦托和富裕的市中心桑顿区。

导游小哥让我们围坐在一起，让每一个人先说说自己之前听说的庞特公寓。众人只言片语，谓之神秘的、混沌的、复杂的。小哥心满意足，见大家多为道听途说，他准备好了给我们祛魅的架势，开始说起这个“传奇公寓”的故事。

这片区域叫希尔布鲁（Hillbrow），曾是种族隔离时期指定的“白人区”，但很快成为一个“灰色地带”，不同种族的人生活在一起。开发者希望在有限的土地上建设大量住宅，因此确定了如今的高度，它也是非洲第一栋圆柱形的大厦，内部中空的设计为了让光线能从两个方向照进各间公寓。最初还计划在占地 3000 平方米的中心地面兴建一个室内滑雪场。

有报道说，“作为经济引擎和不断吸引着移民的磁铁，约翰内斯堡堪称非洲的纽约。这场无所畏惧的摩天大楼住宅实验，由当时 29 岁的设计师罗德尼·格罗斯科夫设计，代表了种族隔离制下少数白人统治者的远大抱负”。1970 年代的庞特公寓，成为最开放的国际化象征。游泳池、网球场等各种娱乐设施一应俱全，大牌明星在这里开店，“各色人种在这里其乐融融”。这里“住着最优秀的人，能住在这里就相当于进入了上流社会”，有着“最丰富的、可以肆意挥霍的夜生活”。“这里有南非最早的可识别的男女同性恋区域，第一个同志酒吧就在这栋楼里。”

进入 1980 年代后期的种族隔离末期，有钱的白人大量迁出，帮派活动导致犯罪率飙升。为了逼走有色人种，警察开始断水断电，“警察站在门口，要带走白人住户的黑人女朋友”。

1994 年种族隔离结束后，房屋所有者选择抛弃这里，“把门一锁就搬走了”。这里渐渐成了无业游民和非法移民的聚集地，“他们把门锁链子一砍就住进来了”“不用付房租、不用维护、电梯已经停用”“每天都能听见有人被杀”。一个房间里可以住进三四家住户，人数可以达到原来的 5 倍。

1994 年后的新南非，强调人人平等，边境向周边国家开放，其他非洲国家的人也纷纷涌入“黄金之城”找工作，但人们来到这里发现，曾经意味着更多机会的“非洲的纽约”已经不是原来的样子。“踏入这栋楼 5 分钟，你会遇到持枪分子、醉汉、毒贩、妓女，要从垃圾堆中穿过，天井中央堆起 5 层高的瓦砾，还能看到自杀者的肢体。11 层以下已经脏到无法住人。”“这里什么都能做，什么都能看到。”1998 年，甚至有人建议将这里改成高层监狱，但有人抗议，“在约堡市中心有座监狱很不好，而且这里的名声已经够差了”。这里的人们总是把窗帘拉上，窗帘的颜色会告诉你，谁在里面：黑的是黑帮，红的是妓女，白的是家庭。这些现在都已经无从考证。

2001 年，一家新的地产公司接管了这栋大楼，但发现“这里已经被劫持了，住着 8000—10000 名非法住户”。他们尝试着用楼顶的广告费来进行修复工作。楼顶的广告之前是可口可乐的，广告费 7 万兰特 / 月，后来改成了南非电信巨头 Vodacom，68 万兰特 / 月。雇人清理到一半，楼里的用水恢复了。

到了 2007 年，开始了一项名为“新庞特”的再开发计划，用了大约 2000 米长的电线和污水管，重新安装了 8 部电梯，准备重新装修以吸引新一代中产阶级入住，也为了 2010 年举办世界杯。地产公司网站上挂出了一段广告词，“每个主要城市都有一座大多数人梦寐以求却没有机会入住的建筑，这些建筑之所以值得追求，是因为它们是标志性的、极致奢华的、独一无二的，根本无须介绍与解释，地址即可说明一切”。“那时庞特公寓在改变，约堡在改变，国家也在改变。”“如果世界杯开始，把房子租出去，可以成为百万富翁。”“房屋主人想回来要回房子，有的人因此被杀了。”

“梦”到2008年就破了，次贷危机来了，银行未能提供振兴计划需要的资金，“新庞特”被取消。2008年末，这栋楼的旧业主收回了产权，又开始试图修复它。导游小哥说：“小的时候，妈妈会告诉我，如果你不好好学习，就会在这栋破楼里终老一生……没有人想过庞特公寓还会恢复原来的辉煌。”2009年开始翻修，到2012年才完工。2009年，正是南非前总统祖马上台的时候。这栋楼和这个国家都似乎满怀复兴的希望。

如今站在大楼的中央，凝望这栋大树般的混凝土建筑，能看到圆盘式的蓝天。

现在这栋楼有484套公寓，住着3000多人，有工薪阶层，有学生，有来自刚果（金）、尼日利亚、津巴布韦的移民。有120平方米的房间被重新装修，有的铺了瓷砖和木地板，厨房里装置了黄岗岩的台面，从朝北的窗户望去，是2010年世界杯闭幕式的体育场。2015年的月租金为5100兰特，现在已经和市郊的中产阶级区域差不多，9000兰特左右。

可以看到，一层有超市，但显得冷清，昏暗的停车场里会有恶臭。整体环境已经是干净的。楼里管理非常严格，有24小时的安保措施，大楼的每一个入口都有生物指纹检测系统。在晚上9点之后不能再有外人进入，10 点之后要留陌生人过夜，需要申请许可。有了社区中心，会给孩子们组织活动和帮年轻人找工作。

这栋建筑已经出现在无数的电影场景和纪录片中。2009 年讲述外星人入侵的《第九区》将最后一个镜头留给了这座塔。还有 2014 年《海豹突击队 8》最后一幕、2015 年《超能查派》、2016 年《生化危机：最后一章》的战斗场景都在这里拍摄。

已有的报道里这样写道："庞特城曾经代表了约堡最辉煌的 面，又走向无可奈何的荒废。"繁华衰颓的轮回背后，是南非近 40 年来政治历史与社会变迁的缩影。

"大厦的'沦陷'成为约堡市中心衰落的象征，或许繁华败落不过是历史起伏的注脚，但并没有另一幢更辉煌的建筑来取代颓败之后的庞特，它危险、肮脏、破落，却依旧无可替代。它的现状和那些关于它的传说，常常被整合成一种城市生活的神话，混杂着千奇百怪的心理投射，如同天井中堆积成山的垃圾那般紊乱。色情香艳的故事、四处出没的蛇、鬼怪传说以及频繁发生的自杀事件，通通成为'庞特传奇'的一部分。即使它的恶名某种程度上是被夸大的，但谁又会真正在意真假？"

庞特公寓所在的希尔布鲁区，会提醒你如今南非的尖锐现实。

我们跟着小团队走在这个"最危险的街区"，前后两个导游带着，生怕我们谁掉队了，会遭遇抢劫。这里有成人娱乐厅、堕胎的小广告、嘈杂的菜市场、废弃的游乐场、曾经也"被劫持"过的空楼和一面有非洲各国旗帜的墙。

走到 Telkom 通信塔下的时候，被告知"这里就是全约堡治安最差的地方"，有一面斑驳的公告墙，可以在上面贴上求职和租房的信息。

2 电梯开启前，房门紧闭后

参观庞特公寓时，我们曾要求想进大楼里的某一户人家看看，但被拒绝了。

2007 年“新庞特”计划开始时，南非摄影师苏博斯基和英国艺术家沃特豪斯试图用一种视觉人类学“田野调查”的方式记录在这里生活的人们。

他们拍电梯里的人，通过对门、窗、电视机三类对象无差别、去典型化的拼贴进行展示。“每一扇门、窗，每一台电视机荧幕都只是连续空间中的一格，没有谁比谁更突出、更重要。”“除了‘衰落的繁华’这种老调重弹的关注点以外，更从空间与个体的权力关系上呈现了个体的生存状态。”

各种生活场景在镜头前一一展开——有整家人挤在一间单身公寓里的，有除了床垫和电视机以外家徒四壁的，还有把阁楼分隔成四五个人的生活空间的。“我们穿行于那些空荡荡的楼层，仿佛还能听到孩子突如其来的喊叫，闻到煎鱼的味道，听到浴室与厨房流水的声音。”

无独有偶，我在德班的公共图书馆里看到一个类似的展览。也是一扇扇门，然后是每一扇门背后的人体和物件。一张张照片拼合之后，有种现实主义强大的冲击力。

展览的名字叫《索科扎妇女招待所 A 座 2011》。这是建于 1925 年的南非第一家为黑人职业女性提供住宿的旅社。招待所的床位供给上千位工薪女性，她们从农村来到城市找工作，并以低廉的租金住在这里。摄影师巴克兰说：“这里人满为患，因为女性想要从男性主导的社会中寻求独立和安全的避风港……宿舍的床位需求量很大。”有 162

个房间，600 多名居民。“这相当于每公顷 5000 多名居民，是德班人口最密集的居住区。”

最下面一排照片是门，然后依次往上是曾在这间屋子里住过的人，照片下面写着居民的姓名、职业、家乡以及住在这里的时间，少则几年，多的长达 30 多年。那一张张小床，有粉色的、旁边摆着花的，有百元美金图样的床单；那一道道人影，有对镜头微笑，有背过去佝偻的背；还有晾晒的衣服、钉头、奶粉……

“年轻女性睡在地板上，等着继承一张床。”“因为一群居民反对她们带孩子的规定而成为头条新闻。有些人偷偷把孩子带进来，让原本是 3 名女性住一起的房间，更显拥挤。”

“这些始于种族隔离时期的旅馆是不人道的。有色人种像沙丁鱼一样挤在房间里，睡在水泥双层床上。”“单身男女旅馆让人想起南非黑暗而痛苦的过去，但你现在仍然可以在这个国家的不同地方找到它们。”

无论是庞特公寓，还是这个招待所，每扇门背后的个体，终究就是这个国家的细胞。渺小的他们可能和这个国家产生联系吗？

她们小床旁的那面墙，门上、窗边，贴着南非大选的候选人海报。只不过那已是 2009 年的总统候选人，祖马。

同样是“Vote ANC”[1]，同样是招牌式的笑脸，但已经换了个人，2019 年的大街小巷上，看到的黄色海报上的头像是现任总统拉马福萨。

1 ANC 是南非最大政党非洲人国民大会的英文简称，中文简称一般为“非国大”。

3 好望的角，非洲的塔

2019 年 5 月 8 日的南非大选，曼德拉时代后久违的世界目光又一次聚焦在这个国度。

《时代》周刊，评出 2019 年 100 位最具影响力的人，只有 5 位非洲人，其中一位是南非总统拉马福萨。杂志中评价道，“他完善了耐心的艺术”。“66 岁的时候，他有机会结束腐败并复苏停滞的经济。”

同期《经济学人》的封面同样是拉马福萨，标题是“南非最好的选择——拉马福萨如何清理‘彩虹之国’”。用大篇幅分析了南非目前的形势，分为腐败、非国大政党、国父曼德拉、经济、土地改革、教育和未来等章节，并旗帜鲜明地认为拉马福萨会在接下来的大选中获胜，认为“拉马福萨是曼德拉想要的人，可以接替国父的遗产……好的人，坏的党……迄今的表现表明，他比任何人都更有可能完成必要的任务。南非不能让他失败，非洲其他国家也不能”。但也会感叹，“对一个人寄予太多希望是天真的，他可能是一个有耐心的人，但南非的时间已经不多了”。

拉马福萨是在丑闻缠身、腐败成性的祖马之后上台的。他曾是非国大的中坚力量，后来借助前总统姆贝基的黑人救助计划成了矿业大亨、黑人首富。他本人坚持经济至上，大力反对腐败。南非人民选择他，或许是觉得不缺钱的他应该能比前几任总统干净一些，对于提高国家行政能力是好事。

我多次在采访活动中会面拉马福萨，他总是笑容可掬，右手半抬和群众打招呼，喜欢进入簇拥的人群中，和民众打成一片。2020 年 4 月，南非的新冠疫情还在肆虐，但政府决定要部分放开封控，拉马福萨向全国民众进行电视演讲，倡导大家出行要戴口罩，却在亲自演示时把口罩戴到了眼睛上，遭到网络上全民调侃，甚至演变成“戴眼罩”模仿挑战。拉马福萨却并不在意民众开他玩笑，反而打趣说：“我即将要开一个电视频道，专门教导人们如何戴好口罩。”后来，南非实行最高等级封控的最后一天，拉马福萨出席接收从中国采购的抗疫物资的活动，我前去报道，能近距离见到拉马福萨。他现场又亲自示范戴口罩，说“这次我没有遮住眼睛”，引来现场的欢笑和掌声。

而当我们审视那座庞特塔、那片最危险的街区、那一扇扇门背后的挣扎人生时，正在诉说的就是这个国家无比具象的现实。

惊天的腐败。祖马和他的印度密友古普塔兄弟，用数千亿国有资产为私人公司提供便利，用 9 年时间“劫持了这个国家”，“洗劫了国有企业和地方政府”。国家债务占 GDP 的比例从 2008 年至 2009 年的 26% 上升到 2018 年至 2019 年的 56%。人均 GDP 低于 2013 年。

衰败的经济。祖马执政前后，南非 GDP 减少了 1.1 万亿兰特，税收减少了 3000 亿兰特，就业岗位减少了逾 100 万个。三大国际评级机构中只有一家没将南非降级为次级投资级别或垃圾级别。

难解的失业。南非人口占世界人口的 0.8%，失业人口却占 3.2%。年轻人的失业率高达 40%。进而是悬殊的贫富差距，最富有的 10% 的人收入占所有财富的 90%—95%，“四分之一的人可以拥有世界顶尖的生活标准，其他四分之三的人正在苦苦挣扎”。

混乱的政党。在新南非执政了 25 年的非国大完成了终结种族隔离的壮举，祖马的遗毒难除，派系林立，内斗恐怖。非国大的一个派系经常对另一个派系发动暴力。从 2000 年到 2017 年，记录在案的政治暗杀事件达到近 300 起，其中许多是非国大成员。

堪忧的治安。这几乎已经固化成南非的标签，外人提到南非，必说治安。商铺装上铁门，客人来了要先按门铃；小区周围全是铁丝网，私人保安行业兴旺。2018 年 9 月的数据指出，2017 年至 2018 年平均每天有 57 人被谋杀，两天一起运钞车抢劫案。世界银行统计，每年每 10 万人中有 31 人被谋杀，是中国的 38.75 倍。连南非警察部长也感叹，“我们这里接近于战争区域”。

在南非生活，最让人糟心的便是电力系统。南非拥有曾居世界前列的基础设施，当你行驶在平坦宽阔、可以达到双向 10 车道的高速公路上时，会让人有不在非洲的错觉，但时常损坏的交通灯、无法亮起的路灯、路边停电的街区，却又正在告诉你一个“很非洲”的现状。

占到全国电力供应 95% 的 Eskom 电力公司，是一个发生许久并继续发生着的国家腐败案例。企业老板和政治人物联手，将一座大型煤矿卖给祖马儿子和古普塔兄弟，以高出市场价的价格从新东家手中购买劣质煤炭。该企业已经让南非承担约 4200 亿兰特的公共债务，这相当于国家 GDP 的 5%，数字还在不断增加。

所以，选举广告牌“让灯一直亮着”（Keep the Lights on）被挂在亮不起来的路灯杆上，成了选举期间颇具讽刺意味的一幕。

南非 2019 年大选，角逐政党达到 48 个，为历史最多。选民总数达到 2600 多万人，占到南非人口的约 47%，其中 110 万是新选民。将近一半南非人是在种族隔离政策结束后出生的，被称为“生来自由”的一代。一份调查更有意思，18—24 岁的南非人，52% 受调查对象对执政的非国大不满意，但 58% 仍然会将手里的选票投给这个政党。

毕竟占人口多数的黑人会将选票投给非国大，一位黑人说：“我不想投给腐败的非国大，但我别无选择。”而被视为白人和有色人种政党的民主联盟（DA），已在强化自己的威望，他们执政的开普敦和约翰内斯堡等部分地区，被视作“一片黑暗和无能海洋中的孤岛”。尽管绝大多数自治市都由非国大控制，但智库“良政非洲”（Good Governance Africa）研究发现，在20个治理最好的自治市中，有15个是由民主联盟单独或联合执政的。

选举结果并未让人意外，拉马福萨连任了。

2017年，一本名为《南非生存多久？》的书中说，“感觉好像这个国家正在开始解体，它正朝着无法控制的方向滑落”。乐观主义者却说，南非将重回正轨。总统将清理他的政党，吸引足够的外国投资，使经济每年至少增长5%，一切都会好起来的。

庞特公寓是“巴别塔”，企图通向奢华的天，却被现实打得逃者四窜，至今依然屹立。南非也是塔，各色人种在300年殖民史的割离后重归于好，无可争议地仍然是非洲的塔尖。

南非之南，有个好望角，曾经名为“风暴之角”，在那里可以看到来自印度洋和大西洋冷暖洋流交汇，那里的路标指向纽约、伦敦、悉尼、北京……

海角附近有座百年的灯塔，给曾经迷途的船。

“索韦托无处不在”

谈到种族间的割裂与和解，南非是不可或缺的样本。

争取过自由的南非“革命圣地”，被传言、传说、传奇妖魔化着。40 多年前，被射杀的男孩、一场黑人的起义和一张改变南非的照片，历史总有镜像，大洋彼岸的“我无法呼吸”，仿佛索韦托的枪声，还会响起。

索韦托，有伟人的故居、男孩的墓碑、留有弹孔的教堂、纪念自由宪章的广场、可以蹦极的大烟囱和保卫过好望角的破飞机。我去了几个地方，读了几本书，或游记或读后感。在一个雨天，看到那里高架灯亮起。

2020 年 6 月 16 日，南非青年节，一个公共假期，因为新冠肺炎疫情，政府停止了庆祝活动，仍有 200 多个年轻人来到索韦托大街上，戴着口罩，保持间隔，唱着反种族隔离的国歌，并举着祖鲁语的标语“Äsivikelane”，意为“互相保护”。这一天也是“国际非洲儿童日”。

索韦托，中文互联网上所称的“非洲第一大贫民窟”，是南非执政党非国大起家之地，两个诺贝尔和平奖获得者故居在此。因为治安混乱的传言，听说很多来南生活的中国人，一辈子都不会踏足这里。

这里有一个小广场，立着一块纪念碑和一张黑白大照片，纪念一个 13 岁的男孩和一场近半个世纪前的起义。这张摄影师冒死拍下的照片被列入“人类历史上最具影响力的 100 张照片”，甚至动摇了种族隔离的铁幕。

何尝不是一个“历史的镜像”。脱口秀演员崔娃（Trevor Noah），可能是美国人除曼德拉之外最熟识的南非人，他向大洋彼岸的各色人种调侃过自己儿时在索韦托的故事，也在用非裔人士的立场向世界讲述因“弗洛伊德之死”引发的全美反种族主义抗议。而他是黑人和白人的混血后裔，他“变色龙”一样的童年犹如种族主义阴影下的浓缩悲喜剧。

这些微妙的联系，历史的、现实的，地理的、世界的，当下的、遥远的……好似赫克托・彼得森纪念馆一角写的一句话——“索韦托无处不在”（Soweto is everywhere）。

1 “我们的路灯比你们亮堂”

16 号这天，约翰内斯堡天气突然阴冷起来，下起小雨，天空暗沉。我开车去索韦托的彼得森广场，那高高的路灯亮了，才让人察觉这灯的高度和密度与别处不同。来了索韦托多次，才回忆起到南非前看过恺蒂的《南非之南》，里面有一篇介绍索韦托的随笔《“我们的路灯比你们亮堂”》。

有个 19 岁的男孩向恺蒂炫耀：“你看，我们索韦托的灯多亮，晚上在家里都不用开灯。你们住在郊区，都是黑洞洞的，哪里比得上我们！”恺蒂说：“你知不知道这些高高的灯是种族隔离年代所架，是种族隔离的白人政府用来威慑你们，让索韦托人永远没有黑夜，就像监狱里面的灯永远都亮着一样。”

恐怕少有外人能晚上去见识“比郊区亮堂”的索韦托，这次能看到灯亮，也算幸运。

相关介绍说道：索韦托，方圆大约200公里，起初是20世纪30年代给单身黑人金矿工人的住宅区，后来形成南非最大的黑人聚集区。种族隔离时期，这里就像是白人帮佣的“自留地”，白人想把黑人都赶到“班图斯坦”，但因为“白人想吃黑人做的饭，需要黑人来家里擦地板、洗厕所”（崔娃语），白人当权者还是在约堡这座“黄金之城”的西南角留了一处黑人自留地。索韦托英文“Soweto”正是“South West Township”（西南居住区）的缩写。

“有人视之为家园，有人视之为魔窟”，长期以来，索韦托因贫穷和暴力而出名。我来南非前，还听过一件趣事，以前有中国人进入索韦托会穿上李小龙的衣服，借中国功夫片的流行让人以为功夫了得，给自己壮胆。而我第一次去索韦托参观曼德拉故居前，就做了很久的思想斗争，最后鼓足勇气，专门雇了一位黑人司机“保驾护航”。

后来发现，真的有些夸张与多虑，曼德拉故居所在街区游人众多，无危险可言。在《孤独星球》里已写道：“实际上，索韦托的许多地方比约堡和高度警戒的北部郊区还要安全和舒适。”

索韦托，传说很多，传奇更多，如今错落有致的小宅院和“最大贫民窟”的谣传相距太远。现在的房屋看起来不错，但在作为2010年世界杯场馆之一的奥兰多足球场附近，一片简易的棚户区和散落的垃圾堆还能暗合旧印象。

2 “Enough is enough”

当我抵达彼得森广场，纪念碑前已摆满了鲜花，看来还是有人记得那场运动，并前来纪念。雨中被打湿的标语和传单告诉我，他们2020年的纪念主题与对抗病毒以及反对性暴力有关。数据显示，疫情封锁期间，南非针对女性的强奸、家暴、谋杀案件激增。

活动在上午结束了，现在剩零星留影的游人，大多都没戴口罩，有人在那张著名的照片面前举起右手。问他手势的意思，他说“代表非洲”。

这张黑白照片被放大立在纪念碑后，《时代》杂志将其列为“人类历史上最有影响力的100张照片”之一。照片里，一个黑人青年抱着一个奄奄一息的男孩在奔跑，旁边的女孩在惶恐地呼喊。

照片拍摄于1976年6月16日，索韦托的学生们罢课上街示威，运动名字叫“去你妈的南非荷兰语”，为了反对白人政府在学校强行推行自己的语言。警察开枪射击了，射向了13岁男孩赫克托·彼得森（Hector Pieterson），据说是此次惨案中的第一位遇难者（后来证实之前还有一个15岁男孩被射杀，但没有被人拍照）。176人在这次镇压中遇难，运动一直持续到1977年，566人被杀，多是青年和孩子。

摄影师叫萨姆·恩济马（Sam Nzima），一位《世界报》的黑人记者，“我那时是那里唯一的摄影师”。他拿着二手布朗尼相机目睹起义的开始，学生们唱着当时被禁止的《天佑非洲》（后来成为新南非国歌的一部分）。“索韦托在大火之中，没有记者能在那晚睡去。”在未经警察允许的情况下，他拍下这张照片，将胶卷藏在袜子里躲过了警察检查，带了出来。

照片一经发表，被全世界的报刊转载。嘴角流着血垂死的孩子，悲痛欲绝的表情，“索韦托惨案”的标题，让人们看到了南非，这个世界上将种族歧视演绎得最极致的国家，掀起了对白人政府的声讨。

1977 年，联合国安理会通过对南非实行武器禁运的制裁，西方国家的企业开始从南非抽离资金。国际社会也不断地给南非施加压力，要求南非政府废除种族隔离政策。

某种意义上，正是这张冒死拍下来的照片，扒开了世界窥视种族隔离制度的“门缝”，撬动了这一反人性制度的根基。记者的那几下快门，无疑变得伟大。

曼德拉看到这张照片时说：“Enough is enough。”

后来这位记者不得不躲藏起来，报社也将他解雇，最后警察将他软禁了。种族隔离制度被废止之后，他一直在为争取这张照片的版权奔走，于 2018 年去世。

而照片里的几个人，命运更是迥异迷离：小英雄、讲述人、失踪者。

13 岁的男孩被葬在了索韦托附近的阿瓦隆墓地，墓碑编号 EC462，很不起眼，藏在或赫名或无名的碑群中。墓碑上写着：“时间和真理今天站在了被压迫者一边。”这是来自美国非裔人权斗士马尔科姆·X 的名言，这个人物与马丁·路德·金齐名，终生为反对白人至上抗争，不惜鼓动暴力，被称为“美国黑人最硬的骨头”。在这块墓碑上，美国和南非、大小英雄的呼应，二人都死于枪杀，更像预言着某种未来。

照片旁边那个女学生是当时 15 岁的彼得森的姐姐安托瓦内特（Antoinette Sithole），她成了彼得森纪念馆的馆长，成千上万次地为游客讲解弟弟的死和那天的起义。

抱着男孩的青年当时 18 岁，叫姆布依萨（Mbuyisa Makhubo），1978 年从尼日利亚给家人写了一封信后失踪了。直到 2013 年，在加拿大有位因偷渡入狱的南非罪犯被人发现与他相像，最后与家人基因比对却不吻合。试想如果他在南非，会被当作“民族英雄”一样对待，却谜一样地被历史湮没。

彼得森广场刻着姆布依萨母亲的一段话，“姆布依萨是或曾经是我的儿子，但他不是英雄。在我的文化中，抱起赫克托不是英雄主义的行为。这是他作为兄弟的职责，如果他把赫克托留在地上并且有人看到他跳开，他将永远无法在这里自处”。

每年的 6 月 16 日，人们会来瞻仰这张著名的照片，总统会倾诉当下对青年人的寄托，当下的主题逃不开南非经济凋敝和失业率奇高的背景，2020 年总统拉马福萨呼唤“青年要成为国家变革的一部分”。

查到 1976 年 6 月 16 日的天气，阴冷而多云，像极了 44 年后的那天我去拜访索韦托的天气。彼得森和弗洛伊德，两个黑人的死亡：那一张照片，动员了反抗与变革的力量；而后一段大洋彼岸“我无法呼吸”的视频，掀起又一场关于种族的声浪。

3 “你生而有罪”

“你当时还是个孩子，你生而有罪。”现在还住在索韦托的崔娃外婆对他这样说。

在美国《每日秀》的节目里，被中国网友称为“崔娃衣锦还乡在南非家中与外婆斗智斗勇”的视频中，崔娃半开玩笑地问自己是不是“反种族隔离的英雄”，外婆冷笑了几声，说他当时调皮得让人操心，他是父母违反黑人与白人禁止通婚的规定生下的混血儿，随时会被机动小队抓走，而黑人孩子却会把他当成白人。“哇呜，我现在觉得我好特别，我当初也当过白人。”崔娃眼里带泪地调侃道。

崔娃反复用自己在索韦托儿时的经历，逗笑美国的观众们。大家在他的幽默里，审视着那段种族隔离的人类之罪。他的自传就叫《天生有罪》。

因为疫情封控在南非住处的日子里，我读完了这本书，书中语言如脱口秀般妙趣横生，却让我有些恍然大悟，原来那个大名鼎鼎的索韦托和臭名昭著的种族隔离，是这个样子的。阅读时会忍俊不禁、捧腹大笑，却又泪眼模糊。

崔娃的母亲是科萨黑人，父亲是瑞士籍德国人，按照种族隔离法律，黑人与白人通婚要遭受监禁，“那些皮肤颜色不‘正确’的小孩，如果被发现出现在不该出现的地区，政府会过来剥夺他父母的抚养权，把他丢进孤儿院”。

崔娃棕色的皮肤让他过起了“变色龙”的生活：只能在室内和父亲共处；母子散步时要跟着一个有色人女性，把儿子当作有色人的孩子，避免引起怀疑；外婆因“不知道怎么打白人小孩”而不敢打崔娃，外公把他奉为“主人”而坚持让他坐车后座；崔娃在学校里融入不了任何一个人种的团体，却因为学了各种黑人部落语言而游走自如、受同学另眼相待；“我们住在白人区，没人长得像我。在索韦托，我们住在黑人区，没人长得像我。伊登公园是有色人种区，每个人长得都像我，但我们却比在其他地方更显得不同。这是我遭受过的最大的精神创伤。”“如果我妈牵着我走在索韦托的街道上，依然会有人在旁边指指点点：‘看那个妓女带着她和白人生的小孩。’”我在南非种

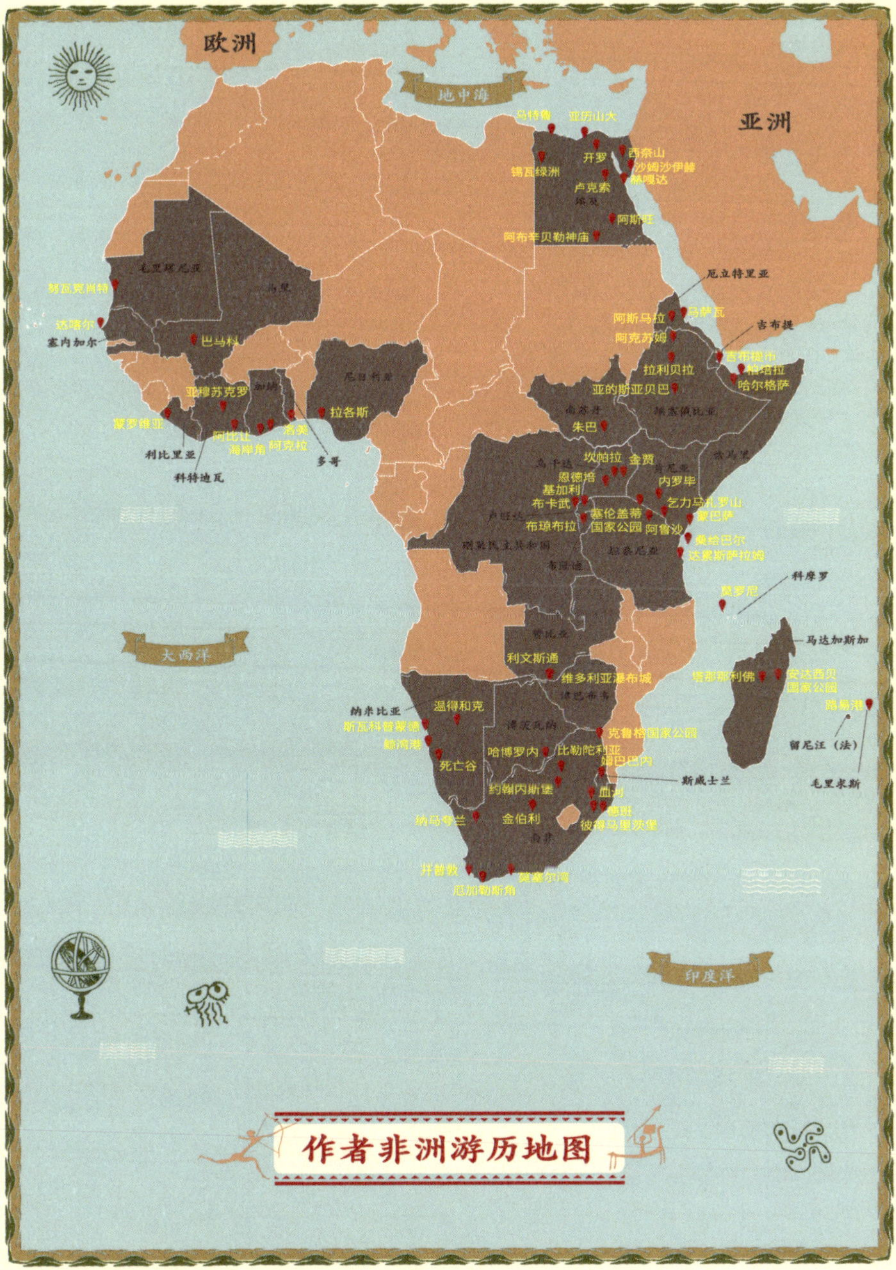
欧洲
地中海
亚洲
马特鲁
亚历山大
开罗
西奈山
沙姆沙伊赫
锡瓦绿洲
赫嘎达
卢克索
埃及
阿斯旺
阿布辛贝勒神庙
毛里塔尼亚
马里
努瓦克肖特
达喀尔
塞内加尔
巴马科
尼日利亚
加纳
亚穆苏克罗
拉各斯
蒙罗维亚
阿比让
海岸角
洛美
阿克拉
多哥
利比里亚
科特迪瓦
尼立特里亚
阿斯马拉
马萨瓦
吉布提
阿克苏姆
吉布提市
拉利贝拉
柏培拉
哈尔格萨
亚的斯亚贝巴
朱巴
坎帕拉
金贾
恩德培
内罗毕
基加利
布卡武
乞力马扎罗山
塞伦盖蒂
国家公园
蒙巴萨
布琼布拉
阿鲁沙
桑给巴尔
达累斯萨拉姆
科摩罗
莫罗尼
马达加斯加
大西洋
利文斯通
维多利亚瀑布城
塔那那利佛
安达西贝
国家公园
路易港
纳米比亚
温得和克
斯瓦科普蒙德
鲸湾港
死亡谷
克鲁格国家公园
哈博罗内
比勒陀利亚
姆巴巴内
斯威士兰
留尼汪（法）
约翰内斯堡
血河
毛里求斯
德班
纳马夸兰
金伯利
彼得马里茨堡
南非
开普敦
莫塞尔湾
厄加勒斯角
印度洋
作者非洲游历地图

那无穷的远方，
无数的人们，都仍和你我有关。
A
1123-DAY
JOURNEY
TO
AFRICA
吕强
著

族隔离博物馆里看到关于“变色龙”的表述，即可以转换自己人种属性的人。“1985 年至少有 1000 名‘变色龙’”，种族有时不是肤色决定的，只是一种阶级，可以越级转变，但“没有白人变成黑人，没有黑人变成白人”。

隔离不是目的，制造仇恨才是，这是让人对这个制度更深层的思考。因而，在种族隔离被废止后，是紧随其后的暴乱，“民主战胜种族隔离的过程被称为‘不流血的革命’。之所以叫这个名字，是因为在这场革命中，白人没怎么流血受伤。但是革命之后，街道上淌满了黑人的血”。在索韦托，崔娃看到了极度残忍的“火项链刑”，一种将人的头和手套上轮胎，然后泼上汽油点火的刑罚，而这发生在两个黑人政党的暴力冲突之中。

如何让美国人理解南非的种族隔离，崔娃这样说：“在美国历史上，曾经发生过三件事：把原住民驱赶到保留地、黑人奴隶制、隔离制度。想象一下，这三件事在同一时间内发生在同一群人身上，那就是种族隔离。”动物被虐待会上新闻头条，崔娃调侃道：“白人已经看了很多年白人把黑人打死的视频，也没怎么样，但是一个黑人打猫的视频，就能让他们崩溃。”崔娃曾为“弗洛伊德之死”发声，录了一段 18 分钟的视频，在中文互联网上也被疯传，后又被大规模删帖。他叙述了引起反种族主义抗议的一系列多米诺骨牌效应，分析了美国社会一直以来存在种族歧视的现象，用社会契约论和合法性原则呼吁“换位思考”，想想黑人“每天都被美国社会抢劫的感觉”。

在他的义正词严里，再一次提到了南非的种族隔离，提到了南非黑人走上街头反对压迫的情形。相隔南北半球、跨越了大西洋的两个国家有了呼应，美国关于种族的恨与怒仿佛有了《天生有罪》里的注解。

南非，人类历史上唯一把种族歧视法制化的国家；声讨“弗洛伊德之死”时，全球有超过 40 个国家在进行反种族主义示威。古今，南北，联系起来，或许是一种更深的解读。

4 “可悲啊！所有这些民族主义的精神”

在历史面前，现实总是并不新鲜。

我还看完了一本书，写于 1966 年的《南非史》，在 1973 年被商务印书馆译为中文，扉页写着“供内部参考用”。作者是一位旅居非洲 17 年的法国记者路易・约斯（Louis C.D. Joos）。他写作此书的 20 世纪 70 年代，正是南非种族隔离制度鼎盛之时，南非已经开始被联合国制裁，但在当时这丝毫不影响其贸易的蓬勃发展。

译者在出版说明里写道：“由于资产阶级立场和唯心史观的限制，作者对一些问题的看法是错误的。比如，他提出所谓‘积极的’种族隔离，美化种族主义统治；还说英、荷殖民主义者‘拯救’了黑人，为殖民压迫和掠夺辩护等。”纵使这是一位持有白人偏见的历史记述，仍然可以窥见种族主义的历史纵深，甚至可以和《天生有罪》所描写的索韦托里的细节互相印证。

荷兰人来到南非南部的开普地区，遗留下一个叫“布尔”（意为“农民”）的民族，后来接受着英国人的统治，布尔人进入内陆“开疆拓土”，力图与英国人和当地人划清疆界，自诩为这片土地的“先民”。至今南非白人还为这样的“拓荒精神”骄傲。

1807 年英国正式取消奴隶制时，也试图改变过南非有色人种的地位，布尔人却成了反对废奴的先锋，英国殖民政府“为了不开罪于布尔人”，首创了对非洲黑人实行的“通行证制”，隐约里已有“种族隔离”的意味。

当布尔人与英国人在非洲的土地上开战，曰为独立，对待当地人却说“保卫优等文化，反对野蛮”，将奴隶制袭用为“学徒制”，只要“没有生活来源”的黑人就可以被他们认领为私人财产。

当一个个布尔王国获得独立，却不给黑人任何政治权利，布尔人顽固地守着自己的传统，甚至走入种族主义倒退的境地，一步步强化种族隔离法律，美其名曰“分别发展”。把黑人赶到“班图斯坦”，宣扬这是种族隔离的样板。

1955 年，非国大通过了“独立宪章”，谴责一切形式的种族隔离，“为了这些自由权利，我们将毕生并肩作战直到取得独立”。在《南非史》中，作者感叹：“可悲啊！”他说，“独立宪章”与 1879 年布尔人共和国德兰士瓦要求独立的笔调完全一致，“贯穿着同样的热情”，可是 1879 年这些高喊自由的人正是 1955 年对黑人实行种族隔离、拒绝自由的人的祖先，“可悲啊！所有这些民族主义的精神，只看到自己受到不公正，从来看不到它们对别人的不公正”。

到了 1960 年 3 月 21 日，在沙佩维尔因检查黑人通行证导致的骚乱和屠杀，引发世界关注。这一天被联合国列为“国际消除种族歧视日”。在讨论“种族歧视”时，南非就像一个世界的前哨，制造了太多的灾难、教训和启示。

在 1966 年写就的《南非史》末章，这位法国作者也预感到，整个种族隔离体系就要垮台，“按生物学观点划分”的民族将遭到破坏，“纯种的神话就要消失，而代之以‘共同文明’”。

2020年6月14日，南非青年节前夕，联合国22位非洲裔副秘书长级官员联合发表声明，声援“弗洛伊德事件”，在声明中提到非洲统一组织创始人的梦想、曼德拉的话和马丁·路德·金的呼喊，“他们的话后来体现在南非这个多样化国家的‘彩虹’之中，正如和平缔造者图图大主教所说的那样：‘黑人的解放绝对是白人解放不可或缺的先决条件——除非我们全部获得自由了，否则没有人会自由’”。

5 “我的存在是因为大家的存在”

如今，游客到索韦托，肯定要去那个狭小的曼德拉故居看看。毕淑敏的《非洲三万里》曾说可以把索韦托想象成“南非的延安”，而这8115号就是枣园。这个外表十分不起眼的红色房子，是曼德拉和两任妻子居住过的地方，现在摆满了曼德拉的各种荣誉以及2018年纪念他第二任妻子温妮的展览。来者可能会惊叹，卧室里的床真是太小了，岂能睡下这位伟人？

从曼德拉故居出来，你大概率会被指引到另一个诺贝尔和平奖得主的故居，就在街道另一端的图图大主教居所，但游客只能在门口看看蓝色的圆形标牌，或者蹭个观光团的讲解。这是世界唯一一条居住着两位诺贝尔奖得主的街道，但很少人会注意到这条街的名字——维拉卡斯（Vilakazi）街。维拉卡斯是南非第一位黑人博士，获得学位时只有24岁，在1930年的南非可谓破天荒的事情。

图图大主教的故居是进不去的，但索韦托还有另一个地方可以去了解这位“南非的良心”的故事。里贾纳·芒迪教堂是南非最大的天主教堂，可以容纳5000人。这里在1976年“索韦托起义”那天成了学生们的避难所，警察向教堂里射了子弹，现在教堂内的弹孔和枪托造成的裂痕仍清晰可见。

1995 年至 1998 年，作为“真相与和解委员会”主席，图图大主教在这个教堂举行听证会，倾听着种族隔离时期受难者的哭诉，以及施暴者、犯罪者的忏悔，以期得到人民的宽恕。“我们能打开并清洗伤口，防止伤口化脓溃烂”，图图这样去解释“真相与和解”的重要性，这是种族隔离结束后南非选择的第三条道路，不是对抗和声讨，而是宽恕与和解：在种族制度压迫下的人，无论黑人还是白人都会作恶，但只要坦白自己的罪行，并真诚地请求宽恕，他们将得到赦免。

“真相与和解”的理论基础源自非洲的传统“乌班图”（Ubuntu），取自非洲土著语言（科萨语或祖鲁语），大概可以翻译为“人性”“我的存在是因为大家的存在”，蕴含着一种非洲哲学和古老智慧：“剥夺他人的生命，也就意味着他自己不成其人。”在这个教堂里被“审判”的有白人警察，也有曼德拉的妻子温妮，她曾唆使保镖杀害被怀疑与白人警察合作的黑人。3 年的调查工作里，委员会会见了 2 万多个证人。

消弭种族歧视留下的伤痕就像消磨教堂里的弹孔一样，是艰难的，但不能再加剧仇恨，必须终止以牙还牙、以怨报怨的恶性循环和野蛮复仇，新南非选择“宽恕”无疑是伟大并能给人类以启迪的。

我曾经走进过这个教堂，却不巧赶上了教会活动，没能近距离观摩世界上唯一的“黑人圣母玛利亚像”和寻找那些弹孔裂痕，但看到这里的彩色玻璃窗很有意思，不是完全讲述《圣经》故事，而是新南非抗争的故事，包括有曼德拉的头像以及那幅著名的彼得森照片。阳光会透过玻璃洒在地上，便是彩色的光影了。南非“彩虹民族”的称谓，也正是图图于 1989 年 9 月 13 日，在开普敦带领着 3 万人进行反种族主义游行时喊出的。

再回到起点，那个彼得森小广场，纪念馆的红砖建筑并不特别，窗户也是不规则的，角落里的小录音机和黑白电视反复播放着亲历者的口述实录。有扇落地窗能看到奥兰多塔和体育场等地标，也能看到奥兰多警察局，玻璃上的字告诉你，那天出动的警察就是从那个警察局派出来的。这里有一个天井，叫作“死亡登记室”，数百块地砖上刻着 1976 年 6 月至 1977 年底死亡儿童的姓名，有些上面写着“Unknown”，代表着当年无法辨认身份的尸体。无名，或许正是通向自由的无数牺牲者的常态。

是年 6 月初，我就去过索韦托，在一个小教堂的院子里参与中国使馆向当地贫困社区捐赠食品包的仪式。疫情的封锁之下，穷人的生计堪苦，人们听闻有食物发放，蜂拥而至。组织者不得不关起铁门，人们就人挨人地挤在门外，才不管什么传染病。拥堵让车辆足足等了半个小时才被疏导出来，我就在车窗后边静静看着这些戴着布口罩的面孔，或有领到食物的狂喜，或有被挡在门外的焦虑。

这是这个国家的现实，索韦托还有穷人，为了食物，哪管病毒。当时又开始拉闸限电，工业化程度最高的非洲国家因电厂负债累累。更现实的现实，治安、暴力、艾滋病、失业、衰退、萎缩。

来到南非，我们可以不顾它的苦难与过往，去开普敦、去花园大道、去克鲁格公园旅游，感受欧洲式的摩登，感受野奢款的原始。但要认识南非和全球非裔的抗争，必须来索韦托，是的，必须。就像那本崔娃献给他母亲的书《天生有罪》里写的，这个经受过歧视、家暴和枪击而幸存的母亲常说：“了解你的过去，才能变成更好的人。但是不要总为过去悲泣。生活是充满痛苦的，让这些痛苦将你变得更强，不要执着于它，不要怨天尤人。”索韦托的名字，Soweto，还有一个解释：So where to（何处去）。

一个球队，一个国家

2019 年 11 月 2 日，北半球的日本横滨，南非跳羚队 31∶12 战胜英格兰红玫瑰队，第三次赢得橄榄球世界杯冠军。另一个半球，7 个时区之外，南非举国沸腾，大街小巷满是绿色的旗帜和球衣，路人吹响呜呜祖拉，司机们鸣响车笛，狂欢、歌唱、呐喊。

当不同肤色的人群一起共享荣耀，疯狂的时刻会不经意提醒，这是一个才新生 25 年的年轻国家。140 多年前，橄榄球被英国人带到这里，曾被视作种族隔离的标志，后又成为打破“黑白之间”精神壁垒的象征。

1995 年、2007 年、2019 年，三次夺冠，中间都隔 12 年，像是轮回。南非两次夺冠战胜的都是自己曾经宗主国的英格兰队。南非总统拉马福萨特意在决赛当天飞往日本，他和首位黑人队长克里希共同庆祝，让人联想起 24 年前曼德拉与白人队长皮纳尔的历史性合影。1991 年 6 月 16 日，克里希出生在贫民窟里，之后的第二天，南非《人口登记法》被废除，标志着种族隔离制度在法律上被废止。

24 年前，南非主办橄榄球世界杯，“同一个球队，同一个国家”

成为口号。如今，印在人们胸前的是“一起更强大”。对于依然潜伏动荡和不安的“彩虹之国”，团结有如一针镇静剂。

“队长和总统，政治和权力，新梦想和旧伤痕。”BBC 首席体育作家汤姆·弗迪斯如是说，“橄榄球在世界许多地方都很重要，但只有在南非，它才能改变国家。”

1 依然欢腾，又是冠军

第八届橄榄球世界杯决赛开始时，是南非时间的上午 11 点。决战遇上周六，让偏好闲暇周末的南非人一大早就躁动起来，主要道路因为出门看球的私家车变得拥堵，小贩趁机在车流间贩卖各种球赛周边产品：跳羚队队服、队旗、南非国旗等，还可以发现，竟也有英格兰队的旗帜。

我赶到了一个有大屏幕的商业区，已是绿色的海洋，人们已在为胜利举杯庆祝、载歌载舞。有人还戴上 2010 年足球世界杯的帽子，吹起当时时髦的呜呜祖拉。只要音乐响起，他们整齐地组成舞团，扭动身体，旗帜也有节奏地随着舞动。

但无论他们是否相识，无论他们什么肤色，只为同一个冠军、同一个国家。

《人民日报》首任驻南非记者温宪亲历过 1995 年的夺冠之夜，同样是个周六。翻开他的驻外手记《闯荡南非》，他是这样记录那个时刻的：

> 那一夜，我特意赶到约翰内斯堡北部郊区一个名叫玫瑰坡的繁华地段，看到黑人和白人一路鸣着车笛、共同挥舞着南非国旗

狂欢到凌晨。在接下来的星期日，“跳羚队”乘着彩车在约翰内斯堡城内做了一番英雄凯旋般的游行，不同肤色的南非人如同狂欢节般共同庆祝了整整一日……

……真的，此前谁也没有想到橄榄球会在不同种族的南非人中产生如此巨大的凝聚力。在充满种族冲突的南非历史上，还没有一件事情能够像此次橄榄球大赛这样使各族人民万众一心。

而当我走出人群，在街上听到的也是此起彼伏的鸣笛声。还有小孩在十字路口拦下车，提醒司机要鸣笛，甚至直接将手伸进车窗，帮着按响喇叭，像是前两天万圣节“捣蛋”习俗的延续。

满城的鸣笛声听着刺耳，对于外人来说，是令人生厌的闹腾。但看了南非政府的推特，才知道这是总统“号召”的：“所有南非人穿上跳羚队队服，在 13 点整（球赛结束）的时候，停下来片刻，那些坐在车里的人按响喇叭，让国家队感受到我们的存在！”

当曾经看到的记录和此刻眼前的画面重合，让所有庆祝的人沉浸其中的嘈杂声响仿佛在说，南非记得，历史记得。

2 “一场成就国家的比赛”

2009 年的好莱坞电影《成事在人》（*Invictus*）还原了 1995 年的真实故事，台译名是《打不倒的勇者》，副标题是“曼德拉和一场成就国家的比赛”。

电影里有一幕：白人都在替自己的南非队欢呼，黑人却替敌对的英国队加油。那是在 1994 年建立的新南非。

1875 年，英式橄榄球随英国人在开普敦登陆南非，并逐渐成为南非白人中最受欢迎的运动。记录待考，从 1906 年到 1956 年，长达半个世纪里南非橄榄球队保持不败。“二战”结束后，南非白人的敌对面，逐渐从英国人转向南非本土黑人，白人政府甚至将橄榄球作为训练军队和警察的手段。在被压迫的黑人和有色人种眼里，这就是展示白人政权的宣传武器。

由于南非 1948 年开始实施的种族隔离政策，其橄榄球队因国际体坛抵制，被拒绝参加 1987 年和 1991 年两届世界杯。

新南非成立后，种族内战始终徘徊在爆发边缘。白人恐惧着黑人的报复，黑人排斥着白人的意志。

种族隔离制度被废止后，橄榄球球场成了白人宣泄情绪的场所。1992 年 8 月，一场南非对新西兰的比赛，体育场里充斥着种族隔离时代南非旧国旗和旧国歌，白人报纸把比赛描绘成一群受压迫者不屈精神的象征。

而黑人主导的全国体育委员会则强烈要求废除白人引以为傲的“跳羚队”队名、队徽、队服，改为南非国花帝王花样式。但被曼德拉阻止，他专门找到了当时的白人队长弗朗索瓦·皮纳尔说：“你们不是敌人，而是同胞和朋友。”

当年的世界杯，状态低迷的跳羚队奇迹般地挺进决赛，并通过史上首次橄榄球加时赛赢得冠军。曼德拉穿着皮纳尔的 6 号球衣，将奖杯颁给这位白人队长的镜头被载入史册。皮纳尔说：“我们赢下这场比赛，不是为了现场 6 万名球迷，而是为了南非 4300 万国民。”全场不同肤色的观众一起高喊曼德拉的名字，有白人从疑惑再到确定地说：“他是我们的总统！”

胜利的时刻，“白人警察抱起捡垃圾的黑人小孩，场内白人观众激动地拥抱黑人保安”。

1994 年之前，南非国歌是《南非的呼唤》，隐约描写着荷兰裔在19 世纪占领大量黑人土地时的历史，黑人很少吟唱。而黑人最喜欢的《天佑非洲》却在种族隔离时期被禁。曼德拉当政后，为了维护种族和解的基础，两首歌最终合编成为新国歌，合唱之声回响在赛场上空。跳羚队队旗上的羚羊图样边，多了帝王花的标志。

在许多人看来，1994 年 5 月曼德拉总统就职仪式只是形式上的典礼。在精神上，曼德拉是因为两次球场上的“加冕”才真正成为所有南非人的共同领袖：

“第一次是 1990 年在索韦托足球场上，超过 12 万黑人参加了他获释后的首次大型集会，确定了他在不同黑人派别中的领导地位；第二次是 1995 年 6 月在约翰内斯堡埃利斯公园体育场，6 万多名以白人为主的观众向他欢呼，承认他是整个国家的执掌者。”

在南非，足球和橄榄球曾是两个“黑白对立”的符号。“白人酷爱在草地上手持橄榄球冲刺，而黑人都在沙土上颠球取乐”，《成事在人》电影里的白人保安说：“橄榄球是绅士的流氓行为，足球则是流氓的绅士运动。”

1995 年的跳羚队只有一名黑人队员，到了 2007 年第二次夺冠时，这个数字只变成了 2 名。2019 年，有史以来第一位黑人队长带领球队夺冠，此时 31 人的队伍里，11 人是黑人。

3 黑人队长，团结之后

“我从来没有梦想过这样一天。当我还是个孩子的时候，我所想的是下一顿饭。”

队长希亚·克里希在日本横滨体育场中央举起冠军奖杯，身上穿的是6号球衣。他在赛后说："我要做的就是激励我的孩子们和南非的其他孩子们。"

故事里总会呼应，冥冥中一些巧合。

1991年6月17日，南非议会以270票对38票通过决议废除了有着"所有种族主义法令之母"之称的《人口登记法》，至此支撑种族隔离制度的法律基础被全部废除。而就在前一天，克里希出生在东开普省伊丽莎白港外的一个贫穷小镇兹威德。

电影里，跳羚队球员去贫民窟给黑人小孩指导训练，起初孩子们只会围着唯一的黑人球员，后来则在慢慢理解中和白人队员打成一片。1995年世界杯，克里希跑到有电视的邻居家看了决赛直播，从此迷上橄榄球。

克里希的家里，床是地板上的一堆垫子，靠奶奶帮人打扫厨房维持生计。他在泥地里练习橄榄球，第一次参加省赛时，他没有一件像样的装备。12岁那年，因为天资和刻苦被一个私立学校的教练看中，并获得全额奖学金。15岁时他母亲去世，奶奶也在不久后去世，第二年他在一个乡镇小酒馆里，通过电视看到跳羚队第二次赢得世界杯。

他老家那个小酒馆的老房子在2019年世界杯时被改造一新，被家乡人民挤满，高喊克里希的名字，他们说他是"国家英雄"。兹威德橄榄球联合俱乐部主席弗雷迪·马基说："在种族隔离时期，由于我们的肤色，永远都不会盼望像这样的时刻。""在这个国家，体育运动可以使人们聚集在一起。在治安混乱的某些地方，人们不敢在夜间行走，而体育运动是唯一可以改变这一状况的工具。"

南非跳羚队教练埃拉斯姆斯说，橄榄球在南非是一种"特权"：

“在南非，压力是没有工作，压力是你的朋友可能会被谋杀……橄榄球带来的不是压力，而是希望。希望就是，当你打得好时，人们在周六吃着不错的烧烤，关注着你。”

克里希夺冠后也有一番感慨：“南非人民一直站在我们身后。虽然我们的国家有很多问题，但我们已经证明，齐心协力可以排除万难。我们出身不同、种族不同，但朝着同一个方向用力时，就能获得我们想要的东西。”还有一个巧合，曼德拉的故乡也在东开普省。有报道里这样说，“都是来自东开普省小镇的黑人总统和黑人队长，我告诉你！这可以拯救我们的国家”。

的确，南非是一个不缺乏领袖和英雄的国家，之于国家的伟人，之于球队的队长，消解过仇恨，制造着团结。在他们的带领下，一切更好了吗？

“黑白结”在慢慢打开。《经济学人》杂志 2019 年 5 月的报道称：大多数南非人认为，如今的种族关系比 1994 年要好，南非黑人在郊区住宅销售中所占的比例超过了白人。2016 年的一项调查显示，54% 的受访者认为种族关系比上一代人好，只有 5% 的南非人认为“种族主义”是该国面临的最大问题。

可是，在关注本次南非夺冠的国际报道里，总能听到一些转折：

“夺冠在南非国内引起了共鸣的声音。在那里，仍然被极度的贫困和不平等所困扰；在那里，暴力犯罪率高得惊人；在那里，种族紧张局势仍在酝酿；在那里，经济前景依旧暗淡。”就在 2019 年世界杯决赛的前一天，约翰内斯堡下了一场大雨，让干旱炙烤了数月之久的土地迎来甘露。同一天，三大国际评级机构中唯一未把南非主权信用评级列为“垃圾级”的穆迪公司，让南非“保级”成功，保持在“投资级”最后一档。尽管还是将评级展望从“稳定”调至“负面”，但人们仍然乐观地将夺冠、大雨、“保级”放在一起，谓之“三喜临门”。

24 年前，“同一个球队，同一个国家”；后来是，“一起更强大”。电影里，曼德拉写给皮纳尔一封信，引用了一首诗《不可征服》：

面对未来的威胁，
你会发现，我无所畏惧。
无论命运之门多么狭窄，
也无论承受怎样的惩罚。
我，是我命运的主宰。
我，是我灵魂的统帅。

南非人知道，历史让主宰者成了他们自己，并且只有自己。

一束光与一团火

从约翰内斯堡向南开 6 个小时，到达夸祖鲁－纳塔尔省，有片地方直接叫“战场”（Battlefield）。说来神奇，布尔人和祖鲁人、英国人和祖鲁人、英国人和布尔人都爱在这儿战斗。南非除了大山大海风光一绝，历史任由打扮的模样也颇为有趣。

地图上的遗迹多是白人留下的，纪念碑上一一刻着“英雄”的名字，歌颂以少胜多的“史诗”，现在由黑人收着门票。电影《祖鲁战争》的历史原型事件发生于此，一百多条排枪抵御了四千祖鲁兵，殖民被美化，顺带感慨非洲战士英勇。新南非建立后，这些石碑不远处，纪念黑人一方的符号被象征性地立起，只不过这几千几万牺牲者没有姓名。

1838 年“血河之战”遗址，64 辆原比例复原的青铜牛车，纪念布尔人大迁徙“得上帝旨意的胜利”。血河对岸，是祖鲁博物馆，挂盾牌的墙形同牛角。一河之隔，模拟当年，牛车阵对牛角阵。

至今争论还在，谁是先民？谁是正义？只不过，搁置，和解。

一路阴雨绵绵，大雾聚散，可供幻想当年硝烟气息。血河上，

2013 年架起的和解桥桥头大门紧闭，从“牛车”到“牛角”，需绕路 10 分钟。

1 “先民”的纪念

南非是世界上唯一拥有三个法定首都的国家，这是从 1910 年作为英国自治领地的南非联邦成立时就基本形成的格局。历史学家说，这是“政治和文化斗争的结果”以及“权力平衡的妥协”。

三个首都对应着三块白人曾经各自为营的领土：英国最早的殖民地开普地区的最大城市——开普敦作为立法首都；原德兰士瓦共和国首都——比勒陀利亚作为行政首都；原奥兰治自由邦首都——布隆方丹作为司法首都。后两个地区是荷兰人后裔布尔人建立的国家。从三个首都职能划分看，可宣称是“三权分立”的体现。

比勒陀利亚是南非总统办公及接见外宾的地方，多数政府部门和外国大使馆均设立于此，是南非实际的政治中心。而比勒陀利亚这个名字着实让黑人执政的新南非政府不甚喜欢，其命名来自布尔人领袖比勒陀利乌斯及他的妻子，白人色彩过于浓重。政府在 2005 年动议将比勒陀利亚改名为茨瓦内，是一位土著酋长儿子的名字。但即使是南非黑人自己都对茨瓦内这个地名十分陌生，日常几乎不会使用，比勒陀利亚依然是市中心区域的名字，在外人看来那段记忆反复在这里被正当地纪念着。

一如比勒陀利亚最宏伟的地标——先民纪念馆。纪念馆矗立在一座山丘顶端，我每次从约翰内斯堡开车去比勒陀利亚都能望到它，那高高在上的仪态、花岗岩巨石的纹理、端正四方的造型让人无法不去注意它。

12 月 16 日是南非“种族和解日”。2019 年这天，我赶往先民纪念馆，车辆和群众把进馆的路堵得水泄不通。当我终于挤进纪念馆大厅，已经过了 12 点这个“神圣时刻”，参与仪式的人群已经散去，白色座椅被收起码放到一旁。

我终是错过了那一年一度的“神迹”：每年 12 月 16 日正午的阳光会透过穹顶的小孔直射，刚好打在地下大厅中央的一具石棺上，石棺上刻着南非旧国歌《南非的呼唤》的一句南非荷兰语歌词——“我们为了你，南非”。

这是一具空棺，不埋葬任何人，却纪念所有被布尔人视为“先民”的牺牲者，即布尔人的烈士冢。在那场南非历史上最著名的战役前，布尔人曾向上帝发誓，如能一举取得胜利，将立碑永志纪念。于是他们极尽巧思，把这个纪念堂打造成一个巨大日晷，将每年胜利日的阳光攒成一束，象征上帝恩典再度降临，汇聚在先驱者的无人之墓上。

当我抬头看，那束光还是清晰笔直的，但照射的位置已经偏移，射到了石棺之上一层的“英雄大厅”，地板上有一个圆盘状的光斑。众人或站在光下，或“捧”着光留影，几个白人小孩绕着这个光斑奔跑游戏。

“英雄大厅”四周是高大的拱形镂空窗，仅仅靠自然采光就能营造金碧辉煌之感。大厅底部环绕着 90 多米长的大理石浮雕，意图展现布尔先民向内陆迁徙的“宏伟史诗”。在相关介绍中，其被分为 27 个场景之多，从 1835 年撤离开普殖民地，到英国人向他们赠送《圣经》，再到几场和黑人部落的决定性战役，还有各种谈判、誓约、签署协议、英雄事迹以及迁徙途中的生活场景，事无巨细地刻画先民们在恶劣情境下依然不屈的样貌。浮雕中的布尔人都仪表堂堂，表情无比坚毅。

浮雕中也出现了祖鲁人的形象，看其细节的琢磨也很有意思：祖鲁国王丁干和布尔人另一名领袖彼得·瑞提夫签署协议，决定将一块土地赠予布尔人，浮雕中丁干的手下都跪在后面，且头顶不能超过国王；丁干旁边有一个祖鲁青年双手捧成碗状，充当痰盂，被解释为丁干害怕他的唾液会被巫医用来作法诅咒，因此他不能让自己的唾液落地。在描绘丁干背信弃义，撕毁协议，设“鸿门宴”诱杀瑞提夫的场景中，瑞提夫站得笔直，一副英勇就义的样子，而祖鲁人却都手舞棍棒，面目可憎；据说，原来设计的浮雕上有一位祖鲁武士举起婴儿在空中摇晃，然后摔死在牛车轮上，当时的政府觉得这一画面太残忍，让雕刻家把摇晃婴儿的场景改为挥舞火炬。

这一圈浮雕都是大理石的白色，没有其他色彩，但仍能轻易地辨认出不同人种：白人始终衣衫齐整、装扮体面，黑人却都是裸露身体、行为粗鲁。

而整个先民纪念馆建筑装饰及周边陈设都极具象征意义：黑色锻铁大门以祖鲁人的长矛为形状，象征祖鲁王国曾试图阻挡布尔先民进入南非内陆；围墙上的图案是 64 辆牛车组成的浅浮雕，完全按照布尔人在迁徙时使用的牛车体积仿制，构成布尔人引以为傲的圆形防御机制，象征对先民纪念堂的护卫；纪念堂的四个外角是四位布尔人领袖的花岗岩雕塑，包括比勒陀利乌斯和彼得·瑞提夫，其中还有一位无名氏，象征所有其他先驱。角马岩石画代表遭遇的危险，大门上的水牛头则象征对先民精神最凶悍的捍卫。还有一尊母子铜像，纪念妇女儿童在迁徙过程中的贡献。

实际上，“大迁徙”和“先民”的称谓到了 19 世纪 70 年代才出现，之前布尔迁徙者都自称移民。这一趟移民之旅后来不断演变，被形容为：“从1835年到1854年，为了寻求自由、自治和自己主宰命运，大约2万名以欧洲后裔为主的白人先驱带着他们的混血雇工经过长途跋涉，深入南非腹地。”究其原因，被描述为“布尔人对英国殖民当局及其地方政府政策的不满，主要是他们缺乏土地、资本和劳工”“对生存发展的稳定性倍感焦虑”“渴求独立却发现无法自治”。而对于“缺乏劳工”在历史上更真实的记录是，布尔人对英国人开始废除奴隶制的行为无法忍受，他们需要一片新的土地去固守陈旧的生产模式。

当我走出纪念馆，四周公园里的热闹还在继续，简直是一场大型游园会，有乐队在演奏，有家庭在林间野餐，还有几个临时搭起的棚子形成了跳蚤集市。那些刚在纪念大堂里为一束光的降临而庆祝的人们，在继续享受他们的公共假日。他们也没有怎么盛装而来，全然是度假装扮，还有人穿着背心、短裤、拖鞋。公园内有一面南非防卫战的“记忆之墙”，有人在密密麻麻的名字里寻找着亲人，几面壁龛墙的方格上插有鲜花，大人在对着这些纪念之物向孩子们讲述着什么。

2 自由公园的争吵

“种族和解日”这一名字是1994年曼德拉建立的新南非政府重新确立的。此前，这天在白人那里叫“盟约日”或“誓言日”，在黑人那叫“丁干日”。由来全因1838年12月16日的“血河之战”。那天布尔人向上帝祈祷战斗胜利，就果真有雾气笼罩，如得神助，让他们能以少胜多，打败了丁干率领的祖鲁军团，丁干在逃跑途中被杀。那一天，在胜利一方是民族命运转折的荣耀日，在战败一方则意味着耻辱与被驱逐和压榨的灾难来临。

新南非政府用“种族和解”把对同一天分庭抗礼的两种意识统一容纳，白人的纪念场所和仪式得以原封不动地保留，仅一山之隔，在先民纪念馆相邻的另一个山头新造了一座自由公园，供黑人祭奠与追思。

那天我离开先民纪念馆，就往自由公园去了。

自由公园主体建筑的会议厅内，墙上是非国大一些历史重大时刻的照片展。台上还留着庆祝活动用的一排嘉宾沙发，旁边一块介绍自由公园的展板上写着“你的光临是我们英雄的荣耀”。从厅内座椅数量可看出，有个约百人的研讨会在此举行过。一张小桌上卖着编织绳艺项链、写有曼德拉语录的马克杯和几本书籍等纪念品，这些书里有反映对种族隔离的抗争及当下现实矛盾的纪实作品，是南非的几位名记者所著，封面上有“寻求正义”“黑玫瑰”“曼德拉再度来临”等字眼。

朝落地窗外望去，是一个露天圆形剧场，阶梯式的草坪外围是一圈没挂上任何旗帜的旗杆阵，中心是个喷泉池，水中有一个圆盘，上面跳动着一小簇火焰，名为“永恒之火”。

这团火是在2006年“种族和解日”被南非时任总统姆贝基点燃的。姆贝基说，是为纪念南非为人类自由而牺牲的英雄而点燃的“永恒之火”。“自由公园将是一个充满希望的地方，一个能让我们消弭种族主义和仇恨的地方……南非人必须共同努力，重新定义我们的共同身份。”

在先民纪念馆的空棺大厅内也有一束存放在壁龛内的火苗，是

1938 年纪念大迁徙百年举行全国火炬接力时留下的火种。在约翰内斯堡的宪法山也有一坛“民主之火”，为纪念南非制定新宪法 15 周年，由曼德拉在家中点燃，“提醒南非公民有从受压迫和不公正的生活中解脱而得自由的权利”。宪法山曾是关押过曼德拉、甘地的旧监狱。

火，被不同时代、不同族群赋予不同价值，然后不灭不息，期许永远炽热。

公园里一个叫伊西维瓦内（Isivivane）的地方，是被赋予容纳所有宗教和信仰体系的精神空间，供所有为人类自由而战的灵魂安息，游客进入这里会被要求脱掉鞋子。“Isivivane”是来自南非当地恩古尼族的语言，意为“聚在一起”，亦可解释为“对团结的承诺”和“统一的目标”。

这个空间看起来像一个古老的祭坛，9 块来自南非 9 个省份的石头围成一圈，碎石地面中心冒着雾气，空间周围有流水潺潺和 9 个省份捐赠的水牛刺树，祖鲁人称此树为“umLahlankosi”，意为“埋葬酋长的人”，它通常会被种在已故酋长的坟墓旁。根据祖鲁人的信仰，水牛刺是通灵之树，在暴风雨中站在树下的人可以免受闪电袭击，如果在夏天砍伐此树，会发生旱灾、冰雹等反常气象。

在最大的一棵水牛刺树下，围坐着几个穿着民族服饰、挂着围巾、包着白色或黑色头巾的黑人，非洲部落的手杖放在一旁。他们应该是刚完成一个仪式，在歇息乘凉。从遗留的一张流程单中可知，这里从早上 5 点开始举行“跨信仰祈祷活动”，出席的人有基督教、非洲独立教会、巴哈伊教和佛教等人士。现场还有几个游客庄重地抚摸着那几块石头。

突然，一位穿黄色衬衫、牛仔裤的白人胖大叔闯入，左手还缠着一条红色的蛇形物，在石阵前来回走动，朝着乘凉的众人激情“演讲”。他高声宣扬道：“我们今天的国家，是以上帝和自由的名义创造的……我们不会再侍奉其他的神了……曼德拉让神的意志被更改，那些为我们真正创造世界的上帝的声音不能被听见，任何一个人都应该重新倾听上帝的声音。”他好像还念诵了几个《圣经》中的名字，然后以“阿门”结束。

旁边才缓过神的一人提醒他，这是一个有着不同信仰的场合，“你在得罪很多人”。

胖大叔说：“我只是在练习，练习我信奉的东西。”然后踏上台阶，转身扬长而去。

“你所说的就是让我们陷入种族隔离的政治工具，”一位穿白色长袍、有点像中国道长模样的黑人操起手杖站起来怒斥道，“请不要在这里胡说八道，你迷失在你的信仰里，但请不要带着你的偏见来到这里。把你对亚伯拉罕的祝福扔进大海里吧！”

胖大叔站在阶梯上的平台又嘟囔了几句，然后笑了笑。争吵并没有继续。

白长袍“道长”接着和周围人说，那个人来错地方了，这里尊重所有宗教、所有信仰和所有的爱。“他可以去以色列胡说八道，但这里是非洲，是南非，是我父辈们的土地，他会遭到所有人的反对！”

我知道在南非种族和解的表象下，黑白之间的界隙依然存在，互相敌视的矛盾乃至冲突在报纸上也略有所闻，但在这个“种族和解日”，我才真实地目睹了一次白人与黑人之间的争吵，但他们并不是争论这片土地属于谁、谁是南非的真正主人、谁可以拯救这个国家，而是为了心中的信仰。

我不知道那位胖大叔是不是刚从隔壁的先民纪念馆纪念完那束光应时降临过来的，到了这里突然有感而发；还是事先安排好，就要在这个特殊的日子，为自己坚持的不二信仰做一次布道。在他的言辞间，依旧有传承而来的固执和傲慢。

好像先民纪念馆的“神授之光”和自由公园的“永恒之火”在碰撞。

3 一河之隔

南非曾经有过第四个首都。

> 此刻我们站在天地万能的上帝面前宣誓：如果主保佑我们，并将我们的敌人交在我们手中使我们战而胜之，我们必将永远铭记这一天并每年都将这一天变为主安息日一样的感恩节；我们还将在主所喜悦的地方建造一所教堂，我们将会嘱咐我们的孩子，他们必须和我们一道恭行此事，并将此纪念传统保持到我们的子孙万代。主之名必将被欢呼赞美，主必将享有胜利的威名和荣光。

这是布尔先民在“血河之战”前向上帝祷告的誓词，据说从 1838 年 12 月 9 日至 15 日的每个晚上，他们都会重复一次起誓仪式。1840 年，他们为兑现誓约，在彼得马里茨堡建造了一座誓约教堂。

彼得马里茨堡就是曾经南非联邦的第四个首都，因为它之前是另一个布尔共和国、南非联邦的四块领地之一——纳塔尔的首都。现在它是夸祖鲁 - 纳塔尔省首府，由于其不远就是南非第三大城市、重要港口德班，彼得马里茨堡显得暗淡许多，游人大多不会专门前往那里，或者只会短暂停留。

那个在南非历史上浓墨重彩的誓约教堂如今藏在姆松杜兹博物馆内。我去了两次才把教堂找到，在博物馆外围丝毫没有关于它的宣传，只能借着进博物馆探索的心态，才终于见到那个比想象中要小很多的白色教堂。其开普荷兰式的外墙构造，感觉比开普敦的老式白人民居都要简陋，旁边还有几间房子是比勒陀利乌斯故居。

教堂内存放着一些布尔先民迁徙过程中的文物、几排长凳和一个木质高坛，高坛上写着南非荷兰语“神就是爱”。旁边有个像车库的现代纪念教堂，誓约原文被写在内部的高墙上，几个字母已经脱落。

而这家博物馆自称是一个多元文化机构，里面有南非历史的回溯，能见到种族隔离的相关物件和介绍，还增加了祖鲁文化和印度文化的展览，甘地的照片和曼德拉的放在一起，大厅内写了一句话：“文化交织，我们的多样性是我们的骄傲。”在外面还有非洲传统茅草屋的复制品。

走过南非的种种历史遗迹，会发觉他们在努力寻求一种平衡，不否定任何一段历史，不抹杀任何一种文化，只是通过增加内容把曾经的主流叙事稀释，变成一个分支乃至仅是一种历史辩证的存在。连令祖鲁－纳塔尔省的名字也是如此，是曾经祖鲁王国和布尔共和国在此的旧地名合体；连“血河之战”的阵势也还能在今祖鲁－纳塔尔省的旷野上原样找到。

64辆原比例复原的青铜四轮牛车，原位呈现在这场战役遗址上。当年在战役结束后，每位幸存者都在车阵中心放了一块石头，垒起石堆形成标记。100多年后，石堆之上建起一座象征“先民的家、堡垒和教堂”的花岗岩牛车雕塑，等到 1971 年有了青铜牛车阵后，雕塑被挪到博物馆前。如今石堆仅余几块石头，但旁边有两块铜匾，刻着那著名的誓约。

当我飞起无人机俯瞰牛车阵，可见其与周围沟壑嶙峋的大地浑然成苍茫壮观之景。但阵形不是一个圆圈，而是一个半圆加一条直边。借这般形状能更好地理解那日决战情形。

指挥官比勒陀利乌斯早已通过侦察兵勘探过地形，特意找河流与深谷交汇处布阵，还有一个河马水塘在侧。他布好一排牛车紧贴深谷边缘，占据高处，易守难攻，而半圆阵形又能缓冲包围式进攻。一架架牛车用牛皮首尾相连，空隙处填满荆棘，为阻止祖鲁人惯用的夜袭，牛车阵外还挂了一圈捻油灯。

布尔人后代津津乐道这样的传说：如果祖鲁人晚上发动进攻，完全可凭借人多势众获胜，但黄昏时出现了反常的大雾弥漫，这让祖鲁人对夜袭之策产生分歧，恐惧于那是布尔祖先的魂灵在保护这群白人。进攻延至第二天天亮，可是祖鲁士兵还是被雾中的油灯吓得不敢上前。在约 5 个小时的战斗中，530 名布尔人竟然抵抗住了约 1.5 万名祖鲁武士的围攻，约 3000 名祖鲁人战死，布尔人却无一人阵亡，仅 3 人受伤，比勒陀利乌斯还是伤者之一。

青铜牛车的细节还原十分逼真，外挂的油灯甚至能被点亮，而其间放置了三门复原的火炮或许才更能说明胜败缘由。布尔人居高临下，一览无余，进攻的祖鲁人完全暴露在枪炮之下。牛车阵内有上千头牛马牲畜可作掩护，骑兵团还会突击制造混乱，而祖鲁兵只有短矛和盾牌，近乎以命肉搏怎么可能对抗枪林弹雨？美其名曰上天护佑，实则是冷热兵器的悬殊，进步文明的碾压。

此役之意被白人当权者渲染到极高程度，远超之后两次英国人和布尔人殖民大火拼。不得不承认，这是一个融入太多亢奋元素的完美故事，上帝与誓约、复仇与逆战、英雄主义与众志成城……似乎可以证明布尔人身负征服和“教化”南部非洲的使命，一切指向，他们是上帝的选民。这无疑能激起南非白人高涨的民族主义情绪。

这一套操作是那么似曾相识。《出埃及记》中以色列人在埃及受难之时，上帝通过摩西之手把他们领出埃及，最终来到“流着奶与蜜”的迦南地。布尔人何尝不自视为基督的福音传播者，他们在开普地区受难，战胜祖鲁人这些粗鲁的异教徒，披荆斩棘走过漫漫征途，终于抵达自己的“应许之地”。

而清醒的历史研究者也给了判断：出于政治目的，“血河之战”重要性被蓄意夸大和操纵，其标准解释与种族隔离政权的世界观完全吻合，即大量不值得信任的野蛮黑人被身负上帝赋予旧约式使命的布尔人打败。

牛车阵附近的河流叫恩卡姆河，因为战死者的血染红了河水，布尔人改其名为“血河”，而这鲜血全是祖鲁人所流。1999 年，河流对岸建起了祖鲁人自己的纪念场馆，用了河流的本名，叫恩卡姆博物馆。博物馆建筑规模更为气派，主体是会议中心，几个巨大的茅草包造型房屋是游客中心，展览也更现代新颖，展示着部落历史、习俗及历代祖鲁王画像，但在我到来时却无人参观，需要唤人才能开门进入。这里也有一个小型的伊西维瓦内，访客可以向其中扔一个石块，以向“血河之战”的烈士们致敬。

这里有个别致的设计，红墙建成水牛角的形状，墙上挂着各式祖鲁盾牌。“牛角阵”是祖鲁军队的传统进攻阵形，可以实现中央突破，两翼包抄。从空中看，一河之隔的牛角阵和牛车阵仿佛还在对峙着，而当年的深谷已变为浅滩，河流几近干涸，血河上有一座圆形网笼状的桥梁，从恩卡姆博物馆到青铜牛车阵有一条清晰的小径连接。

桥旁写着这样的文字：

“作为南非第一个没有种族和性别歧视的民主政府，肩负着促进和解、国家建设和社会凝聚力的责任。为了弥合过去的分歧，并建立一个以宪法所述的民主价值观、社会正义和基本人权为基础的社会……2013 年 2 月，和解桥的建成象征着种族间的社会障碍被消除，它连接了建立在同一战场上的两个机构，从两个不同角度讲述了同一个故事。这座桥超越了两个机构的连接，通过共同的历史、遗产和价值观来维系和团结公民，以实现多样性和国家建设的统一。这座桥是南非共和国公民和解的象征和希望的灯塔。”

可是和解桥一直上着锁，听说自开放以来从未被使用过。因为进入恩卡姆博物馆是免费的，而参观“血河之战”遗址需要购买门票。

我从“血河之战”遗址开车到恩卡姆博物馆需要绕路 10 分钟，走的是土路和小桥，路上有放牧的牧民和他们的牛羊。

4　三方战场

“南非历史最血腥的很多篇章都在这个舞台上上演”，夸祖鲁 – 纳塔尔省对“战场”地区的介绍里说，在今天这片被风吹拂的平原之上，随处可见石堆和墓地，是当年无数次激烈战斗的见证。这里有布尔先民逃避英国统治的拓荒之路，有祖鲁王国在山脉和海洋间寻到的“人间天堂”，有大英帝国宣誓过的领土存在，三方纷争，轮番登场。我曾自驾去一一寻找过这些遗迹，见到有些故事在荒野中凋零，有些历史被重新讲述。

布尔人和祖鲁人在这里打过仗，“血河之战”遗址就是证明。

英国人和祖鲁人在这里打过仗。

伊萨德尔瓦纳和罗克渡口两场战役是载入英国军事史的著名事件。后者曾被拍成电影《祖鲁战争》，大获成功，讲述的是1879年150多名英军士兵击退了约4000名祖鲁武士，成功保卫了一个小传教站；而前者是规模更大、发生更早的战斗，也被拍成电影《祖鲁黎明》，却没有成为经典，或许是因为胜利总比失败更叫座吧。伊萨德尔瓦纳一役被视作大英帝国耻辱性的败仗，不可一世的中央纵队在3小时内几乎被全歼，这也是祖鲁民族史上的最大胜利，牛角阵威力尽显，或许也是历史上唯一一次非洲的尖矛皮盾完胜训练有素的欧洲枪炮大军的战役。

在伊萨德尔瓦纳战场遗址上更多的是对战败者的纪念，凸起的伊萨德尔瓦纳山包周围全是被刷成白色的石冢和几座纪念碑，都是英军士兵阵亡之处的标记。看到苍黄大地上点点白冢，是容易生发寂寥与悲怆之感的。有携着老小的一家子白人游客前来参观。不远处的红顶房子是博物馆，展示有英军的标志和装备、牛角阵作战示意图等，还标注了战斗中的死亡数字。英军的数目具体到个位：1357人，甚至列出了烈士名单。而牺牲的祖鲁人只是概数：超过1000人，没有名字。

传教站的原址上建了罗克渡口战役博物馆。有一方小墓地，白色纪念碑标明日期1879年1月22日。复原的屋舍内展示着英国女王授予镇守到最后的11名英军幸存战士和2名保卫军旗牺牲的军官的维多利亚十字勋章，还有微缩模型复现对战场面：祖鲁士兵如蚂蚁般群起攻之，顽强抵抗的红衣英兵很是显眼。

新南非成立后，这两处遗址上都有了纪念祖鲁一方的青铜雕塑。伊萨德尔瓦纳遗址公园门口有一个大型祖鲁战士项链雕塑，带着尖刺，形状又像公牛角，朝向战士们死去的山丘，雕塑是此战役 120 周年时设置的。雕塑旁边是非洲大芦荟和一个供游人留影的黄色大相框，相框上还有经纬坐标。罗克渡口遗址的雕塑是在 2005 年制成的，造型是一头豹子趴在堆放的盾牌上，寓意祖鲁君主保佑阵亡的战士，周围是一排木栅栏和一棵水牛刺树。

两处遗址相隔 15 公里，道路不太好走，却能见到南非乡下样貌。有疫情期间戴着口罩、拿着桶的村民排队去水罐车上接水，还有用白石头围成圈的白衣人在进行葬礼祈祷。战场背景下，现实在老百姓的生生死死中展开。

英国人和布尔人也在这里打过仗。

1880 年至 1881 年的第一次英布战争，以布尔人胜利告终，布尔共和国得以独立。之后大量金矿的发现让双方又急红了眼，1899 年至 1902 年的第二次英布战争打响，双方在塔拉纳山进行了第一场大战，英军小胜，但付出了高昂代价。后来布尔军队围攻一个叫莱迪史密斯的小镇 118 天，英军为解围在斯皮恩科普战场与布尔人一决雌雄，结果是英军大败，伤亡惨重。这场战役中出现了两个之后赫赫有名的人物，一个是英国首相丘吉尔，他当时是一名战地记者；另一个是印度圣雄甘地，他当时是一个担架搬运工。

塔拉纳战场遗址上建了一座遗址公园，各种奇形怪状的墓碑和石冢稍微能唤起人们对那场战役的记忆，可是这里有些过于丰富的展品让人找不到重点，有农具展、火车展、矿工展、“一战”纪念展等，还有让人匪夷所思的玻璃制品展。关于印度和甘地的元素在此反复出现，有“纪念印度矿工抵达南非 150 周年”的纪念碑、甘地的半身像和关于他组织的非暴力抵抗运动的展览。甘地 24 岁来到南非，度过了 21 年时光，开展了大量的反种族歧视及公民权利运动，他曾在塔拉纳山所在邓迪镇的法院被判处过两次监禁。

斯皮恩科普战场遗址就要偏远很多，要在山区的蜿蜒公路上穿梭很久才能到达。布尔人和英国人在这里都立了刻着烈士名字的纪念碑，一个是六边形方尖碑，一个是四方柱体，相隔不远。过膝的杂草丛里散落着十字墓碑和战壕式的长条石碓，一一被铁栅栏围着，栅栏外牛儿在自在吃草。地上标记有战斗路线，可跟着标记数字和旅游手册了解战争细节。对于这场两个白人军队在非洲土地上打得你死我活的战役，如今已经鲜有官方纪念活动，反而是南非的英国利物浦队球迷每年会来这里隆重集会，纪念 1989 年的一次球迷踩踏事件。利物浦足球俱乐部的主球场看台与斯皮恩科普同名，据说是为了纪念第二次英布战争中牺牲的利物浦籍士兵，看台陡峭的设计如南非险峻的山峰。

战场上，祖鲁人、布尔人和英国人两两厮杀，但这三拨人却都是这片土地的外来者，谁也不是真正的“先民”。祖鲁人所属班图语系黑人是从非洲中部南下而来，到达南非的时间比布尔人还晚。而原住民科伊桑人在外来侵入者重重夹击中要么逃离家园，要么混入外族血统，早已没有土著桑人在战场一带生活。现在只有到德拉肯斯山脉深处，还能见到一些岩画，那才是“先民”最初留下的痕迹。

我在探访战场地区时，总是遇上风雨交加，导致有些地点因为道路泥泞而无法前往。而在这阴沉的天气里去走近战争遗址，心情难免压抑。而我路过的许多城镇看起来就像是最近刚经历过战火一样颓败，缺少生气，荒凉成了底色。随着高速公路的建成及城镇工厂的倒闭，这里的很多人都离开了家乡，去了更繁华的城市。过去的兵家必争之地，在和社会的发展与人心的去留展开另一场战斗。

同一个日子，同一条河流，同一个战场，被不同人群各自表述，各自纪念。白人殖民者在南非各处树起纪念碑，后来的黑人统治者则在一旁新添本民族抗争过的标识，比肩而立，界限分明。

除了对称在一山两头、一河两岸的矛盾同在，我在南非还航拍过一条路或一堵墙两侧的贫民窟和富人区、停电时居民区两边的灯火通明和漆黑一片。为了和解的目标，一山之隔、一河之隔的黑与白尚可共存，南非好像解决了历史遗留下来的困顿，但却要继续面对现实中新的分裂与隔阂，那是一街之隔、一墙之隔的贫与富、光与暗。

风暴过后，好望彩虹

这个岬角的风暴曾阻挡大航海时代的去路，也让地理大发现的双桅帆船在这里抛下锚点。

来自两个大洋的冷暖流也于此交汇，抑或是交锋，形成过夺去探险家性命的浪涡，那条明晰分界又何曾不是人类的历史分野？半个多世纪前，海洋争霸让不同大陆、不同文明相互联系、相互注视、相互对抗，真正意义上的世界史才算拉开序幕。

“风暴角”的风暴，让九死一生后迷途知返的迪亚士找到了岸，却也让他宿命般地献身大海；而好望角的“好望”，未能带给非洲好运，只是欧洲国王野心的寄托。欲望驱使着他们打通了去往东方的航线，却也纵容了300多年的掠夺与践踏。

经历过风雨才能见彩虹，是自然界的真理，也适用于这向最南延伸的海角以及陆地。

1　云层聚集之地

每次去开普敦，我从下飞机那一刻起就能见到各种宣传画声明

“我们正处于水危机”“水就是生命”。每个水龙头旁的告示都用近乎哀求的语气提示“请节约用水”，建议使用小流速洗手。若住进酒店，房间里显眼处会介绍“节水最佳方法”，包括通过观察排泄物混浊程度判断是否有必要冲马桶、使用消毒液代替洗手、用杯子接水而非开着水龙头刷牙、洗澡须计时 2 分钟，同时列举如非节水花洒每分钟会流失 16 升水等数据，强调水之珍贵。

美国有线电视新闻网曾在 2018 年断言，“开普敦是第一个陷入水危机的大城市”。气候变化和厄尔尼诺现象是罪魁祸首，动辄超过 3 年的旱灾让开普敦人高度用水自觉。一旦水库低于规定水位，城市就会迎来全民“断水日”，民众只能去 200 来个由警察监控的供水点，每人每天限领 25 升水。

但曾经，那些往返于欧洲和东方的水手们之所以选择把开普敦当作“海上客栈”停靠歇脚，获取淡水等补给是其中原因。而对于在风浪中长途劳顿的海上人来说，能望见这里的一座显赫山峰就是靠岸的希望，如临福地。相传，那时的船长常将美酒和金钱奖赏给第一位看到这座山的船员。

这座山即桌山，乃开普敦市区制高点，大多数时间枕着乱云飞渡，被雾气笼罩，面相上看这座城市怎么都不像缺雨少水的样子。因形如巨大长条桌，此山被比作“上帝的餐桌”，而山上团雾便可戏称为“雪白桌布”。一项在 2007 年发起的投票活动让桌山成为“世界新七大自然奇观”之一。

上桌山的缆车时常会因浓雾及风雨而停运，而我有幸赶在一次大雾之前乘缆车登上山顶。在海拔 1000 多米处俯瞰，靠近大海的狮头峰和魔鬼峰如桌山伸出的双臂怀抱着山脚下的开普敦城区，依傍着画出完美弧线的天然良港，会感叹白人将此选为在南非的第一个永久定居点的明智。开普敦被称作“母亲之城”，是欧洲人眼里在非洲孕育文明和传播福音的发祥地。

云雾慢慢聚于山顶，到山腰处又散去无踪。它们在轻缓流动，如丝纱柔绵，又似绸缎顺滑，走入雾中仿佛置身仙境。可眺望波光粼粼的大西洋，海的纹路颤颤舒展，和雾气流速相匹配，山海间有了互动。当夕阳沉入海天之际，氤氲的暮色把缥缈的白雾染红，此景之美堪称世间绝伦。这连接海陆的流云涌雾，让人信服历史学者考究出非洲土著最先赋予这片土地的名字——“云层聚集的地方”。

而欧洲人留下的名字“开普敦”直译是“海角之城”。海角是外来者登陆时印象深刻的陆地形状，也给他们无畏的征服留下过惊惧的模样。

面积达220平方公里的桌山国家公园从市区的信号山一直延伸到开普角，保留着堪称原始的自然地貌，有裸露砂岩的山崖、布满巨石的海滩、遮天蔽日的森林，也是狒狒、羚羊、斑马、鸵鸟的乐园。建立这个自然保护区的人有个初衷：“让好望角永远保持葡萄牙航海家迪亚士当年第一次见到她的样子。”

从地图上看，那个开普敦末梢最狭长的尖角是开普角，游客可抵达的观海平台叫迪亚士点。在我到来时，此地狂风大作，耳边呼呼轰鸣，吹得人想赶紧逃离。此地有座建于1860年的铁铸大灯塔，强光可指引60多公里外的船，得其明示的水手会叫它“避开死神的灯塔”，可依然有很多航船在不远处失事。有块铭牌上写“灯塔被证明是无效的，因为它经常被云雾所覆盖”，它在1919年被废弃。在迪亚士点下方87米处有座新的小灯塔，据说要比高处的大灯塔亮10倍，光芒更能穿透云雾，是全非洲海岸最明亮的灯塔。迪亚士点有个路标，标注了此地与世界各著名城市之间的距离。

要在迪亚士点往回望才能见到大名鼎鼎的好望角，是一个像巨大鳄鱼爪模样的海崖，没有高耸的开普角惹眼。从开普角要开车 10 多分钟才能找到那个“打卡点”——写着“非洲大陆最西南端”的长条木牌。据说，有游人会对着此牌跪拜叩首，道是南非人传统，为求诸事“好望”。

是的，好望角不是“最南端”，所以就不是地理上印度洋和大西洋的分界点，无数游记说在好望角见到“两洋交汇”并抒发豪情壮志尽为子虚乌有，在此处目之所及全是大西洋。至于传说中颜色一深一浅的海洋分界，我确是在开普角的航拍画面中见到过，考究起来应该是本格拉寒流和厄加勒斯暖流相遇的场景。寒流激荡，拍打开普角西面的礁石，泛开白色浪花；暖流温顺，在东面几乎没有一丝波澜。它俩的分界线是条细长的白浪，始于开普角的尖端，弧度被寒流压迫着偏向东方。

要登上好望角，须走一条最窄处仅容一人通过的“风景步道”，几乎与攀岩无异，在半途我就停下了。在好望角，着实不太好“望”。

我心惊胆战地贴着笔直的峭壁向海望去，天气晴好，无风无雾，海水不是通透的碧蓝而是墨绿，海面漂浮着海藻和腐木，纵然是天高海阔，却全无历史记载中风暴席卷的恐怖，反而透露些许寂寥。

早已听说，如今的好望角海域少有大浪，时有大雾。

2　迪亚士的船

受葡萄牙国王若昂二世之命开辟东方航路的巴尔托洛梅乌·迪亚

士船队，先后经过加纳的埃尔米纳、刚果河口、西南非洲的十字角，终于在 1488 年 1 月有了绕过非洲大陆的征兆。然而，多数船员却被强烈的风暴和疾病的煎熬消磨掉了继续冒险的心智，屡屡请求返航。但迪亚士执意南行，船队被疾风暴雨裹挟在汪洋中漂泊了 13 个昼夜，几度和死神擦肩。风暴平息后，他们数次调整航向，却迟迟不见陆地。这时迪亚士才幡然醒悟，他们已经绕过了大陆最南端。

向北掉头的船队驶入了一个丰饶的海湾，见到土著黑人正在那里放牧，迪亚士遂命名此地为“牧人湾”。本想继续东行的迪亚士，无奈船员早已失了斗志，归心似箭，船队只好返航。返航途中，已是风和日丽，经过一个美丽的海角，迪亚士想起让他们出生入死的风暴，于是命名此角为“风暴角”。船队回到里斯本，国王听了迪亚士的见闻，认为“风暴角”名字不祥，会挫伤后来航海家的锐气，加之热盼着好运加持，能绕过海角即可抵达梦寐以求的印度，故改名“好望角”。

“牧人湾”如今叫莫塞尔湾，属南非的东开普省，是堪称世界顶级自驾路线“花园大道”的起点。和这条大道上风景旖旎的大大小小度假小镇相比，莫塞尔湾不甚起眼，却是船舶停泊的理想港湾，加上拥有淡水资源，这里成为南非最早的商贸往来地之一。

“文化交汇之地”，位于莫塞尔湾的迪亚士博物馆打出这样的口号。该博物馆内最重要的展品当属迪亚士 1488 年航海探险时所使用帆船的复制品，其是在葡萄牙制造完成，在 1988 年远渡重洋运抵于此，以纪念迪亚士航海 500 周年。

我登上帆船近距离参观。其两根桅杆矗立，白色布帆收起，横杆垂下，但感觉拉起缰绳，仍能随时扬帆起航。钻进甲板之下，船舱内船员休息的高低床及床上用品、墙上挂钩等都如实复现。这艘具有划时代意义的航船并未如我想象中巨大，略显简陋的小巧船体也算反衬出早期探险家的非凡技巧和过人胆识了。

迪亚士的后来人正是在这样的两桅帆船基础上进行改良，把只配备一幅四角风帆的传统欧洲海船，改造成配备两幅或三幅大三角帆的多桅快速帆船，貌似有了抵抗好望角风浪的能力。正是这些20多米长、60—80吨重的三角帆船，加上对中国指南针的改进，最终成就了葡萄牙不可一世的海洋霸主雄心。

但说来有趣，好望角的发现竟没让葡萄牙人对海角背后的土地提起兴趣，只顾幻想从马可·波罗夸张为“黄金遍地，香料盈野”的东方国度搜刮财富。除了几根刻有航海家名字和发现日期的葡文柱碑，葡萄牙探险者们没有在南非的土地上留下更多痕迹，否则南非历史会是另一番模样。

我在博物馆内找到了于南非海岸出土的明代青花瓷碎片、描绘郑和下西洋的图画等。致敬人类历史上一次次的伟大探险及文明交融，是这个博物馆企图暗合的主题。我也能在南非海岸的很多公园和海滩看到详细描绘大航海时代的世界地图展板，把恩里克王子的远见、香料的诱惑、坏血病的祸害悉数道来，把葡萄牙的远征同公元前1000年的腓尼基探险家、郑和下西洋、环游世界的麦哲伦等一同罗列，是可以向孩子科普的理想教具。在南非人民心目中，在发现世界的历史大潮中有个自己的关键坐标是何等荣耀。

发现好望角的10年后，壮志未酬的迪亚士随一支更为庞大的舰队出发，目标还是印度。1500年，迪亚士的船经过好望角时又遇到风暴，但先前的经验和更坚挺的船却未能让他渡过难关，船上人员全部遇难。迪亚士曾闯过了东方航线最艰险的路，却毕生未至真正的印度。

迪亚士博物馆外院有棵著名的乳木树，叫邮局树，曾被用作邮件的收集点，东行的远征队伍会把邮件留在这里，返程归乡的船只则会将这些信件取走带回故乡。树旁立了一个靴子形状的石头邮筒，纪念1501年遇险幸存来此的葡萄牙船长阿泰德，他把灾难的记录藏在了一只旧鞋里，这只鞋后来被挂在邮局树上。

邮局树附近就是当地最初作为淡水来源的泉眼，相传迪亚士曾经引泉水浇灌过这棵乳木树。如今，泉水如常流淌，大树依旧茁壮，邮件依然可以从这里寄出，并被盖上纪念邮戳。航海时代的旧梦似乎还有残留，只不过文明的较量纷争已历经几个回合，信息的传递通达已无须乘风破浪。

在去往迪亚士点上山前的陈列展上，我阅读到关于这个海角战略地位的描述："1881年英国皇家委员会得出结论，有一天整个帝国的安全可能取决于这里的控制权。""第一次世界大战期间，开普角设置观察点，建起碉堡，守卫保证通航的灯塔。""'二战'期间，南非承担保卫开普海路的重责，这条路线是东西方之间运送盟军物资的唯一途径，受到约30艘敌方潜艇的布控。""南非历史学家写道，在海权时代，好望角是地球表面制高点。"策展人很用力地想证明，世界风云曾在这个角落频繁交集。

而在以好望角为基点的地理大发现之前，人类生活在相互隔绝又各自独立的几块陆地上，没有哪一块大陆上的人能确切知道地球究竟是方的还是圆的，而几乎每一块陆地上的人都认为自己生活在世界的中心。"在1400年以后的200年间，欧洲绘图人笔下的几大块陆地宛如正在成长的胚胎，逐渐由模糊的团状演变成我们今天所熟悉的清晰可见的样子，正是从那个时候起，割裂的世界开始连接在一起。”

历史的团雾却时聚时散，连接的世界还时分时合，自以为中心的孤傲也常常复辟。

3 彩虹国，彩虹街，彩虹旗

南非国旗是世界上使用颜色最多且没有勋章和织锦的国旗。

南非是“彩虹之国”，这一说法的最早诞生地在开普敦。1989 年，诺贝尔和平奖获得者、南非第一位黑人大主教图图带领 3 万人举行反抗种族主义统治的大游行，他们一路高喊：“我们是彩虹民族，我们是南非的新人民。”

桌山脚下有条“彩虹街”，一排排五颜六色的房子是开普敦的又一张旅游名片。这个叫博卡普（Bo-Kaap）的区域又被叫作“马来角”，建造史可追溯到 18 世纪 60 年代，其由来是辛酸的。

荷兰东印度公司在开普敦建立基地前，开普敦地区早就有原住民桑人定居，但是原住民对荷兰人避而远之，导致东印度公司不得不从马达加斯加、印度、锡兰（今斯里兰卡）、马来半岛、印度尼西亚等地买进奴隶，缓解殖民地长期以来缺乏劳动力的状况。而博卡普区所建房屋就是用于租赁给这些奴隶的。当年殖民者的规定说，被租赁的房屋外墙只允许被刷成白色，从外观上能将奴隶的容身之所区分。到了 19 世纪 30 年代，相关规定被废止后，原来的租户终于有了购买房屋的权利，为了彰显“当家做主”的自由地位，这些奴隶的后代们将属于自己的房子刷成了五颜六色。

还有一个流传更广的说法，在种族隔离时期，在这里居住的有色人种是不容许拥有门牌号的，为了便于定位和邮差送信，居民们就以颜色为标记，用“我住哪条街的什么颜色房子”来告知自己的住所。据说为了让颜色不重复，每家每户都有一张色卡，当年找人最方便的方式是去油漆店问问，谁家买了什么颜色的油漆。

当我漫步在博卡普区陡峭的鹅卵石街道上时，两旁的房子刚被粉刷一新，但保持着它们一贯的艳丽夺目，同时都有了自己的门牌号。房屋混合着荷兰开普和佐治亚的风格，每家每户前面的小阳台有着巴洛克曲线的护墙。南非的第一座清真寺藏于巷陌之中，在画廊和博物馆里可欣赏到非洲粗犷豪放的画风，餐馆里的菜肴糅合着东南亚、阿拉伯和欧洲风味。拐角处的“玫瑰角落”商店已有百年历史，作为印度奴隶后裔的老奶奶喜欢收藏游客留下的世界各国货币。白天，在街头能遇到摄影师给模特拍摄时尚大片；夜里，附近的酒吧用动感的节拍和闪烁的霓虹招揽年轻男女。

“色彩就是我的家”，这是“彩虹街”的居民每逢节日打出的标语。而“彩虹”本就有更多意味。

南非是全球第五个、非洲第一个承认同性婚姻的国家，南非宪法也是世界上少数几部明确禁止歧视性取向的宪法之一。而开普敦也被视为对性少数群体态度最开放的非洲城市，每年的 3 月初都会举办“骄傲游行”。《孤独星球》杂志说：“‘母亲之城’的男女同性恋群体，人数在全世界不算最多，但绝对友好，魅力无穷，无可挑剔。”2020 年的“骄傲游行”在开普敦市中心的绿点城市公园举行，但看起来更像一个跳蚤市场或者游园会。草地上搭起的棚子卖着运动用品、主题服饰、点心饮料等，还有心理辅导、健康咨询等公益服务展台。有人披着彩虹旗；有人戴着独角兽头饰，背上天使的翅膀；有人穿得像化装舞会上的皇后，花枝招展地展示自己，旁边没有异样的眼光；有人亮出健康的肌肤，不管身材健美与否；男男女女相互拥抱或者亲吻，同性情侣大方牵手。有小朋友穿行其间，T 恤上写着“两个妈妈比一个更好”，还有调侃的标语，“异性恋不是错误，这是正常的”。大家在大笑，是阳光的、向上的、五彩斑斓的，那份自信，不分肤色、年纪、胖瘦、男女。

中心舞台背景写着市政府打出的口号，“这座城市自豪地与我们的性少数社区站在一起”。还有官员讲话环节，给杰出的同志团体颁发奖项。和印象中其他国家声势浩大的游行相比，这里逊色太多。没有花车巡游、狂欢节般的人群蜂拥、排起长龙的盛大表演，连舞台上的歌舞都乏善可陈，没有夺人眼球的劲爆动作。只是比我在所住社区附近参加的周末集市，稍微闹腾一点。

从另一个角度想，当接纳平等与多元成为寻常，无须特别庆贺，或许才是“彩虹”最真实的美丽。

4　南非的“霍格沃茨”

开普即 Cape，后来成了英国在南非殖民地的名字，也在现在南非三个沿海省份的名字里，南非之南的广袤土地都用当初的一个小小海角代称。

恺蒂的《南非之南》里写，约翰内斯堡像非洲，开普敦像欧洲：“开普敦漂亮，约堡有趣；开普敦让人觉得慵懒舒服，约堡让人觉得浮躁而有活力；开普敦人讲究高雅情调但常常傲慢，约堡人虽然重视金钱却很热情。开普敦人周末可以外出的地方太多，那里的人不需要广交朋友，因为他们有自然为伴……约堡人则不一样，因为没有好玩的地方，娱乐活动就是请客吃饭开晚会……”这已是 2004 年的记录了，我的感受却不太一样。

开普敦保留了很多殖民时期的建筑，看起来像欧洲城市的面貌，但它的美并不傲慢，反而包容大度，平易近人。我看到大伙儿在桌湾的海滩上热情举行派对，不同肤色的人聚在一起，同时很大方地邀请陌生人一起参与。在成功实施过世界上第一例心脏移植手术的开普敦大学内，能遇到来自布隆迪的外卖小哥，他觉得开普敦一点不排外，他在这里可以拥有梦想，希望一年内赚够 5 万兰特，买辆二手汽车当优步司机。

还有座“霍格沃茨”在开普敦，我在离开南非前专门去拜访了一趟。学校认为，“慈善是世上最好的魔法，这里不分‘麻瓜’和‘巫师’，每名学生都有可能成为哈利·波特或者赫敏，利用‘魔法’驱除名为‘贫困’的伏地魔”。

这座开普敦魔术学校可能是全世界唯一一所专门教授魔术的学校，是白人校长大卫·戈尔 19 岁时在 1980 年创办的。在那个还在实行种族隔离制度的年代，他顶着“违法”的压力接收黑人学生。现在学校里 40% 的孩子来自贫民窟，每人每年可以得到好心人 5000 兰特的学费资助。从这里走出过巡演全球的魔术明星，也有长大后进入灯具厂工作的工人，还会回校义务当老师。我在学校里看到孩子们学的魔术难度并不大，道具也不华丽，甚至表演起来显得有些笨拙，但都会得到掌声。他们或许羞于自己贫寒的身世，但在这里他们可以自信地说，“我拥有魔法”。

校长说：“正如你们所见，我们拥有的‘魔法’是我们的多元，我们把不同种族、不同社会经济条件、不同信仰的年轻人聚在一起，为社会分裂的各个节点搭建桥梁，让他们产生共同的表演兴趣。对于年轻人来说，这是很棒的教育。”校长展示了8种学校想培养的“明星气质”：诚实、尊重、责任、主动、杰出、同情、谦虚和好奇。

在开普敦城市中的所见所闻，让我觉得开普敦依然是“那么非洲”，有无数属于非洲的“魔法”在这里创造神奇。

疫情下的“卡布奇诺”

新冠肺炎疫情在2020年2月的最后一天登临撒哈拉以南非洲，5天后南非确诊首例病例。3月16日，确诊病例达到61例的时候，南非宣布进入“国家灾难紧急状态”。南非迅速成为非洲疫情最严重的国家，至少从统计病例上看是这样的。3月26日，南非全国开始第一轮封锁，政府要求民众只有就医、采购食物和领取救济金才能离家，其他时间严格居家隔离。

在封锁前，感觉全南非都在采购，无酒不欢的南非人在售酒商店外排起长队，因为规定封锁期间禁止卖酒，他们要储备好21天的量。第6天，我出了一趟门，去了附近超市，限制120人进入，马路上排起长长的车队。其他的，全然在家里，日常地工作，除了关注不断上升的病例数字，好像颠沛的疫情并不太与己相关。但是南非真的安静了吗？

“封锁”的意味，是听来的。有华人违规出门被警察逮捕了，开普敦的白人依旧沿着海边晨练，上万人逃离了城市去乡村避难。还有，军队开枪驱散了聚集的人群，贫民窟里出现了首例病例，老人们起早排队领养老金，总统宣布派 1 万人去排查患者，小巴车司机集体罢工，橡皮子弹射向媒体记者……原来外面动荡着，纵使这是一个治安案件层出、示威打砸频繁、政府效能低下让平日的我们有些麻木的南非，我们也不再于动荡里自觉安详。

翻开封锁后的新闻，匆匆的 7 日，可以窥见这个国家内忧的外化，那些我们因为危险和肮脏不敢去的地方，那些因为藏在中产小区和私家车里触碰不到的人群，这个身处非洲又被很多人说"不像非洲"的国度，正在发生的，可能就是 8 公里外的故事。

一来南非就知道一个比喻，废除种族隔离后的南非社会就像一杯卡布奇诺，底层的黑色咖啡代表近八成的黑人民众，中间的奶油泡沫为白人阶层，最顶层撒上的咖啡粉是黑人精英。疫情剧烈地摇晃着这杯咖啡，但那分层还是明显，味道依旧苦涩。

1　七日的新闻与"旧闻"

3 月 27 日·第一日

亚历山德拉社区排起长队

亚历山德拉的一家商店外排起了 300 多人购买食物的长队，人们摩肩接踵，全然无视封锁令，这是被很多人引用来作为南非封锁第一天的图景。

"亚历山德拉"是约翰内斯堡的一个非正式居住社区，就是传说中的"贫民窟"。虽然人们更喜欢谈起索韦托是"非洲最大贫民窟"的名号，但至少那里能去参观曼德拉故居，而亚历山德拉则是真实令人生畏的地方。一是危险，一次我不小心开了车进去，四周黑人猎猎的目光盯着，害怕被围起来，我赶紧找了出口逃离；二则是此刻的疫情危机，人们住在棚户里，卫生条件堪忧，感染风险是“灾难性”的。

这里的居民说，棚屋没有窗户，一次只能待在里面几个小时，白天不让人出门，简直难受。南非警察部长说，有些人把“封锁”当假期，有人当郊游，聚众喝酒，无视规定。

这一天还有一个消息，穆迪将南非主权债务评级下调至“垃圾级”。南非媒体毫不客气地说，“南非经济正面临25年来最艰难的时期”。

3月28日·第二日

4.1万个水箱分发至全国

南非政府紧急采购了4.1万个水箱，让全国民众能在封锁期间有充足的饮用水，学校、教堂和警察局被确定为取水的地方。此前，在开普敦棚户区的居民就在市政厅抗议，要求在实施封禁期间可以提供饮用水。

水，的确是紧缺的。没口罩戴就算了，没水的话，就连目前宣传最广的防疫方法——洗手，都无从下手。水资源稀缺已经让开普敦这样的旅游城市头疼太久，而经常性的水管爆裂也让城市频繁停水。封锁前夕，不仅需要屯粮还要屯水，就不难理解。

水可以储备，电可能就难了。“南非特色”的拉闸限电随时会在疫情期间让人“眼前一黑”。

3月29日·第三日

警方在封锁期间向购物者发射橡皮子弹

当地媒体报道里说，一家受欢迎的杂货铺门前聚集了200—300

人，10 辆警车赶到，军警开始向购物者发射橡皮子弹，“震惊的人们互相踩踏，背着婴儿的妇女倒在地上”。

这一幕发生在耶维尔区，被描述为“约翰内斯堡肮脏的中央商务区中高犯罪率的地区”。“黄金之城”约翰内斯堡因掘金而兴起之时，这个地区被宣传为“富人的疗养院”，如今却成为肮脏、混乱、衰败的代名词，烧轮胎、打砸抢悉属平常。听见枪声的耶维尔区就在我探访过的庞特公寓附近。

旅居南非的学者蒋晖注意到，南非政府对于此次“戒严”用词极为考究，没有使用种族隔离时期常用的“Shutdown”，而是选择了更为温和的“Lockdown”，“军队开始在街道巡逻，人民被限制在家中对南非黑人意味着什么？这意味着旧日种族隔离制度的痛苦记忆的复活”。当枪声与限制再次沓来，人们生活记忆里是否有“历史倒退感”，不得而知。

3 月 30 日 · 第四日

亚历山德拉确诊首例病例 凌晨长队领补助金

还是来了，刚刚说到的亚历山德拉棚户区里确认了首例新冠肺炎病例。而早在 27 日就已经在西开普省的棚户区里有一例确诊病例。约堡所在的豪登省和西开普省是南非报告病例较多的省份。

在南非约有 1100 万人（约全国 1/5 人口）生活在非正式的棚户区中。政府随即公布了要派 1 万人到各个社区对有疑似症状的患者进行排查，同时表示已出动了 1.8 万人的武装力量维护治安和戒严。

这一天，还是可见关于排起长队的新闻，跟大家去商店的场景如出一辙，但这一次是老年人、残疾人凌晨去银行领补助金。30 日、31

日两天是政府每月一次给弱势群体发放补助的日子，那是很多家庭维系温饱的来源，那是病毒也阻挡不了的。有工作人员努力维持队伍中间的安全间隔，也有让老年人坐上隔远了的椅子等候，但更多的是人挨人的场景。

在穷人眼里，贫穷本身就是“病毒”，至于再汹涌的疫情，可能就无所畏惧。

3 月 31 日 · 第五日

Taxi 司机们的“野猫”罢工

Taxi 不是出租车，是当地人对载客小巴士的叫法，一辆大概 14 座。在伊丽莎白港，司机们凌晨 5 点就用车辆阻拦了道路，“野猫”罢工的意思是未经工会同意的罢工。封锁期间，政府规定 Taxi 上座率不能超过 50%。一面是司机们的抱怨，觉得收入大打折扣了；另一面是乘客说：“我被橡皮子弹击中了，我只是来买食物。”“司机要收两三倍的车费才肯载我回家。”“我是一大早走路来领养老金的，没有 Taxi 去哪儿都不行。”

这些小巴车实在让我平时暗地讨厌着，他们在路上随意鸣笛揽客，不守交规闯灯越线，听说很多司机没有驾照，万一肇事撒腿就跑；也让人担心着，时常的超载，封闭的空间，在疫情之下就是高度的传染风险。

可曾想，这一辆辆移动的白色单元里维系着多少人的生计。我雇了一个家政工，她在某个周日懊恼地跟我说，没有 Taxi 能来我这儿了，她失去了一份 150 兰特的日薪工作，不知道还有没有下一个有工资的日子。

司机们的罢工也很“黑色幽默”。政府要尽量让民众少出门，没禁这些 Taxi 的生意已是大吉，但他们依然抱怨赚钱少了，闹了罢工，车还被政府扣走了。

4 月 1 日 · 第六日

南非需要“数十万”的 COVID-19 测试

来自南非卫生部部长的声明，南非已经进行了大约 4.7 万次新冠肺炎病毒测试，现在每天可以检测 5000 人，期望到 4 月底每天能达到 3.6 万次。

南非医疗条件怎么样？

南非完成过世界上首例心脏移植手术，开普敦最大的公立医院还设立了心脏博物馆纪念这一“壮举”。南非的国家传染病研究所拥有世界最高的 P4 生物安全等级。

但另一些数据显示，南非全国公立系统中目前只有 448 个可用的重症床位，而私立系统中有 2479 个。南非享有私人医疗保险的人数只占人口的 20%，而医疗费用支出方面却占了全国总量的 60%，南非更为昂贵的私人医院拥有全国 77% 的专业医生。在疫情蔓延的紧要关头，南非政府专门召集各私立机构的负责人开紧急电话会，希望得到他们的慷慨支持。

南非拥有世界上最多的艾滋病感染者，达到 770 万人，因此这里也拥有仅次于英美的艾滋病病毒研究基地。科学家们说要利用好这些资源对抗新型冠状病毒。有大学也宣布开始研发新冠肺炎疫苗。有消息说，总统要向中国和古巴寻求支援。

4月2日 · 第七日

开普敦安置4000名无家可归者

开普敦更改了对4000名无家可归者的安置计划，要将这些人集中安置在一个运动场的帐篷中。此前为了防止封锁期间流浪者到处流窜，设立了一些临时的安置点，但要便于管理，政府要将他们集中放在一起。之前还说会留下800—1000个永久性床位，能让他们在疫情过后继续居住。约堡也承诺安置2000名无家可归者，但从1.5万的全城总数来看，这一数字并不足以应付。

无家可归者来自哪里？按政府的政策，低收入者是可以安置进非正式居住社区里的，所以这也是南非媒体不会大张旗鼓说“贫民窟”的原因，那些非正式居住社区是社会救济的一部分。而无家可归者大多数是非法移民。

同期还有两条新闻可以联系起来。“莫桑比克一卡车集装箱发现64具尸体”和“南非将在津巴布韦边境建40公里墙”。

事情总是似曾相识。2019年，英国的货车集装箱里死了39名越南人，因为此前的误报，这条新闻在中国国内传得满城风雨；特朗普念念不忘在墨西哥边境建墙，也是被各国媒体喋喋不休地声讨。但到了非洲，却轻易地被排除在国内媒体聚焦外，“南非建边境墙”的消息甚至没找到官方的中文消息。

莫桑的集装箱里装着的多是埃塞俄比亚人，他们要跨越大半个非洲、至少5个国家，想要到达非洲最发达的南非，相比向北去欧洲的偷渡，这是一条更经济、更隐秘的移民路线。而南非政府这次建墙，害怕的也是疫情期间津巴布韦难民逃来南非看病。据统计，南非2019年有420万移民、29万寻求庇护者或难民。

南非之于其他非洲国家，依然闪着金光，有人纵使舍命也要万里跋涉。当他们被这个国家试图收纳，可能成为廉价劳动力，也可能无家可归，疫情当下被视作“游离的危险”。

又是一个双面的南非。

2　8公里外的俯视与旁观

疫情下的“卡布奇诺”，顶层的精英指挥着，中产的白人安逸着，底层的黑人挣扎着。

摘录一段《蒋晖南非日记：疫情戒严令下，不安才刚刚开始》中引用的文字，是一个持反政府立场的民间组织批判南非全国封锁的主张：

> 当2020年只有554人感染新冠病毒且无死亡病例时，总统宣布戒严，可2019年在开普平原区出现的械斗导致了3000人死亡，政府也没宣布该地区进入戒严状态。今日，因为看到流行病导致了富人的死亡，政府便宣布了戒严，可2019年，全国发生了5000起偷摸拐骗案件，政府也没有采取什么行动。

虽然这样的数字对比十分极端，但也描摹了封锁状态下南非政府的举步维艰。

南非媒体News24记者探访了一个贫民窟，那地方叫迪普斯卢特，报道标题为“贫穷、饥饿和被遗忘的人”。文中75岁的马圭图说，她和病了40年的丈夫、两个女儿和一个外孙挤在只有一个卧室的棚屋里，再过几个月她将迎来第二个外孙。她平常靠卖水果为生，一天的收入只有 60 兰特。她说他们理解政府的决定，但在这里很难保持安全的社交距离，“这里就像露天垃圾场”。另一位居民莫哈里说，政府已承诺为他们提供房屋多年，但一直没等到，“现在病毒来了，我们无法生存，除非我们有四堵墙。”“我们需要自来水和消毒剂，没有这些我们就是在等待死亡。”他希望封锁赶紧结束，“我需要工作，我每个月要寄钱回家。”

迪普斯卢特距离我住的地方只有不到 8 公里，住着 14 万人，2001 年政府将亚历山德拉的 5000 户家庭迁移到了这里。这里毗邻一条从约堡到行政首都比勒陀利亚的要道，我曾无数次开车经过这里，抱怨过无数次坑坑洼洼的道路。此刻的封锁，让平时早晚高峰无比拥堵的路变得空荡荡，而路边那些拥挤、残破、可怜的故事并未减少。

平常周末我会寻找安全、空旷的地方飞起无人机，偶尔航拍这些散落在城市如疮疤般的贫民窟。但终究因为害怕而未曾走近，终究是俯视的视角，如同隔离在家的我去翻阅过去 7 天的新闻，审视陌生人的人生。

华人担心因封锁引发的暴动没有发生，媒体担心低收入者不安分乱跑的报道还在继续，社交媒体上有些家庭晒出了各种“宅家秘籍”，我楼上的邻居每天早上跳绳敲打地板的声音能把我叫醒，小区里的垃圾桶全堆在一起等戴口罩的物业员工将垃圾拉走，此前雇用的家政工问我下次打扫能不能加 20 兰特。

第三章

哀航七日：致那些未曾坠落的

在埃塞俄比亚的5天，我看到坠落的，惨烈的、支离破碎的、悲痛欲绝的，还有未坠落的，人性的、坚定的、因爱而来的。

在那些逝去的同胞那里，怀着远方、使命和世界，这些恰好组成“在非洲的中国人”的样子。

1　6分钟之后的坠毁

那个周日清晨，亚的斯亚贝巴博莱机场接纳着来自五大洲的上百架航班。8点44分，一架才交付了4个多月的波音737MAX8客机从这里起飞，6分钟后失去联络，最终坠毁在一片荒原之上。

“差一点就撞上了前面的山”“幸亏是在广阔的田里，没有人家”“幸好地点就在道路旁边，救援车辆能够顺利进入”……但飞机是几乎90度地撞向地面，周围村民回忆着当时的爆炸、巨响、粉碎，有人被火花烧伤了皮肤。救援人员赶到时，根本无法辨认飞机的轮廓，地上是一个深达20多米的大坑，机头已经被压缩成只有5米多厚，火星在冒窜，残骸和碎片散落在方圆1万平方米的田地上。

中国中铁七局的救援人员已向媒体反复陈述这些细节。他们的施工营地距离现场50多公里，事发当天下午1点左右接到埃塞政府的请求，他们紧急从工地和首都调配了2台挖掘机、1台装载机、3台地板车，下午3点半赶到现场，迅速投入救援。

“现场太惨了！太惨了！”能找到的最完整的器官是一只手。“现场没有信号，不知道遇难者的信息。下午5点左右搜到了一本中国护照，心一下就凉了。”

海拔2300米的高原上，机上157人全部遇难，来自35个国家，其中有8名中国公民。

2　中国人有自己的救援队

中铁七局和后来加入的中国交建，两家中国企业连续26小时不分昼夜地搜救，直到第二天下午5点左右找到第二个黑匣子，搜救工作暂缓。搜救的大型设备全部来自中国企业，所以国内大部分对于这场事故的现场消息，都是出自他们的口述。

这也让搜救队员有些担忧和小心，“我们毕竟是做工程的，不会专业搜救，也怕出差错，这可和35个国家的性命相关啊”。

正因为有中国救援人员在，中国家属来的时候是有依靠的。他们帮忙找到中国遇难者的一张名片、两本护照、一张地图、一张支票和一个电脑包。“家属拿到这些，会抱在一起号啕大哭。”碎片遍地、遗留甚少，能有一点身份信息的物品就是亲人们仅剩的寄托之物了。救援人员中还有某个遇难者的老乡，家属不会英语，他自然就成了翻译和能与埃航谈判的人。

埃塞政府通过公路局向中国企业表达诚挚感谢，有些外国家属甚至会表达些许嫉妒："中国人在埃塞可以有自己的救援队。"

3 "你在哪里？你快回来！"

2019 年 3 月 12 日，我到埃塞时，已是事发第三天。这是我一年内第 12 次乘坐埃航，从内罗毕飞亚的斯亚贝巴，和 ET302 的航行方向正好相反。原来想避开埃航的航班，但谁都明白，在非洲飞行绕不过埃航。埃塞成了其他遥远大陆进入撒哈拉以南腹地再好不过的中转站，太多异国游客在这里小憩，然后再去往广阔的非洲。亚的斯亚贝巴和中国的直飞航线就多达十余条，航站楼里遍布中文标识。2018 年，我们专访过埃航 CEO，当时负责采访的同事曾驻站埃及，他不得不感叹，以前"埃航"一直是埃及航空的简称，现在不得不让给非洲航空老大埃塞航空。

最早的 ET309 航班 7 点多到达，我一下飞机就赶紧跟着中铁七局的工作人员去了现场。2 个多小时之后，我们到了，因为来得早还能进入核心区域。我犯着鼻炎，还是能闻到腐臭味，刺鼻而难受。周围不知是乌鸦还是秃鹫，成群徘徊。才走几步，旁边的救援队员就会提醒，"小心，你脚下是块肉"。

现场已经有中国的家属赶到，远远地喊："你在哪里？你快回来！"我瞬间泪流满面。

到了下午，现场开始清场，围起了黄色警戒线。身着黄色服装的以色列救援队跟着一位以色列遇难者家属来了，英国的救援队穿着专业的白色防护服进入现场，非盟派代表赶到现场献上白花。波音公司的调查团队也来了，他们不接受任何采访。

4 “萱萱，我爱你！”

12 日中午，我们在现场吃的午饭，是中国企业从营地做好运来的。但我们都十分难受，吃不下太多。旁边有一个穿白衣服的男孩一直在来回踱步，手上戴着胶手套，原来以为他是来帮忙的中企员工，后来才知道他是那个“想去非洲看长颈鹿”的浙江女孩的男朋友。

因为现场已封闭，非搜救人员不能进入，但他还没找到一件女孩的遗物，十分着急。我当时戴着一顶埃航的帽子，男孩的朋友看到后说：“嘿，你这帽子不错！”我以为他在讽刺我，因为帽子是绿色的。后来马上反应过来，男孩可以借我的帽子，打扮成搜救人员进去找东西。戴上那顶绿色帽子，穿上他朋友的灰色外套和中铁的反光背心，这个男孩就这样装扮后走了进去。

搜寻的结果，是什么都没找到。他“只取走一捧黄土”，这个举动让他上了微博热搜。

对于那个女孩和男孩的故事，我之前一点不了解，但知道他是遇难女孩的男友的时候，我还是分外小心，害怕触碰他敏感的回忆。在现场，我只问了他两个问题：“哪年的？”“在哪读书？”他则是问我，那个装遗物的仓库什么时候能去。

13 日，埃航为家属在现场用白色花圈和花门设置了一个悼念灵堂，面朝着被堆放在一起、被白布盖着的飞机残骸。现场的气氛极其压抑，哭泣声此起彼伏。一对夫妇在地上长跪不起，母亲呼唤着儿子的名字。几个家属捧着遗像抱在一起：“我们回家！我们接你回家！”兄弟鞠了一躬说：“我会照顾好你的孩子！”年迈的父母互相搀扶望着残骸哭泣：“白发人送黑发人啊！我们会常常来看你的。”

旁边已经堆起了小冢，放着一瓶牛栏山、两块威化饼和几束白花。

突然远处一声大喊："萱萱，我爱你！"是那个男孩。这声呼喊让我瞬间崩溃，蹲下抱头痛哭。

后来在安置家属的酒店又遇见了他，看他鼻子通红脱皮，脖子后面也黑红一片。他没擦一点防晒，我把我的防晒霜留给了他。我要来了他的邮箱，把那段他大喊的视频发给了他。男孩一直在帮着女孩家属跑前跑后，干练、平静、有责任心。但和埃航人员探讨善后事宜时，他会激动地问："波音公司需不需要负责任？万一她的衣服沾了别人的血迹怎么进行 DNA 鉴定？"

5 "都是在非洲的中国人"

我第一天到现场时听见的那声"你在哪里？你快回来！"是金也淘的发小喊的。我和另一个记者走过去，他看到我们背着相机有些激动，喊道："你们在网上都扒得差不多了！你们就别拍了！"然后是一句："都是在非洲的中国人！"

"都是在非洲的中国人！"这句话让我特别难受。我多想告诉他，我在两天前还和人谈起过他的好兄弟。事发前几天，我在乌干达出差，认识了两个中航国际的朋友。我说对邻国南苏丹很感兴趣，他们就和我说有同事曾经常驻在南苏丹，有机会可以介绍给我认识，那个人就是金也淘。甚至他们还有来南非调研的计划，如果一切正常，我还会在南非招待他们。谁能料到，刚刚还在嘴边念着的、准备去认识的人，就这样阴阳相隔。

金也淘在南苏丹经历过战乱和疟疾，躲过了子弹和疾病，独自开拓市场。他在一个不足 40 平方米的板房房间里，为公司打下了一片天地。“太不能接受了……大家聊天的时候都绕不开金总，他存在感太强了……工作很敬业。”他在乌干达的同事跟我说，“天妒英才……我们都说这个世界 hold 不住他了，所以他就去另外一个世界折腾了。”或许这样想可以稍微自我抚慰一下吧。

我第二天去现场，中国电科周圆的同事在一旁堆起土堆，他们站成一排，90 度鞠躬献花。“我们都是一条战线上的兄弟……”“家里有我呢！”“一年 200 多天都在出差，业务压力那么大，你那么优秀！”“和你在一起的时间比和家人还要长……”兄弟们这样说着。

中国遇难者中有 4 名央企员工，他们是“在非洲的中国人”，是在非洲打拼的中国人，是在非洲冒着生命危险、不顾条件恶劣、远离家乡亲人、一腔理想热情的中国人。我来非洲驻外不到一年，在非洲的中国企业员工是我采访得最多的对象。他们是“一带一路”在非洲的践行者，他们舍小家为大家无愧峥嵘一生。

逝者身上的不容易与不言弃，浓缩了无数在非中国人的故事。在西非利比里亚，埃博拉肆虐的时候，有中国人依旧坚守基地；在东非坦桑尼亚，中国工程师被晒得黝黑，混在当地人里甚至都很难辨认出；就在埃塞俄比亚，中企员工吃完饭，会打开窗户，一起高唱国歌。

在现场悼念仪式上，我彻底崩溃，躲到旁边撕心裂肺地大哭。一位中企的朋友过来抱住我，安慰道：“我们是一家人！”简单的一句话，对在非洲漂泊的中国人来说，胜过千言，力有千钧。返程途中，在中铁七局的营地，我看到他们的标识是个由道路、隧道、桥梁组成的“家”字。

6 “感谢你为世界和平作出的努力”

我是在肯尼亚内罗毕听到空难的噩耗的，当时正在报道联合国环境大会。11 日大会开幕前，全场人员起立默哀。

157 名遇难者中有多国的重要官员，还有 21 名联合国工作人员，来自世界粮食计划署、难民署、国际移民组织、驻索马里援助团等组织，他们是为人类饥饿、战争、危机而奔走的人，其中有些人在赶赴一个希望拯救地球的环境大会。

其中有一位中国香港人，曾诚毅，在联合国环境署工作。他放弃了高薪工作，加入非营利组织。“感谢你为世界和平作出的努力”“心中充满世界大同理想的青年”，网友如此悼念他。我在内罗毕遇到他的同事，说他这次是替另一位同事出差来的，他有一个儿子，妻子正怀着第二胎。

联合国秘书长古特雷斯在悼念这些同事时说：“他们在一起代表了我们更大的追求——尽我们所能，与我们所有人团结一致，努力去建立一个更美好的世界，一砖一瓦，身体力行，日复一日。”

15 日，事发第 6 天，我来到安置家属的酒店，大厅里摆着花和蜡烛，还有一面联合国旗。酒店里的三间会议室留给加拿大、肯尼亚、中国等国遇难者作为面谈室，埃航当天与中国遇难者家属一对一沟通。我旁听了一家的面谈，三位埃航工作人员听着家属们迟迟得不到答复的诉求，也只能给着模棱两可的答案。第 6 天了，善后工作的时间安排表一直没有出来。

下午 5 点，埃航 CEO 会见所有家属，解答他们的疑问：时间表、遗体确认、遗物领取、赔偿问题，等等。家属向埃航哭诉着：“我要我的妈妈！”“我要我的孩子！”提的问题也是相似的，但得到的都不是正面回应。唯一有明确答复的是，埃航可以出具证明让家属将空难现场土壤带出境。而家属提出要保留空难现场作为永久纪念，埃航说有相关想法，但需要和当地政府及民众协商。有人却从整场发布会中提取了“埃航正考虑将空难现场作为永久纪念”的话题，上了热搜，换来网友一波对埃航处理得体的正面评价，让人觉得无奈与心寒。

因为认领遗物需要身份信息，家属发布会结束后，一位男士站了出来：“虽然我只能代表我的兄弟，但大家信任我的话，我来帮大家做证明材料。”他和一位女士组织起 8 位中国遇难者的家属。中国人聚在一起，冷静、有序。我以为他是一名外交官，事后问他是不是中国使馆的人，他说不是，他就是和金也淘一起并肩战斗过的兄弟。

7 “头七”

我要离开埃塞的这天，是空难的“头七”。我最后去了一趟空难现场，发现现场已经被新打的木桩和铁绞丝封闭了起来。我围着转了一圈，捡了几块飞机的细碎残骸。

那些前几天的花门和花圈都还在，摆上了机长的照片。远处，有人扛起铁锹去原野上取土，他们堆起土堆，用中国人最传统的方式悼念“头七”。金也淘的同事们围在一起挡住大风，努力将香点燃。那个男孩捧着一大束白花等着一场祭奠。

不知道他们还会不会一起默念“兄弟，好走”，不知道那个男孩有没有记得涂抹防晒，还会不会在心里再喊一句“我爱你”。

后记

这其实是一次没有任何人给我指派的报道任务，我只是想走近这场空难和那些面对灾难的人。因为第一次进行灾难报道，有时真的不知道，应该离他们近一点还是远一点，是渴望挖掘人心还是仅作一侧旁观。最后，我没有采访一位家属。

因为空难，在非中国人的生存状态在舆论面前被无限放大。8 名中国遇难者，有的飞 1 万公里来看长颈鹿、有的执行一年 50 多次早已习以为常的出差、有的奔赴规模最大的一届联合国环境大会……远方、事业、世界，这些大词在此刻具体清晰，带点文艺的小情怀、担起颇具使命感的工作、向往为人类福祉奔走的理想……这些元素或多或少的集合，拼凑出了“非漂”中国人的故事图景。虽然我不知道也写不出他们的完整生平，但他们可以组成一个“我们”的故事。“我们”，一群在非洲的中国人，一群会坐埃塞航空深入这片大陆的人，一群会想家又不断飞翔的人。

这是一场坠落后，那些永远不会坠落的东西。

再后记

我记得，我是在空难“头七”那天返回南非的埃航航班上写下这篇手记的，当时脑海里无数画面翻涌，心里冲撞思绪万千，冒失地杂糅到了一起。我选择将文章依然保留于此，因为这些文字带有现场的体温、情感的滚烫。

我当时在自己的公众号发布了这篇文章，被上万的“非漂”阅读和转发，给我留言的人中有文中涉及遇难者的同事、正在非洲旅行的人和我闯荡非洲时认识的朋友。留言里，有去现场搜寻遇难者遗物的讲述：“早上出门前特意带了一瓶二锅头……他的声音是沙哑的，他的面容是憔悴的，他的皮肤被暴晒，脱了三层皮。但他无怨无悔，把所有的痛都放在了心底。”“没有在非洲常驻过的人也许无法彻底理解那种对祖国的热爱、对亲人的思念。”有常驻埃塞 3 年、几乎踏遍周边地区的人说：“经历过这片土地的彪悍，也感受过乡野的淳朴，包扎过兄弟的伤口，也捧起过兄弟的骸骨……中国人的勤劳和勇敢让老外印象深刻。”还有即将前往非洲的心有余悸：“昨天晚上跟男朋友说 5 月份去趟乌干达，他跟我说要不一起去，他说有啥万一,一个人留下来太难受。”有人感叹：“若是过得安稳，谁愿颠沛流离？若不是上为父母下为妻儿，谁愿背井离乡？若不是为了更美好的明天，谁又愿当异乡人？”有人伤怀：“看到那瓶牛栏山，泪流不止。”

出于对一家长期乘坐的航空公司的情感，有人指出标题里取的谐音“哀航”二字对埃航不公平，毕竟其在中非往来中起着很重要的作用。细想之后，觉得确有些许不妥，但此处之“哀”仅表达对灾难的哀思与悼念，“哀航七日”即“哀悼空难头七”之意。我选择继续留用这个标题，只因它是当时当刻的贴合，不必有多余的联想。而将这一争议呈现出来，其实也可见“非漂”们情系非洲大地之深沉与认真。

空难发生整整一年后，事故中期调查报告发布。这份近 140 页的调查报告指出，失事飞机在约 1.4 万英尺的高空开始失控，坠毁时以大于 40 度的角度向下倾斜，并以每秒 500 英尺以上的速度撞向地面，“发现的大部分残骸都被埋在地下”。报告直指波音客机设计上的缺陷，传感器的错误显示、无法操作的防失速系统、失控的机头屡次被迫向下……这些属于“人祸”的细节，令人愤怒与无奈。这起空难连同 5 个月前印尼狮子航空同型号客机失事，让波音公司遭遇重创。737MAX 系列客机停产停飞，面临美国联邦航空局的调查和罚款，两起空难的家属对其提起数千万美元的赔偿诉讼……

听说，失事现场还是用栅栏围着，没有看到此前说的建立纪念馆的踪迹；听说，有很多国家的遇难者家属又到了埃塞，准备又一次的哀悼和怀念；听说，中国遇难者在非洲的同事还会去现场看看。

有一个令人欣慰的消息是，肯尼亚—中国经贸协会以金也淘的名字设立了一项奖学金，用于资助肯尼亚职业技术学校的学生。金也淘生前的工作正是投入肯尼亚及周边国家职业技术培训的建设中，他未竟的事业与精神仍在延续。

世界新闻摄影最高奖项之一“荷赛”那年的获奖提名作品里，有一组这场空难的照片，我发现有几张照片的人物和角度与自己拍摄的相似。

驻外结束回国之后，2022 年的又一个 3 月，东方航空 MU5735 失事，无人生还。当时有国内媒体未到现场未见当事人，就急切地用遇难者生前细节拼凑“深度故事”稿，轻松获得 10 万 + 的感动，也招致“吃人血馒头”的口诛笔伐。报道灾难和灾难当中的人，边界在哪里？这样新闻伦理的叩问又把我带回了 ET302 空难现场的心境。

这篇手记的留言中，很多人赞赏我作为旁观者的记录，“比起一味去挖掘遇难者身世，或许这样能够看到更多触动心灵的东西”，并将其与职业素养挂钩。这样保持距离的观察，的确不失为一种妥帖，可是我终究觉得缺点什么。

回想那几天，遇难者家属和同事就坐在我面前，我内心有无数次冲动想和他们聊聊，想着“要故事！要细节！”但最后我只是开口安慰了一下。不得不承认，如果真有报道指令，我可能也会义无反顾地去完成“记者的求知欲”。

去了空难现场会知道，视频、图片的冲击力是最有力的，文字则稍显无力。因为现场除了残骸和救援，不会再有更多供人发散、描写的信息，更多事实都在发布会和报告里。所以烘托灾难与不幸的，必须是那些人生与遗憾。

我们到底需不需要在公众面前，还原逝者具体的生平和面孔？有多需要？我也不知道。但我知道，绝对不能只有冰冷的死亡数字和原因，多一丝对生的歌颂都是必要的。我永远敬仰那些深入现场、记录灾难、讲述具体生命故事的同行。生活里有太多的冷，任何温暖都会被需要。

我后来写下：“3 年前，我记者生涯唯一一次灾难现场，那 20 米深的大坑、肢解残骸、刺鼻腐臭、竭力呼喊、抱头痛哭，至今难忘。让我再去，我依旧会不知所措，进退两难。但庆幸我孤勇地去了，那段记忆融成我生命里的一部分．或许还可以影响一些人。”

2022 年 12 月，ET302 空难最终调查报告发布。

贫民窟里的“造梦计划”

一块黄土覆盖的运动场、开赛前刚用白色粉末画出了足球场的界线、旁边是一个临时搭起的12平方米舞台、场边围墙上挂满了近千幅孩子们天马行空的画作……2018年8月，肯尼亚内罗毕马萨雷社区举办了第三届贫民窟嘉年华，包括贫民窟达人秀、青少年足球赛、儿童画展等活动，参与人数上千人，被视作贫民窟里盛大的“狂欢节”。

1 “教孩子们跳舞，他们就不会去吸毒犯罪”

在嘉年华的前三天，我跟着“造梦公益”创始人阴斌斌穿过一条长约20米的巷子进入马萨雷，巷子两侧是高墙和缠在丛木上的铁丝网。走出巷子的那一刻，瞬间打开另一个世界，站在一个高地上往下看，密密麻麻的铁皮棚屋，整个马萨雷置于一个峡谷之内。

马萨雷，肯尼亚第二大贫民窟，居于首都内罗毕市内，不足3平方公里，居住着60万人口，其中大多数居民一直被世界银行列为长期贫困人口，每天靠不到1美元生活，这里不仅缺乏干净的饮用水和卫生措施，还要时刻面对暴力和艾滋等疾病的威胁。

航拍俯瞰，可清晰看到贫民窟一墙之外是当地银行的富人运动俱乐部，平整的绿草皮足球场和贫民窟内的黄土操场斜角相对。

在一间大概20平方米的砖房里，志愿者们正在带着达人秀的演员排练。借着窗户透进来的光，一名老师在指导几个学员排练街舞，旁边坐满了等待排练的孩子们，还有的只能趴在窗户上，透过门缝关注着屋里发生的一切。

“他们对于艺术和足球狂热的热情，是我在其他地方的贫民窟没有见到过的”，“造梦公益”总顾问唐敏是比利时鲁汶大学以及法国巴黎一大的双博士，攻读硕士和博士期间调研过土耳其、印度等国家的贫民窟。马萨雷有很多自发形成的舞团和独立艺术家，才华尽有，只缺一个展示的舞台。

来自韩国高丽大学的志愿者潘燕雯负责这次达人秀的导演工作。她介绍说，这届达人秀一共有80多个节目报名，光是海选就花了3天时间，最终挑选出舞蹈、唱歌、诗朗诵、模特秀等18个节目。

“海选结束，我们要离开的时候，还有很多孩子会追着我们的车，说想要表演。”潘燕雯说，这届达人秀和前面两届最大的不同就是增加了演出前的培训，他们专门请来了4位当地的专业老师来指导孩子们，“能够感受到他们对培训的强烈需求，也很享受培训的过程，贫民窟真的太缺乏这样的资源了”。演出完之后，这样的培训也会被延续下去。

22岁的威尔逊是舞蹈培训老师之一，来自基贝拉贫民窟。他说：“我想要教孩子们怎么用心跳舞，挖掘他们内心对舞蹈的热情，这样他们就不会无所事事地去吸毒和犯罪。”他在当地培训机构教12至18岁的孩子学习跳舞，上过电视，在当地小有名气。他从小学开始迷上舞蹈，会跑到要转两趟大巴的地方去找老师上课。

"我没有跳舞的天赋，必须通过后天的刻苦训练。我想通过我的经历告诉孩子们，要谦虚和好学，学到的东西在身上，是别人拿不走的。"威尔逊说，太多通过努力走出贫民窟的足球运动员、艺术家能成为榜样，"我出生在贫民窟，在这里长大，但我并不以此为耻"。他有父母和 6 个姐妹，他是家里唯一的男孩，他的收入已经能支撑起整个家了。

"这一场狂欢节大概是贫民窟的旷世盛典吧：尘土飞扬里恣纵奔跑的足球少年；笔触稚拙却生动烂漫的百千画作；排练短暂却艳惊四座的秀场达人；顶着骄阳却全情参与的马萨雷居民……当我置身在那片笑脸的海洋的时候，真的很感动，盼望着这份明媚的守护者里也能有自己一席。"在联合国人居署实习的南京大学学生郭硕在参加完嘉年华后这样写道。

2 "我不是受苦者，我是征服者"

嘉年华当天，达人秀舞台周围里三层外三层站满了人，前排的孩子直接坐在泥地上，全体不约而同地一起摆手、欢呼、尖叫。

"我不是受苦者，而是征服者。要为穷人而活，为他们发声……"15 岁的彼得演唱着原创说唱歌曲《不做受苦者》。他穿着一件崭新的花衬衫，在台上活力四射地表演着，还会跑下台和观众互动，伸出话筒让大家和他一起合唱。

最终，彼得获得了达人秀冠军。演出结束后，就有人来问彼得要联系方式，鼓励他继续好好唱，说可以为他提供录音设备，有几分要为他出专辑的意思。海选时，这个男孩朴实的表演就十分打动志愿者，他得到的评价是："就是他了，最好的说唱歌手，没有之一。"

也正是因为他自己写下的歌词，让我和志愿者对他的生活产生了好奇，我们便一起去了他家。路上要走过很多棚屋间的小路，路中间是臭水沟，有些地方只能踏着两边艰难跨过。

说是“家”，其实就是塑钢板搭成的棚子，家门只有一块门帘布。一见有陌生人来，邻居的孩子们都跑了过来，好奇地从帘子缝隙往里探。床占了屋里一半的面积，床上堆满了杂物，包括做饭用的灶台。这不到10平方米的屋子，是他和他的父母及兄弟姐妹一家六口的唯一居所，“相当于厨房、客厅、卧室都在这了”。彼得说，如果没地方睡，他就睡在地上。

居住在马萨雷的人90%是租户，年轻人流动性很大。“虽然我喜欢说唱，但我的梦想是成为飞行员。”彼得说，父亲在内罗毕和蒙巴萨间的高速路上给人开车，是在地上飞驰，那他就要在天上飞。问彼得会不会离开这个地方，他的答案很笃定，说要凭自己的能力让全家搬到外面过上更好的生活，“但不管我从东到西，还是从南到北，我不会忘记我来自这里。无论我在哪里，家始终是家，即使它是塑料做成的”。

彼得很为他上台的衣服发愁，他最正式的衣服都是去教堂的时候穿的。他的母亲不善言辞，也不太会英语，我们采访的时候一直在旁边笑。彼得要上高中了，学费很贵，问妈妈怎么办，她幽默地说：“不用担心，上帝会知道的。”问她，如果彼得在达人秀得奖了，她会怎么表示，她又说：“上帝会知道给他什么。”

燕雯还和我讲了一个小故事：有一次排练，彼得的父亲骑着摩托兴冲冲地来到排练厅，魁梧壮实的大个儿把志愿者们都吓坏了。“因为听说当地人爱贪小便宜，一有机会就向你要东西，我以为彼得爸爸也是这样，当时就先入为主地准备和他理论。”燕雯说，但事后证明，他只是一位为孩子操心的父亲而已。

这位父亲把燕雯叫到屋外，一脸严肃地说："彼得明年就要上高中了。他在这里接受培训的时候，其他同学都在学校里学习。别人学的东西，他都错过了……"原来他不是来要钱的，只是希望志愿者能把培训安排在放学后，并且跟学校老师商量，不要让达人秀比赛影响到彼得的学习。"从头到尾，他没有强求我们任何事情。他还请求我们不要告诉彼得这件事，以免影响他的情绪。"这些都让燕雯肃然起敬，更让她为自己最初的偏见而懊悔。

彼得的节目把全家都动员了起来，弟弟妹妹都来为他伴舞。演出结束后，我们在舞台一侧遇到他正在上高中的姐姐。问她，觉得弟弟今天的表现如何。姐姐说，很不错，多亏她帮弟弟在家里训练。彼得的花衬衫演出服是她用攒下的零花钱给买的，"穿得好看，助他夺冠"。姐姐还跟我们透露，他们的爸爸也爱弹吉他，后来吉他坏了，他便不再接触音乐了。弟弟也算替父亲完成未竟的音乐梦想。

3 "女孩们对足球的认真不比男孩逊色"

"比起其他活动，足球赛完全不用宣传。"本科毕业于北京体育大学、在英国拉夫堡大学攻读体育商业与创新专业硕士的志愿者潘阳梦柔说，马萨雷孩子们对足球的热情超出她的想象，"有光脚的、穿拖鞋的、一只脚穿鞋另一只不穿的、球鞋搭拖鞋的，什么样的都有。"另一名组织足球赛的志愿者车政道说："整个贫民窟到处都是足球元素，英超季前赛都会有商店在门口写出预告。甚至像我这样的资深球迷都未必记住的边缘球员，孩子们会'很有个性'地奉之为偶像。"在马萨雷，能看到一整块墙上印着巴西等世界杯球队的国旗。

青少年足球赛一发起，就有 84 个学校表示了参赛意愿，最终确定了 20 支男队和 16 支女队，一共要踢 80 场比赛，球员均是 8 到 14 岁的孩子。“从初赛开始，每场观众都成百上千，他们全都是自发来的，大家对比赛结果都特别挂心。”场上在踢，场下其他的孩子也在踢，“有塑料瓶就踢塑料瓶，有瓶盖就踢瓶盖”。潘阳梦柔形容赛场的狂热：“只要进一个球，观众就会全涌上场，尘土飞扬，能见度可能只有半米。”他们有节奏地跳舞庆祝，一起喊学校的名字，还会对进球的球员做膜拜状。

嘉年华当天举行的是男女队的三四名和冠亚军决赛，连运动场周围的墙头上都坐满了观众，还有妇女抱着婴儿在场边上蹦下跳地欢呼。比赛开始前，每支队伍会做往返变速跑等热身活动，教练将球员聚成一圈交代战术，场边还有扩音大喇叭进行解说，整个过程都显得非常专业。“还会看到孩子灵光一现、不可思议的技术。”潘阳梦柔说。现场还有足球委员会监督。男子三四名决赛上，有一队被发现混入高中球员参赛，被委员会以作弊直接判负，可见这是“动真格儿”的严肃比赛。

最终，男子组决赛中，长荣小学 1∶0 成功卫冕，他们拿着奖杯从南到北跑了 1 公里多，一路欢乐地庆祝。“我们要让全马萨雷的人都知道我们又夺冠了。”长荣小学社会学老师兼足球教练菲利克斯说。

女子组决赛中，佩奇威逊学校以 8∶1 大胜上届冠军。因为非洲女孩头发一般长不太长，并带有自来卷，光从样貌看，女球员也很像男球员。“2016 年上届比赛我们止步半决赛，女孩们特别不甘心。这两年我们都在刻苦训练。”佩奇威逊学校足球队教练保罗说，他们一周进行两次训练，“虽然绝对实力上女孩不如男孩，但女孩们对足球的认真不比男孩逊色”。保罗介绍道，孩子踢得好的话可以获得奖学金去读中学，甚至有机会到高级别联赛和国家队踢球，“女孩们能不能去上学、可不可以追求更高的教育、到了学校学到怎样的价值观和世界观，决定了她们能不能走出贫民窟”。

“今年女孩子们的表现太好了，这次足球赛她们扛起了一面大旗。”贫民窟足球赛委员会主席塞米在赛后说，女孩们对足球的热爱不容忽视，“比赛中我们追求男女平等”。塞米还特别感谢志愿者的付出，“已经不知道怎么来评价这些中国的志愿者了，他们确实付出了很多努力。参赛队没掏一分钱来参加活动，所有活动的策划、筹备以及规则的制定都由志愿者来完成”。

阴斌斌说，贫民窟里只有这一个运动场，之前不对外开放，很多孩子想翻墙进去踢球，管理者会用棍子驱赶孩子，“我们看着很心疼，就定期包下整个场地开放给孩子们进来踢球”。“造梦公益”还会选拔在比赛中表现突出的孩子组成马萨雷足球队，每周一、三、五请专业的教练带领他们训练，“这些孩子中有人未来会出现在国家队里，这并不是没有可能的”。

4 “贫民窟里第一所拥有地砖和吊顶的学校”

“第32天，虽然施工从未间断，但与包工头和建材商喋喋不休的针锋相对一直在持续，如果运气不好还能遇到底层混混半路截建材、收路费，但无论怎样，都阻止不了它成为贫民窟里第一所拥有地砖和吊顶的学校……”志愿者王丹青一直在朋友圈里记录他来贫民窟建学校的经历。他毕业于同济大学建筑学院，是有8年从业经验的国家一级注册设计师。

王丹青提到的这个学校原名叫卡索小学，2016年底，因为旁边一家化工厂爆炸，用铁皮搭建的学校被大火彻底烧毁，幸好当时是圣诞假期，没有学生伤亡。“当时的校长就向我们提出一个请求，就是希望我们帮助他们重建学校。”阴斌斌说。他当时把学校被大火烧毁的图片发到网上进行筹款，在腾讯公益上募集了1万多人的捐款，数额达28万元人民币，后来又得到科达陶瓷等当地中资企业的支持。

“这可能是贫民窟里最好的学校。”阴斌斌说。新学校有两层楼，总共360多平方米，14间教室，能够容纳400多名学生。我在建设中的学校里看到，地面铺上了白色的瓷砖、屋顶上是木结构的吊顶，在建筑外墙上还看到水泥袋子夹在水泥墙体里的痕迹。王丹青介绍说，因为之前都是交给当地施工团队建造，建设很不专业，“造梦公益”专门招募了两名建筑专业的志愿者前来把关，“我们来的时候，这里的墙面根本没法看，后来我们又粉刷翻新了一遍”。玻璃的透顶让用电紧张的学校能自然采光，还颇有现代感；上下楼梯的栏杆是钢制的，增加了密度，可以防止小孩随意攀爬产生危险……王丹青跟我描述着诸多设计细节，洋溢着这位建筑设计师的得意之情。

学校正式落成时，外墙上写满了中国资助组织和个人的名字，旁边是志愿者请来贫民窟里的艺术家手绘的旭日升起、阳光四射的图案，学校改名为“科达造梦学校”。“我们选择中国的志愿者重建学校，是因为他们来自目前为止贫民窟最好的公益组织。他们会对学校进行全方位的改造。”学校的校长萨蒙说，“有了这么好的建筑，一定会有更多学生来这里上学。”目前这所学校的中学升学率为25%，有兼职教师和志愿者，还有一些考上大学的学生会经常回这里看看。

“科达造梦学校”已经是“造梦公益”建造的第三所希望小学了，阴斌斌2014年在这里当支教的志愿者，看到学校条件特别差，就希望通过募资为这里建造混凝土材料的学校，也因此在马萨雷创立了“造梦公益”。“从之前朋友圈的一个转发，到真的能建起一座学校，是我当初完全没有想到的。”

我来到“造梦公益”帮助建造的第一所学校——长荣希望小学。正值周六，老师和学生用布将这里改造成第二天给居民礼拜的教堂。里面会采用木板隔间的形式，可以随时根据不同班级的人数调整教室大小，越往高年级人数越少。教室里放着学校自制的连体桌椅，墙上贴着字母表和学生的名单。“之前是铁皮房子，学生不太愿意来上课，等到学校重建后，学生都特别愿意来上课了。他们很喜欢这个学校，而且还能吃到免费午餐。”长荣小学老师菲利克斯说。

这里还腾出一间房作为厨房，里面干净整齐地摆放着大小餐具，为孩子们提供免费午餐，墙上还有老师值班下厨的排班表。“我最喜欢吃鸡蛋和牛肉。”正在读八年级的奥利弗说，他喜欢来学校，可以在这里交到越来越多的朋友，他还在球队里踢后卫。

免费午餐是中国社会福利基金会等组织发起的公益项目，“造梦公益”作为该项目海外延伸的合作方，主要负责材料的采购。免费午餐每人每顿 0.3 美元，保证每周有一顿鸡蛋、一顿肉和一顿水果，在肯尼亚有 7 所贫民窟学校的 1600 多名学生受益，后来扩展到坦桑尼亚、乌干达、埃塞俄比亚、马拉维等 6 个非洲国家。“明年我们计划把公益项目覆盖到 15 个非洲国家，将其打造成拥有国际化品牌的中国公益项目。”阴斌斌说。

“贫民窟的大多数学生都来自极端贫困的家庭，他们一日可能都吃不上两餐，‘免费午餐’在做很好的弥补。”弗雷德·奥卢奇非常认可“造梦公益”在贫民窟里所做的工作，“让马萨雷家庭获得希望”。

在马萨雷长期驻扎的公益组织超过 200 家，“造梦公益”是其中唯一一家中国志愿者组织，成立 4 年后，已拥有 100 多人规模的志愿团队，他们是来自世界各地学校不同专业背景的中国年轻人。阴斌斌说，希望能够通过走出来的中国青年的努力，让世界知道中国的公益组织也可以更国际化。

“自由之路”与“非洲之傲”

“中华人民共和国制。”

一进到达累斯萨拉姆车站的月台，我就连忙在铁轨的水泥枕木上找到这几个汉字。在《非洲三万里》一书中，毕淑敏也是以此为题目写了她对坦赞铁路的见闻与见解。她曾沿着铁轨旁的沙砾地慢走，煞有介事地数轨排、估步幅、查站点，竟计算出坦赞铁路的枕轨总量超过 400 万根。

我能够理解毕淑敏为什么一定要弄清楚这个数目。这 400 万条水泥砖是中国工人一块一块嵌在非洲大地上的，那是 20 世纪 60 年代一穷二白的中国“勒紧裤腰带”用血汗和牺牲打下的基石，是穿过崇山峻岭和河流雨林、克服酷暑饥渴和虫咬病磨铺就的“自由之路”和“友谊之路”。那枕砖上的框内汉字至今刻印深邃、力道深切，好像未被岁月侵蚀。

铁轨上停着几个生锈的车厢，是我们记忆中绿皮火车的样貌。标号 3033 的车厢的粉色座椅外皮破损严重，露出了里面的海绵。车厢天花板两边有公交车式的扶手杆，挂着布手环；中间是一排绿色小风扇，中心是中国铁路路徽。车厢两头的门没有玻璃，挂着的一块画有骷髅头和“Danger”字样的木板，显示此路不通。虽然设备是肉眼可见的老旧，但座位上贴着写有“停止使用塑料袋，使用环保袋替代”的新告示，说明这是仍在使用的车厢，只要车头一带，就还能晃晃悠悠地载客出发。

目前的坦赞铁路每周只运行两趟客车，一趟快车，一趟慢车。我到来时是周日，没有车次运营，整个车站空空荡荡，候车大厅大门紧闭。透过窗户可见二层中央的“坦赞铁路全线鸟瞰图”，墙上贴着新华社和中国土木集团一起陈设的“坦赞铁路：中非友谊的丰碑”展览照片。站前广场上，一段旧铁轨和一台机车成了纪念展品，上面有铭牌写着“中华人民共和国四方机车车辆工厂，1973”。

月台上不止停有破旧车厢，还有一列漆色透亮、由黄黑相间的蒸汽车头率领的豪华列车。当我认出这就是大名鼎鼎的“非洲之傲”时，着实兴奋了一把，毕竟1.5万元人民币的车票让我应该是没有机会坐上一程，但碰巧遇到并能参观一下亦可知足。毕淑敏也正是作为“非洲之傲”的首批中国乘客，从南非出发，历时14天，纵贯津巴布韦、赞比亚等国抵达坦桑尼亚，以火车之旅为契机写下了她的《非洲三万里》。

列车旁的站台上，几个壮汉坐在从车上拆卸下来的皮椅及啤酒箱上喝酒谈笑，招呼我过去，示意可以登上“非洲之傲”参观。车厢内有餐厅、套房、会客厅和厨房，洋溢着英国维多利亚时代的情调，暗黄的照明让红木样式的陈设显得复古而温馨，水晶灯饰、蕾丝窗纱、真皮沙发、精致瓷器、名贵油画等定位着奢侈档次。

“非洲之傲”被美国《国家地理》评为世界十大最豪华列车之一，

有“铁轨上的游轮”和“流动的五星级酒店”之称。其最初是一位叫罗斯的南非汽配商人为自己家庭打造的私人火车，后来加挂车厢作为客房对外出售，慢慢收集了很多古董车厢，打造成一个“火车帝国”。毕淑敏曾抱怨过这趟蒸汽机车的缓慢，也惊叹于内饰的奢华。“这列绿皮火车如同时光机，在有限的空间中，辗转腾挪，力求模拟一个业已消失的时代。它以古老的硬件加上无微不至的谦卑服务软件，把你托举到一个远去的阶层，合力让你潜回到历史前页。”

这天我还去了一个地方，在达累斯萨拉姆西南 24 公里处的“中国专家公墓”，这里安葬着 60 多名中国援助坦桑尼亚国家建设而殉职的专家、技术人员和工人。这里有一名当地人专门把守，见有中国人来参观，便打开了铁门。围墙环绕的绿草坪上，整齐排列着用水泥修建的墓冢和白底红字的墓碑，不到半米高的墓碑上刻着殉职者的姓名、生卒年月、籍贯、工作职务及相关事迹。有些人连出生日期都不详。每人生平最多不过三行，十几个字，就概括了远渡重洋、背井离乡、为国尽瘁、客死异乡等难以分说、飘散于历史长河中的故事。

这些烈士里约有 30% 死在工地，40% 死于交通事故，30% 被恶性疟疾等疾病夺去了生命。我找到年纪最小的牺牲者——金成威的墓碑。他 18 岁参军入伍，牺牲时只有 22 岁。碑上写：金成威，男，辽宁省营口市人，中国援坦赞铁路技术组推土司机，因公死亡。他当年寄给父亲的一张标注了坦桑尼亚位置的世界地图，经常见于报端。金成威在异乡牺牲后，这张地图成了父亲对儿子最大的念想。父亲无事就会参照地图手绘临摹，写满密密麻麻的地名，其中“印度洋、坦桑尼亚、达累斯萨拉姆”这几个地名被描得最粗，也被摩挲得最深。

大门边的墙上有一块由中国驻坦桑尼亚大使馆于 2013 年挂上的

“中国专家墓志铭”牌匾，写道：“20 世纪 60 年代，坦桑尼亚和赞比亚喜获独立，但仍面临外部势力封锁，渴盼铁路通道。尼雷尔和卡翁达总统求助毛泽东主席，定下中国援建大计：5 万多名中国工程技术人员与坦赞人民一道，夜以继日，攻坚克难，于 1976 年建成全长 1860.5 公里的坦赞铁路，共有 65 名中国专家献出宝贵生命。坦赞铁路被誉为‘自由之路’，是中国对非洲的伟大贡献和中非友谊的丰碑。为此献身的中国专家义薄云天，虽死犹生。长江为之高歌，乞力马扎罗山为之仰须。用鲜血与生命铸成的中非友谊万古长青！”

门前的白色大理石碑背面写：“异国青山埋忠骨，往昔峥嵘今犹酣，巍巍德业馨赤土，未竟成真报九州——为援坦赞铁路建设及技术合作而牺牲的烈士英灵永垂不朽，为中坦经济往来作出贡献的英灵永垂不朽，中坦友谊万古长存！”

每年清明，中国大使馆及中资企业代表都会来此祭扫和敬献花圈。数十载过去，无名和有名的开路英雄们时时被纪念，而这条铁路如今怎么样了呢？

北京大学国际关系学者陈晓晨曾于 2011 年只身一人全程走了一遍坦赞铁路，坐着不准点、“好像摇篮一样”摇晃的火车到达大小站点，和铁路局长、普通司机、扳道员、老援外专家和工人、当地村民等攀谈，汇集成《寻路非洲》一书。他结合亲历总结了铁路暴露的十大问题：运输能力差、车速慢、安全状况堪忧、缺车、线路基础设施损毁严重、通信调度落后、信号系统瘫痪、人员素质差、劳资关系紧张、机构人员冗余且效率低下。重重亏损与艰难维系，是坦赞铁路眼下不争的现状。而铁路让沿线百姓有了自己的生意经，摆脱了贫困，甚至建立起“铁路市场经济”也是可见的改变。

每谈坦赞铁路，从那段峥嵘岁月走过来的人总会谈到马季和唐杰忠的相声《友谊颂》，“那时候，中国人都会说‘拉菲克’，就是斯瓦希里语‘朋友’之意”；还会提起，坦桑尼亚代表穿着中山装参与《联合国大会 2758 号决议》表决，绝大多数非洲国家为“中华人民共和国政府成为中国在联合国的唯一合法政府”投下赞成票。

历史上的意义真如丰碑般不能倒，也不会倒，但这条已愈生锈迹、哐当前行的铁路现实价值几许，争论却不少。1950 年代出生的毕淑敏，对那个时代有清晰记忆和深刻怀念，她的结语至今可作参照，我的感想恐怕也无出其右：“我无法评说历史，只能如实记录下我的所见所闻。也许，坦赞铁路给我们留下的方方面面的遗产，此刻评说还嫌太早。100 年后再来看这个决策，会有更客观的眼光。”更何况，不用等 100 年，非洲大地上新的铁轨已再度延伸结网，千万根枕木铺开，“中华人民共和国制”刻在了新的里程上。

在那个如中国乡镇小站的水泥站台两侧，一边停着破旧车厢，一边停着豪华列车，是分明在我眼前的强烈对比，但又可理解为延续与接力，这条路仍可肩负繁华与远望。

我到访达累斯萨拉姆车站的第二天是尼雷尔逝世 20 周年的日子，坦桑尼亚全国放假，北京大学还举办了“尼雷尔日在中国”纪念活动。这位“中国人民的老朋友”是和坦赞铁路离不开的人物，人远去，路还在，朋友之道也在。

刚果（金）维和部队采访记

2020 年 1 月，农历庚子鼠年春节前夕，我前往刚果（金）东部边境采访，报道中国维和官兵和当地儿童村的孩子一起过春节。这是我在非洲度过的第二个春节，是我唯一一次走进维和部队军营，也是我仅有的一次去到动荡中的刚果（金）。那是新冠疫情刚暴发之时，还未蔓延至非洲的日子，我去的是有过埃博拉病例的地区，和一群中国军医在一起。2020 年恰逢联合国成立 75 周年，也是中国军队参加联合国维和行动 30 周年。

1　过境布卡武

非洲有两个刚果，一个叫刚果民主共和国，一个叫刚果共和国，人们通常以它俩隔河相望的首都金沙萨和布拉柴维尔来区分，简称刚果（金）和刚果（布）。刚果（金）是撒哈拉以南非洲国土面积最大的国家，在非洲大陆中央的位置，是约瑟夫·康拉德小说《黑暗之心》影射之地。联合国自 2010 年起组织刚果（金）稳定特派团（简称联刚稳定团，MONUSCO）在该国执行任务。刚果（金）东部的北基伍省、南基伍省和伊图里省常在新闻中出现。

我要前往的是南基伍省首府布卡武，海拔 1600 多米，是刚果（金）海拔最高的城市。中国赴刚果（金）维和工兵分队和医疗分队驻扎于此。

要达成这次采访，着实费了一番周折。金沙萨在刚果（金）西部，先到首都再去布卡武很不方便，反而从邻国布隆迪最大城市布琼布拉去会更近，但从南非去布隆迪还须在卢旺达转机，还不如直接从同是邻国的卢旺达过境。

最终我搭乘最早的航班到达卢首都基加利，然后再乘 8 个多小时的汽车到刚果（金）边境，中国赴刚果（金）维和分队的救护车来边境站接我去驻地。

在卢旺达一路驱车，途中以山路居多，但道路基本平整，在接近边境的一段还有军队沿路把守，每隔 100 米就有一名持枪士兵。由于时有刚果（金）恐怖分子到边境骚扰，这些士兵是为了保障交通要道的安全。一路上的森林风光宜人，沿途农舍都由砖制，还遇到了前来考察的中国旅行社老板，他们希望开发卢旺达的旅游线路。

路上经过基格美难民营（Kigeme Camp），司机特意停下让我去拍几张照片。密密麻麻的棚屋和帐篷分布在陡峭的山丘上，被一条大路隔开。和非洲其他地方一样，孩子们一见到相机就蜂拥过来，在我的镜头前疯狂表现，或大笑或舞蹈，也会露出鄙夷的表情、比出莫名的手势。联合国难民署联合卢旺达政府辟出了 30 多公顷的土地来收容约 1.4 万名来自刚果（金）的难民，多为妇女和儿童，他们从家乡要步行好几天才能到这里接受救助。

来到卢刚边境，在卢旺达一侧有国际快递站和崭新的加油站，加油站门口有世界银行立的“大湖区贸易便利化项目”宣传牌。一个写着“STOP EBOLA”的白色棚子里，有装了一排水龙头的洗手池。旁边是一位穿着黄马甲的工作人员在给过境人员用体温枪测温，监督每个人洗手、双脚踩过消毒池。这些我们在新冠疫情时才熟悉的防疫操作，在这里早已习以为常。在刚果（金）总能在某个大门或者公共厕所外墙上看到关于防范埃博拉的宣传画。暴发于 2018 年 8 月的刚果（金）埃博拉疫情是历史上第二严重的埃博拉疫情，当时的不久前布卡武发现过 2 例埃博拉确诊病例。

我们一过边境，就能看出两个国家治与乱的巨大差别。刚果（金）一侧道路泥泞，分明是在土山上用车轮生轧出来的路，车辆颠簸不断，沿街多是瓦片搭建的棚屋。

2　352 步绕一圈的医院

我住进了中国二级医院的板房宿舍。

联合国的医疗设施分为四级，一级医院负责基础保健及急诊，二级医院是具备外科专家的第一个级别，有能力进行紧急抢救及外科手术，能为 10 至 20 名伤员提供至多 7 天的住院服务，若病人病情伤情过重则需要负责转运至更高一级的医院。

布卡武的中国二级医院担负着任务区 4300 余名维和人员的医疗保障任务。医院占地面积 5600 平方米，有三分之二以上是低矮的集装箱板房，生活和医疗设施使用了近 20 年，营地每逢雨季会漏雨。对于园区的小，医疗队员可以用精确的步数来形容，“仔细巡查一周，也就走 352 步”。中国第 23 批赴刚果（金）维和医疗分队的 43 名队员在这里服务，据他们说，这里最忙的科室是牙科，各国维和人员爱好看牙。

我到来时，武装分子袭击联合国设施的事件激增，他们专门加厚了防卫工事。他们需要每周做三次防疟疾的消杀。营地里的网络信号极差，他们给了我一张说是最好的手机卡，俗称“白卡”——来自卢旺达的通信服务商，但我还是需要举着手机才能获取微弱的信号。我看到有队员在庭院里来回踱步地拿着手机，为和有 7 个小时时差的家人视频通话。

在值班宿舍里，队里年纪最大的队员曹文峰跟我说了他的故事。

作为胸外科医师兼军务参谋，50 岁的曹文峰已经参与过两次维和任务。因为既能从事医疗救治，还能熟练处理安全防卫和后勤保障等具体事务，他被队友们称为“万能曹”。2016 年他第一次执行维和任务时，和现在同样的营区外会时常传来枪声，当地反政府武装与政府军交火不断。俄罗斯航空队集体食物中毒、埃及特战部队直升机坠机等重大抢救任务，曹文峰都亲身经历过。

“只要是‘开腹手术’，都由我负责。”曹文峰跟我说。一次，3 名巴基斯坦士兵因汽油桶爆炸导致严重烧伤，当时运力有限，无法将伤员转移到更高一级医院，作为队里唯一一名具备烧伤和重症医疗工作经验的医生，曹文峰连续 30 多个小时守护在伤员的床旁，直到伤情最重的伤员度过危险期。“在中国国内可以有完整的团队进行重症监护，但在这里连检查病人基本的生命体征都很困难，只能用‘最原始的办法’去做检测。”曹文峰谈起那次抢救依然心有余悸。比如检测中心静脉压，平常可以用仪器直接测得数据，但在这里只能用输液管和尺子配合完成。他清楚地记得那名巴基斯坦士官病情稳定后，一定要努力起身向他道谢的表情。这些病人后来被转诊到位于南非的四级医院，联合国维和部队的医疗官对60%重度烧伤的伤员能够转危为安表示非常震惊，“二级医院居然能够做到专科医院的水平，说明中国医生真的了不起”。

在医疗队营地里住的几天，我鼻炎犯了，维和大夫用简陋而原始的方式，给我做了B超诊断病情。他们在连接仪器的笔记本电脑上认真地看着我的脑部扫描图像，还执意一定要帮我体检。他们说：“我们也没什么像样的礼物，帮看个病开个药还是可以的。”我脚上莫名起了个奇痒的水疱，大夫看了也找不出原因，但抹了些止痒药，水疱后来也就消了。过了一个月，他们都还挂念着我的这粒水疱，发信息关心询问，说最近接诊了一个被虫子感染的病例，病情和我的水疱有点像。走过20多个非洲国家，我太知道在非洲闯荡能遇到最厉害的中国医生是何等幸运。

要过春节了，队员们用灯笼、中国结、彩灯等把医院里里外外装点一新。我在医院门口看到的最醒目的字是：有灵魂，有本事，有血性，有品德。

3 儿童村里过中国年

从中国二级医院前往儿童村，是我第一次进入布卡武市区，从车窗能看到外面人群熙熙攘攘、车水马龙。我们路过清真寺和立有雕塑的独立广场，能见到头顶各种货物的妇女，有人头上的脸盆装着摞得有半米高的玉米，也不耽误她照看背上的婴孩，还有贴满胶带、写着“春光園”字样的日本二手小巴。大大的4G广告牌着实引人注目，路边尽是办理手机业务的小柜台，中国手机品牌传音在这里也有门店。这是一个没有被信息时代落下的非洲城市。

经过一个摆满小摊、拥挤不堪的长长阶梯，我心里想：“这里的生活很热闹啊，看起来和平安宁。”一旁的战士提醒我，可能不远的地方就是被反政府武装屠村的村庄。

到了儿童村，我飞起无人机，能看到基伍湖碧蓝的湖水，岸边则是密密麻麻的棚户依着山势排列，像一圈圈指纹。方圆几十里，儿童村是这里最好的建筑了。

SOS 儿童村成立于 1989 年，是刚果（金）最早建立的孤儿收养慈善机构之一，收养了 150 多名因战乱、疾病和饥饿失去父母或被遗弃的孤儿。从 2005 年起，中国维和部队就与儿童村结成“对子”，为孩子们无偿提供物资援助和医疗救助。

儿童村被医疗队员们用横幅、灯笼、中国国旗等装扮得年味十足。儿童村村长说，中国维和官兵与儿童村结对帮扶十几年，这是头一回共度中国农历新年，“孩子们把中国军人当作亲人，今天都穿上了新衣服”。

作为护士的女兵们精心装扮，为孩子们带去了汉服舞蹈，孩子们也敲起了非洲鼓、跳起草裙舞。队员们用中、英、法三种语言向孩子们讲述中国春节的故事，还手把手教他们写毛笔字。一个 13 岁男孩写下“大爱无疆”四个字，骄傲地向大家展示，原来他曾经跟维和官兵学习过中国书法。

队员们为孩子们准备了书包、洋娃娃、体育用品等礼物，孩子们会拿着这些礼物兴奋地在镜头前拍照。但由于慰问儿童村的组织很多，为了便于管理，院方会把礼物都先收起来再分配。孩子们拿着礼物拍完照，然后乖乖地上交给老师，那种已经熟练的自觉，看着让人心疼。

我还抽出一天，去参观了位于基伍湖湖畔的中国工兵分队营地“中国半岛”。“中国半岛”上也多是活动板房，但比起中国二级医院，空间更宽敞，设施更齐全。工兵分队 170 多人主要负责任务区内的架桥修路、抗洪抢险等工程任务。我观摩了他们春节联欢晚会的排练，男兵们多才多艺，准备了萨克斯演奏、四川变脸、武术、秧歌、舞龙舞狮、魔术等花样繁多的节目。

4　穿上为埃博拉准备的防护服

结束采访的时候是 1 月 23 日，在从布卡武返回基加利的路上，我的手机信号终于满格了。我看到了武汉因为新冠疫情“封城”的消息。

后来我得知，在大年除夕当晚首批集结奔赴武汉的军医队伍里，就有我采访的这批维和医疗队员所属医院的医生。

到了 3 月，有报道说，刚果（金）境内的最后一名埃博拉患者出院了，当地官员说此轮埃博拉疫情有望结束。与此同时，武汉和湖北都相继传来病例“0 增长”的消息，然而新冠疫情开始在非洲各国迅速蔓延，卫生条件本就薄弱的刚果（金）也在其中，每天要接待各种病人的布卡武中国二级医院成了感染的“危险区”。

我和医疗分队的宣传干事一直保持着联系，从她那儿能感受到队员们对于未知病毒的担心，“越来越艰苦，我们整天担惊受怕的”。他们是军人，是医生，有使命在身，但当他们和我表达着他们的害怕时，那是还原到一个一个血肉之躯的本能感受，是真实的，更让他们的形象立体起来。临危而不乱的担当才弥足珍贵。

营房设施老旧的医院并不具备新冠肺炎患者血液标本检测条件，最初的布局规划也不具备烈性呼吸道传染病的收治条件。他们接诊了多例不明原因发热患者，虽然均在有效防护情况下进行了有效诊治，但官兵们执行医疗保障任务的风险急剧增加。他们对照国内火神山医院的经验做法，搭建起了虽简陋但实用的隔离区域，开设发热病人专用医学通道。

他们在出发前曾接受过被称作“出征前最后一次淬火”的近50天封闭训练，其中重要的一项内容是全员都要通过埃博拉救治演练，他们也带了很多套防护服过来。谁能想到，防护服派上了用场，但不是为了防埃博拉，而是防新冠病毒。

原本是去报道与春节相关的平安祥和的新闻，但借着这个机会我能走近需要国际力量才能维护和平的地方，身处与和平对立的战乱、疾病、恐慌环境中。我没有亲眼见到蓝盔卫士们奔赴战场，但他们依然在没有硝烟的地方顽强战斗；我没有捕捉到他们出生入死的画面，但依然能从中得到对生命的思考和对奉献的敬意。

是以为记。

第四章

IV

女王的瀑布和大探险家

一道深壑阻断了探险家发现“黑暗大陆”的路，却见飞瀑映飞虹，声势如雷钟。探险家把英国女王的名字赋予了这里。他说，只有天使飞过，才能看到。如今，叫作“魔鬼”的泳池，就在崖边。

探险家的伟大，总会是这里故事的主题，还有隐秘的谎言呢？世界之最的浩荡，总会吸引猎奇的游历，还有这片土地的创痛呢？

1　声若雷鸣的雨雾

160 多年前，誓要打开非洲这片“黑暗大陆”的英国探险家戴维·利文斯通沿着赞比西河一直顺流而下。1855 年 11 月 16 日，利文斯通远征之途被一个横亘长约 2 公里的瀑布截断，原始丛林深处隐秘的旷世奇景让他的心为之震撼，他用英国女王的名字命名了它：维多利亚瀑布。

他在日记里写道：“在英国没有这样美丽的景象，没有人能够想象出它的美景。从来就没有一个欧洲人看到过它，只有天使飞过这里时才能看到这么漂亮的景象。”

这一非洲最大的瀑布因此进入西方人的视野，该发现被视为利文斯通在非洲地理勘查活动中取得的最大成就。作为津巴布韦和赞比亚的边界，瀑布也让两国边境的城镇繁荣起来，津巴布韦一侧的叫维多利亚瀑布城，赞比亚一侧的就叫利文斯通。

在英国人来之前，瀑布拥有自己的名字。津巴布韦人称之为“曼吉昂多尼亚”，赞比亚人将其称为“莫西奥图尼亚”，意思均是“声若雷鸣的雨雾”。

就这样，殖民者自称“发现”了非洲，殖民统治者自称“治理”了非洲。在所谓“发现”和“治理”中，非洲自己的地名被抛弃，代之以殖民宗主国的各种名称，有统治者的名号（如萨达班港为葡萄牙总理之名，伊丽莎白港为英国女王之名），有殖民者或探险者的姓名（如吕德里茨港为德国殖民商人之名、斯坦利瀑布为英国探险家之名）。

多年前有旅游攻略会推荐从赞比亚一侧过境前往维多利亚瀑布，原因是津巴布韦一侧的基础设施较落后。但 2015 年由中国企业承建的瀑布城机场落成，让这一情况发生改观，多国航班可以直飞这里。瀑布虽为两国共有，水流是从赞比亚一侧的赞比西河流入一个狭长的峡谷，峡谷最窄只有 25 米，最宽不过百米，这样就在对岸形成一个观看瀑布的天然平台。因此要近距离感受瀑布扑面而来的气势，在津巴布韦一侧看瀑布才是明智之选。

作为世界三大瀑布之一，维多利亚瀑布落差最大，最高达 107 米，虽然宽度排第二、水流量排第三，但因为瀑布水势连贯绵长而盛名在外。我去的时候是 11 月，正值瀑布水量最少的时候，但依然能看到主瀑布段的水流湍急，在和瀑布同高的观赏平台也能感受到溅起的水花。听说到了 3—6 月的丰水期，视野中会弥漫水汽，瀑布会处于朦胧之中，这样一想，枯水期前来反倒能清晰一睹瀑布真容。

津巴布韦瀑布公园内设有 16 个峡谷悬崖边的观赏点，每一处看到的瀑布景致都不同。13 号点被命名为“彩虹瀑布”观赏点，在 11 月的此处看到的只有零星小水流，传说中的“彩虹胜境”未见，但整个游览途中想看到彩虹还是容易的，只要等太阳逃出繁重的云朵，阳光正好，让空中雾气水滴折射，飞瀑便可映飞虹。导览地图里特别提到：“如果有时间，值得在清晨、傍晚和满月时观赏，领略因为太阳和月亮的位置变化而产生的不同瀑布景观。在某些观赏点，要做好因水雾太大被淋湿的准备。”

2　最危险的天然游泳池

前是百尺飞瀑悬崖，后有急流滚滚而来，或有人手扶瀑布边缘浮于水面，或有人勇敢站起作欲跃身状，这些看起来十分惊险的画面会出现在众多旅游达人的社交网络相册中。这个“网红”必到“打卡点”就是在利文斯通岛悬崖边的“魔鬼泳池”，这里被称为“全世界最危险的天然游泳池”。

当时我并没有机会去体验这份刺激，只是在机场听到一位华人朋友说起，他从美国专程来就是为了“魔鬼泳池”之行。我倒是能在航拍镜头里看到这个泳池，着实是有些吓人。

要去这个泳池，就要过境到赞比亚一侧，需要提前在网上预约。但听说去各大酒店前台询问，也是能幸运地遇上空档。去这个泳池的路并不太好走，酒店会有专车载到山林中，然后再徒步约 3 个小时，穿过密林草泽走到没有任何护栏的瀑布边上。

“魔鬼泳池”不大，却是深潭，脚触不到底。池边有约 2 米宽的岩石，可以趴在上面让水从身旁漫过，会有工作人员一直给姿势建议并为游客拍照。如果水流很湍急，会有人帮忙拉着腿或者系上绳子以确保安全。在崖边站起，双手张开，正好身后有七彩虹弯，这可以是获赞无数的“最佳瞬间”，但是必须承认随时有被冲下去的危险。

如果要去的话，记得办理赞比亚签证。虽然官方文件有 24 小时往返过境签，但我们当时亲测，过境站工作人员并不知情，还是提前办理签证为宜。

在这里“玩的就是心跳”的除了“魔鬼泳池”，还有峡谷漂流、蹦极、滑索等项目。有一座跨过赞比西河的铁路桥，桥中央就是津赞边境，丰水期时在这里蹦极，身后就是轰隆而下的瀑布壮景，也是人生的难得体验了。

从瀑布公园大门出来，司机突然放慢速度，指着窗外跟我们说：“快看，大象！”只见就在路边，没有任何护栏围挡，四头非洲象正在树丛里悠闲地扑扇着耳朵、摇晃着尾巴。很多路人驻足观赏。在非洲看动物基本都是去保护公园里，能在人们来往经过的生活区旁边看到大象着实难得。在这开车的路上恐怕也要小心，因为不知什么时候就碰上猴子、山羊、野猪在过马路。

维多利亚瀑布附近不到 3 公里就是赞比西国家公园，据介绍，在这里能看到非洲五大兽中的四种大型野生动物（犀牛除外）。还有一个私人的动物园，能跟随狮子行走，近距离接触“万兽之王”。

当然，选择一份惬意也是可以的。泛舟在非洲第四大河流赞比西河上，享受晚霞，看看江边的河马及一动不动的鳄鱼。船上的小伙子既是服务员也是歌舞演员，还会向你展示他们自己录制的唱片。

3 “把心脏留在非洲”的伟大探险和他的“谎言”

“基督教、通商、文明”（Christianity、Commerce、Civilization），这是在维多利亚瀑布旁的利文斯通雕像前铭刻的词汇，这个“3C”的信仰是他在1840年消除奴隶贸易协会和非洲文明协会举办的一次会议上知晓的，并以此作为座右铭开启了他一生中的4次非洲之行。鲜为人知的是，他最初的计划是前往中国传教，但因为第一次鸦片战争爆发而搁浅。

传播基督福音、进行地理考察和开辟商业通道，这是利文斯通的三重非洲使命。但实际上，他是一位不太称职的传教士，他只让一位非洲人皈依了基督教，那是一位塞舌尔的部落首领。另外的两个使命，他确实身体力行了。他是第一个从东到西横跨非洲大陆的欧洲人，在他踏上非洲大陆之前，从卡拉哈里沙漠到撒哈拉沙漠之间的非洲地图几乎是一片空白，他的探险以及记录打开了这片“黑暗大陆”。

1857年，他的《在南非的传教和考察之旅》一书首版发行7万册，他因此获得空前的荣誉和巨额的收入，伦敦地理学会为他颁发了大奖章，举行了盛大的招待会；1864年的《赞比西河及其上游各支流考察记》中，他大声疾呼反对奴隶制，还在书中记录了使用奎宁作为抗疟疾的药物，并从理论上讲述了疟疾和蚊子之间的联系。奎宁治疗热带病的普及，让探索非洲的欧洲人死亡率下降了50%—100%，让探险者陡然增加。

在利文斯通最近的传记中，作者写道：“通过他，非洲的中心在地图上不再是一个黑暗、未知的空间，而是一个真实的地方，到处都是有趣的人类和奇妙的野生动植物……”

“我想，你就是利文斯通博士？”在瀑布的赞比亚一侧有个利文斯通博物馆，讲解员无数次地重复这句话。这是 1872 年 8 月 10 日《纽约先驱报》的标题，讲述了英裔美国记者、探险家亨利·斯坦利带领 200 人去非洲寻找失踪了 6 年的利文斯通，此前已经有媒体宣告利文斯通早已去世。他们在非洲热带雨林寻觅了近 8 个月，终于在 1871 年 11 月 10 日于坦噶尼喀湖附近的乌吉吉村找到了利文斯通。当时，方圆数百英里内仅有的两个白人会面了，斯坦利幽默地问道：“我想，你就是利文斯通博士？”这句话实在是太著名了，被收录进《大不列颠百科全书》和《牛津国家传记辞典》。

这个不起眼的利文斯通博物馆，是利文斯通小镇为数不多的景点，堪称赞比亚最大、最古老的博物馆，着实让人不太敢相信。一栋白色的建筑门口停了一架还不是利文斯通用过的飞机，里面设有考古展、人种学展、历史展、艺术展和利文斯通展，有一些造型简陋、很不上心的原始部落模型，可能最珍贵的就是利文斯通家族捐献的文物及利文斯通的日记手稿了。一张张手稿被装裱在玻璃框里，可以从抽箱中拉出查阅。

利文斯通的日记中记载的一个事件，对英国废奴运动的影响巨大。

利文斯通在非洲与世隔绝的 6 年仍在坚持记录见闻，最后纸张、笔墨殆尽，就用携带的英国报纸裁成本子，用野生的红色草莓汁作墨。1871 年 3 月，利文斯通抵达卢阿拉巴河边的尼扬洼村，记下了在那里生活 3 个多月的日日夜夜。这个不为人知的内陆村庄是阿拉伯人进行奴隶贸易和象牙贸易的据点。7 月的一天，奴隶贩子与当地黑人土著起了冲突，进而变成对村民的屠杀，400 多人丧生，多数是妇女和儿童。利文斯通全程记录了整个屠杀事件，在重要时段甚至有每隔一小时的实录。

这本“1871 年探险日记”后来被带回英国，公开发表在媒体上，引发了轰动。当中的细节揭露了奴隶贸易的凶残，为英国的废奴运动提供了第一手的实证。他对黑奴贸易的大量纪实描写直接推动了英国政府与桑给巴尔苏丹签署废除奴隶贸易的协议。

斯坦利后来在谈到利文斯通时说：“在整部非洲探险史上，没有哪个名字像利文斯通那样响亮。他身上集中了其他所有探险家所具有的优秀品德。”

但这本日记却在 100 多年后制造了“反转”。

2009 年，科学家用现代数字处理技术还原了那些用草莓汁写在报纸上、与印刷铅字混合的文字，却描绘出另外一个样子的“尼扬洼屠杀惨案”。

相比这部原始的“私密”日记，利文斯通在他的公开文件的多数段落里都加了不少新的内容，包括对事件发展过程的解释和分析，但同时删除了原日记中一些关键人物和事实细节，对有些事件的发生顺序做了改动。

利文斯通此前把 1871 年的惨案描述成一件突发的孤立事件，对于该惨案他事先毫不知情，事后也与他毫不相干，他有的只是震惊和愤怒。但事实并非如此：利文斯通和阿拉伯奴隶贩子关系密切，惨案前一个月，他和当地酋长做交易产生了矛盾，很可能就是屠杀的导火索，甚至他手下的人也直接参与了屠杀原住民的行动。

历史迷雾拨开，也让“英雄的面孔”变得复杂而立体。他在非洲穷困潦倒时是不得不靠那些奴隶贩子供给吃住的，但最终他选择“裁剪真相”来向世人“纯粹”地讨伐奴隶贸易之罪。

而那句“我想，你就是利文斯通博士？”后来也被质疑很可能是谎言。斯坦利在日记中撕掉了那次相遇的内容，利文斯通对他们的会面叙述也没有提及这一句话。

利文斯通的梦想是找到尼罗河的源头，但是壮志未已，他便于1873年5月1日在赞比亚的一个村庄病逝。两位忠心的非洲仆人将利文斯通的遗体进行防腐处理，跋涉千里护送他的尸体和所有日记回到了英国，但将他的心脏埋在他去世的那棵树下，现在那里立了一块纪念碑。

如今只要到维多利亚瀑布，你总会被告知伟大探险家利文斯通的故事，可能还会有人给你津津乐道那些奇闻逸事或者英雄传奇。公园里，一队队穿着蓝色校服的小学生前来郊游，看到镜头会兴奋地手舞足蹈。他们还会在利文斯通雕像前驻足许久，可能是带着老师布置的功课，也要了解这个瀑布和这个欧洲人的渊源。不知道他们除了被告知“伟大的发现”之外，会不会提及“隐秘的谎言”。

4　曾经的“面包篮子”和有14个0的钞票

津巴布韦在殖民时期被叫作罗德西亚（南非开普殖民地总督的名字），曾以“富饶”著称，殖民者利用这里的优越气候和广袤土地打造出“阿非利加面包篮子”和“度假天堂”，粮食自给有余、鲜花远销欧洲、是世界第三大烟草出口国……但2000年之后，“面包篮子渐渐空了”成为外界的普遍评价，自以为是“快车道”的土地革命、恶性通货膨胀、西方国家制裁等因素让这个国家的经济状况几近崩溃。

1980年独立后的10年，津巴布韦GDP年均增长率为3.5%，1991—1998年就已经全是负增长，年均增长率为−2.6%，2000年之后的 10 年基本是两位数的负增长。进入 21 世纪，这个国家面临一个残酷的现实：4500 名白人农场主控制了 42% 的农业用地，而 120 万户黑人家庭仅靠 41% 的土地维生。之后便是政府强行征用白人土地而不进行赔偿，导致大量白人逃离这个国家，进而是西方社会对穆加贝总统的制裁和对津巴布韦的封锁。

在瀑布城的街头，经常会有小贩向游客“售卖货币”，当年因通货膨胀留下的超亿元、超兆元面额纸钞也成了一个“奇观”，如今不再通用，反而成了最具收藏价值的旅游纪念品。

在机场的商店里，我看到了津巴布韦独立以来所有时期的货币。后来的版本因为印发匆忙都已经不再有新的设计，基本都是以“三叠石”为图案，目前最大面额的 14 个 0、100 万亿元纸币极为紧俏，已被炒到 70 美元一张，被当作“投资热门单品”。

2018 年来这儿的游客只能用美元和商家交易，换成当地货币很难去消费。货币的官方汇率说是和美元 1∶1 左右，但黑市上 1∶2 到 1∶40 的都有，可见现在的货币体系仍未稳定。

正因为缺乏外汇，导致国家难以购买紧缺物资。2018 年 11 月，我到这里时，正值津巴布韦“油荒”，加油站会排起汽车长龙，只为等突然有油的消息；周围的度假酒店也会时常出现停电状况，晚上的道路基本没有路灯。

《国家地理》杂志在推荐津巴布韦时特别提到，这个国家目前面临油价短缺和物价飞涨的动荡。“对于旅游者来说，为什么是‘现在’呢？”答案是现任总统埃默森·姆南加古瓦正在努力重振津巴布韦的旅游业。而在新政府恢复经济发展的目标下，很多投资者也在重拾对这个经济长期停滞国家的信心。加上中非合作的大势，这里的基础设施在中国企业的帮助下建设及更新，各方面发展也在摸索前进。对于所有外来者来说，此时踏足这片神奇土地，也是在见证这个天堂国度的再生历程。

千年一树“最非洲”

猴面包树，只要 3 棵，就能占领 B612 星球。在小王子看来那是坏的物种，所以他每天都要铲掉猴面包树的种子。

在地球上，猴面包树生命力依然顽强，只不过此时这种土生土长的非洲树种，却以其极强的环境适应能力被称为“生命树”。在一些非洲部落的语言里直接称之为“生之母”或者母亲。它们一旦扎根，便可以存活 500 年以上。

观赏猴面包树景观，最负盛名的就是马达加斯加岛上 20 多棵 30 米高参天大树排成的“猴面包树大道”，而在非洲大陆南部的南非、津巴布韦、纳米比亚等国也散落着众多古老的巨树，动辄千年以上的寿命，依旧枝繁叶茂。马达加斯加毕竟是离岛，大陆上的或许才更有代表性。

我在南非林波波省探寻过几棵猴面包树，触摸到树身被岁月打磨过的坚硬与沧桑，仰望着遮天蔽日的繁盛树冠，那是令人赞叹的生命壮阔与大地神奇。

1 “斑白、扭曲的老妖精”

如果从约翰内斯堡出发，距离最近的大猴面包树位于胡德斯普瑞特的一个农场里，驱车 5 个半小时到达，可以把它计划入前往非洲最大野生动物保护区——克鲁格国家公园和世界第三大峡谷——布莱德大峡谷的路线里。在这里有一棵列在最古老非洲猴面包树名目里的“名树”。

当车开进农场，最先引人注意的是一棵在旷野中挺拔着的高十多米的健壮大树，有着我们印象中猴面包树的标准模样：粗壮紧实的树干、向上散开的繁密枝丫。很多人会误以为这就是那棵有名的古树，但其实它才 500 来岁，在同类里只能算是年轻后辈。

真正的主角在 10 米开外，像一堆庞大的树丛。有人发现树干上刻有数字“1893”和“1896”，而在 2013 年用放射性碳定年法测算它的年龄是 1835 岁。

这棵“躺”着的巨树叫格伦科猴面包树（Glencoe Baobab），树围曾达到 47 米。它在 2009 年裂开了 2 次，到了 2017 年完全倒下，但仍顽强地存活了下来。有人形容说，“这棵倒挂的宏伟树木就像斑白、扭曲的老妖精，有着巨人的肚皮、犀牛质感的皮肤，树枝像细细的手指在空中交叉”。

如今，大树旁边立着“请尊重树本身的存在，不要刮涂”“禁止攀爬”等标识，但游人仍然可以走进那些如迷宫般错乱、横向生长的枝干丛里。我在这里发现又有几簇嫩芽冒出，那生命的绿意顿时让人肃然起敬。

现在大树旁边是一家餐厅兼露营地，可以品尝到烤鹿肉和主人擅长的煎饼。不远处还挖了一个泳池供游客惬意地欣赏“树景”，当落日余晖照出树影，远处有层层叠叠的龙山山脉映衬，景致确是美好。

餐厅老板说，几年前有人乘直升机来此，专程过来询问是否愿意出售农场，认为“地图上标明这里有黄金”，但最后勘探了两个星期却一无所获。

2 “超过 2000 岁且还在生长”

“巨大的猴面包树，超过 2000 岁且还在生长！向前 3.5 公里”，在胡德斯普瑞特小镇前往察嫩的路上，这块标示会指引你找到莱兹多普猴面包树（Leydsdorp Baobab），这个名字取自之前“淘金热”留下的小镇名。

当我走近一看，这棵树已经成了景点：围着栅栏、树上设了楼梯、旁边还有厕所和冷饮售卖，门票也从攻略里说的 10 兰特涨到了 20 兰特。树前立了一块手写标牌，“请告诉你的朋友来看我，我非常孤单”。旁边停了一辆沾满黄土的福特白色破皮卡，一位老爷爷在椅子上打盹。我也只好把他吵醒交了票钱，被告知可以爬上树看看。

这棵树果真出奇高大，我抵达时是 11 月，南半球的夏季，茂盛的树冠该有 20 来米高。大树有个中空的树洞。猴面包树在长到 1000 年之后，内部就开始变得空洞。据说这棵树曾经是矿工们的酒吧。

踩上几级木梯，可以通过一个窄长的缝隙进入树洞，里面的树壁上画满了各种涂鸦。这个树洞还可以作为储藏室，可以保持恒温 22 摄氏度。

沿着另一条陡峭的、写有“后果自负”的 12 级长木梯，爬到树的中部，可以站立在大树壮实分支的怀抱里，拍一张和大树的合影。若要取景树的全貌，人就会显得过于矮小。

这棵大树的看守人是一位退休的警察，他会给游客指出停在树枝上的斑点鹰和周围生机盎然的环境，他说，“这是最好的养老工作”。

3 安静的庞然大树

有人说，当你对猴面包树了解越多，它们就会变得越发迷人。

猴面包树是世界上最大的多肉植物，它的花朵只开花一天，一棵树可以结 1000 多颗果实。这种果实被誉为“终极超级水果”，维生素 C 含量比橙子多 6 倍，钾含量比香蕉多 3 倍。猴面包树会在极度干旱的条件下落光叶子保全自己，体内最多可储藏 4500 升水。

一位在多哥的朋友品尝过生长在西非的猴面包树果实，他这样描述：“猴面包果实可以直接吃也可以煮水，黄色部分果实口感软绵绵的。煮水后种子脱落，果实与水形成混浊液，果汁是酸的，有点原味酸梅汤的感觉，生津开胃。”

非洲人会将猴面包树的树皮刮下编织绳索和篮子，甚至用来做牙刷，其树根、树皮、树叶可入药治疗腹泻、风湿等疾病。他们认为，这些古老巨树是神圣的，它们掌控着非洲草原繁衍的神力和与祖先沟通的能力。有些部落在树木死去时，还会举行隆重的仪式。

如今，因为气候变化、过度放牧等原因，很多千年古树正在面临死亡的危险。有学者统计了非洲 60 多棵最大和最古老的猴面包树，发现自 2005 年以来，13 棵最古老树中的 8 棵，6 棵最大树中的 5 棵已经死亡或者部分倒下。

有一棵我非常想去拜访的桑兰猴面包树（Sunland Baobab）就在其中，传说是最大的猴面包树，它的树洞可容纳 15 人，后来成了著名的酒吧。但现在大树已经倒下，酒吧永久停业。

这些安静的庞然大树扎根在非洲土地里，古老、倔强、神秘。有非洲朋友说，它们比狮子、大象、尼罗河或者乞力马扎罗山更能代表非洲的意象。它们静静地看着千年文明的兴衰，树旁路过的人们曾疯狂淘金、把酒狂欢、祭奠生死，有些春芽在长，生生不息，有些却也走入生命尽头，终未能抵抗岁月流转。但人站在它们面前，终还是渺小的。对生命的敬畏是一份强大的信仰。

企鹅小镇和孤独灯塔

1 “劫后余生”的飞行

我的无人机努力地飞向一座建在海中岩石上的灯塔。从地图上看，它仅离岸边 1.5 公里，按埋说我应该可以将它飞悬到灯塔的上空，拍下一张俯视照片：白色灯塔与岩石浑然一体，四周的浪如要吞噬一切般翻涌，海豹们在简陋的栈桥上慵懒打滚，可以无视海的肆虐，成群的海鸥同样自在地盘旋。

这样的照片我在旅游杂志上见到过，当时为之震撼，马上就在手机地图上标记好：罗马人岩石灯塔（Roman Rock Lighthouse）。它是南非唯一一座、也是世界上少有的建在海中央岩石上的灯塔，高出海平面 17 米。它在开普敦的西蒙镇海军基地附近，我当时想，我一定要找到它！我觉得它应该是全世界最孤独的灯塔，至少在我的世界里。

无人机监控器里一直显示风势较大，让我返航。但对于自以为老飞手的我来说，这只是一条无伤大雅的提醒而已，而且电量充足，我按下一张照片就返航，时间完全够用。谁知道，越往灯塔处飞越觉得遥遥无期，飞行器将动力完全花在和大风的抗衡上，前进缓慢。我决定立即返航。可是，无人机回来的路更加艰难，它像正在空中经历一场惊涛骇浪，随时准备搁浅。我拼命地推着手柄杆，心想：能飞回岸边、不坠入海里就是万幸，至少能根据定位找到。最后，在电量耗尽之前，它停在了起飞点附近的停车场。有惊无险！

这一次操控着无人机飞向“最孤独灯塔”的“航程”，现在回想，应该就像当年无数航海家玩命要越过好望角一样，纵使征途未卜、风暴时来，也要搏一搏，为了远方无尽的财富、香料和功名。

这种情感与所处地点无疑是吻合的，西蒙镇就在前往好望角的途中，稍加留意就可以在近礁和海滩上看到百多年前搁浅乃至遇难船只的遗骸。和“大航海时代”产生了些许“劫后余生”的跨时空共鸣，可以当作与这个平静小镇相遇产生的不平涟漪和内心波动吧。

2　西蒙的镇与错湾

罗马人岩石灯塔最早是从英国迢迢运来的，于 1861 年 9 月 16 日首次亮灯。是一位英国皇家海军的准将担心女王陛下夜间到此停靠的安全而提议建造的，耗时 4 年才将灯塔立好。160 年的历史里，灯塔多次被冲毁、淹没、重建。塔里曾经还会有人每周轮班值守，由于与岸隔离，灯塔管理员是同行里收入最高的人。如今它已经实现了供电和全自动化，不需要专人看护了。

我在日出时分，爬到附近的山上眺望，在晨光条缕清晰的温柔射线下，一湾海水还未被新日的光芒打亮，是一场即将苏醒的混沌梦境，灯塔刚刚熄灭守航的灯，渺小又坚毅地存于构图当中，那是一份迷蒙中旷然的孤独。它早已自带光芒，却不敢与旭日争辉。

我观看日出的地方，是一个老炮台，需要走盘山公路才能到达。在那里，可以俯瞰西蒙镇的全景，南非的海军基地也清晰可见，那里曾经是英国皇家海军的基地。

西蒙镇更准确的翻译应该是“西蒙的镇”（Simon’s Town）。名字来源于荷兰东印度公司在南非开普殖民地的第一任总督西蒙·范德斯特尔，“西蒙的”或许是为了体现一种殖民者自傲的专属权吧。起初只是为了停泊避风的船只，后来好望角成为英法两国争夺的要地，军事意义凸显，西蒙镇便成了军港。

奔赴“一战”“二战”的军舰都曾在此集结，法国、英国、德国的海员们都曾在此休整。西蒙镇的造船厂，曾经主要是为了给去圣赫勒拿岛的监护船提供便利，那里关押过拿破仑。很难想象，世界大战的风云可以波及非洲南大陆的一隅，千丝万缕的纠葛也让这个小镇的遥远变得辽阔与悲壮。

这一弯绝美的弧形所在的区域，叫“错湾”（False Bay）。因为300多年前的水手们老是把这里错当成好望角附近的开普角，而直接“将错就错”，把错之名给了这湾碧海。迷航的人只要能找到岸，就不分对错了。

我站在观日出的山口，海风格外凛冽，清晨的西蒙镇却安然于柔光里。身旁的炮台已经锈迹斑斑，目之所及的港口军舰寥寥，倒是立着各式桅杆的豪华游艇整齐排列，待客人前来拉一帆去观鲸掠海。

3　不到南极看企鹅

“不到南极也能看企鹅”，这是西蒙镇招揽游客的大招。在前往好望角的路上，稍作停留、看看非洲企鹅是大多数游客的路线。

巨石滩（Boulders Beach）是3000多只企鹅的乐园，游客可以沿着一条长长的栈道观赏企鹅，可以看到一大片海滩被黑白斑点密集占据。攻略里这样形容："它们像漫不经心、发育迟缓的超级名模一样，轻率地忽略了在观景台上拍照的相机和追捧它们的游客大军。"

这里甚至还专门提供了一小片海滩，供人躺着休憩，等着几只胆大的企鹅蹒跚而来。这些穿"晚礼服"的小生物一点也不绅士，它们锋利的喙会伤人。但居民们丝毫不怕：搭个棚子铺张床，伴着企鹅的"公驴叫"还能读会书；孩子们就比企鹅高一点，追着赶着就像一个幼儿园的同学一样。

非洲企鹅又叫"黑脚企鹅"，体重为2—5公斤，连南极帝企鹅的四分之一都不到。它们有两个显著的外观特征，一个是眼睛旁边有粉红色的腺体，另一个是身上有因"鹅"而异的数个斑点，就像人的指纹一样用来识别。还有一个特征，要它们一展"歌喉"才能知道，它们的叫声很像公驴，所以又叫"公驴企鹅"。它们虽然个头小，声势却"很非洲"。

听说去南极看企鹅，"不打扰"是对生灵最大的尊重，远观即可。但在西蒙镇可不是，企鹅们已经习惯了和人类混居，可以在人群中像大佬出街一样横行无阻，甚至会把巢安在某家后院的树丛或者废弃的独轮车里。

这是在2021年Netflix推出的纪录片《企鹅小镇》里的情节。我一口气把8集看完，如同看完了一部由企鹅主演的肥皂剧。它们求偶交配、选址筑巢、跋涉觅食等都十分戏剧化，而且秉持一夫一妻制的它们患难与共、分工合作养育后代、共同抵抗同类和天敌的威胁，乃至失去配偶的企鹅父亲一"鹅"将一双儿女带大并领它们奔向海洋，这些忠贞、坚韧、勇敢，让人潸然泪下。

“离人类越近，巢穴越安全”，这是西蒙镇企鹅区别同类最大的习性了。《企鹅小镇》里还有另外一句话，“拯救自己的物种是一个全天候的任务”。纵使西蒙镇人已经非常注重保护这些邻居，但企鹅们依旧要和海狗野猫、人的扩张与变暖的地球斗争。

作为游客，轻而易举地看着上千只企鹅四处撒野，会以为它们很是子孙繁盛，但非洲企鹅是濒危物种，甚至有人预测它们将于2026年在野外灭绝。《企鹅小镇》最后一集及2021年另一部纪录片《地球改变之年》中，都描述了新冠疫情下的一个经典场景：南非因疫情要求人们居家隔离，企鹅们迅速占领了西蒙镇。

人的活动在让动物们一次次逼近生存绝境，但稍一“懈怠”可能就让生灵们获得喘息的机会。不知道当年预测2026年的科学家们，有没有想到过会有一个可以肆虐3年的疫情变量，而这个灭绝年限会不会因为人们的反思与克制稍微往后推一点呢？

4 世界名犬

其实西蒙镇的企鹅繁殖时间并不长，从1982年才开始。而有另一只更“久远”的动物和西蒙镇的渊源与情感更为密切：一只狗，一只被做成雕像立在镇中心广场的狗，唯一的皇家海军狗。

这只狗有名，叫Just Nuisance，翻译过来就是“只是烦人”。它出生于1937年4月1日，后来被西蒙镇的海军水手领养，成为水手们的“宠儿”。但它特别喜欢去火车站转悠，甚至随意上下火车，让车站人员非常愤怒，警告它的主人必须为它买票。为了解决狗的“出行问题”，居然有人给海军司令写信求情。最后司令决定让它加入皇家海军，因此，它成为一名应征入伍的“志愿者”，有权在火车上免费通行。这一行为让它成为唯一的皇家海军狗，一跃成为“世界名犬”，当然也让西蒙镇“蓬荜生辉”，成了镇上的吉祥物。

这只“海军狗”一生都没出过海，但还是按照“军人纪律”接受了严格管理，犯错了会有惩罚，比如睡错床会7天不让啃骨头。1944年元旦，一场车祸让年迈的它瘫痪了。最终，它在7岁生日的时候接受了安乐死。

它的坟墓就在西蒙镇一旁的山顶上，有一条很有名的徒步线路可以到达那里，因而总会有世界各地的慕名者前去探望这只因为喜欢“火车旅行”而获得名气的狗。

话说回来，西蒙镇是南非铁路的终点站之一，铁轨就沿着大西洋铺设。那黄灰色相间的老式火车慢悠悠地开着，海浪就在一旁哗哗翻涌，海风吹进合不上的车窗，真的很是浪漫。当初因为担心不安全，我没有乘坐，只是在一旁观望。当要离开南非、还想来坐一回时，火车早已经因为疫情而停运了，只能在空荡的车站前留个影。

西蒙镇的码头还有另一座雕像，叫“时刻准备着的潜水员”（Standby Diver），是一群退伍的南非海军老兵集资建造的，或许想在这个他们挥洒过青春的大海边上留下一些什么，或许还想让参观者理解他们的壮志未酬。

当夜幕降临，那座被我尊为“世界上最孤独的灯塔”每6秒会闪烁一次，给来去的船儿引路，盼所有的漂泊归航。

姹紫南非，来自 1888

无疑，进入 10 月，南非就会迎来最梦幻的季节。

1 梦幻“入侵者”

南半球唤来了春天，9 月下旬，天气开始转暖，人们就会期待一场春雨。雨水滋润后阳光普照，比勒陀利亚近 7 万株蓝花楹竞相开放，连绵的花海如蓝紫色的云雾般包围整座城市，再一次为“蓝花楹之都”的名号正名。

58 公里之外的约翰内斯堡由于处于高原，气温比比陀低 3 摄氏度左右，蓝花楹的花期会稍迟几周。当花期最盛时，有些街道两侧 10 米多高的蓝花楹会形成一个“拱门”，紫色的花瓣散落一地，傍晚金色余晖从枝丫的缝隙洒下，色彩饱和度正好，宛若一条动漫中才会出现的“梦幻长廊”。

蓝花楹的名字“Jacaranda”源于南美洲的瓜拉尼语，意为“芬芳的”，为外来物种。19 世纪末，人们从巴西带回树苗开始在比陀种植。娇艳的色彩实在迷人，一时间满城皆种。可是 2001 年南非政府宣布蓝花楹为“三类入侵物种”，原因是它们对当地生态入侵性太强，正在取代本地的物种，甚至试图将其根除。但人们太爱这些花朵了，最后取了折中的方案：不再种植新的蓝花楹树，老树死去后也不予新种。

尽管紫色的胜景貌似逐年减少，但这些树木至少还能存活100年，南非人持续的爱意丝毫未减。蓝花楹已经成为比陀城市文化的重要组成部分，这里每年都会举办蓝花楹节，包含音乐节、跳蚤市场等活动，当地的电台也是以蓝花楹命名的。

2 考试季的“魔力”

至今还有“外来者”当初到来时的印记。我找到了在比陀最先栽种的两棵蓝花楹，它们“藏”在城中的森尼赛德小学里。为了一睹这两位“先辈”容颜，我跑了三次：第一次去说下班了，第二次去说要预约，第三次才在校长同意下，交了70兰特，在孩子们放学后得以进入。

两棵蓝花楹树格外高大，分别种在校舍的两侧，每棵树下面都有一块比陀市议会设立的牌子，用南非荷兰语写着“这是1888年种植的第一批蓝花楹”。花瓣会散落在红色的屋顶上，树下放学的孩子嬉笑打闹，年轻的女教师们让我帮她们拍几张照片才愿下班。

蓝花楹开放时，正值南非的“考试季”，所以也被当地学生们赋予了“魔力”。比勒陀利亚大学里流传着一个说法，如果在准备考试的时候蓝花楹花瓣落在你的头上，你将通过所有考试科目。而另一种说法则是，如果你还没有开始复习考试，等到街道都变成紫色的时候那就太晚了。

除了好运，当地人还认为蓝花楹象征着智慧、财富和重生。南非国父曼德拉在其自传《漫漫自由路》中，回顾自己长达5年的被审判经历时专门写道："在蓝花楹树荫下的那些时刻是审判中最愉快的时候。"他于1994年5月10日就职演讲的时候再次提到了这种植物："我们每一个人都与这个美丽国家的土地亲密相连，就像比勒陀利亚的蓝花楹树一样。"

当我在蓝花楹树下流连欣赏的时候，总有周围的居民过来悄悄地说："你知道有白色的蓝花楹吗？"仿佛这是他们私藏了很久的"秘密"，不轻易透露给外人。

白色的蓝花楹的确不太多见，且不能繁殖。在比勒陀利亚城郊的赫伯特贝克街可以找到几十棵白色蓝花楹路边排列，也会有紫色的品种混杂其中。毕竟开白花的树木种类很多，且没有集中的簇拥之势，从观感上还是逊色于妖娆的蓝紫色。赏花时，刚好伴着初升的皎月，反而有了另一番味道。

3　身份的装点

在南非的3年，每年10月我都会时不时开车去比陀和约堡各处转转，寻找拍摄蓝花楹的最佳摄影点。比如在比陀联合大厦附近，能航拍到城市地标下的花团锦簇；在叫"爱之日"（Loveday St）的一条死胡同，尽头是铁路，没有车行人往，散落一地的花瓣无人清扫，街道被铺满，美好不会被打扰；约堡的罗斯班克（Rosebank）街区附近，蓝花楹树很高很密，抬头能见到绿叶和紫花区隔的树际线；约堡的四季酒店设有专门的观景台，命名"Jacaranda Hill"，在此可以喝着下午茶，惬意俯瞰被紫色点缀的全城景色。

我最爱一个叫Highland的街区，如其名，就在一个高地上。无人机飞起来，可见好几条长而笔直的蓝花楹大道延伸至远处的高楼群，联排的别墅密密麻麻，错落有致的屋顶甚是好看。每次出去拍花回家，鞋底都沾有蓝花楹花瓣，身上都是花的味道，感觉自己整个身体都是紫色的。

寻觅的地方多了，我发现蓝花楹密集之地多在中产以上的高端住宅区附近。一位旅南 20 年的老华侨和我说过，蓝花楹多种植在种族隔离时期的白人区或富人区。花季时，这些紫色花朵成了私家车“最美的装饰”，能有花瓣落在车上，说明车主所住之地非凡，几朵小花成了身份地位的标志。而非黑非白、生活在夹缝中的南非华人大多不能在这些区域居住，于是蓝花楹怒放时，很多华人子弟会拾起花瓣撒在自家汽车的挡风玻璃上，“能坐在有这些花瓣点缀的车子里驰骋，孩子们的心也得到稍许安慰”。

过春节的“天堂原乡”

毛里求斯的美被马克·吐温这样形容：“上帝先创造了毛里求斯，然后创造了天堂，天堂是以毛里求斯的样子复制而来。”这就是毛里求斯被称为“天堂原乡”的由来。

虽然与中国远隔万里，但是这个印度洋岛国却与中国有千丝万缕的联系。这里是非洲唯一将中国春节作为法定节假日的国家。他们的纸币上拥有唯一被印在外国货币上的华人形象。2019 年，我在毛里求斯度过了我驻外期间的第一个春节，体验了一年一度的春节巡游、跨国春晚，体验了异国他乡的年味十足。

1 海的造化

当我一下飞机，首都路易港的机场就用中文标识“欢迎”来迎接我。抵达时，落日已息，但残留的晚霞，让大海一改蓝色的深沉忧郁，陷入火烧的炽烈色调里。海总能让这个印度洋岛国造化出惊喜。

毛里求斯国土面积 2000 多平方公里，主岛是沉浸在汪洋中的火山岛屿，山势从南部陡升到中部，然后往北缓降，除南部一小段海岸线外，整岛几乎均被珊瑚礁包围。南岸的海风凌厉，但沿海公路的风景却是浑然天成的奇秀。

西南角有一个巨大的U形弯路（Baie du Cap），取名“天涯海角”，不知道是不是中国游客给起的别称。可停车登上从公路旁伸出的小山，在观海平台上凭海临风。这里临近一个河口，能见到近海域呈现河流冲入的黄色，与大海的湛蓝界线分明。

东南角则有一座火山岩形成的自然桥（Pont Naturel），需要穿过甘蔗田间的泥泞道路才能抵达，但作为“必打卡”地标，这里不缺排队等候“登桥”的游客。从空中俯瞰，黑礁海岸塌陷出一个大窟窿，不断有晶莹的海浪涌入；从大海一侧看，像是一座拱桥，人们颤颤巍巍地走上“桥”，站立于此，脚下阵阵汹涌，耳边隆隆浪声，是令人有些心惊胆战的。

最南端风浪最大处，名为“大浪湾”（Gris Gris），视野开阔，可以尽情地迎着风展开双臂，去拥抱大海。能够目睹巨浪排山倒海般冲刷海岸，海水依旧清澈，海底珊瑚礁清晰可见。

大海如此盛情邀请，当然要出海潜个水。从游人如织的蓝湾（Blue bay）出发，坐上一架白色快艇，驾驶员左耳上夹一支烟，两腿架在台上，英姿飒爽地掌握方向盘。如离弦之箭的船速，让我不得不抓紧船体，有晕船的不适感。只要到达潜水点，穿上潜水服，背上氧气瓶，纵使海水冰冷，能在斑斓的珊瑚礁间游荡，于无比清透的海水中览鱼群嬉戏，就可以忘掉来时奔波。这里可以接纳不同水平的潜水爱好者，即使零基础也能在教练带领下轻松浮潜，去仔细认识皇帝天使鱼、蝴蝶鱼、鹦鹉鱼等新朋友。回程可以选择大一些的游船，船底有玻璃，能直接看到船下的鱼儿和海龟。如果再幸运一些，还会邂逅海豚。

若说南面的海激情，北面的海则显得安静许多，风平浪静酝酿出的是醉人的蓝。再往北眺望，冈纳斯科因小岛如漂浮在海面的巨木，形状一头大一头小，当地人说像帆船，但中国游客更为熟知的名字是“棺材山”。岸边有一座算不上起眼的红顶教堂，是法国人殖民时期建造的圣母院，因一对明星夫妇的婚礼在中国变得名声大噪，吸引了众多后来者的效仿，期待同款爱情见证。或许是那“红顶”与“蓝海”彼此辉映，赋了深情。

在教堂附近，有人架起了鱼摊，处理刚从海里打起的新鲜海鱼。砧板上留下的腥味可以随即用海水冲走，又回归到咸湿的蓝里。一边是教堂边的盛装新人，一边是大海边的市井小摊，像在互相确认一个道理，“生活本身也是仪式”。

还可以发现延伸至海里的旧铁轨，勉强证明着曾经的繁荣梦想。据说，这片北部海域发生过很多毛里求斯历史上的重大事件，英军在这里击败了法军，掌管了全岛的统治权。如今，独立自主的毛里求斯可以自在地迎接五洲游客。毛里求斯一直是非洲最具竞争力、营商环境最好的地方，是非洲唯一一个人类发展指数被评为“非常高”的国家，也是第一个和中国签署自由贸易协定的非洲国家。

“这里是拥抱海洋的地方”，不仅是一种旅行中的感受，更是这个国度代表非洲在显示开放、包容、进步的胸怀与气度。

2 山的多姿

不止于海，毛里求斯岛腹地也大有乾坤。山的形状各异，有的像披着斗篷的长者，有的像含羞娇弱的少女。黑河谷国家公园（Black

River Gorges National Park）承包了岛内绝大部分的热带雨林，贡献了最为磅礴的绿意。

密林当中拥有毛里求斯特有的300多种开花植物和毛里求斯红隼、粉鸽、回声鹦鹉、毛里求斯鹃鵙、艳织雀等濒危鸟类。但被当作毛里求斯标志的渡渡鸟已经不见踪影，它们在欧洲殖民者到来后不到80年，因为大量捕猎而灭绝，现在只能在纪念品商店的冰箱贴、邮票、T恤上寻得模样。

鹿洞（Trou aux Cerfs）火山口也是一片郁郁葱葱的森林，中央露出一小块干涸的湖泊。这是一座很年轻的火山，据说爆发过一次，过去70万年里一直处于休眠状态。专家认为，在未来1000年内它随时会被“激活”。火山周围是一圈慢跑步道，从早到晚都能见到勤于锻炼的人。从绿意盎然的火山远望，能看到繁华的都市和人家，那是毛里求斯仅次于首都的第二大城市居尔皮普。

火山喷发留下的丰饶土壤，露出了层次分明的各种颜色，有了景点“七色土”（Chamarel Seven Colored Earth Geopark）。当地人告诉我这里的色彩不止7种，最夸张的有23种颜色之多的说法，无论几种，都为了表达对如魔术般幻化的大自然的惊叹。当年的火山活动后，岩浆冷却的速度不均，加上土质里所含的水晶，火山灰里的多种金属成分呈现出黄、赭、紫、红、橘等奇异的色泽，天气越是晴好，起伏的山丘越能呈现丰富的色谱。在七色土附近，还能观赏到大海龟，还会偶遇猴妈妈带孩子出来巡山。查马雷尔瀑布从百米高的玄武岩悬崖上倾泻而下，为如画的景色增添了几分灵动。

岛上还有一座皇家植物园，始建于18世纪，是南半球最古老的植物园，前身是法国殖民总督拉布尔多内的私人花园。园内引进了许多珍贵的热带植物，有来自中美洲、亚洲、非洲和印度洋周围岛屿的 80 余种棕榈树。最引人入胜的是一片长长的巨型睡莲池，其中的品种是世界上最大的睡莲——亚马逊睡莲，这种睡莲可以承载一个婴儿的重量。很多其他国家领导人来访时会在此种植“友谊树”，包括英国玛格丽特公主、法国前总统密特朗、印度第一位女总理英迪拉·甘地、津巴布韦前总统穆加贝等。

3 “甜的 15 种滋味”

“甘蔗几乎是毛里求斯唯一的农作物，这里连空气都是甜的”，这句话看似调侃，却能形象地反映蔗糖在这个岛国举足轻重的地位，糖业的发展几乎贯穿了整个毛里求斯近现代史。在英国统治时期，殖民者为毛里求斯开辟了欧洲的蔗糖市场，刺激了该岛的糖业生产。随着糖业的发展，英国人兴建了公路和铁路。到 19 世纪中叶，毛里求斯已成为世界上重要的糖产地，如今漫山遍野的甘蔗田依然在延续着这份“甜蜜的产业”。据统计，毛里求斯人均糖消费量达到 32 千克 / 年，远远高于世界平均水平。

一座废弃的制糖工厂被改造成了糖业博物馆，展示了 4 个多世纪以来与国家相生相伴的制糖工业发展史，同时记载着制糖工人的辛劳印记。保留下来的巨大齿轮、蒸汽机车、大型管道让人仿佛置身于真正的制糖工厂中，可以一步一步地了解有趣的制糖流程。更有意思的是，在这里你会发现“糖”不仅是一种调味剂，还能成为一种艺术品和各种纪念物。一个玻璃瓶里层层叠叠地存放着不同颜色的蔗糖，就像固定的鸡尾酒沙漏，还能让你品尝到 15 种不同口味的糖。“一边喝着朗姆酒，一边品味毛里求斯特制糖果”，这被宣传为很难在其他地方体验到的惬意。游客大多会去流连碧海蓝天，少会认真阅览这个小岛的兴衰，但只要稍加品味，就会领略毛里求斯人为了生产、生活、发展孜孜不倦的努力，会更爱这里的朴实与乐观。

“甜的15种滋味”，一如毛里求斯多元文化交融焕发的多彩。

4　非洲的中国年味

在路易港的市政厅门口，人头攒动、鼓乐齐鸣，满眼的红灯笼、舞狮、舞龙、纸伞、旌旗，中国传统元素烘托出属于春节的气氛。随着毛里求斯总统带领嘉宾一起用毛笔在舞狮狮头上“点睛”，毛里求斯春节巡游和广场庆典活动开始了。两条舞龙在前，主花车和20多头舞狮随后，人们手中挥舞着五星红旗，孩子们穿着唐装打着武术招式，一条长约100米的巡游队伍从市政厅出发，一直走到唐人街。来自华人社团、中资企业、当地学校、政府机构等的20多个方阵将路易港市中心变成欢乐的海洋。毛里求斯警察乐队演奏起《我的中国心》，不少巡游民众一起应声合唱。2019己亥猪年春节，我虽离家万里，但依然能够在非洲找到地道的“中国年味”。

毛里求斯是非洲唯一一个将春节作为公共假日的国家，“欢乐春节”系列活动已被列入了该国内阁日程，当地电视台还会向全国直播毛里求斯春节联欢晚会。华裔约占毛总人口的2%，是该国四大族群之一。每年的春节活动基本是由毛里求斯中国文化中心组织和举办的，这是中国在海外设立的第一个文化中心。

时任毛里求斯艺术和文化部部长鲁蓬在采访中告诉我，“由于毛里求斯政府将春节定为国家法定节假日，数十年来，春节早已走出华人群体，成为全民共庆的全国性节日。春节系列活动也已成为毛民众了解感受中国文化的最佳平台”。

路易港市政厅门口还能见到与佛山 1989 年结为“姊妹市”的牌匾，“Port Louis”被翻译成了“波累”。路易港市是华人密集的城市，绝大多数华人是从广东客家地区和南海移民而来的。路易港市内的唐人街成为华人聚居的中心，大多数从事商业、饮食业或旅馆业，是非洲华人最多的地区之一。假日里的唐人街会显得冷清，但是中山街上随处可见的孙中山头像、大红的汉字门匾、对联、“福”字灯笼，还是让人心生回家的暖意。

除了这些，毛里求斯和中国的万里相牵还在“钱”上有文章。25 卢比的纸币上，有唯一在中国之外货币上出现的华人面孔。这个人叫朱梅麟，祖籍广东梅县，1911 年出生于毛里求斯，是第二代华人。作为一位成功的商人，他当上了当地华商总会的主席。抗日战争时期，朱梅麟组织了多次募捐，为中国捐献了大量钱物。“二战”爆发后，毛里求斯陷入了食物短缺危机，朱梅麟成了毛里求斯人的“靠山”，民众得到救济而免于挨饿。1968 年，毛里求斯独立，他被任命为新政府的财政部部长。20 世纪 70 年代初期，国际市场甘蔗价格大幅下降。毛里求斯甘蔗种植业面临灭顶之灾。朱梅麟致力于改善经济结构，将单一的种植业改造成多种产业并驾齐驱。他去世之后，毛政府为纪念他的功绩，将他的头像印在了本国钞票上。

那个除夕，我在中国驻毛里求斯大使馆吃上了饺子，看上了国内的春晚。新年的第一个清晨，我在海滩上歪歪斜斜地写下了“新年好”三个大字，飞起无人机拍下我、翻涌海浪和这份祝语的合影。那个年份在非洲的新年祝福没有过时，可以放在每一个年头憧憬。

熔岩与大海际会

大概 300 万年前，印度洋西南部、非洲大陆以东，有两座相邻的火山各自喷发，流淌出来的岩浆将彼此相连，它们再也没有分开。海底山脉的 3% 浮出海面形成小岛，小岛今名留尼汪。自然之神从未停止在此的造化，冰川侵蚀过山川，雪融后遗留下冰斗，岩浆仍在地下活跃，海浪又将炽热冷却。《世界遗产名录》里谓之："峭壁与森林覆盖着的峡谷与盆地交相呼应，共同形成一幅壮阔的图画……亚热带雨林、云雾林和沼泽地交织在一起，宛如一个由生态系统和各种景物组成的马赛克。"

熔岩与大海际会，碰撞出冰与火之歌，让留尼汪被推举为"印度洋最后的冒险乐园"。在这里可以上天、遁地、下海、蹈火，"每一次出发，都颠覆着人们对一个小海岛的传统认知"。探险与猎奇之余，法式浪漫也会翩然而至。

1 "日落之岛"

作为法国的 5 个海外省之一，留尼汪岛孤悬于南半球的印度洋之上，着实遥远。从巴黎飞往留尼汪首府圣但尼，全长 9300 多公里，需耗时近 12 小时，一度位列世界上最长的国内直飞航线。而我是从它的姊妹岛毛里求斯飞抵于此，仅用不到 40 分钟。这里离非洲很近，却被称为“小欧洲”，现代化程度、消费水平、交通设施都可比肩欧洲。值得一提的是，这里是“不用签证就能来的法兰西”，中国公民前往留尼汪停留不超过 15 天无须办理签证，只需要获得当地有资质旅行社的免签入境证明即可。

我一下飞机，便看到四种语言的欢迎标语“旅途愉快”，分别是英语、法语、汉语和印地语，我猜应该和他们的人口构成有关。欧洲人最早于 17 世纪前来拓荒建设，后来雇用了大量华裔、印度裔劳工到此开垦，也进而形成了如今多元文化的交融，暗合岛名“La Réunion”含有的“集会”之意。

圣但尼的机场不大，却设施完备，拥有连接非洲、大洋洲、欧洲和北美洲的多条跨洋国际航线。其以法国王牌飞行员罗兰·加洛斯的名字命名，生于圣但尼的他在“一战”战场上战功赫赫，也是不着陆飞越地中海的第一人。大名鼎鼎的法国网球公开赛也以他的名字命名。

一出机场就是一排租车行，但是取车要坐上他们安排的小巴前往稍远的车库，车库供各大租车公司共用。我去领到了一辆电动汽车，车牌上有欧盟标志。留尼汪岛虽然不大，面积有 2500 多平方公里，环岛一周不过 4 个小时，但是山路居多、气候多变，非常考验驾驶技术。

圣但尼位于小岛的北端，海拔可从海岸陡升至 2000 多米，城中保留了一些古典的建筑，没有高楼大厦，更像一个海边的乡村小镇。海岸上有锈迹斑斑的加农炮台，可望见不远处紧邻断崖的海上公路。巷陌之中，居民楼会将窗户刷上不同色彩，不经意间会路过精心打理的私家花园，在转角会遇到罗兰·加洛斯、前马斯卡林群岛总督拉布尔多内、出生于此的诗人利勒等名人雕塑。在便利商店里，我还买到了面值 0 欧元的紫色纪念钞。

近 200 年历史的市政厅坐落在巴黎街上，对面高大塔吊在建新的白色房屋。就在旁边，巴黎街与维多利亚大道的交会口处高高矗立着胜利女神像，这是当地地标之一——胜利纪念柱，上面写着“一战”的年份和“留尼汪，致伟大战争中的英雄们”，后来又补上了“二战”的年份和“他们为祖国当之无愧”。

留尼汪岛曾与法国波旁王朝同名为“波旁岛”，在 19 世纪成为法英两国为占据印度洋控制权而产生冲突的最前线，又改名为拿破仑的姓氏“波拿巴”。第一次世界大战中，约有 1.4 万留尼汪人被动员前往法国本土以及希腊战场参战。

黄昏时分，我往岛的南部进发，这里有着更为狂野的海岸。在圣勒海岸线上，有一处名为“鼓风机”（Souffleur）的喷水岩，海浪鼓进水下洞穴，石缝中会喷出几米高的水花。夕阳辉映下，海水变得通透柔和，黑色礁石制造的“天然喷泉”格外好看。

再往南走，圣菲利普附近，危险角（Cap Méchant）会让人更能感叹自然神奇。在此能看到草地上裸露出黑焦岩，岩浆流淌之后冷却幻化成连绵的黑色断层海岸，一条细长的石碓向海面延伸，还形成了一道小拱桥。一旁的标牌写着：征服海洋的火山。海洋与火山的激烈斗争，诞生了锯齿状的陡峭悬崖和无与伦比的美丽海角。从空中俯瞰，海角就像一柄火炬，大浪猛冲，泛开浪花，即成一团蓝色火焰。

很多人来此静静等待太阳沉入大海，蓝天、绿岸、黑岩、白浪、碧海、红阳，大地上的颜色业已分明，而我到来时很幸运，刚好见到一道彩虹悬于海天之上。在落日余晖中，领略熔岩与大海的碰撞，仿佛是这岛屿最原始的模样。最开始，正是阿拉伯航海家发现了此岛，并将其命名为“Dîna Morgabine”，意为“日落之岛”。

2 飞越冰斗

考究“冰斗”的形成，可以说是经历了火的淬炼与冰的洗礼。留尼汪的火山喷发后，山体下形成巨大空间，又因常年积雪侵蚀地表后导致塌陷，进而形成三面环山的围谷地形。千万年来的气候变化，天气已是温热，积压的冰雪早已褪去，“冰”之名不实，“斗”之状却凸显峰崖。作为印度洋最高峰、海拔 3000 多米的内日峰（Piton des Neiges），周围有三个巨大冰斗，从 2 万年前这座火山最后一次喷发后，这里的原始森林几乎没受到过破坏。火山灰为植物丰茂提供最好的养料，森林覆盖让冰斗之内可谓“天然氧吧”，也让山谷内外形成两个世界。

三个冰斗中，马法特（Mafate）冰斗只能徒步进入；萨拉济（Salazie）冰斗植被最茂盛，是瀑布天堂，也是最容易进出的冰斗；锡拉奥（Cilaos）冰斗则更接近内日峰，但是需要拐上 400 多道弯才能到达。我选择自驾进入锡拉奥，后来发现有些自不量力了。这里的路不仅崎岖陡峭，而且非常狭窄，有些隧道仅有一辆车宽，几乎 180 度的弯道比比皆是，需要鸣笛示意才敢通过，车速也一直提不上来。山间气象也是瞬息万变，刚开始还是晴空万里，几朵云彩挂在高悬的绝壁上甚是美丽，山坳当中的村庄就像世外桃源一般，但不一会儿就会云雾缭绕，路上能见度瞬间变低。这一路，我把车划了，同时还飞丢了无人机。

1.5 小时的路程我愣是花了 3 小时，这才开到冰斗之中的锡拉奥小镇。这个小镇被约 10 公里长的环形峭壁包围，就像一圈高大的城墙。镇中心有座白色教堂，紫色的蓝花楹开得正盛，房屋墙上是色彩斑斓的涂鸦，画有眼睛炯炯有神的黑人。据说，锡拉奥这个名字来源于逃难至此的马达加斯加奴隶 Tsilaos，这个名字在马达加斯加语中的意思是“永不离开之地”。

浓雾遮挡了我远眺内日峰的视线，又损失了无人机的航拍视角，好在可以乘坐直升机弥补这些遗憾，这也是能够一览三大冰斗风光的绝佳机会。岛上有多家经营直升机项目的公司，提供多条时长不等的游览路线。我选择了 55 分钟优质级别的环岛游。

在登上直升机前，能够收到很贴心的中文版安全须知，告知登机、机上、下机不同时候的注意事项。直升机限载 6 人，前排 2 座，后排为增高的 4 座，会根据乘客身高、体重、体型进行合理安排，保证每位乘客都拥有良好的观赏视野。

直升机在螺旋桨隆隆声中快速地升至数千米的高空，飞行员通过耳机向我们介绍看到的风景。先是掠过城市繁华和公路纵横，接着就是峡谷、村落、森林、甘蔗田、潟湖、瀑布、荒原、火山等。飞机直逼山峦边缘，腾云驾雾，我感受到一阵眩晕袭来，片刻失重之后迎接难以忘怀的壮阔与震撼。我们检阅着 300 万年大自然的鬼斧神工，细数曲曲直直、深深浅浅的沟壑，曾经岩浆入海的纹路清晰可见，时间凝固在此刻，显得如此从容不迫。

萨拉济冰斗的条条瀑布浮现眼前，涓涓细流给了苍茫山川灵动之气。我们几乎零距离地飞过“铁洞深渊瀑布”，倾泻的水流落入藏在深山中的千尺深渊，垂直俯瞰令人生畏，却是很多瀑降爱好者挑战极限之地。最为著名的还是“新娘头纱瀑布群”，一排细小瀑布流下，就像白色的头纱披于山间，景象唯美，背后却是带着泪的传说。相传一位富家小姐爱上了一个渴望自由的奴隶，遭到她父亲的极力反对，这对情侣私奔来到山里一起跳崖殉情，女孩的头纱化作了这美丽的瀑布群。直到现在，当地人依然将此处当作爱情坚贞不渝的象征。

除了乘坐直升机，去圣勒玩滑翔伞也能体现飞翔的快感，直面海风，享受自由。这里的滑翔伞项目分为1500米和800米两种高度，以适合不同难度要求的体验者。我乘坐巴士兜兜绕绕来到800米的起飞平台，面朝碧波荡漾的广阔海湾，巨大草坪上铺好了五颜六色的翼型伞衣。据说，世界上的滑翔伞教练大多是法国人，有人边环球滑翔边赚钱养家。我的教练就来自法国里昂，说他一年有300天都在翱翔。教练在我身后，一直喊着“RUN，RUN，RUN”，我俩沿着山坡努力向前奔跑，直到背后沉重的大伞被风鼓起，我可以安心地坐在吊椅上。教练告诉我，起飞和降落时，都需要直立快跑，一个助飞，一个卸力。就这样，升空、高速旋转、自己学着掌控方向，从心惊肉跳到颠三倒四，再到如空中舞蹈，轻松欣赏海天一色。从空中看，圣勒的海岸线分出了不同层次的蔚蓝，海浪拉出一条白线，如翡翠镶着白玉边。这里也是世界闻名的冲浪胜地。

3　徒步活火山

当初造就留尼汪岛的两座火山中，叫内日峰的那座已经“死”去，但另一座富尔奈斯火山（Piton de la Fournaise）依然躁动，是地球上最活跃的火山之一。之前的“同伴”没了活力，反倒是好事者觉得富尔奈斯火山特性和气候类似夏威夷火山，把这两座远远相望的同类捆绑成了“姐妹”。富尔奈斯过去 10 年的喷发频率达到 9 个月一次，但每次威力都不大，也被视作世界上最容易接近的火山之一，普通游客就可以徒步进入火山地带，有时甚至会允许公众近距离观看岩浆喷涌。

“徒步活火山”，听起来就很吸引人，也成为很多游客来留尼汪的首选体验项目。我报名了一个由当地向导带领的 7 人徒步团，备好登山杖、登山鞋、防晒霜、雨衣、水和干粮，满怀期待地出发了。

我先自驾 2 个小时到达徒步起点。其间在平原地带驰骋，再沿着一条大路攀升，苍翠牧场、柳杉林、龙胆草在车窗外划过，于朗帕尔河山谷边缘停留片刻，发现几户与世隔绝的人家。然后顺着龙盘虎踞一般的回形山路向下，眼前浮现与之前山谷反差强烈的赤色荒凉，笔直的 5 号公路穿过萨布勒高原。

然后是全程 7 个小时的漫长徒步。从海拔 2230 米的停车场和火山小屋出发，天气晴好，蓝天中还有半轮月亮。先穿过一片低矮的灌木林，植物枝干在阳光下闪着银色，绿叶细小，根系发达，耐寒耐旱，能适应火山一带的干燥气候。随着海拔升高，植被也变得稀疏。接着要沿着名为贝勒孔布火山通道（Pas de Bellecombe）的盘山栈道走入火山，向下望去，开阔的蛮荒平原上凸起一座中间凹陷的山丘，焦黑之中泛着褐红，那是富尔奈斯最新形成火山口底部、由熔岩堆叠而成的火山锥（火山地貌通常由火山锥、火山口和火山喉管三部分组成），名为“Formica Leo”，形成于 1753 年，如今是留尼汪著名旅游标志之一。我去时是 2019 年 11 月，这一年记录有 5 次火山喷发，最近一次就在 10 月，而我眼前的这个小山堆却如此平静、寂寥，任由徒步者们攀爬而上，人儿好比大地之蚁、沧海一粟。

越过山峦，到达平地，踏上火山岩层，循着先行者在地上打上的白石灰点标记前进，脚下都是岩浆摧枯拉朽后留下的痕迹，如同干枯的树干，又像大地的皱纹，不同时期爆发留下的火山岩会呈现黑、紫、褐、红、黄等不同颜色，有些纹路会标上“带状熔岩”“1957 年形成”等标识，一些顽强的植物从皲裂的缝隙中长出绿意。登上火山锥，看到有人在红色地面上用石头摆出了爱心图案和爱人的名字，算是一份极致的浪漫表白吧。

走着走着，地表温度在升高，路上被黑色蜂窝状的石渣覆盖，鲜红的地洞口冒着热气。爬上山坡，地面的裂痕越来越大，可容至少 1 人进入，裂缝之内能见到奇异的红紫色纹路。这样的地形叫作大焦土或烧焦岭，2004 年的某次火山喷发冷却后形成了一条 6.5 公里的熔岩洞，是世界上少有的能进入地下行走的活火山熔岩洞，这是另外一个很受欢迎的“探险项目”了。

又经过艰苦跋涉，到达山顶附近、海拔 2600 多米的多洛米厄火山坑（Le cratère Dolomieu），是富尔奈斯火山两个大型火山坑中较大的一个，长 1000 米，宽 750 米，介绍标牌形象地写着“足以将 324 米高的埃菲尔铁塔立于坑中”。其最先形成于 1791 年的一次岩层坍塌，直到 2007 年 4 月一次火山爆发后，内部岩浆喷涌殆尽，山体全部塌陷，形成了今日之巨坑。有趣的是，介绍里把 2007 年的事情称为“昨天”，“今天”是“从 2008 年 9 月到 2009 年 1 月每次喷发而出的熔岩填充火山口，其底部升高了约 70 米”，“明天”是“根据喷发的速度，在 100 年或 200 年后，火山口很可能会再次被凝固的熔岩填满”。

这里很像矿山，脚下的焦岩松软，举目是一望无际的黑色，即便如此荒凉，依旧有植物破土而出，还结出了红色小果。不禁让人感慨，无论大地崩裂沉沦，生命自会野蛮生长。

我们在火山坑旁小憩一会儿，吃了自备的食物补充体力，准备返回，但此时火山已被快速聚集的云雾笼罩，下山的路显得更加艰难。好在沿路的石灰点与石头标记明显，加上徒步团团员们仗义互助，大家安全而圆满地完成了徒步行程。我驱车回来，又经过萨布勒高原，只不过此时雾气笼罩，如仙境一般，有摄影团队在为一位白裙模特拍摄写真大片。可还没欣赏这梦幻景致多久，顷刻间大风猎猎，下起倾盆大雨。我害怕山路危险，只好停在路边等待雨停。

这一程与火山的邂逅，从晴朗走到阴霾走到狂风暴雨，从兴奋走到踱步走到双腿麻木。但一想到，人儿在地上走，岩浆还在地下流，途经数百次火山喷发凝固而成的印记与色彩，地缝中还冒着腾腾热气……就足以列入毕生难忘之旅。

“这火山是活的”，可以让人激动不已，而留尼汪岛也是如此鲜活，散发魅力。日复一日的潮汐、迁徙的候鸟、欧洲风情、世界各地的游客，让地理上的非洲小岛活力不减；地壳运动、海风洋流经年累月的塑造，高山、深谷、荒原、激流彼此互动，让自然中的世外胜境神奇多姿。我在这里的每个深夜，都会去海边听听潮声，仰头所望便是满天繁星，星辰大海不过如此。探索你我共生的这个孤独星球，何尝不是一种关于“活着”的行动证明？

尾声：至暗方可见星河

在南非生活，我已经习惯了频繁的限电。在停电的夜晚，坐在窗台看星星成了我打发无聊的方式。当大地失了明，没了城市灯火干扰，繁星会显得格外清晰。我也学会了认识南天星座的特点：北半球寻北极星找北，南半球觅南十字星座找南；人类古文明主要集中在北半球，很多北天星座名字都有神话背书，而南天星座的命名就很简单直接，多和形状、方向相关。我更喜欢这种“南方”的纯粹，回归原始的模样，不加修饰与浮华，一如很多人想摆脱现代文明和繁重生活的束缚，要来非洲憧憬古老、粗犷、深邃一样。

后来，我喜欢上拍星空，尝试无数次后才懂这是一个讲究活儿：需要查阅银河的方向、起落和月升月落的时间，避开月光干扰，事先用软件定好角度和参照物；逃离到人烟稀少的地方，耐着深夜的冷，规避掉一切人为光源；然后立好三角架，不许有晃动，用广角镜头，按下快门，曝光时间 30 秒，最大限度聚集所有能见的星光。最重要的是——足够黑！要极尽一切的黑，去守候亿万光年的聚汇。

2020 年那天，在南非的萨瑟兰德，我在无人的旷野跋涉一夜找到借宿的人家，周围可觉野鹿的瞳孔冒光。我攀到车顶，举起手电，相机开始曝光，留下我和横亘的完整银河的合影，我享受到了人生第一次的满足。那时，再过一个月，我迎来我的30岁。

在来非洲前，我迷恋太阳，迷恋巴尔蒙特“我来到这世上，为了看太阳”这样诗句的反复吟咏，在行前的电视演讲中我满怀深情地说：“快看！这城市有光！”如今，我却爱看星空。我知道了，太阳只是离我最近的一颗恒星而已，而在无垠的夜空中，有爆炸消逝了的、依然存在的、正在诞生的、有名的、未名的恒星，那可以是无数个太阳。

而我在非洲也知道了，人也可以在大地上“创造星河”。那个圣诞节晚上在基加利上空看到的盏盏“星辰”，是在我脑海里挥之不去的辉煌图景。这让我想到，非洲是拥有最多国家的大陆，但似乎没有一个国家会被当作太阳或者月亮，然而它们都可以是星星，散落在大地上。黑色又被视为非洲的本色，黑夜里的繁星好比非洲诸国的写照，每一颗都有璀璨的理由，也是我在行走和书写中一直怀揣的光亮。

2021年5月，我去曼德拉广场、种族隔离博物馆、平常跑步的小区、附近的超市以及约堡西边我常去放空的“秘密花园”进行仪式感的告别，拿到了两次核酸、两次血清检测的健康报告，在“黄金之城”无比灿烂的黄昏中、于晚高峰的拥堵车流里前往机场。我手边还拿着相机、三脚架、笔记本电脑，好像我又要去哪个非洲国家出差一样，但我是要结束驻外任期回国了。前一天是“非洲日”，离开当天有“超级月亮”，仿佛都那么恰好和圆满。

我在航班起飞前写下：“1123天，感谢所有前辈和老师对年纪轻轻的我的包容，包容那些稚嫩和莽撞；感谢所有被我骚扰的采访对象、企业、中国人、非洲人。那些风景、际遇、现场和人或许放不进故事里，总会流淌在非洲的坚韧和可爱里。谢谢非洲，让我飞！”

归国后，这一段驻外经历无疑让当初那个喊着“一无所有，但一往无前”的少年，有了些许人生的厚度，在周围人或间接或直接地怂恿下，我鼓起了创作自己第一部作品的勇气。我从 2022 年 4 月开始集中整理非洲记忆，但下笔之后才发现，要回溯未及时记录的细节以及组合成可阅读的系统是一件极为困难的事情，幸好我拍了大量照片和有写“非洲周记”的习惯，让行文得以索骥。从那时起，我阅读了大量旅行文学作品，才开始认真学习非虚构写作。然而，成稿时间还是比我设想的要长太多，从 4 个月拉伸到 1 年多。

其间，我会越写越愧疚。我的经历里，缺少很多国人熟识的非洲印象：我没在马赛马拉看过动物大迁徙，没去过住茅草屋、穿兽皮的原始部落，一次次和“人类祖母”露西擦肩而过，连非洲最高峰乞力马扎罗，我也只是在飞机上匆匆一瞥。也没有出生入死、险象环生的冲突现场，无法像派驻中东的记者一样，穿着防弹衣处于枪林弹雨中。甚至连很多背包客描述的在某某非洲城市被抢劫、被盗窃、被歧视，我都没有过。最“惊险”的经历只是我在尼日利亚拉各斯转机时丢了钱包。很多见闻是在去采访的路上，见缝插针地经过和了解的事物，少了更深入的挖掘、探索和交谈。

但我依然坚持写下来了，我相信我的亲历可以作为看见多元非洲的一部分，它不该只被当成“野生动物园”和“落后博物馆”，它不应固定在蛮荒、贫穷、苦难的刻板印象里，它可以无愧悠远文明，也可以拥抱美好明天。

这 1000 多天旅程的起点是我作为一名记者的职业所系。非常感谢人民日报国际部愿意选择一位人民网的主持人“转行”成为驻外记者，并且在3年里给予充分的自由和信任，让我能在非洲上下来回飞翔。

在我决定要写书、四处寻觅内容出口之时，是本书责任编辑、我在中国传媒大学的师姐邢璐投来了橄榄枝。她说之前就留意过我的经历，有过将它们呈现出来的想法。感谢这次“不谋而合”，让这本书成为可能，更感谢她的专业和认真让所有的可能变成现实。

还要感谢李洋、孙定康、杨静、黄晓芩、陈萌、尤灿、潘燕雯、程诚、郑标、李典、谢李娜、刘梦豪、程朝阳、杨华德、张红印、郭晓宁。他们是我在非洲结识的朋友，回国之后我又联系到他们，让他们帮我回忆很多重要场景和细节。我在书中的感受与抒发，不少来源于他们的体悟。同时，也要感谢我的朋友马莹莹、张弘、陈见一，是他们在我写作感到艰难的时候给了我坚实的鼓励和陪伴。当然还有我的父母给予我的无条件的支持。

写这本书的起意是我决定辞职成为一名“全职”旅行者的原因之一，而这本书的写就让我有了新的身份——作家。在三十而立的年纪裸辞，是有点疯狂的，但我自认为挺酷的，也自知是人生必经之路。我买了辆二手车，装上所有家当，从北京一路开到山东威海，寻得一个岛，可以面朝大海地投入写作。必须感谢我在乌干达相识的大哥郑标，他无比慷慨地让我住进他的临海小屋，让我在“逃离北京”后有一处自在的安身之所，我在此看到了中国海岸线上最早的日出。而当我从一条朝阳路搬到另一条朝阳路时，我在这里遇到了当年在南苏丹的兄弟程朝阳，他也帮我回忆了那段岁月。这些奇妙的缘分，都和那片神奇大陆有着千丝万缕的联系，冥冥中含有可当作温暖祝福的意象。

感谢陈鲁豫、刘海方老师为本书作序，感谢白岩松、张志安、傅首尔、温宪老师对本书的真诚推荐。他们是我成长时的引路人，能为拙作背书，我感到无比荣幸并自知仍须更加勤勉。

伊本·白图泰说：“远行，给你100条路去历险，又为你的心灵插上双翼；让你一路沉默无言，再把你变成讲故事的人。”这本书是我的又一次出发，我也接受自己将是个一直在路上的人，准备好迎接所有的漂泊与跌宕、未知与新知、至暗与星光。

我又要远行了，也终要远行的。无论下一个目的地是哪，我都无所畏惧，因为我拥有非洲给我的坦荡与坚毅。

2023年12月12日

于山东荣成石岛

图书在版编目（CIP）数据

尼罗河开始流淌 / 吕强著 . — 北京：中国工人出版社，2023.11
ISBN 978-7-5008-8321-0

Ⅰ . ①尼… Ⅱ . ①吕… Ⅲ . ①游记—作品集—中国—当代
Ⅳ . ① I267.4

中国国家版本馆 CIP 数据核字（2023）第 237644 号

尼罗河开始流淌

出 版 人	董　宽
责任编辑	邢　璐
责任校对	张　彦
责任印制	黄　丽
出版发行	中国工人出版社
地　　址	北京市东城区鼓楼外大街 45 号　邮编：100120
网　　址	http://www.wp-china.com
电　　话	（010）62005043（总编室）（010）62005039（印制管理中心） （010）62001780（万川文化出版中心）
发行热线	（010）82029051　62383056
经　　销	各地书店
印　　刷	北京盛通印刷股份有限公司
开　　本	880 毫米 ×1230 毫米　1/32
印　　张	12
插　　页	1.75
字　　数	300 千字
版　　次	2024 年 1 月第 1 版　2024 年 12 月第 2 次印刷
定　　价	88.00 元

◉ 坦赞铁路达累斯萨拉姆车站

◉ 中国专家公墓

◉ 卢旺达—刚果（金）难民营

◉ 中国赴刚果（金）维和部队官兵为春节排练舞龙表演

◉ 肯尼亚内罗毕，蒙内铁路的乘务员

◉ 肯尼亚内罗毕国家公园，内马铁路工地附近，栖息着一只狮子

◉ 布隆迪布班扎省吉航加县，中国杂交水稻示范田取得丰收

◉ 亚吉铁路列车上，小乘客展示车票

◉ 俯瞰维多利亚瀑布

◉ 航拍魔鬼泳池

◉ 利文斯通博物馆里可能最珍贵的文物：利文斯通的手稿

◉ 史上最大面额的货币，有 14 个 0

◉ 津巴布韦维多利亚瀑布公园内，前来郊游的当地小学生

◉ 躺着的格伦科猴面包树

◉ 莱兹多普猴面包树

◉ 非洲企鹅

◉ 路易港春节巡游中身着旗袍的非洲女孩

◉ 蓝花楹树前的女教师们

◉ 孤独灯塔

◉ 姹紫南非

◉ 毛里求斯沙滩上的“新年好”

◉ 七色土

◉ 自然桥

◉ 铁洞深渊瀑布

◉ 贝勒孔布火山通道

◉ 留尼汪，徒步富尔奈斯火山途中看到的火山锥

◉ 徒步富尔奈斯火山看到的红紫色纹路的地面裂缝

◉ 留尼汪南岸的“危险角”

◉ 科摩罗莫洛尼老城航拍，圆形转盘中心是科摩罗国旗